U0947127

捕捉灵感

娘的第一个生日，也是最后一个生日

娘养生锻炼雷打不动

全家福（2003 年）

鄱阳湖风景一：候鸟天堂　　摄影：李阳

鄱阳湖风景二：暮归　　摄影：李阳

鄱阳湖风景三：湖中村　　摄影：李阳

鄱阳湖风景四：浪遏飞舟牛唱晚　　摄影：李阳

本书获得江西省文联组织实施的江西省文学创作重点扶持项目大力支持

图书在版编目（CIP）数据

我娘我心 / 冰耘著. —— 北京 ：中国文联出版社，
2016.6
ISBN 978－7－5190－1350－9

Ⅰ.①我… Ⅱ.①冰… Ⅲ.①文艺－作品综合集－中
国－当代 Ⅳ.①I217.2

中国版本图书馆 CIP 数据核字（2016）第 074224 号

我娘我心

作　　者：冰　耘

出 版 人：朱　庆
终 审 人：朱彦玲　　**复 审 人**：王　军
责任编辑：刘　旭　　**责任校对**：傅泉泽
封面设计：朱建文　　**责任印制**：陈　晨

出版发行：中国文联出版社
地　　址：北京市朝阳区农展馆南里 10 号，100125
电　　话：010－85923043（咨询）85923000（编务）85923020（邮购）
传　　真：010－85923000（总编室），010－85923020（发行部）
网　　址：http：//www.clapnet.cn　　http：//www.claplus.cn
E － mail：clap@clapnet．cn　　liux@clapnet．cn

印　　刷：北京市媛明印刷厂
装　　订：北京市媛明印刷厂
法律顾问：北京天驰君泰律师事务所徐波律师
本书如有破损、缺页、装订错误，请与本社联系调换

开　　本：710×1000　　1/16
字　　数：446 千字　　**印　　张**：26.75
版　　次：2017 年 1 月第 1 版　　**印　　次**：2017 年 1 月第 1 次印刷
书　　号：ISBN 978－7－5190－1350－9
定　　价：55.00 元

娘（自序）

娘，顾名思义，天底下，心地最善良的女人；娘，一个简简单单的字，一串讲不完的故事，一首唱不尽的歌。

如果追根溯源的话，娘，并不完全等同于母亲和妈妈。母亲用于书面语，妈妈用于现代口语，娘两者兼之，三者表达的是同一个意思，而“娘”更显古老，原生态，更有乡情味。

生活中，我从小到大称呼娘为“姆妈”，姆妈似乎是母亲、妈妈和娘的结合体，是我最美的乡音。

娘，听起来，颇有中国陈年老酒味，有着任何称谓无法包含的延伸内涵。

娘，朴素、简洁而温馨的称呼，或许已经定格在一个时代的影框里。

娘，或名或人或心，随着时代与思想的变迁，将来会不会被遗忘甚至抛弃，已显赫成为未来社会一个未知数。在当今物欲横流的社会背景下，娘被有的人解释为“有奶便是娘”了，无奶的娘甚至被有些人 OUT 了。

普通话和现代汉语里，喊娘的人似乎越来越少，也好像离我们越来越远，而高喊亲爱的妈妈，高歌伟大母亲的声调，倒是一浪高过一浪。

然而，无论时代如何变迁，娘，妈妈，母亲，三名一体，都是人世间最浓情也最亲切的代名词，都是人们最崇敬的女性。

当今农村、山区或边陲小寨，如听到一声声清脆而亲昵的“娘!”，那多么亲切！在阔别重逢的人群里，若突然蹦出一声“娘!”，更是热泪涌流，石破天惊啊！

娘，是多么有穿透力的声音，时时回荡在老屋小河、丛林苇荡、田间地头、山峦溪潭；回荡在人们耳畔；回荡在儿女们和娘的心间。这动情的呼唤，让娘一次又一次心花怒放、一回又一回从梦中笑醒、一阵又一阵陶然心醉！

而如今，有的人金钱至上，说娘老，嫌娘唠叨甚至寒碜，心里慢慢没有了娘，这并非娘的错。那些与娘渐行渐远的儿女们，只顾埋头向钱看，昂首往前赶，而忽略、淡忘甚至遗弃了从前、身后或远去的那个娘，多么的可耻！

在世俗与势利的风雨飘摇中，娘仍拥有一颗不变和守望的心，魂牵梦绕

着出门在外的儿女，有道是：儿行千里母担忧啊！

或许大家每天都能见到娘，闻到娘的呼吸，听见娘的声音，望着娘在劳作；或许你我与娘离得很远很远，也能触摸娘的心跳。无论怎样，如果走进不了娘的心窝，读不懂娘的心思，写不出娘的心事，触碰不到娘的纷纷心绪，也是一种悲哀！

娘，在儿女面前，没有半点矫揉造作，没有半点修饰虚伪，也没有半点自负和奢妄。娘，只想与儿女们的距离靠近些，再近些，哪怕最终遭到嫌弃。

娘一心将儿女爱在心间，永远为之奉献、操劳。若不理解娘的心，无视娘的爱，无论有何种理由，都是对娘的极大伤害。

我，对娘生前或许做得还不太好也爱得还不够深，现在有所醒悟。如今喊娘的声音，都有些颤抖，沙哑和悲咽。

娘再也听不见儿的呼唤，我哪怕在诗文中、在梦里千遍万遍声嘶力竭呼喊娘，以求娘的宽恕，以求唤醒自己，都是笨拙和无用的。

我终于悟出“树欲静而风不止，子欲孝而亲不待”的真正内涵。

我娘土生土长，却一点也不土气。她是喝鄱阳湖的水长大的，终其一生，满身沾满湖泥、土灰和草根味。娘一步步从童养媳走到耄耋之年，从乞讨走向自给自足，从一字不识到咏经吟唱，从乡下挪进城里，从一无所有到衣食无忧，从喜怒哀乐到生老病死……娘非一路平坦，而是经过漫长又艰辛的期待与坚守、挣扎与打拼。

娘，一生平凡，普通得不能再普通了，她虽然没有孟母的知书达理、岳母的尽忠爱国，也没有佘太君那种坚强果敢，当然更没有玛利亚、贾维斯夫人那样圣洁与贤良，但我娘所具有的农妇原始特质，撼动着我生命的细胞。我不能用华丽词藻来构筑娘的伟岸与高大，但拾捡娘一点点看似最渺小、卑微，有些瑕疵、偏执乃至自私的言行，足可探寻到一位乡村母亲坚韧的意志、博大的胸襟和超凡脱俗的人格魅力以及与众不同的鲜明个性。

娘越不完美越完美，因为娘是真实的。对娘的一生，我蘸满笔墨也只能写出些皮毛；娘心海里澎湃的浪花，一点一滴光彩照人，我是无法勾勒的；娘行的路，绵长而艰辛，我一辈子无法丈量。

娘，对每个儿女而言，都有无数波澜起伏、精彩叠出的故事，看我们会不会用心去品读?!

写娘难，读娘更难，读懂娘难上加难。娘本身就是一部令天下儿女永远也读不完、也难读懂的百科全书。

当有一天，我们做爹做娘时，也许一切都会明白。

每个人都有后悔的习惯，越后悔越追忆，越追忆越愧疚。我选择娘已逝的今天来写娘，显然有些迟了。我现在无法与娘对话，无法修改或补充娘想说的话，想做的事，想嘱托的一切。

父亲早就走了，娘，也没了，我才知道这辈子儿子已经彻底做完了。

如果，娘还活着，与我面对着面，手牵着手，心贴着心交流，那该多好啊！

我尚不清楚娘的很多想法，我也不敢随意去想象和杜撰，那是对娘的不尊。我只凭娘生前给我铭刻心底的印象和话语，于娘于心，抒发我对娘的万千情愫，我有这种义务与责任！

我知道，或许，做儿女不难，做娘却更难！因为，娘一生背负儿女的东西太多，太沉，太复杂。当娘伤心的时候，她或许会偷偷背着儿女掩面而泣，把悲伤悄悄留给自己；当娘高兴的时候，她会把一脸哪怕颤微的笑容无遗地送给儿女。俗话说：大人的眼泪只会往下流。娘这一辈子都在为下一辈人吃苦，分忧和传递快乐。有道是：千辛万苦一袭衣，愁肠笑面万缕风啊。

时间会教会我们一切，时间也会论证娘的一切。

坚信：我的娘，与天下许许多多的娘一样，对儿女从未三心二意，唯独对自己总是七上八下。

我写娘，不敢说为娘歌功颂德，也非为娘著书立传，只是为复制娘生前说过的，想过的和做过的，哪怕只言片语，都是金玉良言，哪怕点点滴滴，都是累累心血。

写娘，只为描绘娘留下的足迹，和想走而没有走完的山和水；写娘，也是对自己没有尽足孝道的一种由衷反省与检讨！

写娘，没别的目的，不敢妄加告诫与警示谁；不敢奢望谁以此记住谁；更不希望谁去捕风捉影、对号入座甚至“上纲上线”。我只是述说人间百态，不针对任何人，仅仅艺术创作而已。

我唯一希愿天下儿女们百忙中多陪陪还健在的娘；或去礼祭已仙逝的娘；并请永远牢牢记住生养自己、打骂过自己也疼爱着自己的亲娘！勿论对与错、爱与恨、生与死！

因为，感恩，是对自己良心最彻底的交待。因为，孝道，是中国人最浓情的血脉。

因为，娘在，家就在！娘不在，心在情也在！

世界上，没有永远。没有永远的情与义，爱与恨，贫与富，得失与成败，也没有永远的亲人和朋友，唯有永远的娘！

娘是一把草，也是一束花；娘是一蔸葱，也是一棵树；娘是一撮泥土，更是一片一望无际的庄稼——娘就是儿女心中一簇永远的风景！

我娘牵着我心，我心系着我娘。娘心永存，我心常在，母子连心，这就是我写娘和《我娘我心》的初衷。

鄙人才华疏浅，文中定有纰漏、不当之处，敬请海涵。

2016/初春

目录 CONTENTS

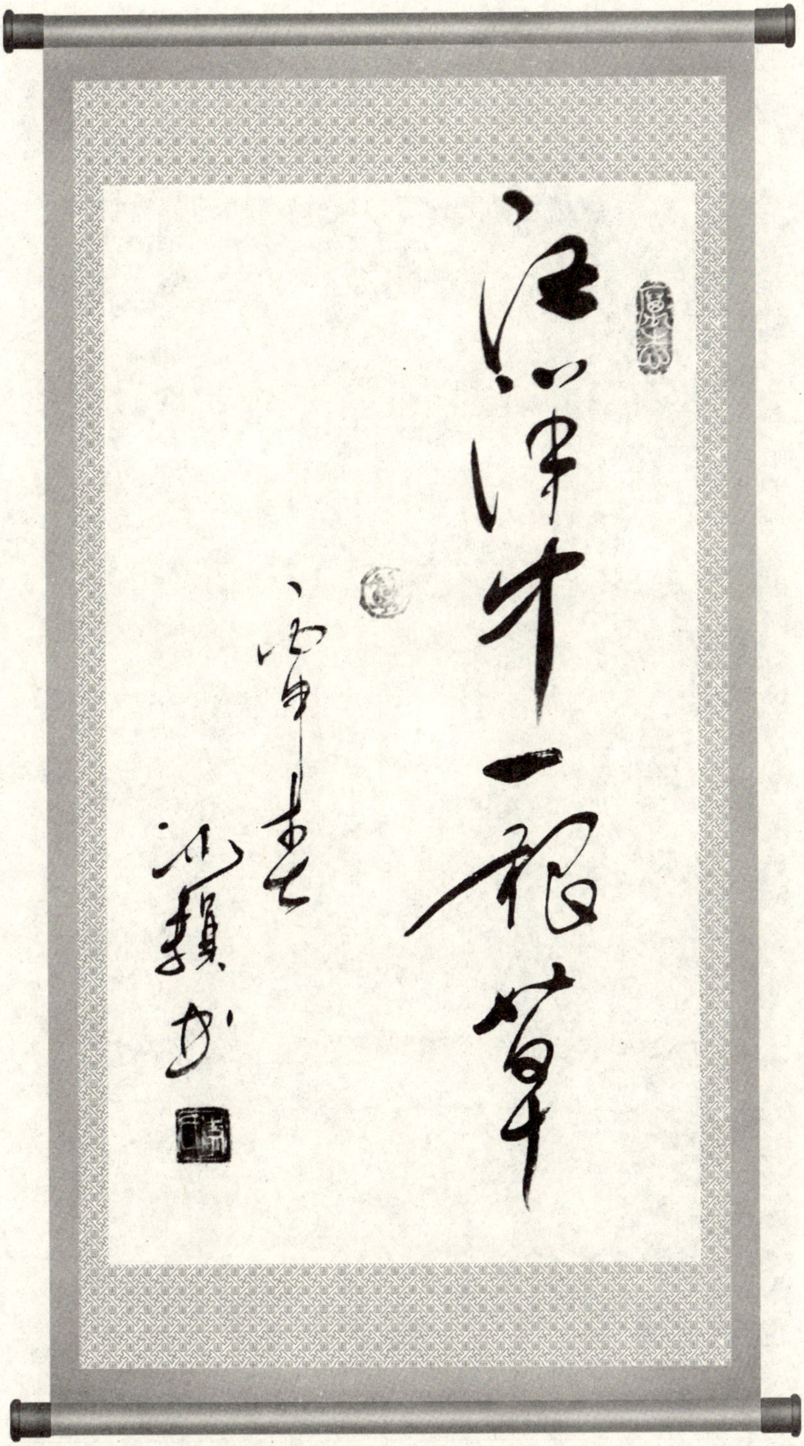

汪洋中一根草

汪洋中一根草

汪洋中一根草

一

如果说鄱阳湖是系在万里长江腰带上一只宝葫芦，那地处鄱湖边的黄湖、三洞湖、鸦雀湖等一个个名不见经传的湖泊就成了别在其裤腿上的一串金线包。倘若说鄱阳湖是养育一方儿女的母亲湖，那这些大小不一，形态各异的“湖边湖”无疑就属于她手掌手背上的心肝宝贝了。

丰水季节，鄱阳湖就像十月怀胎的孕妇，鼓鼓胀胀，肤色泛白，略带有一丝难以言表的羞涩与醉意，激动的表情难以平复，有时扭扭捏捏，有时手舞足蹈，有时酷似一个任性的顽童，斜卧静躺、翻滚扭动着，等待着雨季的临盆。

雨季一旦来临，附随的那些子湖就意味着盆满钵满了，因为湖湖相接，地势低洼。解放前附近的刘氏村民就是靠这些胎盘似的大湖小湖滋养着，成为他们吮吸营养、维系生命的栖息地。

解放后，蒋巷（俗称蒋家巷）作为南昌县的第一区，经历着蒋巷区、东方红人民公社、红旗公社、蒋巷人民公社以及蒋巷乡、蒋巷镇等历史变迁。它紧邻豫章城（现江西省会南昌），东邻鄱阳湖，南北西分别由赣江支流贯穿，四面环水，俨然一座孤岛。

自古以来，这里就有“草苍苍，水茫茫，转身不见爹和娘”的说法。蒋巷与鄱阳湖紧依相挽，虽然达不到鄱湖“源长共云浮，望极天无际”的浩瀚，却弥漫着其“渔舟唱晚，响穷彭蠡之滨”以及“无风白浪如烟起”的原始韵味。

湖区非涝即旱，农田常常被淹或干裂，村民无法耕种，颗粒无收。一方水土养一方人，绝望中绝大部分村民沿袭着靠山吃山靠水吃水的谋生手段，以打鱼为生，条件稍好的就撑一条小木船早出晚归，戴个草帽，叼根烟斗，有时带上三五成群的鸬鹚，徜徉在碧波粼粼的湖水之上，收获着一网网惊喜。

而那些捉襟见肘的村民，常常没有米和菜，有时连捕鱼的网都没有，单靠手去湖边的水塘和水沟去抓鱼，即使有网也破烂不堪，补得密密麻麻，俨然蜘蛛织出的乱网千疮百孔，更不用提出湖的渔船了。

一个斗笠，一袭蓑衣，一双草鞋，甚至常常光着脚板和黑黝黝的膀子，当然还怀揣着“鄱湖大如瓢，泽国任我游”的熊胆和蛮劲，他们就这样风餐露宿往返于湖滨滩涂之上，栉风沐雨游弋于惊涛骇浪之中，每一次捕捞就是一次艰难的征程，常常把全家人的期盼系在风口浪尖，起获着难以想象的沉重的苍天赐予。

二

外公就是这些靠天吃饭的“日光族”渔民中的一个。

他性格温和，不善言语，尤其是见了生人和女娃总是避得远远的，即使外人走后他脸上仍然停留着几分男人的羞涩。由于家穷，他又是老大，鄱湖一带盛行“屋里无米，长子掌勺”的风俗，或许他生来就是与书无缘的命。

刘家学堂坐落在自己屋边不远处，外公却没有机会踏进那门槛，真可谓近水楼台不得月，只能光着屁股、脚丫跟着大人下湖学捕鱼了。河流湖泊，渠溪沟塘渐渐成了他的依靠，成了他生命的源泉，全家人的温饱也别无选择地与其与水为伍的命运紧紧相依，这些小河大湖自然也就成了他和全家的衣食来源。

外公小时候并不知道鄱阳湖有个美丽传说，只顾跟着大人学捉鱼，后来渐渐长大了，才知道鄱阳湖一带竟然流行着这样一段如此凄美的故事——

鄱阳湖畔，有一个叫胡春的年轻渔郎，一次捕鱼收网，网里面没有一条鱼，懊丧之际，却意外地发现网里有一个金光闪闪的盒子，打开一看，里面包裹着一颗晶莹剔透的珍珠，他高兴得马上收网，一路跑回家。快到家时，突然遇上了一位身穿绿裙子的少女拦住了去路。她对着他边哭边说：我丢失了明珠，是你捡到了吗？胡春二话没说，立即把珍珠还给了姑娘，姑娘接到珍珠莞尔一笑，说了声“谢谢！”转身就不见了。

时过几日，小伙子又在湖上捕鱼，正当收网时，一阵狂风暴雨袭来，雷电交加，网被撕得粉碎，一筹莫展时，昏暗中只见一少女手托明珠出现在他船中央，为他遮风挡雨为其驱暗导航，他回到岸边向少女跪谢的时候，少女化作一朵绿色云彩飞向了天边。原来此少女是瑶池玉女，名叫大姑，因触犯天规，被贬于鄱阳湖，独居于此。后来，这对少男少女经常相约在碧波之上，相互帮衬中逐渐萌生爱慕之情，结为连理。

可是好景不长，正当小两口快快乐乐过日子的时候，一天，鄱阳湖一带一个叫盛泰的渔霸头瞅见大姑长得貌似仙女，垂涎三尺，心生霸念，一次次设陷阱陷害胡春但总是难以得逞。这时，玉皇大帝也知道了大姑私瞒天庭与凡夫俗子结为夫妻的事，龙颜大怒，遂派天兵天将捉拿大姑，这时渔霸头也趁机加害于胡春，叫人把胡春捆绑了起来，准备丢入湖中喂鱼。

这千钧一发之际，大姑不顾天兵天将束缚之苦，突然脱下自己的鞋子，化作满是悬崖峭壁的大山，重重地把渔霸头压在湖底，让他一辈子都不得翻身……

后来，人们为了纪念这个善良正义的姑娘把这座湖边的山称作大姑山（也叫大孤山）。

凄美的故事让外公着迷和感动，也让湖区渔民蒙上了一层神秘的憧憬。至于后来外公一个劲地往湖边钻，是不是也想碰碰运气，去偶遇或寻觅一位如此仙女的话，那就无法考证了。

想必李白有感而发的那句脍炙人口的“天苍苍，野茫茫，大姑小姑水中央”诗句就来自这美丽动人的传说。

外公长得人高马大，天生水性好，为人忠厚老实，虽一字不识，但在当时文盲年代也算是“中规中矩”的“恰嘎”（方言，很棒的意思）小伙了，十里八乡的大人们渐渐地把目光瞅准了这个“下头湖里”（方言，靠近鄱阳湖之地）的崽里子（方言，小伙子之意），外婆就是这样从上头黄家下嫁到下头三洞湖刘家来的。

“考哟（外公的乳名）讨上老婆啦，好恰嘎哦”。村民不时向外公打着贺喜的招呼，外公只是嘻笑不语，低着头，平静得就像鄱阳湖面漂浮的绿草一样，无论风和日丽还是风高浪急都淡然视之，心里头暗暗思忖：这年头，只要能成个家，管她是草还是花？

的确，外婆与大姑比相差甚远，人长得不咋样，虽然喜欢披一肩长发，但粗糙蓬松，微卷的发丝甚至有些杂乱，就像鄱阳湖秋冬之季浅滩上一蓬发黄的草叶，难以梳理，一副土里土气的样子。

“穷对穷，富对富，跳蚤配臭虫”，这是当地婚嫁最流行的一句顺口溜。外婆的家其实也穷得叮当响，虽然不是打鱼出身，但种田种地在当时也算是再普通不过了，当时外公能够相中外婆，并不是因为她的长发，更不是她的长相，其实就是看中她高大结实的身材。外婆个头比外公矮不了多少，走起路来嗖嗖生风，干起活来有声有色，就像一头不知疲倦的负犁黄牛，让太外公太外婆惊喜不已。外公当然乐此不疲，心想：我们打鱼人家缺的就是这样勤快的女人，会做事，比什么都强！

漂亮不能当饭吃，只有会做事才有饭吃。在那个年代，农村女人靠的就是健壮的身子、麻利的手脚，管她丑不丑，能在婆家当一个劳力就算有福了，什么相识、相知、相爱都是遥不可及的梦，大人没意见就算一锤定音了。

三

外婆不仅不漂亮，而且脾气也不好，这是外公和太外公太外婆始料未及的。“银姚（外婆名字）哪里都好，就是脾气不太好”这是村里人对外婆的普遍看法。

嫁到刘家后，外婆里里外外都能干也抢着干，但刘家人一旦哪里没有做好，外婆就会毫不留情地说出来，有谁不听从就会指着谁的鼻子破口大骂一通，着急的时候骂骂咧咧、喋喋不休的样子犹如鄱阳湖决堤的水一泄无遗，外婆骂人有时很难听，但刘家人都知道她并无恶意，就习以为常了，也不顶嘴，权当一盘辣味十足的酸咸菜。

骂声让刘家少了些许安宁，同样也少了一些和睦，家庭矛盾大都因为外婆的嗓门和愠色引起。她也知道这样不好，但就是本性难移，挨骂的主要对象当属外公，还有后来的儿女们，也不乏嘴前嘴后的邻居们。

外公常常被骂得抬不起头，最好的办法就是不吭声，抽闷烟，保持沉默就是对付外婆的良药，实在听不下去的话要么就随手撕坨棉花塞住耳朵，要么当耳旁风，再要么就是悄悄地扛起渔具出门。有时暮夜，有时黎明时分，有时电闪雷鸣之中，一个人独自消失在茫茫湖畔和芦苇丛中，抑或湖中央一叶孤舟，漂浮着离愁，也拴着多少无奈。

起风打雷雨淋淋，无伤无碍屋里人。外公豁达的胸襟有时就像广阔无垠的鄱湖之水，包容着万物。

包而容之，美而德之。但无论怎样，丝毫不影响外公捕鱼，他每次捕鱼归来鱼篓总是满满的，或许，只有这些鲜活的鱼儿才能换回外婆脸上掠过的千金难买的笑容。

那时，无论丰水还是枯水季节，鄱阳湖一带的渔民靠山吃山，靠水吃水的传统生活习性千百年来似乎都没有改变。尤其在九、十月份退水时节，鄱阳湖盛产的草鱼、鲤鱼、鲫鱼、鲶鱼、桂鱼等就像青春期的少男少女，长得丰腴肥美，人见人爱，就连平日里尖嘴猴腮的湖虾和龙虾也长得胖墩多了，这是渔民最欢腾的时刻，百人攒动，千网齐发，万鱼跳跃的场面煞是壮观，进入秋末甚至初冬，湖水干枯，湖滩湖洲上挖河蚌、捡螺丝的人群同样忙得不亦乐乎。

没有鱼，就等于空无一切。外公每一次捕来的鱼都由外婆挑到附近的街市去卖，虽然便宜，但换回的油盐酱醋米基本能满足全家人日常生活，如果想卖点好价钱的话，外婆就要挑着鱼过渡（乘小木船过河）到对岸的南新或更远的尤口、滁槎以及南昌城里一带去卖，一天下来就是再有力气的女人都会累得腰酸背痛，如果卖得不好还要挑着“一担气”回家。

有一次，外婆应一个城里人订约，要三十斤鲫鱼，送到豫章街市上，可是到了指定地点后，那人看到外婆的鱼不新鲜后不太想要。一个女人从三洞湖挑鱼到豫章的话，近三十公里路程，左转肩右换臂地走路至少五六个小时，加之鱼缺氧，晃荡之中无疑会显得有些蔫吧拉叽。他不买是假，因为鱼虽然有的奄奄一息，也有些翻白眼，但还没有发臭，他趁机踩价才是真：二分钱一斤你卖啵？外婆一听，气得嘴唇发紫，心想：城里人太黑心了，我一个女人起大早一脚一脚挑来，你却变卦，还恶砍我的价，这不是成心刁难欺负我一个下头湖里女人嘛？二话没说，外婆操起鱼篓，一路骂骂咧咧，一个劲走到赣江边上，“哗啦啦——”一赌气把鱼全倒进江里了，从此她再也没去过城里了。

外婆常常跟人发出感叹：命中钱财，自有定数，是自己的总归自己，不是自己的，强求也枉然啊。

宁受一身累，不受一口气。这就是我固执而强悍的外婆！

四

“穷送女，富养崽”乃当地一直沿袭下来的不成文的生存法则。由于湖区常年遭受自然灾害，家里的生活条件仍然十分窘迫，一座茅草屋，一副破渔网，几件蓑衣几顶斗笠，家里几乎没有像样的东西，连年惨遭水淹已经给外公外婆背上了沉重的负担。

1933年水灾那年，我娘（全文均以娘或以当地方言“姆妈”相称）呱呱坠地，四月份洪水就开始漫过堤坝，涨水的恐惧和往年洪水留下的创伤足以让外公外婆身心俱疲，不堪重负了。

作为家里的顶梁柱，外公一刻也没有停歇，总想从偌大的湖里捕获惊喜，来慰藉全家的温饱。他蹲在湖堤边，有时看着一望无际的湖水发呆，有时嚼着草叶发酸，虽然有种貌似“行看流水坐看云”的样子，其实他心底的纠结与惆怅，希望托付给眼前的流水流云一并快快地流逝。

行到水穷处，坐看云起时。外公虽然达不到如此境界，但他对美好生活的渴盼与追索，还是从他风风雨雨、日日夜夜的奔波中足见一斑。他唯一能做的除了这些就是生儿育女了，因为人口家口，不生不了。

外公外婆先后生育四女二男，舅舅老大，一男夭折，娘排行老四。

咯只女崽子（方言，对女孩子的称呼），生不逢时啊！外婆看着怀中很瘦小的我娘，不免如此叹息，眼泪不禁自流。

外婆生下舅舅和二个姨妈已经让这个捉襟见肘的家庭很不容易了。当时在农村，谁都想多生儿子，一是日后家里有帮手，二是好传承香火，当时没有计划生育政策的约束，所以外婆总想碰碰运气，哪知道命运与其相违，后面四胎偏偏都是“不带把的”，气得外婆脸色铁青，阴沉得像湖水退去时露出的一块冰冷的鹅卵石。

抱走，抱走，抱得远远的。外婆每次与外公吵架的时候，外婆总是先拿娘出气，“啪啪啪——”紧接着伴随响亮的三巴掌。

“女崽子，名字还没有取呢。”外公小心翼翼地说。

“取取取，还取什么名字？反正要到人家家里去的。名好不如命好哦。”外婆争执着。

舅舅遗像

“那哪成呢？人，不管走到哪里都要有名有姓的啊，再说，取了名日后也好相见啊。”外公几乎在祈求外婆给娘先取个名字再说。

其实，外婆是个要脸的人，她不是不想给亲生女儿取名，主要是碍于自己没有文化，外公也是半斤八两，担心取不好，不好听，又怕取得不吉利，请人取名嘛可要花钱，至少也得去掉几个鸡蛋。所以，外婆内心一直很纠结。

舅舅的名字也取得土气，因为当时生下来时头拉得老长，所以直接喊“长头里”，后来外公外婆越看舅舅脸长得越来越长，越叫越不好看，都怪没有取好舅舅名字而后来有过不少争执。后面的姨妈们，两口子一合计干脆按二姺三姺来叫，外婆名字也有姺，姺与仙谐音，意思是希望她们长得像仙女一样漂亮，以后的日子像神仙一样舒服。

姨妈们还是没有因为名字而改变其贫穷的命运，即使她们抱的抱走，嫁的嫁出去了，都过得紧巴巴的，离神仙的日子相差十万八千里啊。

我小时候舅舅对我特别宠爱，一见面就要拿香烟给我吸几口，呛得我不要不要的，怪不得我后来学会了抽烟。

给娘取名字，外公外婆的确很犯难，也很慎重。

我娘生下来不仅瘦小，而且经常感冒咳嗽，看上去面黄肌瘦的样子让外公外婆揪心不已！可怜天下父母心，虽然生下来又是女孩，令外公外婆不是滋味，但做父母的总希望儿女们健健康康，哪怕今后送人的话别人也好带养啊。

等洪水退去后，外婆叮嘱外公打鱼之余去湖边洲地上挖些诸如地菜、马齿苋、车前草、金钱草之类的当地野生菜草来煮汤当药喂给娘吃。带去医院看吧一来没钱二来不方便，在当时农村普通老百姓看病要么找土郎中，要么自己找些类似中草药的植物权当药品自己来治病，甚至束手无策的时候还会用迷信的方法盲目应对。

在农村，老百姓根本不把小病当一回事，有的人干脆采取拖延的无奈之举，往往小病酿成大疾，在当时特定条件下，当地村民不是饿死就是病死的现象司空见惯。

舅舅的那个弟弟就是因为生病没有得到及时治疗十岁不到就夭折了。

秋末冬初的日子，外公就利用打鱼闲暇的空档去湖洲上扯草卖，以贴补家用。这次他并没有挖来所谓的草药，而是冒着风寒扯来了一把细长的水草。这种野生水草一般长在湖边的泥沟和池塘里，根系特别发达，从泥地里拔出来一蔸恐怕有数十根乃至上百根草须交错着，缠绕着，形成了一个团结而强大的整体，难以分割，把附在上面的泥轻轻洗干净，又细又白又嫩的根系就露出来了，像一根根银条，光泽可人。

这种野草根，如果用韭菜来清炒的话特别脆嫩可口，当然再放点腊肉的话那味道就更香了，在当地是一种不登大雅之堂却能维系老百姓餐桌的美味佳肴。别的乡镇村民恐怕对这种水草知之甚少，要想吃到这种地道菜的话，还真的非蒋家巷莫属了。

当地人称这种特有的野草根叫“邓繁根”（学名：荇蘩）。

五

邓繁根春来吐叶，夏季开花，秋水入泥，冬雪壮根，嫩绿的叶片呈椭圆形，中间看上去有些凹陷感，紧贴在水面上，给人一种似缺非缺，似损非损的样子，根却深深地扎进泥底，伸出水面开出的那朵细微的黄花，夏日里散发着淡淡的清香，当地人叫作邓花，很耐人寻味。

它并不怎么起眼，与水里的苔草、荻草等水草相比，太显卑微不过了。青蛙却不这么看，它喜欢把其当成自己休闲的平台，匍匐在其叶片上，时而瞭望着平静的水面，时而洞察脚底下的水中动静，还不时哼着小曲，风吹过来随着叶片一起摆动，水中飘摇的日子，实在逍遥极了。蜻蜓也不见外，而是把优美的舞姿献给那些可爱的花骨朵，不时停泊在细小的花枝上，舒展着翅膀，聆听着邓花绽放的声音，一起守望水中蹉跎的岁月。

腊月梅花开，三月桃花红，五月六月邓花金灿灿。外公外婆显然希望女儿的日子能像她十五月儿圆出生时那样圆满，更像邓花一样灿烂。

“叫邓香，就叫邓香吧！”外婆看到外公手中那把水灵灵的水草，一眼就看出那是“邓繁根”，几乎想都没想，直呼其名。外婆虽然没有文化，但也算机灵，她触景生情的想法令一旁发愣的外公也一下子开窍了。

“好，好，就叫这名字。”外公一连说了几个好，并不停地点头。

邓香，娘的名字，就这样在外公外婆不经意当中，在没有花一个鸡蛋请别人取名的情况下顺顺当当地取好了，听起来有些淡淡的乡土味。

在那时农村，大都喜欢给女孩取腊香梅香、荷妹菊妹以及金花银花、小凤大凤，男孩取春生秋生、金水银水、喜根尿根等一连串乡土味极浓、也极普通简单的名字。这些名字几乎成了当时中国农村一种典型人名文化的普遍倾向，名字很多重复，听上去也觉得土味十足，但透过名字的背后，仿佛闻到了中国农村原始落后与淳朴善良、渴求希望与幸福一并交织的最底层也最接地气的文化气息。

娘，天生娇弱，外公外婆对她的照顾也格外细心，皮肤也渐渐白皙起来，样子也越来越好看了，乌黑的眼睛见到大人逗她就笑成一条缝，几个月大既不会说话，抱起来也不觉得有什么份量，可爱的样子令外公外婆有些舍不得，也左右为难。

外婆养儿育女实在有些力不从心了，每每看到娘生病可怜的样子，怜悯之余外公外婆还是最终没有改变把娘抱出去的初心，因为家里人多口众，实在养不起啊！

不舍一株菊，哪得一村香？不舍一根草，哪得一家饱呢？

无奈之下，娘，就这样在刘家生活十个月后，身裹一块红布，脚穿一双红绣鞋，以农村一种传统而简单的图吉利方式，抱送到了十里外的后李村。

后李村以拥有一棵高六丈、粗四尺，距今900多年的千年古杉而得名，又名杉树李家。基祖子德公，乃北宋抗金英雄李若水（吏部尚书李忠愍）之继子，被建炎皇帝官封“里司门”后，为避战乱，辗转多地，迁徙到鄱阳湖畔青松翠柏、山清水秀的柏岗福地，种下了那棵象征后人兴旺发达的杉树，从此定居于此，繁衍生息。这棵古杉至今依然根深叶茂，挺拔傲立于村头，历经风雨沧桑，雷击屡次而不倒，成为李氏后人勤劳勇敢、坚忍不拔精神最有力的见证者。

这，或许就是刘家人看中李家村的原因之一吧。

外公抱着娘，凛冽的寒风不时透过外公的颈脖钻进来，他打着寒颤，一路湿滑，不知摔了多少跤，但娘被外公紧紧地搂在怀里，没有受一点伤。

到李家的时候，娘冻得瑟瑟发抖，手脸通红，嘴唇发紫，难看的样子把外公和李家人吓了一跳，地上铺满了一层薄薄的雪，梅花却已挂满枝头了。

娘虽然被“放下”了，似乎了却了外公外婆一场心事，但外公为自己的无能和自私很是内疚。

娘心如水，娘命如草

有道是：天下熙熙，皆为利来；天下攘攘，皆为利往。外公的一己之利，想卸掉生活负担的无奈之举，也显而易见了。

外公孤零零行走在冰天雪地里，就像寒风中飘落的一枚叶子，更像鄱阳湖的上空一只无助的受伤的孤雁，卷起多少伤感与迷茫！

后来，外公身体每况愈下，或许因为常年湖区恶劣环境和生存压力的影响，抑或对亲生骨肉的挂念，他得了水源性疾病综合症等。一次外村的东家请他干农活，他忍着病痛和苦累，一口气把田里十几亩水稻在洪水决堤前全帮其抢割了上来，东家为奖励外公出色的表现，准备了一顿丰盛的午餐，外公从来没有吃过那么多好吃的鸡和肉，狼吞虎咽过后，在东家屋里大病一场，尔后离奇病逝了，外婆连最后一面都没有见着。

那一年，又是湖区的洪灾年，鄱阳湖水倒灌三洞湖，把整个刘家村庄都淹了，洪水很久都没有退去，外公的遗体不得不在东家那个村的附近山坡简单埋葬了。

没有唢呐，没有陪葬品，只有那汪无情的湖水，既隔断着外公回家的路，也终结着自己一生与湖相守，与鱼相伴，与水相依，与草相连的漂泊生涯，堪似“风来疏竹，风过而竹不留声，雁渡寒潭，雁去而潭不留影”般的凄凉。

娘，那时候，连为自己父亲送葬的机会都丧失了，也许外公逝去的消息娘不知道，他葬在何方，娘无从知晓。

娘开始的童养媳生涯，也充满着不测风云，一如外公，一如汪洋中漂浮的一棵草，生命依然游离于岌岌可危之中。

草　命

走过千丛卑微
把懦弱的印迹死死踩在脚下
不透过一丝惝恍的讯息
风拂过她的坚韧
雨触摸她一片柔情
铁骨已在万顷之水的浸润下暗暗滋生
有些粘稠的泥土
覆盖些许苦痛
却覆盖不住她与其分离时的挣扎

感恩发达的根系
支起生生不息的轮回
把信仰固守在葳蕤的旷野
味虽然注定是长长的青涩
但傲慢的气息张扬着颠覆性的挫伤之后
慢慢与漂浮离逝

粲然之下
与帆对弈
与岸絮语
与生命阳光签下一道绿色之约

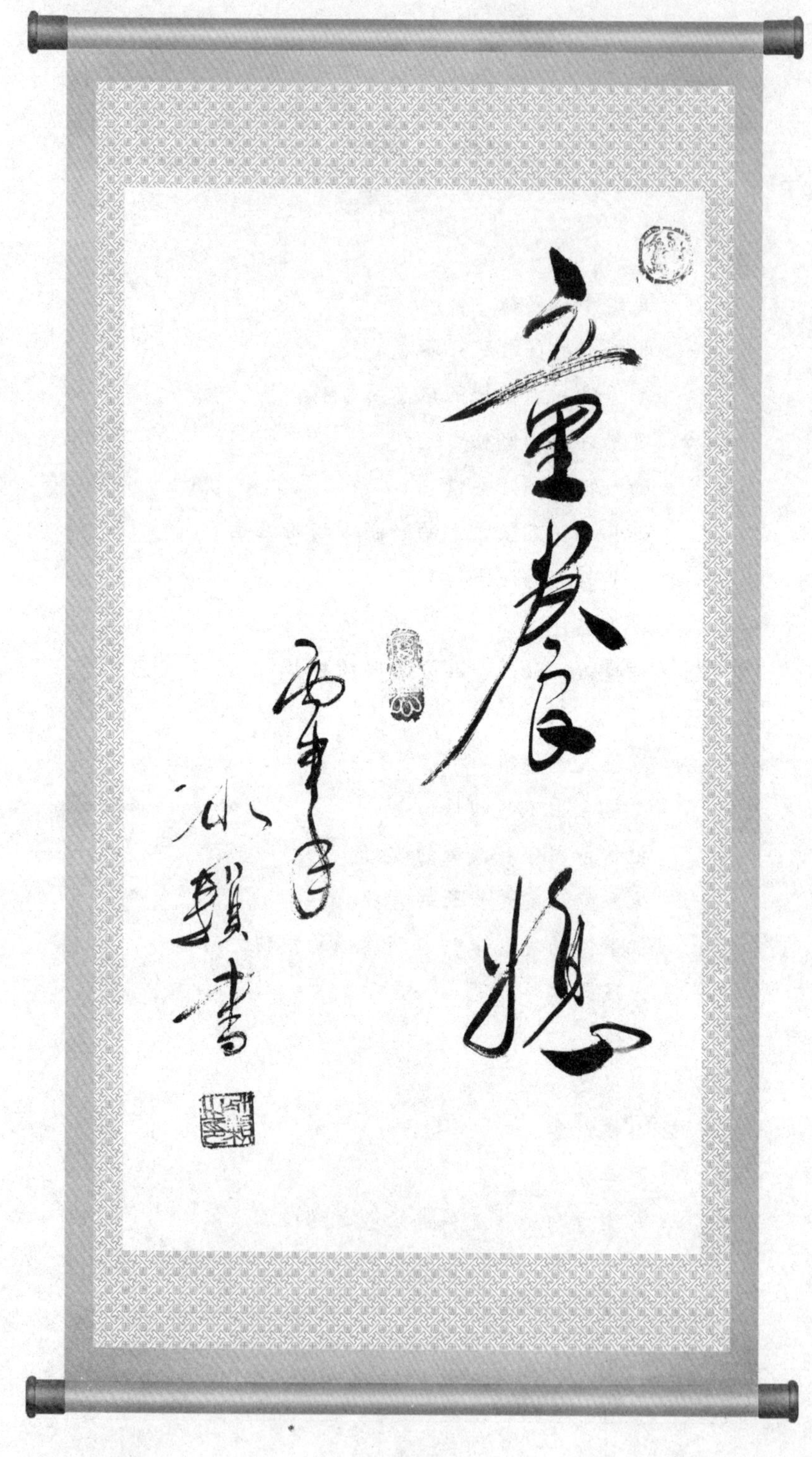

童养媳

童养媳

一

土在哪？根就扎在哪。

人在哪？心就安在哪。

在哪生？就在哪死；在哪长大？就在哪里死心塌地活命，哪怕命运留下全是痛苦的伤痕。

这，或许就是鄱阳湖区童养媳们真实的生活写照。

民国二十七年至三十八年（公元1938－1949年间），蒋巷作为南昌县的首区，别看其弹丸之地，地处鄱湖之滨，赣江之隅，却是全县拥有最多管辖之地的最大区，直到解放后，才由下辖55个乡缩减到五乡三镇，直到后来合并成一个乡镇。

苦水中挣扎的祖母

这里的老百姓世世代代耕云种月的质朴、善良与执着一直延续着。千百年来他们似乎习惯了传统的日出而作、日落而息的耕作、捕捞生存模式，在这里养儿育女、繁衍生息，在这里婚丧嫁娶、生老病死，没有奢求，只祈求上苍对湖区赐予宽仁与厚爱，年年风调雨顺，远离大旱大涝。然而，苦难却随着人口密集与生产力落后相继降临，生活的宁静也随着旱涝的肆虐接踵破碎。

蒋巷人们生活在这座孤力无援的洲岛上，与外界难以接触，即便与近在咫尺的南昌城靠近，人们常常因为无桥造成的交通不便而迷茫、苦恼，从而泯灭了走出去闯荡的愿景。

岛上的人们如此，岛上的童养媳更是如此，一如走不出的山旮旯，冲不破的篱笆墙。

撑船过渡，是这里的人们走向外面世界的必经之道。解放前，过渡的船都是些小木船，当地人称“筏子”，坐上十几个人筏子就摇摇晃晃，像个醉汉，一遇风高浪急，就有倾覆的危险。每逢重大节日、墟集日，河岸两边渡口，到处围挤满了你催我赶的“赶渡”者，超载的事司空见惯。当然，导致渡船进水下沉、翻船覆没乃至落水溺亡的悲剧也时有发生。直到解放后才慢慢有了机帆船、水泥船和渡轮等。

大部分村民没有特别要紧的事，一般都不过渡，尤其是那些老弱病残妇幼们，许多人一辈子都没有出去过，进城更是遥不可及，就像把自己关进一个封闭的笼子，即使有翅膀，也折断了飞翔的梦想。

有的人家，为消除日后的牵挂或纠缠，也会偷偷把女孩送到江河的对岸，这座孤岛俨然成了她们遥远的家。也有不少外埠人家把女孩送进这座孤岛，让这条江河永远成为隔断亲情与相思的屏障。

富不过天堂，穷不过蒋巷。当地的人们从前常常如此自嘘自嘲。蒋巷穷，不仅因为靠近鄱阳湖旱涝不断的天灾，也不只是缺乏通向天外的桥和路，而且受水源性疾病的长期困扰，更重要的原因莫过于这里的人们祖祖辈辈从未停止大生育大繁衍的步伐。

三个四个不算多，五个六个不难拖，七个八个才算一窝。看来蒋巷后来成为江西的大乡大镇，土地面积只有区区的240平方公里，但人口数万之余完全可以与一个山区小县媲美。可见，这里的生存环境与老祖宗秉承的“儿孙满堂，世代流长”的繁衍理念不无关系。

“泽国芳草碧，梅黄烟雨中”、“彭蠡湖天晚，桃花水气香”、“一水云际飞，数峰湖心出”等一串串脍炙人口的传世佳句，无非是古代浪漫诗人看到鄱阳湖表面的秀美风景一时兴起作赋，而没有真正发现美景下湖区如此苟且维艰的人们。否则，绝对没有如此洒脱浪漫的心情云游彭蠡湖了。或许，蒋巷更是那些才过八斗的性情诗人们难以抵达的彼岸，如果诗人明了，诗境中一定少不了些许忧患和伤感。

人们往往在旱涝的恐惧中生存，每天都在为寻找出路而烦闷，每时每刻都在为一大群嗷嗷待哺孩子们的生计而一筹莫展。

越穷越生，越生越穷。也许，湖区人们的逆向思维能力比谁都明白，这看上去是人丁兴旺的好气象，但这绝对是条套在大人们颈脖上的枷锁，越箍越紧，越紧越痛。在村里除了生育的放任自流与儿孙满堂攀比和面子的无奈外，没有什么比这个更能让他们找到释放郁闷的气口了。

宋朝建炎年间那些开基的老祖宗们，为什么会看中豫章城外这方与世隔绝的所谓风水宝地？是被那些浪漫的诗人忽悠了，还是受仙女大姑小姑的美丽诱惑，还是想到这看似“茫茫彭蠡杳天地，白浪春风湿天际”的世外桃源而独辟生儿育女的蹊径呢？

想必，鄱阳湖的历史魅力就在于其无穷与有穷之间。

闭起户，怀一肚；今日爬上床，明天站一墙。女人仿佛成了生育的工具，男人俨然传宗接代的机器，一刻好像也没停留，一户也不落下，生多了生累了，家里女孩就像大河小河的水一样自然漫灌了。

舅舅的小女儿就是湖区一个典型代表。表姐一口气生了六个女儿，陆续抱走了四个给人做童养媳，生得筋疲力尽，生得一贫如洗，也把一个活脱脱的漂亮女人生得面如土灰。她男人交代说，没有传宗接代的崽就一直生下去，直到生不出来为止。

于是，两口子像打游击一样东藏西躲，来到鄱阳湖边一个草洲上搭个茅棚子住，靠养几头猪，种几亩草洲田勉强过日子。那年，第七胎的时候终于感动上苍，观音果真送子了，高兴得夫妻俩直跳起来，对着茫茫鄱阳湖高呼呐喊，惊飞了身边的所有白鹭。

那一年，表姐的男人却没了。据说他是个十足的嗜酒汉，平时喝多了烈性酒和鄱阳湖里滋生毛蚴的水，不知不觉染上了血吸虫，从肝腹水、肝硬化到肝癌晚期，可怜的他再也享受不到养子敬老的天伦之乐了。

后来，表姐拖儿带女改嫁了，再后来，她的男人又走了，得的也是一场血吸虫带来的“晚肝”。

有道是：飘风不终朝，骤雨不终日。而我可怜的表姐呀，你湖区女人的命怎这般凄苦呢？

而湖区女孩，宛如大人们心头掉下的一块赘肉，也酷似鄱阳湖上那些飞来飞去的草絮，重男轻女的传统劣根性像锁链紧紧地套在她们的颈脖上，亦如针一样扎进其心底，命运往往比湖洲衍生的蒿草还要芜杂，还要贫贱。

湖区童养媳，应运而生。

二

娘，自然成了这特殊群体中的一员。

她像一颗鄱阳湖的草籽，撒向哪，就要在哪竭力地生根发芽，直到开花结果，无论风雨中飘摇，霜雪中煎熬，她只得认命——随遇而安的命。

刘家与李家的默契，使娘成为湖区极少数童养媳无买卖关系当中的一个，娘养到十个月大，刘家没有功劳也有苦劳，但刘家没有收李家一分奶水钱。一方面急于把娘抱走，另一方面李家虽囊中羞涩却口碑不错，外婆口辣心肠软，李家送来的几斗米被她强行退了回去，乐得祖母逢人便说刘家的好。

祖母也迫于生计，把姑母养到一二个月大就抱到同乡的万家做童养媳去了，再接着把娘抱进来，好为父亲早点招“媳”，那时候穷人家为省钱娶童养媳做媳妇的无奈之举如出一辙。

共同的命运往往会使人感同身受，去除些许私心杂念，产生怜悯与同情，或许这就是人性最本位的闪光点。

家虽贫，义不辍。湖区人们就淳朴于此吧！

祖母张氏虽然大户人家出身，“三寸金莲”足以标识她曾经的富贵。而人贵命不贵，本来张家希望祖母嫁到李家来，看中李家人的善良、能干，从而延续其富贵之命，但事与愿违，祖母嫁到李家后，李家逐渐门第中衰，即使祖母有一手给人缝缝补补做针线活的好手艺，也未能改变自己和李家人穷苦潦倒的命运。

祖母也许是千金小姐中的另类，她不但没有嫌弃贫穷，而且视我娘为己出，悉心呵护着这朵蔫瘦的“邓花”，就连生下叔叔的时候，都要先把娘紧紧地搂在怀里，一遍遍哼着摇篮曲，直到娘甜睡后才转身去喂叔叔的奶。

娘在李家受到的优待，远比湖区那些饥饿中哭泣、谩骂中鞭笞、歧视中出逃或露宿街头、无休无止中劳作乃至绝望中自残自杀的童养媳所遭受的虐待要幸运得多。

湖区的童养媳，一如鄱阳湖隆冬的芦花，随凛冽的寒风四处飘散，漫天飞舞，没有停歇的脚步。

饥饿中，她们慌不择食，有什么吃什么，只要是吃的哪怕残羹剩饭，莫说填饱肚子就是给辘辘饥肠个“安慰”就行；偷婆家吃的东西一旦被发现，伺候她们的常常无疑是一顿狠狠的“辣鳅子糊面”（方言，指挨打挨骂）。

荒洲上扯猪草、湖沟中捡田螺，稻田里挖野菜、村里村外拾狗屎猪粪、刺骨的冰窟窿中洗衣服等累活脏活甚至与她们未成年很不相称的重农活几乎包揽无余，一身脏不拉叽的破烂衣服，裸露的手指和脚趾头在冰雪覆盖的湖面或泥地里红肿成开花小馒头，干裂、破皮、流脓、出血，犹如烂沟里那滩浑浊的泥巴水。

她们不堪忍受婆家的虐待或折磨，背叛的方式往往选择逃离、流浪甚至自杀。鄱阳湖歪歪斜斜、坑坑洼洼的堤岸是她们漫长而空旷的流亡之路，堤岸下那茂密杂乱的树丛和低矮的茅草屋可以让她们暂时遮风挡雨，但也是其绝望上吊的地方，一排排树屋掩映下的波涛汹涌的湖水可以冲刷她们的卑微与屈辱，也足以让她们跳向生命的尽头。

那时候，女孩漂尸湖上俨然成了鄱阳湖畔一道刺目的凄风衰景。

那些女孩，承载的重负往往超乎一个未成年人的想象，她们虽是女性，但她们所承载的命运远远超出了一个农村女人所背负的一切，哪怕她们到后来终于结婚生子，也难以愈合作为社会最底层的角色所带来的精神上的创伤。

女孩一旦被父母抱出去，其返养的几率几乎为零。

早熟、早婚、早育、早衰是湖区童养媳比较明显的生理和生命特征。

由于从小干体力活，她们扮演着超级童工的角色。身材普遍矮小瘦弱，背微驮，长相略显猥琐，表情稍带木讷，加上穿一身别的孩子替换的或大人捡来的破烂衣服，看上去年龄比实际年龄要大很多，十五六岁就为人妻人母一点也不稀奇，根本看不出来还是个乳臭未干的丫头。婆家让童养媳早早成婚的比比皆是，早生贵子自然成了婆家最迫切的愿望。

如果生的是男丁，童养媳的日子相比还好过些，如果生的是不带把的，其面临唠叨和辱骂的日子就够漫长，而且生下来的女婴同样将难逃其母亲一样被抱养的凄苦命运。

农村女孩被代代抱养的传统习俗在鄱阳湖一带循环交替着也就再平常不过了。这，无非成了当时农村家庭以及社会的一个症结。这个结，纠缠着多少苦难与无奈、心酸和泪水啊！

穷人家的女孩越多，意味着被抱走的几率越高，穷人家的男孩越多，意味着收养童养媳的人头数越多，显露中国农村恶性循环的生育状况，童养媳未老先衰、未老先死的厄运自然成了横亘于农村女人命运殊途中一道最深也最险恶的坎。

三

当然，事情没有绝对，有些童养媳的命运与不是童养媳的女孩命运很接近，同样的贫苦家庭，也有着不一样的命运。

娘，就是幸运中一个。她的确是这群童养媳中不幸中的万幸，她以她与生俱来的温顺与乖巧、灵敏和勤快渐渐走出了笼罩在童养媳头顶上的阴霾。

小时候的娘很显瘦弱，但天生一身好皮肤，白白嫩嫩，洁白整齐的牙齿笑露起来很耐看，加上她平常说话时那低柔的清音，就像微风中碰触的铃声，清脆中夹带着丝丝甜美，常常惹大人们抢着抱，逗着玩，亲友邻居们都对其喜爱有加。

尤其是娘大大的耳垂与其瘦小的身子很不相称，祖母有事没事就喜欢搓搓娘的那对柔软的耳垂，她叮嘱娘平时多搓搓耳垂，多揉揉耳根，她告诉娘：你将来一定是有福之人。娘并不明白祖母当时说的寓意，但娘一定带着祖母寄托，憧憬着那一天早早的到来。

祖母每一次外出帮人家做完活乘暮归来，东家给的一点饭菜，她自己舍不得吃，不管多晚她都用碗盛着、用布包着，小脚尖一踮一踮着带回来当做娘的晚餐。

娘俨然一棵病秧子，祖母到处为其寻医问药，感冒咳嗽、头痛发烧的事成了家常便饭，祖母总是毫不厌烦地精心照料，有时候娘病哭得厉害，急得祖母也一把鼻涕一把涎地跟着哭起来，婆媳俩哭声交替着，重复着，席卷着漫幽、漆黑的夜。

祖母把娘当亲生女看待，这在当时农村家庭是很难做到的。“我邓香女，我邓香妹子”如此亲热称呼让全村其她的童养媳们既羡慕也嫉妒，常常把隔壁的“庭娘子”（方言，童养媳的别称）嫉羡得眼红三尺。

娘小时候在祖母的熏陶影响下，几乎很少听到娘说出骂人的脏话来，即便受点小委屈，困在心里留存嘴里的气话都被那汪湿漉的泪水转瞬而冲刷、湮没。

不顺心的时候，哭声代替了娘的哀伤，沉默代替着娘的幽怨，知趣的转身与自觉的走开避免了娘与他人无休无止的争斗。

娘的一身衣服基本上都是祖母用给别人裁剪的布头缝的，虽然衣服稍带破旧但穿戴整洁，看上去清清爽爽，或多或少掩盖了穷人家女孩的几分寒酸。

屋北面二十米开外的那口水井，是娘年少时最喜欢去的地方。走下红石砌成的台阶，一溜小跑就到了红石与麻石垒成的三级井台，苔藓和叫不上名字的野草分布在水井外壁和台子周围，娘常常用小刀去一层层刮下来，小心翼翼地喂祖母养的小鸡和鸭子，祖母说那种又青又嫩又细的草就像鄱阳湖的蒿草一样养人，刮下来给鸡鸭吃最好不过了。

祖母的话娘记得很牢，只要有空娘就到井边刮苔草喂鸡鸭，看着鸡鸭一天天长大，娘打心眼里高兴。鸡鸭长大了被祖母拿去抵债或换点零用钱，娘自己从来没有吃到一块肉，但照样尽心尽力喂养一茬又一茬的鸡仔鸭仔，期待着它们一天天长大，卖钱，贴补家用。

那泓井水不深也不浅，水质非常清澈甘甜，祖祖辈辈的村里人都靠它来滋养，从没有干枯过。

传说很早的时候，彭蠡湖的龙王有个最小的儿子，从小很顽皮，不愿读书，时不时在鄱阳湖一带兴风作浪，把农民的庄稼淹得颗粒无收，后来被龙王爷发现了，派手下一路追杀，他东躲西藏蹿到了这口水井的地方底下。龙王知道后下令擒拿，为不让他再造孽，龙王卸下龙头上的龙箍把他罩住了，并命令他每时每刻吐出水来，供一带的老百姓饮喝以作谢罪，后来当地人称这口井叫“龙井”。

娘，和村里人一样，听着龙井的故事也喝着龙井的水慢慢长大。

大人们打完井水后，起伏的水面慢慢平复下来，就像一面大圆镜。因为家里根本买不起镜子，娘刮完井苔之余总喜欢对着井水照照自己的脸和上身，还有那根细长的麻花辫，村里很多女孩和童养媳们劳作之余也会偷偷地邀集一块来到井上臭美，有时争先恐后地对着井底声嘶力竭地大喊，比比谁的回音最大最亮最长。

其实，井台边的空阔与寂静，更是这些童养媳们悄悄互倒苦水、诉说衷肠的好地方。当然也不乏村里的男女老少们，打水的时候也会时不时地对着井水东瞧瞧西看看一番，一探龙子的身影，然后茫然若失地离开。

娘，和村里其她的童养媳一样，单纯得就像这口老井。

童养媳们也好，男人女人也罢，村里一代代人照常观其水、打其水、担其水，喝其水，爱其水，日子过得清淡如水，简单似泉，大家也心若止水，没有任何杂念，这泓井水成了他们生命之源，也成了其生活悠然之泉。或许，也印证了老子说过的那句：万物之始，大道至简，衍化至繁。

盛夏时分，人们除了在树荫下乘凉外就喜欢搬凳子三三两两到井旁乘凉和闲聚，有时候连家禽牲畜也喜欢在井旁周围逗留，与人共享水井赐给的凉爽，这里自然也成了村里夏季最热闹的地方之一。

寒冬季节，井孔飘出的氤氲白气缭绕在水井周围，把整个井台缠绕着，隐隐约约的人影晃动着，如仙境一般，取出的水温润如汁，绵甜可口。

井壁被井绳和水桶磨得千疮百孔，井沿也被脚踏得凹凸不平，甚至有些残缺不堪，井架上的石头也在风剥雨蚀、雪洗霜染中慢慢松动脱落了，但它丝毫没有顾忌，没有遮掩，只有日夜汩汩地流淌着生命的真实。

娘伴随着也守护着这口水井，如同守护生命的源泉，娘陪着它，它也陪伴着娘，相互经历着岁月的磨砺变迁。

龙井一年四季伫立在村后，默默地与风对语，与雪交融，与人相容，酷似一位慈爱的母亲，任凭儿女们汲取她无穷无尽的乳汁。

四

水井的后面就是那口叫“后万里”的大池塘，木制的洗衣码头常年被水浸泡着、漂浮着，显得滑溜脏兮，甚至有些斑驳腐蚀，孤零零地躺在村北面的浅水洼中，有时一晃一晃的，人少的时候站也站不稳，人多的时候反而在重力的作用下稳当了，只有洗刷的人们的到来，才会打破码头的静穆。

童养媳往往是每天最早与码头零距离接触的人群，洗衣棒槌的敲击声伴随着公鸡起鸣一起回荡在水塘的南侧，晨曦和夕阳把池塘和这群洗衣的少女染得鲜红，如血。她们知道，没有资格与村里别的女人去争抢码头的位置，只有等那些真正的女人走后，她们正好做完了家务活才端着大盆、挑着大桶的衣服来搓洗，从村里各个角落走来，从黎明和黄昏走来，从春夏一直走到秋冬。

娘也毫不例外，从五六岁开始，也渐渐干起洗刷、洗衣的活。在我的记忆当中，娘好像一直洗到动弹不得乃至生命老去。

或许她洗惯了，或许她把洗涤当成一种锻炼，既卖力，也必须细心去做，哪怕一个小污点，都要明察秋毫，不能遗漏。娘也担心一旦没有洗干净或洗破衣服，会受大人的数落，让她面红耳赤。

知人者智，自知者明。娘很长心。

娘常说，一个女人如果连洗刷的力气都没有，就说明她一生快到终点了。

娘身体不好，祖母有时也心疼，她总是把一家大小的衣服抢下来拿到池塘去洗，别人洗的衣服娘也不满意，她喜欢自己去洗，或许，她恨不得把卑贱与贫穷，把心酸与苦难都拼命洗刷掉。

冬天也是如此，娘用棒槌一锤一锤敲打着冰面，好不容易才打出一个冰窟窿，有时温度很低，刚洗好的衣服没有拧干就结了一层冰，冻得娘发抖，几次差点从木码头上滑下去，好几次是祖母掂起小脚把娘从码头上牵回来的。据说，童养媳溺死在这口池塘的事也时有发生。

娘，在祖母身边慢慢长大，没有做牛做马寄人篱下的感觉，但娘也会为自己贴上了童养媳的标签而苦恼，她有一种想撕又撕不掉的隐隐灼烧感，也有一种想发泄又不敢发泄的憋屈。有些心里话，她还是会偷偷跑出去向邻近的庭娘子们倾诉，不敢让大人们知道。

洗衣、做饭、喂猪、放牛以及织网、洗网、补网甚至跟大人一起耕田种地、撒网捕鱼等都是湖区童养媳们最基本的活。她们大都生长在湖边，最可怕的不仅是受到的歧视与辱骂，而且同样经受鄱阳湖水源性疾病的侵害，那就是黑暗中的健康杀手——血吸虫病。

湖区方圆几百公里的乡村出现“大肚子”女孩的囧事怪事让人触目惊心，一方面她们没钱治病，另一方面家里根本不把这个病当一回事，这种病潜伏期长，不易察觉，就像一个冷面杀手，慢慢蚕噬着她们幼小的肌体，因为得不到及时治疗，等待她们的终将是死亡的降临。

童养媳是家庭中不可或缺但极其廉价的重要劳力，她们生长在那个年代，充当着家庭、社会最卑微的角色，也成为不少暴戾家庭和买卖婚姻的牺牲品。有的人家不喜欢的话，会把她们多次转手，其流浪、乞讨、被倒卖、拐骗、强奸、杀害的现象屡屡发生。

据说邻村一“庭娘子”，因偷拿了邻居一根红头绳，导致两家不和，婆家人从此对她百般嫌弃与虐待，最终抛尸荒野，临终时一丝未挂，满身伤痕，只有头上那根红头绳在风中摇曳，替那双没有瞑目的眸子叙说她那无尽的哀戚……

我娘那时候听说这个事后，哆嗦了好些日子。

童养媳现象是当时社会背景下滋生出的一种生活常态，折射出湖区极其落后、贫穷和愚昧，也反映出农村重男轻女、男尊女卑等封建思想的蔓延和侵害之深。当时条件下无论谁都改变不了农村这种特殊的社会现象。它既是封建社会的产物，更是家庭生活需求的必然结果。

童养媳，打下了那个时代的黑色烙印。

童养媳，命如薄纸，贱如枯草，虽然受尽了苦难，甚至付出了惨痛的代价，但其能在十分恶劣的环境下顽强、坚韧地生存下来，也不能不算是乡间一大奇迹。

娘与她们共同拥有那种与生俱来的“不为苦动，不为难动，不为歧视所动”逆来顺受的心境，正如老子所言：人之生也柔弱，其死也坚强，草木之生也柔脆，其死也枯槁，故坚强者死之徒，柔弱者生之徒。

人，活着，不畏苦，不怯难，不惧死，放下命运赐予心底那堆高低不平、大小不一、软硬不同的块垒，就是一种非凡的超越。

寄 养

无奈
总驮着苦痛的藉口
有时候 无奈
裸行于弃舍的十字路口
把心发酵成一汪僵硬的湖水
刺激一生去舐尝

寄人篱下的影子逆风而行
潸然泪下的眸子漫过秋瑟风寒
谁也不知她清冷的心事
从生至死埋藏了多少尘埃
命运只派遣孤寂与卑贱
寄养在她梗塞的心口

疗伤的地方
或许黄昏或雨后或旮旯或梦呓
或许那剪
藤萝畦垄或草堂畴野之下
栀子花开了海棠也开了
却开不出她禁锢已久的心扉
雪也下了霜也染了
也难以擦拭她那段蹉跎岁月的浊痕

唯有心底寄养的那朵青莲
却 一直
斗放着她孤守的傲骨

乞

讨

乞 讨

一

赣江、信江、抚河、饶河、修河等五条江河水系就像五姊妹，紧紧地牵着鄱阳湖母亲的衣襟，依偎在她身旁，流淌的血脉与母亲湖的心脏相连，一路蜿蜒，生生不息。

鄱阳湖之所以称母亲湖，不仅在于她烟波浩淼，润泽四方，有容乃大，也在于她最质朴最原始最深邃的渔耕文化，更在于湖区儿女苦难中孕育的坚强和无奈中挺拔的坚守。

其下接滚滚长江，一路东流直通大海，取之不竭，用之不枯。常年雨润性天然气候造成南方雨季偏多，千百年来成就了鄱阳湖水系以及水路交通的发达，除了枯水季节，平时渔船如织，帆影点点，鱼货交易频繁。

其既是渔民和农民的渔耕之隅，也是历代商贾买卖之汀，更是帝王将相兵戈相见的必争之地。

600 多年前，朱元璋与陈友谅大战鄱阳湖 18 年，朱元璋指挥千军万马在扬澜（今余干县境内）土岗上留下的点将台以及陈友谅的妻子在吴城镇外（今永修县境内）登临观战的“望夫亭”，依稀可见当年湖上箭刃乱飞、苇丛残喘尖鸣、湖中赤血浴战的场景。

中美农业联合考古队曾经带着奇思妙想，来到当时地处彭蠡湖边万年县境内的大源仙人洞和吊桶环遗址，寻找人类稻作的斑斑遗迹。谁都未曾想到人类稻作文化竟然在鄱阳湖生存了 12000 多年，由此把世界 7000 年前的稻作文化推早了 5000 多年，当然这样的学术问题还需要专家们进一步的考证，但想必先祖早年身处鄱湖之滨——九江德安故里的中国杂交水稻之父的袁老先生知悉？没有母亲湖这个遗传基因的话，袁氏后人会拥有水稻杂交的大智慧吗？

上善若水，水容万物而不争。怪不得千古圣人老子对水也有神奇的顿悟。

水能载舟，亦能覆舟。一代明君贤主李世民的千古名言不仅千百年来一直成为警示后人的法宝，更道出了水的多样性、可变性与哲理性。

人生情，水生洪，天人合一的世界里也同样包含着天人逆转的哲理。

4000多年前，洪水就被记载在先秦《尚书·尧典》里，它的张扬、放荡以及肆虐、暴戾的个性早已昭然若揭，它以不同的方式祸害着各地的黎民百姓。

“六七八，洪水发”。过去湖区人们对鄱阳湖每年六至八月间的汛期了如指掌，洪水“发情期”的到来，当地老百姓极度恐慌之中，纷纷提前做好了拖儿带女举家逃离、搬迁的准备。

肆虐的洪灾导致的洪荒现象触目惊心。汹涌泛滥的洪水令其房屋被毁，田地被淹，牲畜家禽以及来不及逃离的人们漂尸湖上，哀鸿遍野，人们只有被迫逃离家园，不少民众从此过着颠沛流离的逃亡生活。即使洪水退去，家园也被冲得一片狼藉，虽然让土质变得有些肥沃，但谁都不敢确保来年种子是否能变成明天的果实。

天上鲤鱼斑，地上晒谷不用翻；天空没有一丝风，身上汗如雨来冲……这是湖区人们对鄱阳湖一带三伏天持续高温、闷热、无风和潮湿等极端天气脱口而出的民间谚语。

鄱阳湖流域，位于长江中下游，受西太平洋副热带高压的影响，以及陷于群山怀抱之中，季风难以渗入，因而“闷热型”的火炉气候，常常使湖区百姓饱受炙热、干旱的侵害，使本来就捉襟见肘的蒸笼般日子雪上加霜。

湖水受长时间高温蒸发的影响，在当时农田灌溉技术十分薄弱、滞后的条件下，严重制约着湖区农作物的生长与收成。湖泊断流、土地干裂、秧苗脱水、瓜果萎蔫等，足以让庄稼人仰天长叹、欲哭无泪。

“一涝一旱，割肉不断”。循环往复的洪灾旱灾就像割掉老百姓身上的肉一样难受。与其割肉，不如夺刀。老百姓肯定如此想过，但这把刀不是手中的刀啊，是老天的刀，大自然的利刃啊，谁有天大的本事夺得下来呢?

天命难违，湖区老百姓世世代代就这样百般忍受着“割肉”的痛苦。

选择乞讨，是不少老百姓不得已而为之的无奈之举。当地对乞丐称“叫花子”、“讨饭要饭的”。那时候，上海、汉口以及广州等城里随处可见来自鄱阳、都昌、南昌等湖区的乞讨者们，地势稍高的城乡山区也是他们乞讨、落脚的地方。破衣烂衫，蓬头垢面，神情沮丧是乞丐们共同特征。每每看到破衣烂衫上沾满泥污泥浆，身上常常披件用芦苇、稻草编成的蓑衣，头戴斗笠，脚穿草鞋的人在乞讨的话，那想必来自鄱阳湖一带的“难民”了。

二

祖父很早就逃到鄱阳湖东的波阳县一带做小本买卖，后来染上了赌博，嗜赌成性，有时三天三夜不吃不喝不睡，不仅搞垮了身体，而且与牌友大伤和气，据说后来与人打架得了痨病，咳血不止，回到家中不久就不治身亡。

幼年丧父的父亲从此无依无靠，祖母也无回天之力，只有把他送到亲戚家寄养才是唯一出路。虽然父亲没有沦为乞丐，但祖父一死，他十岁不到就去祖母娘家——张家打长工，一干就好几年。

那时，未成年的男孩给自己的亲戚打长工，没有报酬，只管吃住，多半以放牛、砍柴、喂牲口、做些杂活为主，能解决温饱生存下来就算阿弥陀佛了。其实做这种童工就是一种变相的乞讨，乞讨的人东窜窜西跑跑，来去自由，而打童工是没有选择余地的，端人家的碗受人家的管，而且管束很严，但基本能保证有吃有住，风险系数虽然较小，但要让东家满意却不容易，挨骂甚至挨打是常有的事。

父亲一次痛苦的遭遇让他刻骨铭心。

祖母的娘家当时在联圩张家一带是户比较殷实的人家，相当于解放后划分阶级成分的地主。他家田地多，耕牛自然不少，父亲来到张家后就承担起放牛的活。牧童的生活既累也单调，父亲并非顽皮之人，他比娘大四五岁，却成熟很多，从小吃苦耐劳，人又老实听话，祖母根本舍不得父亲去做长工，尽管在自己的娘家也不放心，但连年旱涝实在无法养活我娘和父亲、叔叔三个小孩，祖母无奈，只有把父亲送去干体力活，总比小孩子东讨西要好一些。

大外公和舅公的严厉人尽皆知，他们表面同情这个穷外甥，实际上一旦没做好，打骂的事也少不了。

人，总有闪失、犯迷糊的时候，何况孩童。

常言道：人倒霉，盐罐子也会生蛆。那年，鄱阳湖的洪水刚刚退去，天刚亮，父亲就被太外公叫起床了，他独自赶着十几条水牛往几里外的草洲上去放牧。路坑坑洼洼，布满泥浆，非常湿滑，父亲深一脚浅一脚地赶着牛，小心翼翼地看护着，生怕丢失牛，他深谙他们的厉害，可天公不作美，下午的时候突然下起暴雨，一下子把吃草的牛全淋散了。

父亲慌了，他左赶右拦，暴雨呛得他睁不开眼睛，小小年纪要护着这么多牛不走散谈何容易啊。最后，舅公和大外公也赶来了，发现丢了一头牛，而且是牛群里最壮的一头，气不打一处来，追着父亲从草洲到田沟，从垄上到河边上打，更可怕的是舅公操起了一把锹竟然要打断父亲的腿，吓得父亲直往河塘里钻，要不是舅婆、太外婆赶来劝阻的话，父亲的小命恐怕难保了。

鄱阳湖的夜漆黑一片，父亲的心也黯淡无光，灯黑的时候，父亲默默地流了一夜的泪。

吃饭吃米，说话说理。可舅公不管这些，他把牛看得比什么都重。这一次的教训让父亲懂得了人不如一头牛"屈人膝下"的道理，他想：自己的亲舅舅都这么狠，要是别人呢？

父亲屈服了。他不是屈服于他们，而是命运。当时父亲有过回家甚至去讨饭的念头，后来祖母和我娘自然也知道这个事，娘那时年幼，心里盼望父亲回家又怕他一起饿肚子，只有擦擦眼泪。祖母苦口婆心的劝导，父亲才勉强答应留下继续他"长工"生涯。后来，据说丢牛的事件又重蹈覆辙了，两头发情的牛相互厮杀，溃逃的那头慌不择路一头扎进湖里就再也没有上岸，父亲惨白着脸，等待他的不知是何等的结局啊……

父亲不会唱歌，但他不着调地哼哼"正月里来是新年，我打长工好可怜，大雪纷飞洒胸前啊，忍饥挨饿又一年…三月里来沤草田，左手牵条老黄牯嘞，右手拿着打牛鞭，要是黄牯不听我的言啊，我打得黄牯你眼朝天……"这首荡气回肠的《长工歌》，不时回荡在鄱湖田间地头，给父亲单调而孤寂的长工生活增添了少年时绵绵的感伤。

三

娘这些日子，同样在煎熬中度过。十二岁刚满，就牵着一个比自己小一岁的我叔，离开了屋后那口水井，走出村头，开始乞讨生涯。

祖母本来是不忍心让娘去的，一是怕丢了她的脸面，二来担心一个女孩子还小，遭人算计与欺负。

灾荒时期，祖母的针线活也算到了穷山尽水的地步，越来越难维持一家人的生计。娘很懂事，知道祖母面临力不从心的窘境，主动提出来带上弟弟（我叔叔）出门讨饭，她的提议把祖母怔住了，祖母的眼泪也随着娘赫然表现的独立和"好强"流了出来，滴落在她正在纺棉花的纱锭上。

窗外，飘落的雪花，透过茅草屋的窗沿滚落在祖母和娘的衣襟上，祖母抖了抖，娘也跟着拍了拍，接连打了好几个寒颤。

家里那头老黄狗从外面觅食回来，抖了抖毛背上的雪花，蹿过门槛从屋外跳了进来，似乎嗅出了主人的异样，温驯地蹲在祖母和娘的脚底下一动不动，眼睛不时向上瞧着祖母和娘的表情，娘顺手不停地抚摸它柔软而凌乱的鬃毛。

子不嫌父丑，狗不嫌家贫。狗之所以获得主人好感，是因为它的忠诚与善解人意，从不以主人的贫富而改变初心，它的改变，往往取决于主人对其的态度。

那时候富家人养狗，穷人家同样养狗，在鄱阳湖一带，几乎家家户户都养狗，哪怕养不起也要倾力饲养，因为狗通人性、知人心、顺人意。家狗户外觅食的生存能力比人强，每每回到家，不管这个家有多穷，也无论主人对它摆什么脸色，它都会摇着尾巴，凑上前去亲热地用舌头舔舔主人的裤腿，一如既往地履行守夜护家的天职。

那时候，富人家养狗却不一样，大部分是关着门养，从不让狗出来，也许因为憋得太久的缘故，那种狗特别凶，见到生人就狂吠甚至摆出猛扑的架势，因此富人家专门利用它来“把门守财”。

子不嫌父丑，狗不嫌家贫。老黄狗，它通懂人性的品格一直让它的生命在祖母身边延续了十几年，一直守望着全家人的酸甜苦辣和悲欢离合，直到其老死屋檐下。

我从小就特别喜欢狗，不仅在于其对主人的忠诚，且多了一份人性关怀与冷暖情结。

听说娘要出门讨饭，不仅祖母心疼，就连左邻右舍也舍不得，大家七嘴八舌围了过来，劝祖母：妹子太小了，千万别让她去啊！有的甚至说“路上有虎狼，会吃掉的哦”来假装吓唬娘。“我要去，我就是要去，我不去的话，弟弟和我婶子（娘与父亲一样从小称呼我祖母叫婶子）都要饿死的。”娘哭喊着、执拗着，不管大家如何相劝，终没改变她和叔叔双双踏上乞讨的征程。

吃不饱，揪根草，饿肚子，啃糠皮。娘带着我叔，就这样成了要饭路上风雨飘摇却形影不离的姐弟俩。

刚开始乞讨的时候，祖母再三叮嘱不要走远，不管讨到多少，每天必须回来“报平安”，否则就不让出去。娘开始的几天没有半点违抗，一大早就叫醒叔叔，在祖母的嘱咐声中出门，日落西山的时候就带着叔叔回家了。时间一长，讨饭的效率明显降低，附近几个村子都跑遍了，常常是空碗出去空碗归，不少村民都认识她们了：怎么你们又来啦？言下之意也似乎夹杂着丝丝厌怨。

两个单薄的影子，就这样寒来暑往，颠簸在世人的鄙夷中。

娘，寒风里冻得通红的脸，也被别人的数落与嫌弃羞得又红又紫，有时泛出铁青色，一旦发现别人的脸色不对劲时，娘牵起叔扭头就走，她不希望双方难看的脸色发生任何的碰撞。

有时遭人戏弄也在所难免：“小两口，什么时候过家家啊?”“小妹子，别讨啦，到我屋里做媳妇吧!”，每每听到看似关心实则侮辱的话，娘就会死命拉着叔的手一口气跑出那个要饭的村子。

宁可相信世上有鬼，也不能相信外面男人那张破嘴。娘出门时把祖母这句反复交待的话不厌其烦地装进肚兜。娘死死地记住了，怕上当，从不听也不信外边男人的甜言蜜语。

哪知道，挨家挨户的狗，不明就里，娘和叔一跑，它就把她们当贼在后面追得也快叫得也凶，几次把娘的袖口和手上的皮咬了下来，鲜血滴在雪地上，留下了一道道歪歪斜斜的红印。

后来，娘和叔叔的手上除了讨饭碗之外，还多了一件护身的宝贝：打狗棍。

打狗棍是祖母踮着小脚从村东的庙公山竹子林里砍下来的，一米多长一根，两根合起来也没有小碗粗，发出翠绿的光泽，硬邦结实，祖母拿回来后对着老黄狗假装抽了一下，吓得它一溜烟跑出十几米远，发现主人不是针对它，然后又摇着尾巴折身回来。

“你们好好拿着，准管用!”祖母脸上的苦笑始终渗透着一种信任。

有了打狗棍的壮胆，娘常常瞒着祖母，乞讨的“战线”越拉越长，地盘也拓展得越来越大——

四

往东，是一望无际的鄱阳湖，早上从李家出发往东走到鄱阳湖边，有时要走到天黑，娘对祖母唠叨式的叮嘱也习以为常了，为了填肚子，她带着叔走遍田畴地垄。

冬天，稀疏的湖面几乎看不到打鱼的船只，三三两两的小木船横七竖八地镶进了干瘪而冻裂的泥缝里，破烂不堪的渔网散落在它周围，似乎述说着各自的无奈与无助。呼呼的东北风阵阵袭来，把湖洲上芦苇杆吹得东倒西歪，头顶上不时掠过的孤雁，发出几声呜啼，给湖边的旷野增添了几分萧瑟与荒凉。

娘和叔并不害怕，倒是觉得很新鲜，也很好奇。她们似乎忘记了乞讨，下到湖塘边上，争相采着柔软灰白的芦花，互相吹起来，任凭芦花在眼前飘来飘去，像雪花，也像棉絮，更像自己漂浮的命运。

白天鹅，以成千上万的绝对优势，占领着湖中央一大片水域湿地，它们从哪里来再飞往哪里去，娘和叔叔一点也不知道，她们只隐约听过大人们骂人时常用“你癞蛤蟆还想吃天鹅肉啊?”逗人的话。

密密麻麻的天鹅在湖中央嬉戏、追逐、啄食和自由地鸣唱、飞翔，成群的大雁排成人字形，从他们的头顶高高地飞过，愉悦之间夹杂着一种莫名的惆怅：鄱阳湖是它们的天堂，而哪里才是我们的乐园啊?

看到叔用小石块不停追打着草丛中来回漫步的白鹭，娘很明白叔的意思，他不仅是玩，更想抓到一只，尝一尝鸟的鲜肉啊。叔每一次追逐的失败总也带给娘失望的眼神。

冬日的夕阳把鄱阳湖染得血红，娘看着天色近晚，再走回家不知要走到什么时候，她索性跟叔说：今天我们不回去了。叔很听娘的话，点着头，于是，娘拉起叔的手，向附近的渔民讨了几条小鱼吃，尔后借着渔民家点燃的微弱渔火，钻进了搁浅在草洲上的一条旧船算是度过那冷冷的一夜。

娘到鄱阳湖边来乞讨，并非明智的选择。这里人烟稀少，大部分渔民这时候都搬到岸边的村子里去住了，只有小部分没有房子的渔民被迫在船上过冬，要知道，湖面的温差比岸边村庄或街道集市上要低上好几度，如果有房子哪怕茅草房也罢，谁愿在凛冽彻骨的水面上喝着冷飕飕的西北风啊?

湖洲上的人们绝大部分以打鱼为生，习惯以水产品为粮食，很少种植水稻、红薯玉米等，没有这些粗粮哪能填饱肚子呢?何况靠近湖边一带的渔民生活条件，并不比圩内的村民要好，穷得叮当响的比比皆是，选择冬天外出乞讨的人恐怕比栖息在鄱阳湖的候鸟还要多。

祖母知道娘的脾气，对娘带着叔一夜未归的胆大妄为，并没有责骂她们，只是再三叮嘱她们以后别走那么远，可祖母的话并不重要，重要的是如何讨到吃的。

那时候，抗日战争的火焰仍在熊熊燃烧，南昌也沦陷在内忧外患的挣扎之中，硝烟弥漫的岁月里，别说填饱肚子，有口饭吃便觉得奢侈、满足。

冬天一过，娘似乎有点变本加厉，毅然选择了加入去湾子里（现南昌市湾里区梅岭一带）的乞讨大军，一路向西，一去就是好几天。

娘的“得寸进尺”抑或她的倔强，祖母万万没有料想到。

“日子讨得久，总会碰到一桌喜事酒。”祖母无奈，不得不经常鼓励娘，娘一直记在心里，她没有放弃这心中的渴望，总是怀着一种期盼，跋涉在乞讨的人流里。

娘为什么不选择仅一河之隔的南昌城呢？何况城里的富人多，无论从讨的份量还是质量上都比农村和山里强很多。这，仿佛是个谜。后来娘告诉祖母，她曾听外婆说过，城里人刁，也瞧不起人，何况富人多坏人也多。娘或许想与他们离得远远的，自己毕竟是个乡下女孩，担心被人拐骗。村里大人因儿女被城里坏人坑蒙拐骗而换来的痛不欲生的嚎啕大哭声，时常警醒着娘。

别看娘没有文化，年纪小个头也不大，但她头脑鬼精，她选择去山里乞讨，走的是一条千真万确的“穷众路线”啊。

湾子里是靠近南昌城的一座山区。它不像鄱阳湖那样空旷，绵延起伏的山脉隔断着路人的视线，悬崖峭壁以及山上长着的一排排毛竹、松柏和不知名的山树往往挡住去路，娘带着叔虽然跟着三三两两的大人们来的，但有时也会掉伴，迷路的时候她和叔就大声呼喊大人的名字，大人就会顺着山谷回声过来找她们，有时掉队远了喊破嗓子也无人应答，任凭呐喊声回荡在原始而森僻的丛林山野。

那时候，山里经常有野鸡、野猪甚至野熊出没，山涧突然一个不经意的响声都会吓得毛骨悚然，娘和叔硬着头皮跟着乞讨的伴，深一脚浅一脚地穿行于阴森森的大山深处。口渴了，两手合成碗状形，捧一口清泉喝；饿了，就蹲下身去用瓦片挖竹笋充饥；走热了，随手摘几片山树叶子当扇子扇；累了困了，干脆爬到岩石上打起盹来，任凭蚊虫叮咬，任凭脚趾磨起泡，任凭惊吓阵阵掠过胸口，只为那可怜的一口饭吃。

山里可怕，但再可怕也没有汹涌的洪水可怕，洪水来临排山倒海之势，往往令村民惊魂失魄，娘在山里乞讨的日子仿佛找到了一种安全感，同时，也找到了山里人一种特有的亲切与亲情。

娘的一次意外摔伤，被来山里打柴的一农妇收养了三天，农妇整日里为娘擦伤、熬药、端汤，每每看着眼前这个可怜而顽强的小女孩，发自内心的疼爱油然而生，后来，这个农妇就成了娘的“干娘”，“干外婆”进城后，娘仍然与其保持长期的来往。

娘的恩人：历经沧桑的干外婆

山里人山竹般的个性，山泉般的柔肠，山风般的淳朴与善良，一直镶嵌在娘的记忆里，现在，我才明白娘的“山乞之行”是那么的珍贵和值得！

做人要正大光明，讨饭也要讨得光明正大，这是娘常常告诫叔叔的一句话。

叔从小有点顽皮，有时会好玩似的顺手牵羊拿别人家的东西，娘一旦发现，会狠狠骂叔，有时等回家后会拿祖母的缝衣针刺他的手指。

讨饭就讨饭，不要三心二意，更不能做些偷鸡摸狗的事情，否则别人更看不起你！祖母嘱咐娘，娘转身就叮嘱叔叔，她硬直如山的个性，或许就是从别人一次次鄙夷与嫌弃、同情和关爱交织的复杂眼神中陶冶而来。

宁可多走路，也莫犯迷糊。娘从小表现出的聪慧与机灵，让身边的人刮目相看。

娘，以她特有的坚强韧性，度过了那段人之初最艰苦的乞讨生涯，也完成了从童年到少年的重大历练。

她，喘息着也呼唤着，惊恐着也跋涉着，纠结着也梦想着，始终没有停歇脚步，时而低首沉思，时而昂头踏步，继续向未来艰苦岁月一步步挺进。

乞讨，虽说迫不得已，但也不是穷人永远的路。在娘倔强的心底，总会燃起“富不过三代穷不过五服”等不求荣华富贵但求一息生存的人生欲望。

她坚信：今天受的苦，总会垒起明天的路！

饥荒年代

曾经　她
以饥的方式撞开荒的大门
多少次跌倒在芜与无之间
看到了碗却迟迟不见屋里的烟火

万籁俱寂的夜晚
总向寒星发问
焦灼与颠簸还有没有尽头
时间仿佛已凝固
血却在踽踽独行
心在阡陌中迎接舌尖上最诱人的挑衅
守望取代了哀怨
静默接管了泣诉
那抹泥土的清幽始终占据着渴盼的领地

须不知那个无语的年代
她的心底仍然蛰伏着
一树桃红
半枝柳绿
一如瓷里最撩人的青花

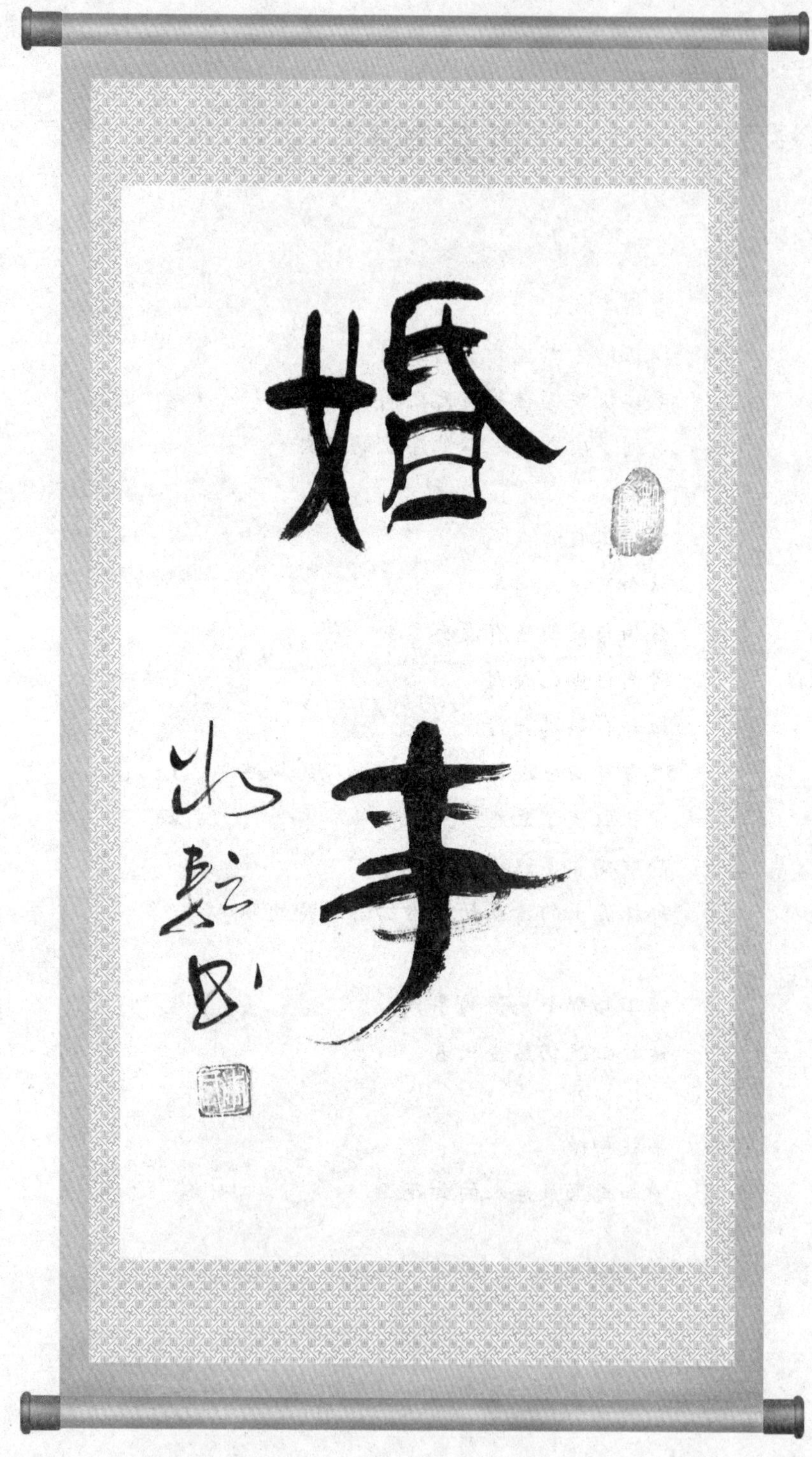

婚事

婚　事

一

祖母，乃富家闺秀，斗大的字不识几个，整日绣啊纺啊，在穿针引线中度过她芳菲青春，她虽不及黄道婆的精巧绝伦，但那手细针密缕的针线手艺，竟成其养家糊口的一手绝活。

祖母断断续续接些裁缝零活，比下田种地强一些，田地的活，纤指小足细腰的祖母一般不插手。

那年，祖父因在村里放火烧了日本鬼子储藏的柴垛，为逃避追杀，连夜逃到了赣东北的鄱阳县，一直躲在那里隐姓埋名，后来走街串巷做着“卖吹糖”的小买卖，一种用麦芽糖一扯一拉吹成各种小动物造型、专门取乐小孩的手艺活。

父亲从舅公家打长工无奈的回来，无形中给祖母造成了很重的心理负担，为不得罪娘家人，祖母接着又派我叔叔去接替我父亲，从此叔在舅公家也套上了小长工的枷锁，一锁就是几年。他被舅公派得更远的天子庙一带（现南昌市五星垦殖场境内），在湖边干着放牛、车水等农活。

娘却以李家童养媳和女儿的双重角色，以她瘦弱而不屈的身躯，渐渐挑起全家生活的重担。

食不果腹的乞讨岁月，不仅铸就了娘吃苦耐劳、沉稳好强的个性，也培养了她雷厉风行、独挡一面的做事风格，更成就了娘与祖母间相互怜悯、照顾、理解以及温润的婆媳关系。

祖母与娘的婆媳关系，宛如灯与火，在忍辱负重的日子里，相互依存着、守候着，也彼此照射着、温暖着。

祖母把我娘视如己出，这让娘很是感动。如果娘与家人偶尔叫嘴的时候，祖母往往偏向娘的这一边，即便娘有时做错，也很难见到祖母的愠色，聆听到的却是祖母细声细气的耳旁劝导，如果有别人取笑或逗骂娘“庭娘子”外号的话，祖母无疑会用搅猪潲的小木棍去轻敲他们。

祖母护着娘，宛若老牛舔犊一般，让娘切身感受同为苦难家庭却不一样的温暖。

或许女人善良本性使然，或许家境贫寒与亲情缱绻的共同作用，抑或上苍赐予她们的女人情缘，让娘后来一直守护、侍候在祖母身旁，帮其梳梳头，捶捶背，哪怕祖母身上粘着一根头发，娘都会轻轻将其捏走。

那时候，由于家庭条件的影响，娘一直没有回过娘家。

邻居常常这样对祖母说：人家都是重男轻女，你咯屋里而是重女轻男，为什哩呀？

“人怕没理，狗怕夹尾嘛，都是屋里咯鸭，都是屋里咯鸡，哪个还会去欺呢？”祖母每每回答得他们无言以对。

娘，就这样在祖母的呵护中长大，成熟，长成李家独树一帜的女人！

二

随着共和国胜利的钟声铮铮敲响，举国上下虽然亢奋在“我们站起来了！”无比自豪的欢呼声中，但老百姓的生活仍在一穷二白的漩涡里打滚。

湖区人们没有品出“胜利果实”的甜甜滋味，他们仍漂泊于风高浪急的湖面，蹀躞在苍茫甚至荒芜的草洲，他们诚惶诚恐稼穑于田畴垄沟，或孑然蜷缩于破烂不堪的茅草屋或农舍，期盼老天的赐予。

惊喜的是，娘与父亲的婚事在祖母的精心操持中如期举行。

娘许配给父亲，其实在娘抱进李家的那一天起，祖母早就盘算好了，吃下了这颗定心丸。哪怕不讨祖母喜欢，这场婚事也是铁板钉钉，因为，省钱的婚姻对穷家男人是最好的捷径。何况，娘不仅讨祖母喜爱，而且成了李家举足轻重、不可或缺的一员，娘的婚事，对祖母和父亲而言自然水到渠成。

父亲瘦瘦高高，皮肤不白，要不是打长工那几年风僝雨僽得厉害，说不定父亲也算得上后李村俊男帅哥。父亲见了人，不善言笑，没有一点多余的言语，别人在他面前叨唠，他总是笑着低头，从没有任何的争辩、反驳，更不存在男人间口角与肢体的是非冲突了，当别人争得“牙齿滴血”的时候，他或许已转身消失得无影无踪了。

娘，当然也把父亲平时这与人无争抑或与世无争的优点，看在眼里记在心上。

其实，父亲更可贵的，就是对祖母的百般孝敬！

父亲称呼祖母从不道妈喊娘的，而叫“婶”。这个缘由还得从他生下来的时候说起。

上个世纪二十年代末，那个蛇年冬天，屋外大雪飘飞，呼呼的北风夹着雪花从门缝里和破墙的石头缝里直灌进来，冻得快要临盆的祖母瑟瑟发抖，里屋的温度并不比屋外暖和很多，祖母身上只盖着件破棉絮，公公逃荒在外，祖母在村里接生婆的助产下，歇斯底里地叫喊了几声很快就把父亲顺利地生了下来。父亲生下来时没睁开眼，难道是不想看看这个飘零的世界吗？他也不会哭，接生婆于是“啪啪”朝他屁股上轻拍几下，父亲哇地一声啼哭，祖母哆嗦了一下，随即朝他的下身看了一眼，轻松地透了一口长气。

窗外飘落的雪花，无声无息地把屋上的瓦和地下的路全覆盖了，光秃秃的苦楝树枝上，几只饥饿的麻雀在喳喳地叫着，既像在倾诉公公的离愁别绪，更像在倾泄祖母忧悒中的喜悦。父亲的到来给祖母在那个寒冬里带来了丝丝慰藉，但他的出生也给这个捉襟见肘的家带来了不少负担。饥寒交迫的日子里，母子俩就这样节衣缩食地依偎着，任凭刺骨的寒风掠过心头。

父亲因为营养不良很显干瘦，皮肤有些发黑，生病的时候几次把祖母吓呆了，因为祖母的头胎也是个男丁，小时候不慎得了风寒病不到三岁就夭折了，祖母不敢再有半点忒慢，如果再丢了这个儿子，如何向公公和李家列祖列宗交代啊？

祖母对父亲的照顾无微不至，但父亲孱弱的身体却让祖母头疼不已。祖母特地从村外请来算命先生八卦了一回，先生摇头晃脑、念念有词地边掐边算让祖母相信得几乎要跪下：母属猪，子属蛇，亥子相冲，猪蛇难逢啊，你们母子犯克，非得化解方才了得。

“先生，赶紧帮我化啊！”祖母几乎祈求的眼神仿佛从先生得意的眸子里看到了解脱的曙光。

“娘不能叫崽，崽不能喊娘，娘叫崽，崽冇奶（方言，指没有奶吃），崽喊娘，娘遭殃。你的儿子五行缺水，现在正好寒冬腊月，水源匮缺，如果要我帮取名的话，就叫‘冬泉吧？”先生看着祖母，煞有介事接着说：“你们母子相克啊，不能喊娘，就让他叫你做婶吧。”祖母连连点头，先生尔后在屋里嗯嗯哼哼一阵法事过后，揣着几个鸡蛋飘然离去。

后来，父亲就一直喊祖母婶长婶短的，祖母也一直不叫父亲名字，而叫父亲做“佬仔”（方言，当地对小男孩的一种昵称），几十年来，母子间从没有改变过这样的称谓。不知情的人还以为父亲不是祖母亲生的呢。

可是，祖母喊我叔却没有那么亲热。“麻里短命鬼”既是祖母对叔的特殊称谓，也是她的口头禅，叔小时候顽皮，不如父亲乖巧温顺，祖母自然对其略带偏见，“勋华”这么好端端的名字搁着不叫，而偏要喊那种似乎听上去很不吉利的字眼。

至今谁也不明白，做母亲的是想用这个特别称呼，来给厄运中踟蹰前行的儿子一个逆转的“冲喜”，还是真的很嫌弃自己的亲生骨肉呢？按理说，手心手背都是肉，天底下哪有母亲不疼儿的啊？

原来，乡下有一种离奇的说法，叫“越骂越健”，祖母想必用这种背道而驰的做法来对待自己的亲生骨肉，希望他健康成长。大人想方设法为儿女着想的心，就像冬天的雪花夹杂些瑕疵，飘飘落落在儿女心间，素静中叠加着一种和蔼、冷凄中也透着几分温存啊！

父亲与祖母间的这种特殊而别扭的称呼，丝毫不影响到父亲与娘他们间的母子情感，父亲从来不叫娘或姆妈这个字眼，娘也从来不喊父亲的名字，两人在一起凭借的就是一种默契，相互间唯独就是用“你——你——”替代着。

这，至今是个不解的谜啊！

三

父亲孝顺祖母，全村人有目共睹，祖母的“旨意”父亲从未打过折扣，称得上百依百顺，而父亲对我娘也一样，总是服服帖帖，不让她伤心难过，也不让娘有别的想法。一家人就这样在相互迁就与谦让、理解与包容、苦涩和酸甜中活着。

*身体发肤，受之父母，不敢毁伤，孝之始也。立身行道，扬名于后世，以显父母，孝之终也。夫孝，始于事亲，中于事君，终于立身。*父亲虽然不明白这《孝经》里的诸多奥妙，但他一定知晓，作为儿子，对父母言听计从是最好的孝顺。

娘的婚事，来得一点也不突然，一切顺理成章，就像春天的杜鹃，没有错过时节，绽放在山野，染红了峻岭，也染红了凄苦下坚贞不渝的岁月，也似鄱阳湖的候鸟，从遥远的北方如约而至，栖息在那湾浅浅的湖塘，期许着春暖花开的日子。

祖母为省钱，娘的婚期选择了解放后第三个年头过年的日子。

娘嫁给父亲，没有唢呐，没有嫁妆，没有酒席，也没有对镜贴花黄，更没有通知娘的娘家人和其他亲友，只是一桌简单的饭菜，一对燃红的蜡烛，一挂单调的鞭炮，一件娘压在箱底的大红棉袄，就算定格了娘一生中最难忘、最羞涩也最珍贵的青春记忆。

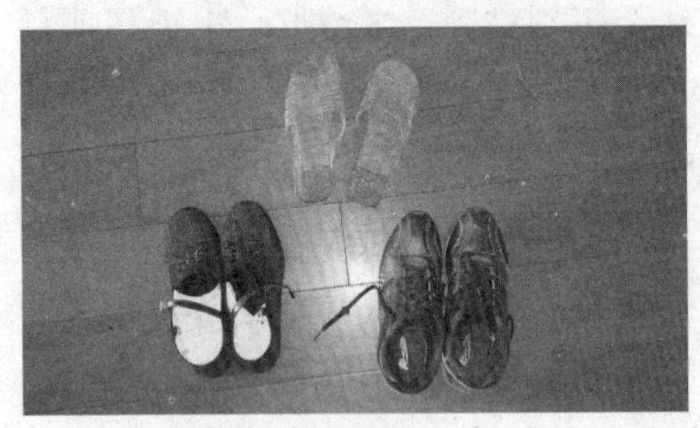

娘穿过的鞋袜

祖母从街上扯来的几根红头绳被娘婉拒了，娘最怕见到它，看到它娘就会哆嗦，就会想起邻村那个可怜的“庭娘子”及其悲惨遭遇，娘压根不想它来打扰自己平静的生活。

娘，睡的还是那张破旧的床，吃的还是往日的糠米饭，穿的还是那几件皱褶但很觉清爽的衣裳，似乎什么也没有改变，改变的是娘成为了李家真正的媳妇。祖母为她专门缝制的花布衫她一次也舍不得穿，也不好意思穿，艳丽的东西娘最不习惯，她说她就是喜欢素净。

娘像雪一样无瑕，如水一般柔润，也似屋后苦楝树上和泥塘里邓繁根开出的米黄色花骨朵，散发着淡淡的清香。

当娘每每看到别人家吹吹打打，热热闹闹办婚事时，每每听到谁家陪什么嫁妆的时候，她，没有心动，也没有攀比与妒忌，只有把满腹倥偬的心事深深地埋藏在心底。

我堂大妈的婚事对娘来说，不免产生了一定影响。

堂大妈比娘大好几岁，她娘家的条件比我娘好多了，又是明媒正娶，可就在准备大办一场婚事的头天，堂伯突然得到了日本鬼子要进村的消息，吓得躲到波阳一带去了，但结婚的那天鬼子并没有来，于是大公公（堂伯的父亲）捉了一只大公鸡替堂伯与大妈敲锣打鼓地拜堂成亲，让大妈哭笑不得！大妈遭遇的尴尬让娘有了一种另外的想法：有钱人就是不一样。但转眼一想：同在屋檐下，何必论高低呢？

同样，叔的婚事也让娘慢慢看透了一切。

叔自从舅公家打长工回来后，一直在村里和附近山里帮人家做些小工活，哪家有最杂最重抑或最苦最累的活都会叫叔去做，别看叔黑不溜秋的样子，但干起活来麻利得很，搬起百把斤重的石头走起路来飕飕生风，所以祖母叫叔乳名“麻里”（麻里与麻利谐音）不无道理。

不言而喻，叔是村里能吃能做的男人。他青壮时期曾经跟人家打赌，一顿吃下三碗饭、三斤肉和三碗酒的故事让他一度成为村里的传奇人物。叔也像父亲一样，不善言辞，也不会吮痈舔痔地讨好人，尤其是不会甜言蜜语哄女人。加上他头上戴的是一顶摘不掉的穷帽子，因此到二十好几都没有讨上老婆，把祖母和娘都愁煞坏了。

祖母逢人便托人给叔介绍对象，叔漫不经心无所谓的样子，有时气得祖母直跺脚，喋喋不休直喊“麻里短命鬼不懂事哦”。

可就在叔“二十六七，光棍无妻”的时候，从鄱阳湖边的都昌县伈然走来了一位虎腰熊背但头发鬅松、两眼睖睁的乞讨女子。祖母一听邻居喊她出来瞧瞧，她发疯似地踮起小脚跑了出来，一把拽住她，上看看下瞧瞧，当发现女子身怀六甲的时候，祖母眼睛睁得圆圆的快突出来，惊恐得后退了几步，后来经不住邻居的再三撮合，加上女子没有任何反感的意思，叔与这个天上掉下的都昌孕妇，在祖母没花一个铜板的情况下，就这样结为“秦晋之好”，让祖母和娘嘚瑟了好一阵子。

可好景不长。这个被祖母喊叫“猛子”的女人生下一男婴不到几个月，不知什么原因，男婴就硬梆梆地死在床上，一时众说纷纭，猛子自然成了众矢之的，祖母开始讨厌她了，说她是个晦气的女人，加上她食量又大，每天连稀饭都要吃掉两三大碗，祖母总找茬说些她是丧门星之类的难听话，猛子受不了了，于是选择了一个月黑风高的晚上，独自远去，杳如黄鹤了。

这次打击对祖母和叔不算太大，毕竟夭折的不是自己亲骨肉，走了的也不是太中意的女人，但这似乎给叔的婚事烙下了一种不祥之感。

娘常常劝慰祖母和叔叔，祖母经常扼腕叹息，时不时还会朝着女子远去的方向叨嚷几句。

四

叔并不孤单。人，孤单久了，自然就不孤单了。也许，叔已经麻木，如一块路边的麻石子，很难引起路人的注意。

那个春水入江流，桃花满枝头的季节，叔交上了桃花运，终于被附近一位应姓农家女孩相中。

女孩是地地道道的黄花闺女，但日落秋水尽，无奈黄花黄，这朵小黄花虽然处在含苞欲放的花期，但十六个春秋的洗礼并没有洗刷掉她脸上的稚气与茫然，祖母跑近女孩跟前，一股脑说“行啊，行啊!”，但娘却从桌子底下窥探到女孩的腿在底下乱跺乱踏乱晃所表现出的无知、无惧和稚气。

娘不能多说什么了，毕竟叔这么大找个对象不容易呀。

叔的婚事很快就提上了议事日程。

祖母东凑西凑的四百元礼金，并没有换回女孩娘家任何陪嫁的嫁妆，连最起码的一床红棉被都难觅踪影，要知道那四百元在当时可不是小数目，那可是李家全部的家当外加一笔不小的外债啊。女孩娘家的吝啬气得祖母咬破了嘴唇，娘也嘟噜着嘴，不敢吭声。

后来生米做成熟饭，祖母派父亲去追问嫁妆的事，婶子娘家人才吞吞吐吐道出了实情：原来把女儿轻易嫁给叔，是为了给她在南昌城里上学的哥哥凑齐学费，她哥哥正面临辍学的困顿。祖母、叔，还有父亲和娘，知道实情后，个个面面相觑，呆若木鸡了。

娘，被眼前的婚事彻底搞迷糊了。

这，或许就是当年农村简单婚姻的一个真实版缩影，没有一点嫁妆，没有一纸契约，也没有一番谈情说爱，更没有一座你情我愿的神圣婚姻殿堂，似乎一切都是多余。

“娘教女来一件事，对待公婆头上好……娘教女来二件事，夫妻两人莫吵嘴……娘教女来三件事，三姆四婶要和睦……”这在当地流传甚广的《娘教女十件事》婚礼民谣在祖母和娘以及所有湖区女人的脑海里打下了深深的烙印!

那时候，如果把婚事比作一条河的话，女人就是河上漂流的船，顺水也好，逆流也罢，只有缓慢而吃力地随波逐流，难以靠岸。婚事和婚姻，更像人们套在头上的两道枷锁，难以卸脱。

婚姻，尤其是农村婚姻，有时就像一出儿戏，让人捉摸不透，欲罢不能，苦笑不得；有时就像一滩潮水，不知什么时候会掀起惊涛骇浪，湮没情感乃至生命的防线。

婚姻，更像一棵树、一枝花、一杯酒，一粒尘埃……均以不同的方式存活着也凋零着，蕴涵着且绽开着，只为留下一行行斑驳的印痕。

其实，简单与贫富无关，简单就是最真实的生活；婚姻与财物无关，婚姻是最纯粹的生活。

婚

婚　常常披着喜的外衣
冠冕堂皇地演绎所谓的秋色
却不知有把锁紧紧地箍在颈脖
锁住了春日的暖流盛夏的热浪迸发的气息
生儿育女挽着传宗接代的疲惫
总在世俗中垒积成殇
似乎找不到出路的岔口
一切仿佛都在背负中衰落

男人与女人
绞成一团疙瘩抑或拧成一个死结
一生都没有被打开
或许没有力气与勇气去挣脱
亲情默默化作悲戚的结局
将就的路上 苦不堪言
任冬雪飘飞一幕幕
爱恨情仇的故事

唯独
婚而不昏的婚姻
才会结满连理的枝头

痛

痛

一

娘，连续生了三个女儿，不仅祖母紧张得要命，娘的恐惧也随之横添。祖母嘴上不说，但偶尔冒出的“闷头气”给沉闷笼罩的祖屋，平添了不少阴晦。

“我屋里生咯多X（农村脏话），有什哩用哦?”祖母跟别人闲谈的时候总会唉声叹气，嘀咕娘不会生崽。

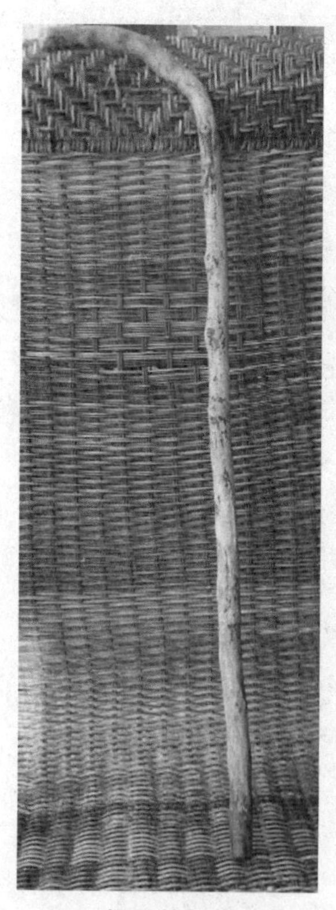
祖母的拐杖

于是，祖母踮着小脚开始偷偷地为娘求神拜佛，只要有庙的地方，她都会去给观音菩萨磕头，只要听说哪里有“掐八字”的，哪怕是叮叮当当路过的瞎子算命先生，她都不会错过请其卜上一卦的机会，有时还会暗暗地朝娘的碗里撒下她祈求来的“净水”（乡下一种用咒语和符等迷信方法化解的水）抑或灵丹妙药什么的，看看娘到底什么时候会生个“崽”?

崽是丁，女是卯，丁卯丁卯，有丁才是宝，有卯不陪老。这句古老而现实的乡间谚语就像鄱湖的水一样，沸沸扬扬流传了千百年。

其实，娘虽然因为没有给李家生崽而常常面带愧色，但就娘的身体而言，娘已经生得精疲力竭了，生大姐时落下的贫血、筋骨疼痛和气血不足的病就已凸显，二姐、三姐的出生更让娘如遭罪一般的难受，偏头痛、心慌和腰痛病像一根根粗绳或一个个魔咒一样，紧紧地缠绕着娘。

娘，挣扎着，在世俗的眼里，在无可奈何的命运之河，几乎耗尽她全部的心血！

“顺其自然哦，认命吧！”父亲这句真情告白倒是让娘感觉到缕缕的温暖与宽慰。

龙蛇起舞，枯木逢春。就在祖母和娘几近失去盼头的六十年代小龙年，红反堂哥和我的双双来世，给祖母、也给娘和婶子，更给沉寂的祖屋带来了些许阳气和不同凡响的惊喜，尤其是祖母那对小脚，走起路来的洋溢劲，远远胜过任何人的大脚板。

父亲在村里一天到晚的忙乎，侄子与儿子的相继出生，并没看出他特别的兴奋，也难见到他放下手中的活来照顾娘，只觉父亲的腰杆比平时微微地挺直了，因二姐三姐都小，只有祖母和大姐照应坐月子的娘。娘头痛得厉害时，就把红色腰带一卷，顺着额头往脑后一箍，紧紧地，有点“娘子军”的味道，其实，这是娘一种最有效也最无奈的祛痛方式，她知道，是药三分毒，吃得多对自己、对孩子都没有好处，所以一直到后来，娘头上的红带成了娘忉守病榻的显著标志。

父亲是根说一不二的“直肠子”，他为人低调，老实巴交，能当上大队长已经是祖坟破天荒冒青烟了。

那时候，父亲几乎姓“公”整日泡在大队，偶尔也会回家或在娘的床前“打个卯”（方言，指打个照面），转身就不见人影，父亲的这种冷漠气得娘有时嘟囔，埋怨他不顾家，瞎忙乎。父亲虽然是芝麻官，但娘也能慢慢理解男人当干部的难处：鱼和熊掌不可兼得。否则，娘也会像婶子那样跟叔“大吵三六九，小吵天天有”。

反过来，娘还要细致入微地照顾祖母和父亲，有时端饭送水，有时床前灶后忙个不停，她既要做到媳妇的样，也要做出嫂子的表率，更要做出母亲的榜样，为此，娘里里外外不得不殚精竭虑，因此，她身上的病痛与日俱增。

可谓：故爱其亲，不敢恶于人；敬其亲，不敢慢于人。

二

我出生不到几个月，谁都没料想到，一场空前绝后的熊熊烈火，以迅雷不及掩耳之势，燃遍了全中国，也燃向了鄱阳湖畔每个乡村角落。父亲被这当头一棒震得晕晕乎乎，茫然不知所措。

“把冬泉揪出来，把冬泉拉出去批斗！”红卫兵个个龇牙咧嘴，像对待杀父仇人一样，摩拳擦掌着把父亲从屋角里拽了出来，“啪啪”几记耳光就上去了，紧接着一顿拳打脚踢，父亲瘫坐于地，不问不喊也不敢反抗，他肚里明白："运动"来了，离遭殃就不远了。

"天啦，哝会咯样（方言，为什么会这样）？哝会咯样啊？"祖母想上前问个究竟，却被个凶神恶煞的人反手推倒在地，祖母的小脚撇得又红又肿，半天没有爬起来。

娘吓得紧紧抱住我，怕我吓着，迅速解下她头上的方巾蒙住我的眼睛，姐姐们早已吓得嚎啕大哭，娘踉跄着站在门口，不敢出声，眼睁睁看着父亲被这群平日里还觉亲切而突然翻脸的人押着出了门……

娘，叩阍无门，泪眼模糊地望着父亲远去的背影，清晰地看着那群右臂上比平时多了一块红色袖章的人摇头摆尾的样子，刹那间头晕得更厉害，恍惚中人在旋转、屋在旋转、天地在旋转，接下来的日子，也在旋转。

后毛堂伯也在劫难逃，因为他是大队会计。一个大队长一个会计，自然很容易把堂兄弟俩跟"同流合污"挂上钩，堂伯无疑也成了批斗对象。红卫兵们为渲染气氛，还专门编了顺口溜边唱边造势："后毛管钱，社员可怜，冬泉管簿，社员饿肚；打倒李后毛，打倒李冬泉！"

在轰轰烈烈、如火如荼的运动中，父亲和堂伯每天都在张贴大字报、戴高帽、吊胸牌、游街和挨骂挨打的声讨中度过。

父亲挨批挨斗，比其他人要凶，因为他多了两层"恶劣"关系，一来父亲曾经打长工的外婆家是地主，二来父亲的表弟被国民党抓壮丁去了台湾，被视为与国民党有"海外关系"，这两点足以让父亲罪加一等而多吃了不少苦头：他的高帽子上另外要多吊一块砖，他的牌子上还要多划几个"叉"，他受的拳脚自然要重重地多挨几下。

红卫兵时不时跑到家里来东翻西查，说白就是抄家，还好茅屋瓦屋里都空空如也，完全不是他们想象的"走资派"，也不是他们臆想的腐败分子，他们气呼呼绝尘而去的时候，还不忘把我和姐姐的奶壶、水壶也顺手牵羊了，气得娘直跺脚。

娘开始怀疑祖母说她是有福之人那句话的真实性，她躲在门缝边，不停地掐着耳垂，使劲地搓，痴痴地望着刚搭建的茅草屋，一片茫然。

那些人后来就专门拿这座无辜的茅草屋说事，说父亲是用贪污的钱盖的。须不知，做茅屋的钱是父亲和娘东挪西借而来。

毛竹搭架、泥巴糊墙、竹篾和芦杆压缝，还有稻草盖顶，就成了全家一幢非常简陋而不简易的安身之所。那个年代木料、砖瓦算是很奢侈的建筑材料，整个屋子没有一块砖瓦和木料。

要不是娘舍命护着它，恐怕早被那帮趾高气扬的人掀倒拆成废墟了。

后来，祖母和姐姐们安排住茅屋，我和娘住瓦屋，茅屋与瓦屋仅几步之隔，父亲晚上挨批斗回来总要先去祖母那问安，然后再去娘的床沿边坐坐，不叹气，却来回踱着步，偶尔才抱抱我，也算是一家之主兼此顾彼的重任而已。

娘心疼父亲，却无能为力。

三

二十世纪六七十年代，浩劫的“风”不仅越刮越猛，无风三尺浪的鄱阳湖也毫不逊色，狂风骤雨常常把茅屋吹得摇摇欲坠，淋得里外通透。有时台风伴着龙卷风双管齐下，整个屋顶轰然掀开，漫天飘飞的草絮如阴霾夹杂黑雪一样翻卷着、扑腾着，它毕竟是抱残守缺的茅草屋啊，又建在村北最尾的风口上，每次祖母都吓得端起脸盆使劲地敲打起来，边敲边喊边不停地磕头：龙卷风，龙卷风，离开我屋别行凶，龙卷风，龙卷风，快快回到你龙洞……

一九七三的那个牛年，那场洪水比牛还“牛”，地处蒋巷的黄湖、五丰和三集等主要圩堤全面溃决，让这栋本来就岌岌可危的茅屋沉浸在一片汪洋之中，只剩下骨头架了。

火，让这座茅屋差点化为灰烬。茅草和竹子等都是最容易达到着火点的危险材料，尤其是在天干地燥的炎炎夏日，稍有不慎一个火星子就会燃起一片熊熊大火。那次祖母眼花，不慎把火屑从灶里嘣了出来，火苗顺着柴火堆燃着直蹿屋顶，吓得祖母魂不守舍，要不是邻居赶来扑救，恐怕茅屋早已消失殆尽。

小茅屋，无论水浇火燎，也无论它多么破旧，凭藉坚忍不拔的个性，仍然依偎在祖屋的后方，就像娘依偎在祖母身旁，我和姐姐依偎在娘与父亲身边一样。

怪不得，那次气得娘对着那帮“抄家”的家伙发疯似地怒吼：你们拆了我茅屋，我就跟你们拼命！

其实，茅屋没有任何的罪过。它，有的只是滋养和参悟后人的精神所在！

脚踏十字稳，不怕棒槌滚。娘也一样，只想活着，简单而安稳地活着！

可命运无常，叫你活得困顿、活得忐忑、活得悩然，活得直不起腰抬不起头。

常言道：七分命三分运。不是你改变命运，就是命运改写你。

四

天天批天天斗，甚至没日没夜，既让红卫兵疲了腻了，也让父亲麻木了，因为实在从父亲那里斗不出什么东西来，只好押着父亲去鄱阳湖边的“黄湖里”干打草、挑堤、种田等重体力活，与羁押在鄱阳湖一带的珠港、成新劳改农场的犯人差不多，过着极度悲苦的日子。

鄱阳湖，外表看来，给人浩渺无边之美感，其实，鄱湖之水也蕴藏着无尽的杀机，那就是湖水里大量钉螺、虫卵和尾蚴等衍生的臭名昭著的血吸虫病了。那时，别说湖区就是世界医学条件也十分有限，血吸虫就像恶魔一样，神不知鬼不觉地不知吞噬了多少生命？

毛主席五八年闻悉江西余江消灭了血吸虫，兴奋得一夜未眠，奋笔疾书，写下了两首痛快淋漓的七律诗《送瘟神》：

绿水青山枉自多，
华佗无奈小虫何，
千村薜荔人遗矢，
万户萧疏鬼唱歌；
坐地日行八千里，
巡天遥看一千河，
牛郎欲问瘟神事，
一样悲欢逐逝波。

春风杨柳万千条，
六亿神州尽舜尧，
红雨随心翻作浪，
青山着意化为桥；
天连五岭银锄落，
地动三河铁臂摇，
借问瘟神欲何往，
纸船明烛照天烧。

然而，毛主席壮丽诗篇产生的影响，虽然对血吸虫病疫情蔓延起到了一定抑制作用，但并没有完全改变鄱阳湖的“疫水”现状，因为湖区老百姓与母亲湖一衣带水，生存条件无法改变，一旦脱离它等于自取灭亡，所以长期以来一直受其困扰与侵袭，导致家破人亡的现象屡见不鲜。

这种病最可恶的是，别说长期生活在疫水水源之中，哪怕一次不经意的短暂“亲密接触”也会让人不慎“中枪”，而且毛蚴一旦进入体内血管就会直入五脏六腑，渗入肝区，如果不去检查就很难察觉和发现病灶，抑或慢性自杀，几乎成了当时的不治之症。

父亲面对这种疫情的恐惧与痛苦，很无奈也很麻木，自然在劫难逃。后来，父亲也染上了此病，但一直没有治疗，就像一颗定时炸弹，没有拆卸，也没有爆破，一直将其带进了坟墓。

鄱阳湖区除了闻风丧胆的血吸虫外，就要算水沟里吓人的大水蛭（当地人叫蚂嗒）和水田里的蚂蟥了，它吸附在人和牛的表皮上，将其咬破，然后慢慢吸其血，吸得鼓鼓胀胀，全身通红通透。人的皮肤，更是不在话下，往往一条腿上会趴着好几只甚至十几只又长又黑的蚂嗒，如果你不轻拍而是一个劲地掐它，很可能你就面临掉一大块皮的风险了。这种鄱阳湖的大水蛭就像吸血鬼一样每天无情吮吸着父亲的血，后来父亲的小腿得了一种顽固性的慢性疮痍病，疮口常常溃烂流脓、流血不止。

一到晚上，号称三只蚊子一碟菜的鄱湖花斑大蚊，也不甘示弱，密密麻麻、嗡嗡喳喳地加入到了在父亲身上也想抢占一席之地的“侵略军”队伍。

那时候，长期的体力透支和精神的折磨，父亲瘦削的脸，干瘦如柴的身子，加之生活重担压弯的显得微驮的背，看起来有种会被鄱阳湖的风一吹即倒的感觉。过度的劳累使淤积在胸口的紫色血块通过咳嗽从他的嘴里吐出来，使他更像一匹苍老、孱弱而不屈的驴子，艰难地跋涉在命运的泥沼里。

父亲，从此落下了不少病根，苍天为证。

娘带着我，几个月都难见父亲一面，一旦半路相逢，什么话也压抑在胸口，任凭泪流满面。

啧啧称奇的是，无论命运对父亲如何折磨，从他干瘪的喉咙里始终没有发出半句怨言，更没有怒视、憎恨面前那些批斗他的人，这，让那些小将红卫兵们也不免心软且对父亲肃然起敬！

上面一有“号召”下来，父亲照样会被他们从鄱阳湖边上隔三差五地被带回村里来，继续批斗，哪怕是后来运动到了尾声，也要摆摆样子，给下乡巡视的领导观摩。

这哪是人过的日子啊？娘每每看到父亲憔悴不堪的样子欲哭无泪。

有时候我顽皮的时候，也少不了娘心疼的几巴掌，以发泄她对父亲也是对自己爱莫能助抑或无能为力的憋屈与怨气，但她从来不伤害祖母半句。

随着时间推移，那场运动之火渐渐熄灭，而祖母却病入膏肓，娘和父亲随之陷入了另一场苦痛之中。

痛，如影相随；痛，也哀戚与共。

历史的眼泪

历史的眼泪
曾经浑浊于世人的眸子里
虽夹杂无数次阵痛
但漫卷的尘埃渐渐将其掩埋
就像每个人一样 一路上
折叠多少过去的伤感
擦拭了一遍又一遍
总是擦不掉原来镶嵌的泪痕
或许越擦越深 越擦越痛

人 最可恨的
莫过于制造血泪的历史
人 最可悲的
也莫过于毁灭惨怛的回忆
历史的潮水
总会荡涤前人的是与非
流过混沌我们毋须去找澄清的理由
流经大海我们更不需去觅寻难收的借口

回首虽是展望的前夜
但展望更是回首的晨曦
痛定思痛中 你我
只为历史的 眼泪
不再倒流

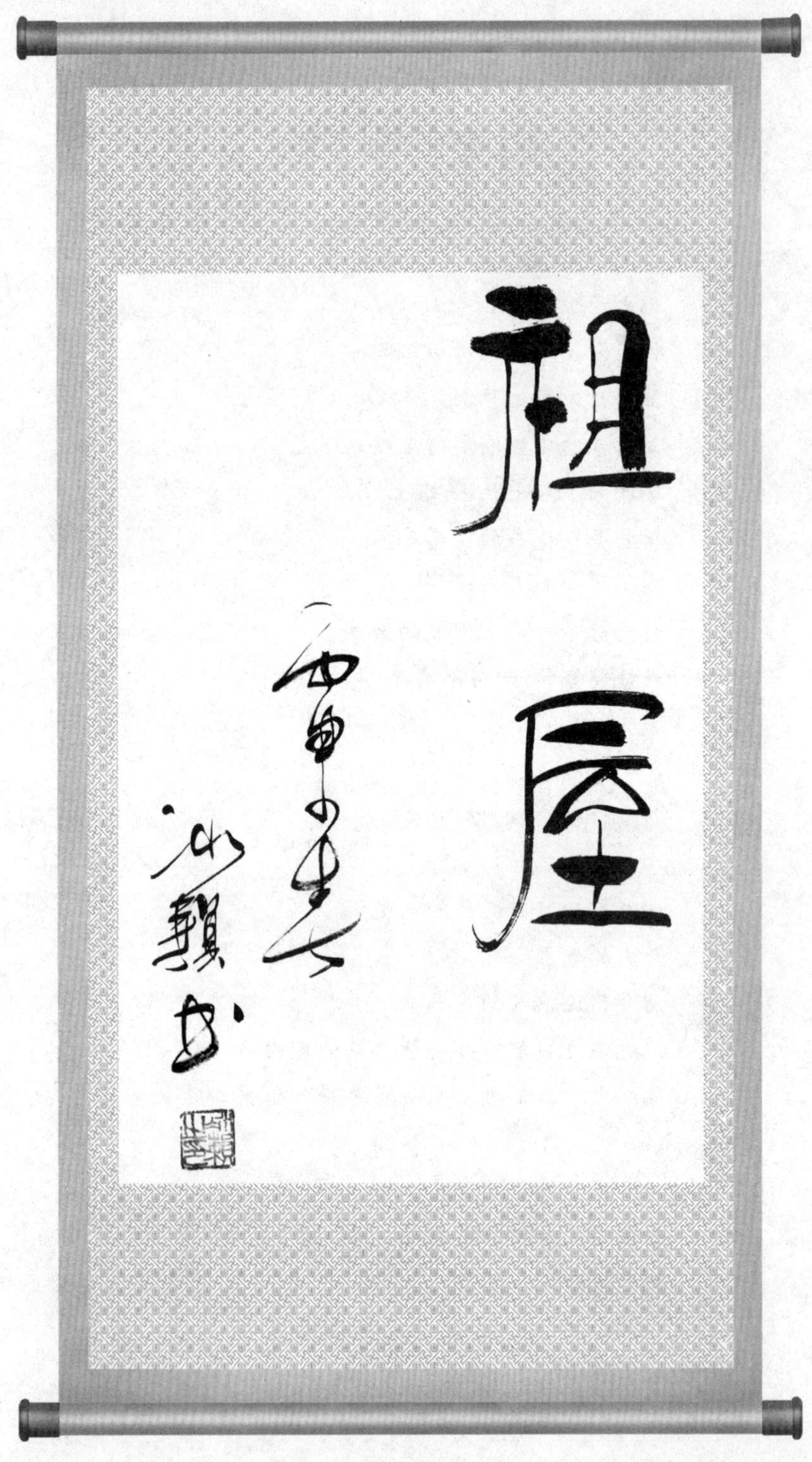

祖屋

祖 屋

一

邈远的二十世纪初年，依稀可见祖屋伫立在风雨飘摇的岁月里肃穆而宓静的影子。

那幢三间四列的古式祖屋，是祖父几个亲兄弟在波阳一带闯荡谋生的集体力作，透过它缜密、斑驳的木纹，似乎还能够闻到其血汗夹杂的浓浓气息。

祖屋没有斗拱式的匠心外表，没有雕龙画凤的华丽包装，更没有亭台楼阁式的建筑风格。它，只是一幢实实在在的民居而已，普通得就像祖父祖母们长茧的老手和满是疹疱的脚板。

祖父几个兄弟顺着鄱阳湖和赣江的水路，把做屋的一根根木头扎成排，漂了三天三夜才到家。

湖区依旧的茅舍

粗壮的樟木和杉木列架大胆地支起一根根圆形的木梁，足有五米多高，看上去很受力、结实，堂屋顶上还裸露出一个不大也不小的天井，十分气派敞亮。大风刮来的时候，不同的角落常常发出“吱呀吱呀”的响声，好像会裂开一样。

褐色的泥瓦盖在椽子上，日积月累的黑色瓦垢覆盖在泥瓦的表面和瓦缝里，零零落落从瓦缝里蹿出的长短不一、大小不等的杂草和青苔借助瓦垢囤积的肥分，在屋背上自由自在地丛生着，有的还开着小骨朵花，任凭风霜雪雨的洗礼。

大门和每个房间的门槛是祖父们用耐干耐湿也耐磨耐蚀的榆木做成的，为了挡雨水，大门的门槛足足有三十公分高，房门的门槛也有十几公分高，每个门槛上镶嵌着三枚大小不等的铜钱，铜钱被脚板和小孩的屁股磨得锃光瓦亮的，据说这样可以辟邪，每家的门上还贴着气势汹汹的关公持刀像或其它门神，以示镇宅。

老鼠却是祖屋的常客。老鼠像跨栏运动员一样，轻松跃过每个门槛，来去自由地穿梭于每个房间与角落找寻食物。晚上，更是肆无忌惮地在人的脚底下或床头或屋梁上窸窸窣窣地玩着其诡秘的生存游戏，厨房被它拱得锅盆碗响，连大人有时都会产生“鬼拿东西”的错觉，令人毛骨悚然。小孩吓哭是常有的事，甚至被饿疯的老鼠咬破衣物和脚趾手指的事时有发生，任凭大人们想方设法地驱赶，也无济于事。

老鼠跟人一样，喜欢凑热闹，也喜欢群居，它们直往人堆里钻，总想发现点惊喜，因为小小的祖屋挤满了祖父兄弟们五六家二十几口人啊。

祖母和祖父，只分得了祖屋东北角的一个里间。那时，大祖父（我父亲的大伯）为讲兄弟情义，专门把整个西厢房借给了当时父亡母改嫁的两位堂兄弟（同族的堂公）住，因老大要结婚，但没想到他们及他们的后人一住就住到了猴年马月。

祖屋本来就不算很宽绰，堂公一家的介入，使得同辈乃至下辈婆媳、妯娌间的矛盾和各种诡异的事情轮番上演……

二

祖屋，难得安宁。不仅因为老鼠。

人越多，住得越久，矛盾自然越多。

娘，自从抱到这座祖屋里后，居住在东北头那间较暗的里屋，男人们沿着鄱阳湖这条生命线，外出务工的务工、逃荒的逃荒、打长工的打长工，演绎着一幕幕生命的维艰。

娘，或许童养媳的特殊身份，不会骂人不敢骂人是她的本性，但一旦逼急了她发起脾气来，虽不算泼辣，也会像蜜蜂一样，嗤得你一阵阵疼痛难受。

西屋的堂伯是过继给一个堂公做儿子的，也许是从小过继失去父爱的缘故，性格一直孤僻甚至暴躁，后来他娶的媳妇也没念过书，脾气有些古怪，喜欢骂人，所以夫妻俩经常为小到鸡毛蒜皮，大到无米下锅的事吵架甚至打斗。

其夫妻不和自然而然影响到祖屋里娘和其她妯娌的情绪，东厢房的女人们本来对他们鹊巢鸠占的做法心存不满，但迫于男人们的劝让都不敢轻易作声，往往开只眼闭只眼。而娘，却有些看不惯，坐不住，也听不下去，实在忍不住就上前劝其几句，以还祖屋的宁静，哪知道其“战火”不但没有扑灭，反而蔓延到娘身上。

日子一久，娘跟堂伯、堂妈的关系就慢慢紧张起来，相互间的积怨也愈来愈深，吵架的时候，双方的咒骂声，就像子弹一样似乎要把对方和这座祖屋击得千疮百孔。

后来，两家吵破了嘴，就连檐下走水，鸡狗啄食等琐事难免叫上几句，但吵归吵，好在“同屋操戈”的事没有发生。从此，扫地各扫一边，吃饭各蹲一间，两家人同在屋檐下，却各自过着水米不交的日子。

娘不得不先行搬开，与其见面的机会越来越少。随着岁月流逝，人老了也渐渐怀旧起来，毕竟都是一个祖屋里出来的人，似乎都意识到过去各自不足，也不再计前嫌，碰面时都会主动打招呼，后来家里有什么大事都相互参与，也显亲热，毕竟一根藤上的茎，即使冤家也宜解不宜结啊。

娘常说：人家给我一寸，我何必不还人家一尺呢？

三

屋里女人多，有时决定家庭矛盾的升级程度。

由于难以容身，婶子嫁进来后，祖母并没有让她直接住进祖屋，而到其他的堂伯家借了一间土屋，暂时让叔婶安身。

叔倒是在祖母面前不敢面露不悦，婶子却仗着自己兄弟姐妹多，常借自己小囡就嫁给叔而满怀吃亏上当的委屈来刁难祖母，祖母开始让着婶子，后来祖母看出婶子有些得寸进尺，祖母毕竟也是“官家之女”出身，哪能容得婶子的无理取闹，况且又是长辈，所以，她们婆媳矛盾由此产生，且愈演愈烈。

后来，祖母实在被婶子吵得咽不下食，只好把祖屋做厨房的“拖铺”截出了一间巴掌大的地方给叔婶住，也算是抚平叔婶新婚在外“裸居”所带来的尴尬与憋屈。

婶子怀上第一个孩子后，脾气越来越大，一遇到不顺心的事，不是唠叨叔没有本事就是说祖母有偏见，不是摔盆踢罐，就是指桑骂槐说我娘的不是。娘看着她小，不与其一般见识，但婶子在李家的张牙舞爪也着实让娘义愤填膺，但想想都是一条船上的女人，娘总是忍气吞声。

退让，往往会被人看成懦弱。

婶子妄自菲薄、色厉内荏的本性，从她定亲的那一天起就已被娘一眼看穿。这盏看似不省油的灯，在李家接下来的日子里所表现出的冥顽之势令娘始料未及，其在祖屋里，燃起不小的火，烧着祖母，烤着娘，也燋着她自己。

婶子在这些妯娌中年龄最小，个头却不小，生气时嘟噜着嘴，骂人时犬牙飘露在唇外，恨不得把人一口咬碎，右眼下面一颗硕大的肉痣，高悬在颧骨与鼻梁之间，加重了些许杀气，稀疏得有些发黄的头发或许因为家贫缺乏营养的缘故，散落在结了痂疤的头皮上，使她的长相要比实际年龄大一些，否则祖母当时如果知道她十五六岁就急着嫁人的话，相信祖母生死不会答应这桩青涩的婚事。

最让人接受不了的是，婶子平时跟人交谈，右手总会情不自禁地连戳自己的左手巴掌心，像在声讨什么。再激动点，右手的食指和中指就会立即合并起来，自然形成一种“敲桌子打板凳”的强烈之势，似乎要压倒所有听她说话的人，不明就里的人往往以为她又在跟人吵架，由此听得别人有点窒息且不悦而散的时候，她仍然沉浸在意犹未尽的情绪里久久不能平静。

婶子无意中吃了不少形象与手势带来的哑巴亏，恐怕至今也不明白为什么。她更不懂朱子早在八百多年前就一语道破天机的“知其不善，则速改以从善；若今日不改，是坏了两日事，明日不改，是坏了四日事”之家训。

不过，婶子笑的时候也不很难看，平时绷紧的脸总算有松弛的时刻，跟人笑谈的时候，还会时不时用左手轻拍对方的肩膀或轻扯别人的衣襟，以示亲热，由此显露出她真实、诚恳的味道。

祖母绝对不是以貌取人之人，婶子不会因为长相问题而受到祖母嫌弃，然而婶子刚过门的时候祖母却对其颇有微词：咯只女崽子，不会做事，好会偷懒，没有我邓香妹子勤快哦！

婶子在祖母心底的印象分远远不如娘的高。娘，不仅长得比婶子好看，关键是她会帮祖母任劳任怨地、平平整整地操持家里家外的事情，不仅不闹心，反而省心，深得祖母的偏爱。

人，有时往往会善于放大一个人的优点，同时也会善于放大别人的缺点。娘和婶子在祖母眼里，都是这座祖屋同屋檐下的妯娌，却有着不一样的个性与命运。

女人，从反感到反抗，从嫉妒到忌恨，往往一念之间。

四

祖母作为长辈，对下辈这种不正常又似乎平常的对待，给祖屋里三个女人带来不同的痛苦与烦恼，一直蔓延到祖屋里的子孙们。

与我同岁的堂哥是婶子的长子，我还没满月的时候，婶子抱着堂哥坐在祖屋的门槛上几乎整日里咒天骂地，哭丧的脸直对着娘和祖母住的那间小房，娘抱着我气得瑟瑟发抖，祖母也气得差点吐血，有时就连襁褓中的我，婶子也不放过。婶子常常抱怨为李家生了儿子，也没吃好穿好住好，等于白生白活白干。其实婶子就是想借机骂祖母偏心，嫉妒娘受宠，也怨怒不公平的世道。

祖母为平息婶子之怒，干脆把家权交给了我娘，祖母为起传帮带作用，偶尔“垂帘听政”一回，外表弱小的娘以其内心的强大，开始接管这个苦家没什么权的家权，如千斤压顶，但举重若轻，同时努力磨合、调和着婆媳、妯娌以及祖屋里上辈与下辈、男人与女人之间等错综复杂的家庭伦理关系和矛盾，里里外外理得顺顺当当，有条不紊，也有时弄得娘精疲力竭，苦不堪言，还会冷不丁遭遇婶子横挑鼻子竖挑眼的“刺”，让娘痛痒难耐。

娘常常喟叹：当家三年狗也嫌啊。

婶子的儿女们同样难逃她那张骂嘴，堂哥红反和堂妹红莲也相继成为祖母和婶子不太喜欢的对象。

最惨的恐怕要算我那不该死的堂哥。

堂哥作为头胎，本该受到婶子宠爱，婶子不但没有给予他特有的母爱，反而对他苛责有加。由于他天生偏耳聋，听人说话不是很清楚，老是将东道成西。婶子的大声呵斥，使他整日里一副惶恐不安的囧样子。

堂哥没有念几年书，婶子不悦时，连同缝制的红布书包也会被她哗啦一卷抛到茅坑里去，他哭也无济于事，于是不到十岁就开始跟着大人干农活，他的力气比当年他的父亲差不了多少，他从河边帮大人挑砖回村里中途从不歇脚，哪怕脚和肩磨起血泡他都不喊一声痛。祖屋和村里的大人们都喜欢叫他做这做那，“嘿嘿——”的憨笑和勤快换来的那副得意的吃相，总挂在他的嘴边难以抹去。

那年夏天，堂哥在村后水塘洗澡，差点溺水身亡，被大人一把从水中抓起，迅速把他隆起的水肚子朝锅底上一放，他肚子里的水通过挤压哗啦啦全部倒了出来才得以活命，村里人都说他命大有福。

而婶子对着堂哥发脾气的时候，总会诅咒他“你呀，淹死就好了。”听得别人都会打寒颤。

堂哥没有书读，他只有选择看电影了解外面的世界。

那时候在农村看电影是一件非常兴奋的事。不管哪个村放电影，堂哥连饭都不吃就往那个村子赶，他钻在人缝堆里，探头探脑，看得很着迷，很认真，往往最后一个离场，扛着一条板凳，独自行走在夜深人静的田畴深巷。第二天，他哪怕激动得结巴，也会绘声绘色讲给我听，祖母却根本不把这当回事，老拿堂哥看电影说事，数落他，甚至骂他：看电影有什么用啊？看千看万，不如吃饭，它能当饭吃吗？咯只聋子短命鬼冇有用哦（方言，指没有出息）……

“聋子短命鬼”是堂哥的别号，祖母一直这么喊，就像喊我叔一样。祖母如此难听的喊名自然也会遭到我娘的反对，可她毕竟是长辈，娘劝解无效后，只有任凭祖母维持原状。

婶子也没落后，跟着胡喊乱叫，子女们被婶子喊得直打哆嗦，当然祖母也自然没有逃过婶子那张尖利的骂嘴，有时也喊得我娘直打颤，听起耳茧的时候娘就会上前劝婶子：你们哪有这样喊人的呢？活人都要被你们喊死哦。

婶子却不吃娘这一套，她狮吼般的嘴一旦张开，就没有闭拢的时候。

不知是命中注定还是被婶子一语成谶，堂哥在不满十三岁的时候，同样在其出生的阳春三月，被一场突发的急性脑膜炎夺走了青春华年，成了真正的短命鬼。

或许因为家里穷看不起病，或婶子的大意和漠视。

堂哥一命呜呼后，被一个名叫“撮米子”的堂叔，当晚扔进了村东头山上的土坑。蹊跷的是，他被埋的地方，正是祖母头一年死后由于迁坟而遗留下的深坑，据说这个土坑，堂哥在迁祖母坟的时候竟然在坑里拉了一泡屎，撮米子堂叔事先并不知道，要知道他肯定不会把堂哥埋在那，因为村子里常常用“盘死的起来，埋活的下去”的晦气话来辱骂人。这，不知是巧合？天意？还是婶子骂人犯下的因果报应？

堂哥之死，从此给祖屋或多或少蒙上了一层阴影。

堂哥撒手尘寰，让娘几餐饭没吃，红肿的眼睛泛着丝丝的哀愁。遗憾的是，当时婶子好像并没有认识到儿子的夭折与自己有关。

她捣腾堂哥床底的时候，竟然发现他存了几块折得很平整的私房钱，婶子仍然喋喋不休地怨骂他不该瞒着她私下里存那么多钱。当然婶子对堂哥生前挣的一百多个工分却没有任何怨言。

堂哥走后，堂妹红莲紧接着成了婶子泄愤调味的“下饭菜”。那年秋天，婶子为一件鸡毛蒜皮的小事，气得直接拉着堂妹往屋后的水塘里拖，边拖边打边骂，水差点没过堂妹的头，那暴戾恣睢的场景让娘和左邻右舍看得眼泪都流了出来。

虎毒不食子，对婶子而言，居然是个空白。

就连祖屋的每一根木板每一片瓦，都没有逃过婶子的那张骂嘴，她不耐烦的时候左踢踢右指指，祖屋几乎成了婶子发飙的藉口。

祖屋，何罪之有啊?!

五

祖母，慢慢也变成一个口恶心善之人，晚年的遭遇，足以让其饱受折磨。

经历浩劫之痛后，祖母的日子也一直没有好过。病重的时候，婶子自然很少过来，哪怕一房之隔，更不谈服侍老人。祖母患的是急性妇科痼疾，下身常常流脓带血，给祖母端屎端尿，洗换衣裤，喂水喂药，扶她翻转身子等活几乎由娘包了。

父亲每次回家，总要先到祖母床前嘘寒问暖一番。祖母因咽喉有浓痰卡住常常引起呼吸急促困难，父亲就毫不犹豫地蹲下身去，用嘴对嘴的方式，一口一口地把痰从祖母的嘴里使劲吸出来，再把有颜色的浓痰吐到娘端着的脸盆里，娘在一旁看得发酸，眼眶都红了。我那时小，十来岁也不懂事，呆呆地站在一旁，看着父亲冒汗的额头，吓得也不知道去拿毛巾帮父亲揩揩汗。

那时候去城里医院看不起病，公社医院又不肯收治祖母，可怜的祖母只有在家里拖着养着熬着，眼睁睁等着死神的到来。

祖母大半年的病痛折磨也让娘烦躁不安，祖母身上的异味臭得娘几次呕吐不止，娘只有暗暗地哽咽，不想让祖母发现，直到祖母驾鹤西去。

祖母临终前，把家里唯一最值钱的那只玉手镯瞒着婶子悄悄地给了娘，婶子后来知道后嘀咕了很久。那只白里透黑的玉镯，是祖母的陪嫁品。那年，听说日本鬼子要进村，祖母怕其抢走而慌乱中扔进了灶炉里，祖母看着曾经透着血筋的玉镯被熏得面目全非的样子肠子都悔断了。后来遇上文革，祖母担心抄家，吓得一直没敢戴在手上，而是用一块红布紧紧缠裹着藏在茅坑边的地底下，使其难见天日。后来这块几经风波的玉镯被娘一直珍藏着，当着家里唯一的传家宝。遗憾的是，娘和父亲最后却把它送给了从台湾回乡探亲的表叔（祖母的侄子），换回了一只沙金戒指，虽然都不值多少钱，但纪念意义不可小觑，足以说明父亲和娘把亲情看得很重。

我依稀记得祖母临终时，嘴巴始终没有闭紧，“死不闭嘴”的样子十分难看也可怕。后来家里挂着的那张祖母肖像看起来很凶的样子，是不是她想要声讨谁就不得而知了。

祖母不情愿地走了，婶子也不情愿落下一滴眼泪，或许跟那只玉镯有关，或许跟祖母生前对她的看法也难脱干系。

父亲第一次流泪了！他的眼泪滚落在祖母的灵柩上，滴落在祖母的坟头，也滴进了母子那特殊的情愫里。

娘，也哭了，哭得伤心欲绝，天昏地暗，茕茕孑立的娘，不仅是在哭祖母，也是在哭自己、哭命运，更是在哭诉老天带来锥心的伤痛！

从此，祖屋失去了一位痛苦不堪的女主人，同时也成就了一位敢于担当的新的女主人，那就是我娘。

娘，虽然没读过书，但起码的修养尚存，她从来不随便喊别人的外号，也不喊那些难听的骂人名字，更不轻易骂人咒人，非到忍无可忍的时候，娘才会以毒攻毒、反唇相讥。娘说：你骂人，人也会骂你，你咒天骂地，天地肯定会惩罚你。

记得我和姐姐几个那次给祖母灵屋点蜡烛时不小心把灵屋烧着了，把我们吓得半死，火很快被娘赶来扑灭后，娘都没有骂我们半句，只是劝我们尽孝要小心要多长心眼，那一次算是不幸中的万幸，否则，祖屋早就化为灰烬。

不管屋里的人发生什么，祖屋总以静穆的姿态，牢牢地扎根在那块方寸之地上，与风对语，与岁月同呼吸。

就连鄱阳湖几次决口，洪水漫过它高高的门槛，整个屋身浸泡在水中，也丝毫没有撼动它如山、如桅樯的脊梁，如和光同尘的日月。

我另一个堂哥凤翔，他也是在祖屋里呱呱落地的人，一次被派往去修缮被洪水冲毁的房屋时，不小心从屋顶滚落了下来，粉碎性的脊骨摔伤，让一个本来完全可以龙翔凤翥的年轻人，从此大半辈子步入了半身瘫痪的病榻生涯，永远折断了飞翔的翅膀。后来，他的父亲在一次帮砖瓦厂运煤的途中，在萍乡路段不慎翻车，把腿也压断了，父子俩从此走上了“一瘸一瘫”的余生历程。可怜的是，凤翔哥好不容易爬过了花甲，后来得了顽固性褥疮，活活烂死在床上。

更为奇怪的是，祖屋里住着堂兄弟五家人，每家都只生一个独丁（指儿子），叔婶本来生了两个，却早早地走了一个。这让屋里屋外的人都疑惑不解。

无福无禄，赖坟赖屋，这句老话虽带有一定迷信色彩，但其蕴含的深邃哲理，唯恐很多人难能悟之。

再后来，祖屋里大人的目光开始聚焦到祖屋的身上，纷纷议论起祖屋来，对它指指点点，说屋内一定有鬼。不知是真是假，有的大人竟然有鼻子有眼地描绘了晚上看到魑魅魍魉的模样，于是，祖屋闹鬼的事在村里不胫而走。

煤油灯忽明忽暗的晃动，老鼠叽叽咋咋的作祟，风吹动祖屋和屋顶杂草发出呜呜飕飕的响动，以及晚上闻到食物的烧焦味，甚至还有南厢房冬姚母家闹钟深夜发出的“噹一噹一”打闹声等，似乎都成了我们祖屋里这些孩子们备受惊吓的源头，我不得不听从娘的劝慰：别听瞎说啊，要是实在怕，晚上就别出去，蒙头睡啊。

而那时的我，早晨一觉醒来，只要发现身边没人，就翻身爬起来，一阵慌乱卷起衣裤，跳起脚尖就一个劲往屋外跑，黑咕隆咚之中生怕见“鬼”，只有听见娘在屋外干活或故意大声咳嗽的声音，我才长嘘一口气。

大人们也开始使劲地追索这座祖屋的历史印痕，甚至端出了发黄的家谱，希望能从中捕捉些祖屋“邪门”的蛛丝马迹，但大人们深藏隐忧，缄口不言，从没有告诉我们祖屋一些不愿启齿的盘根错节。

果不其然，祖屋真有些离奇的“说头”。

六

二十世纪初年，祖父兄弟几个，由于家乡连年水灾，难以维持生计，被迫逃到鄱阳一带靠打鱼和做小商贩为生。含辛茹苦积攒了些钱，闷烟闷酒的交替抽沽中，他们想到了人“落叶终归根”，不能一直在外漂泊，于是兄弟几个凑齐了钱，选择了百福并臻的吉（鸡）祥年开春的时节动工做祖屋。

按当地风俗，农村做房子，做到抬那根又大又粗的正樑到屋顶上去时，要进行热闹的“上樑”祭祀活动。可就在头天傍晚，大祖父欣然抱着刚出生八个月大的长子，来一睹那根最大最粗的屋樑时，脚边突然从空中掉下了一只大雁，大雁落地时的惨叫，把大祖父吓了一跳，儿子也呜呜地吓哭了，他抱着儿子赶紧离开。

临近子夜，儿子突发高烧，连土郎中都没请到家就一命呜呼了！翌日，祖父们觉得有种不祥的预感，于是赶忙请来村里的“地仙”（专门在农村从事婚丧嫁娶法事的人）做法事来化解，上樑的日子因此往后推了好几天。

“天上金鸡叫哦，地上凤凰鸣，八仙云里过哦，正是上樑时栋梁进风家哦，户发人财旺，儿孙挤满堂哦，荣华富贵大吉祥……”这首余音绕梁的《上樑喝彩歌》仿佛在一遍遍擦拭祖屋略带忧悒的尘埃。

祖屋虽已落成，但就在大家沉浸于欢颜悦动之时，意外再次降临。

原来，祖屋西边李家宗祠尔后也在大兴土木，宗祠紧挨着祖屋，又高又大的造型远远超过了祖屋的屋脊，因为在农村做房子有“左青龙右白虎”的风水之说，房子大都坐北朝南，龙在东为先，虎位西为后，虎不能压龙，否则不吉利，宗祠的做法令祖屋似乎有种压迫感，让祖父们既犹豫又无奈。

交涉无效的压抑感终于激怒了性格暴躁的二祖父。他仗着三十二个叔伯堂兄弟会为其撑腰壮胆，不顾大祖父和其他几个兄弟的劝阻，大祖父本想用康熙年间礼部尚书张英为老家安徽桐城的宅基地纠纷引发的“六尺巷”故事来感化他，哪知二祖父根本听不进去。

正当大祖父讲到“千里修书只为墙，让他三尺有何妨”张英大度、容忍地以写诗书的方式，劝诫家人邻里间要相互隐忍、谦让的时候，没想到没有半点城府的二祖父越听越憋屈，只见他腰带一勒，气势汹汹从邻家操起一把锯子，倏地蹿上了宗祠的房梁，嗖嗖几下就把宗祠的房梁锯断了三尺。

二祖父这一自私、莽撞而孤妄的做法，不仅引起众怒，且犯下大忌，彻底得罪了老祖宗，为祖屋日后落下了种种似乎后人看不清也弄不明白的晦气与祸根，要知道，他锯的不是一般的屋呵，那可是供奉李家祖先的千年祖宗堂啊！

接着后面发生的二祖父被邻村人错杀死、大祖父抑郁而死、一堂祖父牢中坐死、另一堂祖父愤然气死的“四兄弟四死”的离奇惨剧，给这座无辜的祖屋平添了一种诡异、恐怖与悲怆的气氛！

大不孝，诛可灭。侍祖不敬，焉然孝父母？唯恐二祖父到死也不会明白其中的深邃之道啊！

屋，终究是屋，人，终究是人。屋想让人和睦地生息，人也想让屋永恒地安存，两者赖以生存着，任凭岁月的磨砺与变迁。

祖屋，在祖孙面前，艰难地支撑着自己的容颜，其实，它已经坍塌了，坍塌于子孙的是是非非之中，坍塌于后人的恩恩怨怨之中，也坍塌于人们把名利得失与是非成败看得比什么都重的视线与心底。

我忽然想起《易经》里“积善之家，必有余庆；积不善之家，必有余殃”这句千年古训的道理来。《回生宝训》里记载得明明白白：“凡人有势不可使尽，有福不可享尽，贫穷不可欺尽，此三者乃天运循环，周而复始”。想必强横之家，终归福远祸临兮？

娘，带着我和姐姐们，没有别的归宿，没有任何埋怨，也无法逃避，仍然依偎在人们笑谈中风剥雨蚀的祖屋一角，默默地啜泣……

祖 屋

祖先面对子孙
总渗着难为情的痛
胸口好像紧贴着一张欠条
用一生的血汗
赫然写着子孙永久性债主的名字

祖屋是一纸涂改不了的契约
歪歪斜斜
立在子孙的账簿一页页被翻卷
时间证明了一切
有情与无义勾着肩
有型与无形搭着背
争夺与分割盘踞着——
令祖屋艰难抉择
也难以牵起亲与情的脊梁

有朝一日老朽的木梁怆然倒下
拭问：我们的子孙
还有没有力量将其众擎易举？

玩童

玩　童

一

四十年代苦海深潭，五十年代苦碗没饭，六十年代苦中难迈，七十年代苦菜下饭……这仿佛是那叠年代打下的苦涩烙印。

玩沙玩土玩家家，玩鸡玩狗玩鸭鸭。六十年代中期出生的我虽仍然浸泡在难以脱逃的苦缸子里，但我会用各种懵懂的“玩法”冲淡年少时的苦味与酸涩。

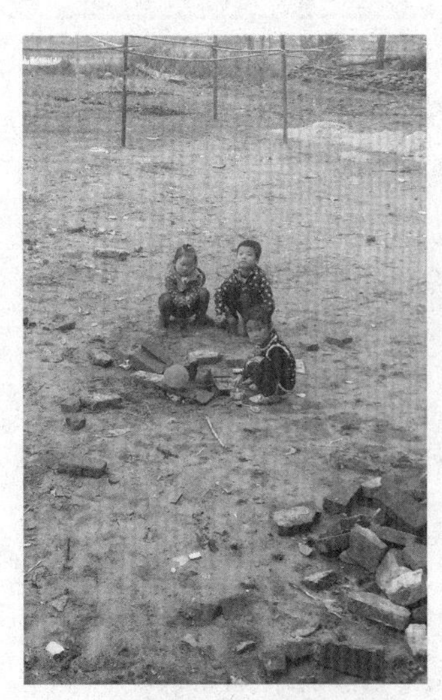
玩土玩沙玩家家

小时候，读书对我来说，既怕又厌，总觉得在完成大人交给的硬性任务。

常听老师和大人们说“学了文化，走遍天下都不怕”或“读书出了名，好去当工人”，其实我觉得那都很遥远，根本懒得去揣摩它。父亲在我屁股后面一直盯得很紧，娘，也常在一边念叨，给我不断打她的“悲情牌”以此感召我：佬仔呀，要多念点书哦，你看大人箩筐大的字一个不识，在下头湖里耕地作田有多可怜啊！

我听归听，但基本上没有把娘的话放在心里，书包一扔，转身就追那些村子里的玩伴，消失在娘的视线里。

我从小有点怕父亲，不听话或顽皮的时候，最怕父亲右手握拳屈露中指而摆出的“炮攻里”（当地大人管教小孩一种握紧拳头、露出弯曲的中指打人的方式）架势，那一“炮攻”下来，头顶上不起包也会让你痛得想哭。父亲由于事务繁重基本上很少在家，管我的日子凤毛麟角，“炮攻里”落我头上的日子自然屈指可数。

少了痛，就渐渐忘记伤疤。少了父亲的严管，娘为自己的柔教越来越失效的做法感到力不从心，我玩的空间无疑宽泛了许多：小到玩泥玩沙、捉虫抓鸟，大到弹弓射箭、小盗小赌等。

家里穷是铁定的事实。那时我常常借着穷的名义，到处转悠变着法子找钱玩。捡拾水沟里被雨水冲刷下来的塑料、玻璃、烂铁丝等乱七八糟的东西，渴望用破铜烂铁换点钱买糖果、麻花之类东西吃。因为娘有时连我想吃三分钱一根的冰棍的乞求都难以满足，她每次都承诺下一回，可我等很久才勉强吃上一回。

那个胸前白围裙印着红色“江纺”二字卖冰棍的矮个阿姨，每天都会推着那辆装满只有菠萝、豆子两种冰棍的木轮箱子，步行十几公里雷打不动地来到我村里长音短调地一阵阵吆喝，吸引着我焦渴的目光。我知道娘没有钱，只有痴痴地站在木箱子旁，耐心等待阿姨把几根在高温溶解下快化成水的冰棍抛出来，立即和村里的小伙伴争捡地上那些溜软的冰棍，有时抢得面红耳赤，有时会吃到满嘴沙子，却无所顾忌，乐此不疲。

我最喜欢去的地方还有茅坑，有时总希望别人内急慌慌张张掏纸的时候把个硬币或几毛纸币遗弃在厕所的一隅，我还常去水塘边的洗衣码头、岸滩边和垃圾堆，希望有惊喜发生，我的确捡过好几回分币，因此充满期待，不放过任何角落，好几回在娘来到我常去的“老地方”一声声喊我“米吔，回家哦”的叫唤声里而变得怅然若失。

我从小到大，娘一直喊我“米”这个乳名，我已经习惯这最亲的乡音，但那时肯定不知道父母怎么会给我取一个俗透了的名字？估计与大人“家里有粮、心里不慌”的祈愿有关。

这种找钱的玩法实属无聊且无奈，也很纠结，但捕获的意外惊喜常常让我亢奋，也似乎成了我那时候最大的嗜好。

当然，还有很多纯粹的玩法，我每每上完课后就到处去玩，我贪玩也成了娘心头隐隐的痛。

“打盖子”是村里男孩最喜欢的一种玩法，早期是玩圆石相互投掷，比谁打得远；后来玩瓦片或石片，将其磨得圆圆的薄薄的，再后来发展到酒瓶盖，遵循谁先打中谁先得的游戏规则，这种比眼法比手感比力度比技巧的玩法很吸引我。每天口袋、裤蔸、书包里装的少不了这些又重又脏且嗦嗦直响的玩意，气得娘边洗衣服边自艾自怨：玩些石头和盖子，咯哪像有出息的崽啊？

的确，很长一段时间，娘很担心我会像村里有些更顽皮的孩子一样，从捡瓦片发展到上屋揭人家的屋檐瓦，从起初捡呀、讨呀酒瓶盖发展到买酒、偷酒取瓶盖，村里有的孩子因此染上了喝酒、抽烟、赌博和小偷小摸的坏毛病，娘为此心急如焚！于是，她自编些诸如“儿时不努力，到老没得吃”、“玩沙玩土人玩疯，又苦又穷冇人逢”等通俗易懂的所谓“刘氏”格言敲我警钟，有时还借父亲“炮攻里”样子吓唬我。

父亲干活累了回家，高兴的时候也会跟我讲村里老祖宗的故事来鞭策我：有一年，贡院开科，村里从教的天福公带着八名弟子赴京应试，令人称奇的是，“八子登科”轰动朝廷上下。宋宁宗赵淳获悉后不仅褒扬有加，且想召见这位教学有方的李先生，并准备重用他。于是派主考官先面试，当他入院后，主考官见其一身布衣打扮，便问他：你的学生都高登台阁了，先生你怎还身着布衣啊？这一问不要紧，把没有见过世面的先生一下给震住了，他红着脸半天不知如何回答，主考官急了，再三追问，先生仍很拘谨，没有回语，最后主考官叹了叹气：哎，你有内才而无外才啊，不可为官也。

后来，八个学生全围住先生想问个究竟：这么容易的问题，先生怎答不出来呢？只见先生摇了摇头，长叹一声：万般都是命，半点不由人啊！学生们于是惊呼：先生这句话就是最好的回答，你当时怎不说出口呢？本来和我们一起在京城做官多好啊。先生只摇起了头。后来八个学生不忘师恩，齐奏皇上请求把先生留下，可皇上考虑到先生不是做官的料，没有封他官爵而给他教书的李家学堂和其教出的八位才子赏赐了八个大字：“龙岗书院，花墙世家”，李村人从此以之为荣，并激励后人发奋读书，光宗耀祖。

父亲讲得有声有色，不停强调读书的好处，我表面上也装作听得如痴如醉，其实，我的心早已飞到蝉鸣蝶舞的树林、野果丛生的田园菜地、阳光下银鳞闪烁的湖港沟塘，以及房前村后小伙伴们的“玩场”去了。

那时候，成绩一般的我，在那读书挐乱的年代，没有梦想，没有目标，酷似湖上一只摇摇荡荡的小舟，难以靠岸。

二

我小学启蒙的王老师一直对我不错，她有时路过我家门口时还会给我开点小灶，一直到我小学毕业算是尽心尽力，但并没有扭转我好玩的野性。玩的时候，看到她的影子或听到她特有的湘乡口音会立即躲起来，老师转瞬即逝的离开，反倒使我的玩劲反弹起来。

师如慈母。任性贪玩的我，或许，既没有体会到老师对学生老牛舐犊般的悃愊无华，也没有体恤到娘把三个姐姐都强行辍学，而让我独享书荣的偏爱和良苦用心。当然，那时候没有书桌书柜，没有电灯电视，不能成为我不愿读书、不知天高地厚的理由。幽暗的煤油灯下，我猫腰蹲扑在板凳上，艰难地做着不情愿做的作业。

我的世界很小很暗，仿佛浓云蔽日。

因为村子大，全村像我这样贪玩的伙伴实在难以计数，今天邀去你家，明日请到我屋，三三两两，没日没夜地疯玩——

荒郊野外、坟山蛮地、稻田晒谷场去捉萤火虫，萤火虫发出一闪一闪晶莹的光，仿佛让我们捕捉到了黑暗中犹存的一线光明，玩晚了困了就挤在稻草垛里睡上一觉再回家。

三伏天爬树抓知了是我的强项，晒得满身流油、一脸乌黑也毫不在乎，从树上“扑嗵”一声摔下来是家常便饭，不等摔伤的胳膊腿痊愈又背着娘偷偷上阵。爬饿了就挑专叫唤的公蝉放进灶台里用火煨着吃，那个味道简直香极了，后来发展到用竹篙挂“闹兜子”（一种用布和塑料制成的简易网兜）和柴油化橡胶皮粘翅膀的捕捉方法，往往弄得满屋子知了嗖嗖乱飞、吱吱乱叫，让娘很是头疼。更令娘揪心不已的是，肚子空空如也时，就纠集小伙伴们合计去偷拨地里的红薯、萝卜吃，常常被大人追得东躲西藏。

去水沟或涵洞里，用铁锹把水挡住一截，再用脸盆把水舀干，捉小鱼小虾、泥鳅螃蟹等这种当地叫“浒鱼子”的玩法，是我最值得期待的事。伙伴们端着一盆盆“战斗成果”，排成竖型队伍，走在田埂、湖边或回家的路上，脸上得意的笑容在阳光下闪烁，不减当年“小八路”的威风。哪怕弄得一身污泥黑垢，晒得一身流油，也全然不顾，跳到河塘里洗个快活澡，舒服极了。

盛夏的傍晚时分，有时也邀集一些伙伴，静静地蹲在水塘边的树兜下，窃笑着看村里收工的男男女女们在码头附近水域洗澡，一边瞧男人无所顾忌钻进女人的水底下逗乐，一边听他们嘻嘻哈哈相互击拍水面的打闹声，窃听断断续续、扭扭捏捏的打情骂俏使我们也跟着咯咯地嬉乐起来。

看腻了的话，第二天就去找动物制造恶作剧。

最残酷的是在牛的尾巴上绑鞭炮，吓得牛一个劲地狂奔，踩坏不少庄稼，最肮脏的是在牛粪猪屎堆里甚至别人家的茅坑里放鞭炮，炸得臭气熏天，当然也有跑得不及时，炸得自己满脸甚至满身“粪屎巴巴”的时候；最囧的是，发现两条交配而连在一起难以脱钩的狗，就喜欢用石头和棍子打它，往往闹得鸡犬不宁，有时险被狗咬伤仍会嘻嘻哈哈围着它们穷追不舍，直至破坏掉那对“狗男女”一番云雨之好事；最不可思议的是玩“纸镖”等，有时候把书撕得稀巴烂，做成纸镖玩，玩输了会争得面红耳赤甚至玩火了就打上一架，但不记仇，隔日又在一起玩。

玩的时候一点也不知道怕和累，更不知道痛和苦，比起背负的书包来，轻松多了，自由多了，也快乐多了。

娘后来发现我有点像脱缰野马，迅速调整了管教思路，不得不改用哭诉的方式，要我悬崖勒马。

那年也是三伏天，我用小丝网去捕鱼，一身泥巴、两手空空而归，正值中午烈日当头，我赶紧提个水桶直接用压水井的凉水冲洗起来。哪知道这一冲，被正受筋骨痛困扰的娘发现了，她气得暴跳如雷，对着我哭骂起来，乃我有记忆以来娘骂人最凶的一回，她一股脑说些我不懂事、不争气，淬火濯水伤筋痛骨日后变成残废之类的气话。

我惊恐着，继续搓洗我身上的泥污，娘看到我仍无动于衷，猛地朝我身后狠狠地打了一巴掌，然后转身边哭边跑向祖母的坟头……

娘被邻居从祖母的坟头好不容易劝拉回来后，哭诉渐渐变成抽泣，抽泣慢慢变成说教，凶相厉色也开始变得和颜悦色起来。

我看到了娘左脑边的青筋在不时跳动，抽搐的右手在不停地搓揉她的腰部，我赶忙上前拿条毛巾帮娘擦拭眼眶底下那行未干的泪迹。娘轻轻地接过毛巾，语调特别低沉，说出了一串我一辈子都不会忘记的话：

佬仔呀佬仔，好牛不要重擂，好马不要重捶，不是娘要这样骂你打你，是你太伤娘的心了——

三岁子看小，七岁子看大，你现在都十一二岁的人啦，也不小了，大热天濯冷水，你太不懂事也太不爱惜自己的身体，难道你要跟娘一样拖着筋骨病过日子吗？——

娘一边啜泣，一边咳嗽，一边望着我，现身说法，继续她滔滔不绝的“数落”：

如果你学坏了样，跟坏了“伴党”（指伙伴），不成残废就会成流氓，不成龙就成虫，你匹马单枪，人家兄多弟多，娘就你一根独苗，你不能跟人家一个样啊——

你看看姐姐们，失学劳动又累又苦，而让你一个人清闲上学堂，你不好好珍惜，到时候你就有可能变成坏人废物，你呀非得打过车头换过轴哦——

你要好好想想，娘总想让你成为一根栋梁，长大了有好身体才能把家扛，你现在不是跟别人比玩、比抓鱼，而是要比哪个读书强，你要为大人为自己也为这个穷家争口气！要想别人看得起，读书写字、手不释卷才长骨气啊……

娘一连串语重心长的话把我说哭了，哭得鼻涕直流，差点呛出血来。

晚上，娘特地给我煎了一个大大的黄白相间的荷包蛋，算是弥补狠狠的那巴掌，也算是对我回心转意的奖赏。

娘的这席话，字字刺骨，声声发聩，针针见血，灼烧着我幼稚而无知的灵魂。不禁让我联想起那位写出“莫等闲，白了少年头，空悲切！”抗金英雄岳飞的娘。

娘的这一巴掌，慢慢地把我从昏沉的梦中敲醒。

三

童真难灭，童心童趣也同样难以在短时间内消泯。玩，既是每个人少儿时期的天性，也是时代的产物，要玩出人性的本真、本善和人生的精彩来，但千万别玩折、玩偏、玩坏了。很多走上歧途的始作俑者，往往都是少儿时期玩错位、玩过头的极端所致。

年少时一次偷鸡摸狗的经历，让我刻骨铭心。

那一年，我家刚做好新瓦屋，准备搬进来住，娘正在屋内打扫卫生，这时来了一位“叮当叮当”挑着担叫卖麦芽芝麻糖的老翁。他路过我家屋后门时看到我家新盖的屋子后，故意放慢了脚步，当他看到我娘正好从后门伸出头来时，就上前与娘搭讪起来，说了很多恭喜的话，娘连忙召他进屋歇会儿，娘很热情地给老人倒了一杯茶，老人喜滋滋地喝着茶，一边跟娘唠嗑。

但他万万没有想到的是，他放在屋后门外的麦芽糖货架担子随即被我和另外一个村里调皮出了名的伙伴盯上了，调皮鬼立即唆使我把后门轻轻掩上，我迫于嘴馋也心存侥幸，也觉得拿几块糖饼当好玩似的，只好照办，他就一个劲往人家箩筐里偷芝麻糖饼。老头毕竟是精明的生意人，似乎觉察出不对劲了，他立即转身向后门奔来，一眼发现我们在偷他的东西，气得一扁担横扫过来，差点把我们打翻在地，娘也觉得有些异样连忙跟着跑了出来，一看到我们这个样子，气得娘大骂起来。

这时，老头知道我是娘的儿子后，一改刚才一脸的和气，态度来了个360度大转弯，朝着娘就一个劲数落起来，说好端端的女人怎么生出一个偷鸡摸狗的崽来？说娘没有教养，说娘今后不好好管教儿子将来会出大事，竟然怀疑娘是故意把他引进屋好让儿子去偷他东西，气得娘直跺脚。但出于理亏，娘只好连赔不是，差点在老头跟前跪下。

那个顽皮鬼早已跑得无影无踪了，我怯怯地站在一旁呆若木鸡，垂着头，任凭老头的臭骂，也任凭娘毫不厌烦对其道歉，我第一次看到娘在人家面前低三下四，我也第一次让娘拉着我向别人鞠了三个躬。

老头总算被娘劝走了，还带走了娘从衣角里挤出的一块赔礼钱。

打那一回开始，娘担心我“近墨者黑”，禁止我与顽皮鬼来往，否则不让我进屋。

很多年了，我一直没有看到过他，也没见过我娘与他娘来往了。

奇怪的是，他娘每次路过我家后门口的时候，都会装着咳嗽一阵，然后从口中喷出一泼痰，带着一种刺耳的“呸！”声直射我家的后门，我娘每次都忍着装着没听见。后来，吐痰的人不知得了什么怪病？很早就死了，娘知道了，叹了下气，自言自语着：人啊，宁可正而不足，不可邪而有余，她舌长气短啊！

娘没有读书，但她给我玩途上紧急刹车，使我幡然醒悟！

打那以后，我玩的日子明显少多了，而且逐步实现了由粗野型向文雅型的转变。

玩小人书，是我小学升初中时期一段最美好的回忆。娘不仅到处帮我借，也有时舍得给我买，她去城里的干外婆家做客，外婆有时会悄悄地塞几本表姐表哥们私藏的小人书，叫娘带给我，不管好看与否，这种意外的惊喜，总会让我兴奋好几天，我不时会带到班上或在村里的小伙伴甚至大人面前炫耀一番，被我翻得皱巴巴的甚至快掉页的纸张费了我不少左缝右粘的功夫，那时邱少云、王强、海瑞、包公和窦娥等名字，深深地烙进了我的脑海。

别看几分钱一本的小人书，也有让娘为难的时候，娘为了存钱做房子，好从日渐破漏的祖屋和茅屋里早点搬出来，并没有每次都满足我买小人书的要求，而是采取激励与奖励统筹的办法：成绩好有奖，帮父母做家务事有奖、下田下地干农活有奖。

我得到的奖励全是一大堆作业本，娘最喜欢看我做作业的样子。而买小人书的钱，是娘把她那一头乌黑的长发剪下了换取的。娘一直营养不良，每剪一次长发，至少得大半年，这段时间，娘会很细心呵护她的头发，就像打理庄稼一样一丝不苟。卖的前几天，娘会淡抹点油，让头发更有光泽，她每天都用梳子缓缓地梳理好几遍，长发每次剪下后，娘把它扎得井井有条，乌亮诱人，希望能多卖点钱，可以满足我多买几本小人书的愿望。

娘，剪下一段贫瘠岁月，为我盛上满满的一叠希冀。

学校放假的日子，我就跟着大人后面去学种菜、插秧、割草、放牛、喂猪、捡粪等，所有的农活样样都学着干。最有趣的是捡牛屎，用水搅拌掺和着揉成屎团子，又臭有黏，“啪!”我学着娘的样往自家的墙上一打，一个硕大的圆形牛粪饼就定格在墙上，有时沾满一脸，但一点也不嫌脏，大大小小密密麻麻就像天上的星星一样煞是好看，等它晾干了扳下来就是一块很耐烧的柴火，而留下的屎印斑斑驳驳镶嵌在墙上就像一幅图画，牢牢地印进了艰苦的岁月，也印进了我少年时的记忆。

那时候家里没什么菜好吃的，娘就叫我去地里挖地菜，捡地菇等，娘说这个菜吃了不感冒、不生病，我一放学就挎着个篮子到处去挖捡，直到天黑才回家。

有时娘看到我吃白米饭没胃口，就叫我去红花田里挖黄鼻菜，这种菜是南方稻田里开春时长的一种野菜，开着小黄花，专门长在红花草或油菜根部的空隙地里，如果把它剁碎后与米饭一起煮，一种清幽的饭菜香味扑鼻而来，吃起来津津有味，而且很当饱。

我们几个伙伴既把挖黄鼻菜当劳动，也把它当玩，大家嘻嘻哈哈跟比赛似的，一挖就满满的一篮子，盛着我满满的微笑。

那次，我们大队专门负责生产管理的队长发现我们挖黄鼻菜把大片嫩绿的红花草踩坏了，扛着一把锹边骂边朝我们拼命追赶过来，吓得我们魂飞魄散，四处逃跑。刚追一阵子，只见他突然停了下来，一边在红花田里到处乱摸他跌落的眼镜子，一边朝我们大声喊话：细伢子你们都回来，帮我找找眼镜子吧，这回我就不罚你们啰。

我们站在老远处望着他像瞎子一样狼狈，嘻嘻地笑着，但都不敢靠近。我觉得他不像骗我们，于是我就斗胆走过去帮他找到了那副高度老花镜，他朝我诡秘地笑了。正当我怯怯离开的时候，他一把把我篮子里的黄鼻菜抢过去全倒在田里，并用脚踩进了泥里面，煞有介事地对我说：这次你就将功赎罪了，我也不罚你，以后你也不准来红花田里挖黄鼻菜了。你看看，长得多好的红花草全被你们这些不懂事的细伢子踩得稀巴烂，有的都踩死了，多可惜啊！这些黄鼻菜就算当肥料了，再被我抓到了我就毫不客气哦，叫学校开除你们，还要扣你们父母的工分。

那些伙伴看到我挖的黄鼻菜全被他消灭了，一个个吓得早已跑得无影无踪，我气得一边跺脚一边骂他，还一边不时扭过头对着他的影子直吐痰。后来娘知道这件事后，怕影响不好，更怕扣大人的工分，叫我别再挖最喜欢吃的黄鼻菜了。

论起干农活，我并不逊色。我最拿手的就是下田栽禾，我栽起来又快又齐，一行行跟画了线似的，比村里赚工分的姑娘、婶嫂们都不相上下，不仅娘夸我，就连左邻右舍和生产队的人都对我竖起大拇指："米呀做事，好恰价，跟大人一样平整哦!"。

有一次，娘带着我去二里之外的湖洲上锄柴草，锄的草晒干后可当柴火烧，娘故意选了个大热天，娘说温度高湿草就干得快，挑回家就轻松多了。燠热的太阳晒得我睁不开眼，娘把早预备好的毛巾在水沟里弄湿后，麻利地扎在我的头上，我顿感我的天空里多了一份娘给予的荫翳与清凉。

娘身体经常不舒服，但劳动时总会憋足劲，强撑着去干活。她锄草特别快，几分钟就一大堆，而且把草带出的土灰压得很低，并不是怕脏，而是以免影响我们锄草的视线和空气，我暗自感动。娘低头锄一会儿就抬头朝我这边望一会儿，不时说几句鼓劲的话，有时走过来帮我锄上几锄，就像一只老母鸡带着出生不久的雏鸡在荒郊野外学步觅食一样。

娘锄着锄着，只见她后背的麻布衬衫一下子就被汗水粘住了，娘喘着粗气，可手没有停歇下来，任尘土从她眼前一阵阵翻卷。

一只青色的花纹蛇突然从我面前蹿出，吓得我脑袋发麻，我怕蛇咬着我和娘，正准备拿起锄头朝它打下去的时候，娘闻讯跑过来，一看是条水蛇，扑哧笑了：水蛇不咬人的，你是属蛇的，它更不会咬你啰，蛇是小龙，二龙相见，各走一边，发财由天啊！娘开着玩笑边用锄头轻轻地触碰着"小龙"，让它慢慢地游开。

"姆妈，我们是不是要发财了?"我故意不解地问。

"那当然，柴火就是财火，柴火越烧越旺，财就越发越旺啊！我为什么叫你来锄柴火哩?"

"慢慢劳动你就会都懂得啊，好好做事，长大了我们就什么都有了。你还小，我不跟你说那么多了，我要去解手哦。"娘说完，用毛巾揩了揩脸上直流的汗，松了松裤腰带，只见她顺手从地上扯了几把青草，搓揉了一会儿，就蹲在了我前方草坡不远处的草丛里……

娘满身尘土的身影，总以一棵树、或以一蔸草的站卧姿式，引领着我少儿时代焦渴而祇仰的目光。

四

自古道：穷苦的孩子早当家。我没有早当家，但成长的岁月里在娘的鞭策下，至少我学会了与俗气的“旧玩”作徐徐地告别，与雅致的“新玩”做切切地握手。

玩画画、玩写字、玩写作文和玩武术等后来几乎也成了我少年时期半玩半学的新鲜“副业”了。

每当看到娘扛起锄头的那一刻，我就悄悄拿起课本，哪怕一本小人书，我都会“啃得”津津有味，或学起画画来；每每听到娘头痛发作时在床上发出轻微的哎哟声，我就会架起家里的楼梯当单杠和木桩，练起“单钩挂月”、“金鸡独立”来，让自已强壮起来。

那时我最简单的想法，就是：学文，走天下；习武，保护我娘。

有一年，我照着小人书《智取威虎山》杨子荣打虎上山的那页，花了几天的时间，葫芦画瓢地画了一只丛林老虎，自我感觉良好，又听人家说虎能镇宅辟邪，希望能驱除娘身上的病魔，于是不假思索地就把它张贴在对着大门的厅堂隔板墙上。

没想到的是，娘一看到凶巴巴的“老虎”不由一颤，第二天娘就给我打起商量来，问我能不能把它取下来？我态度异常坚决：不行！

娘一脸的惊悚，接着说：我昨晚做了个老虎吃鸡的恶梦，把我吓醒了。

我知道娘属鸡，但越想越觉得娘不珍惜我的劳动成果，或明显与我作对，我气不打一处来，一把把它揭了下来当着娘的面撕得粉碎，娘惊愕得与我面面相觑。

后来，才从姐姐的嘴里找到了答案，原来娘怕我画画分心，影响读书，才瞎编了那个梦话。

我画的画没了，但娘这桢永不褪色的画却一直在我心底牢牢地挂着。

孩提时代

青涩华年
挂着懵懵懂懂的金字招牌
把任性的心跳释放在门里门外
娘的牵绊
总在万千叮咛里不安地放下绳索
任膝下的犊驹
自由自在地采摘没有熟稔的果实
娘的一只手牵系着家的日子
另一只手拉扯着我长大的时光
没有疲惫可言
没有抱怨可语
只企盼稚嫩的手伸向秋的尽头

贪玩的手与足 性与情
却背离了心的距离
也背离娘的视线
以无忧无虑的姿态
独自恣睢在一片荒漠莽野
迷糊的眼睛
始终没有抬头发现不远处的枝头
仍然挂牵着娘遗下的
那滴 久久未干的泪啊

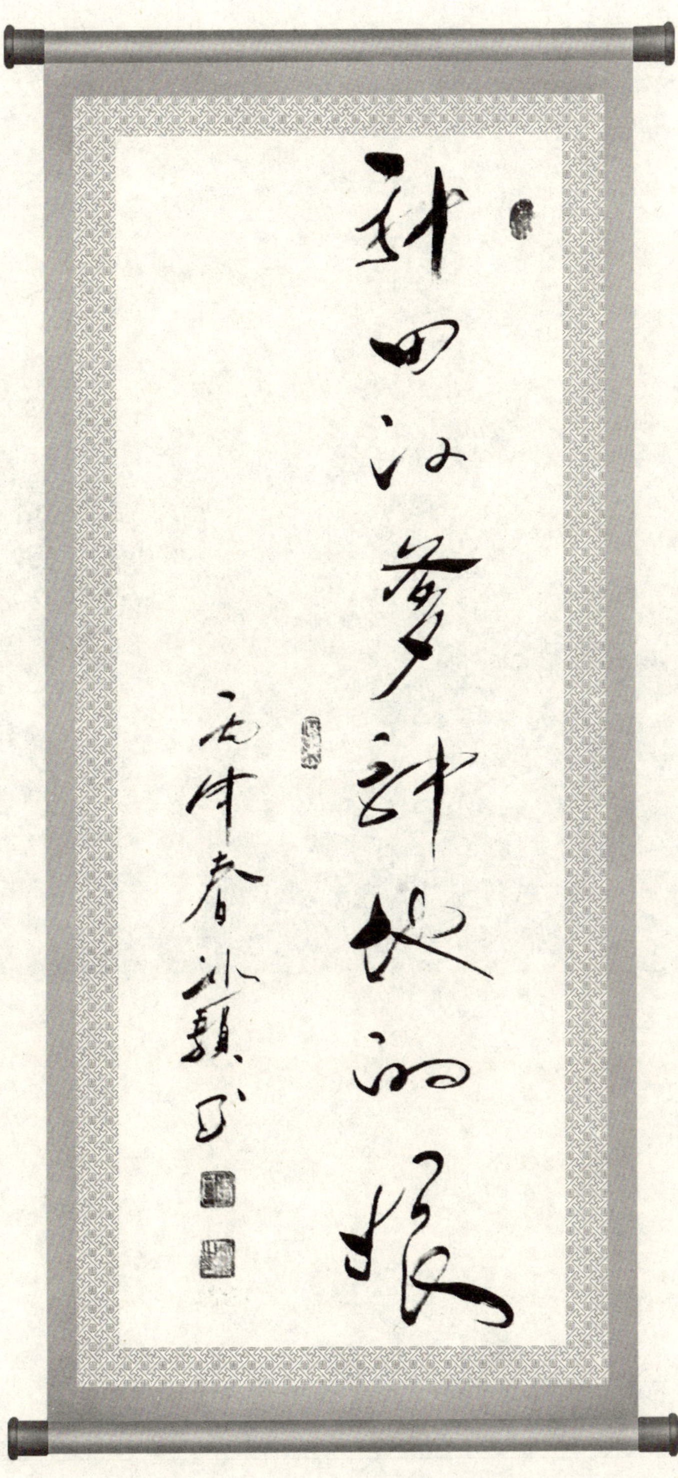

种田的爹种地的娘

种田的爹种地的娘

一

鄱湖望月月照人，风吹芦草草动情。

耕田种地如水过，逢年过节又一轮……

生长在鄱湖一带的农民，似乎对这已久远的《种田歌》有些淡忘了，但这蘸满泥土芳香的字里行间，折射出湖区人们那勤劳而朴实、乐观而满足的生活态度。

我从没有听见父亲和娘的歌声，更没有听他们唱那些耕田种地的歌。其来自心底的浅唱低吟，倒是让我在他们身边，年复一年地触摸其以风雨当歌、以悲喜对酒、以田地为衣食寝安的默默情怀！

蒋巷，是我的家乡，更是父亲和娘的根！

娘与父亲老屋前相依留影

蒋巷之所以不同于别的乡镇，且被誉为江南粮仓、鱼米之乡，堪称大乡重镇，不仅在于田多地多水面辽阔，粮多鱼多人口密集，与其特殊的地理位置与浓郁的风土人情也有着密不可分的关系。

自五四年遭受特大洪水灾害以后，时任江西省省长的邵式平同志先后八次到蒋巷视察，一个省长几年间去一个公社八次，打破了常规，不可小觑。

正因为一省之长的超常重视和形势所迫，蒋巷干部群众劳动的激情也空前高涨，尤其是大修水利、筑圩挑堤、粮食生产等，老百姓个个“脱掉鞋子甩开膀子、湿掉衣裤拼着命子来干”，谁叫它要喊“红旗公社”呢？红旗，意味着先进、模范、也意味着要一竿子插到底啊！

从大生产队一锅粥到分田到户几口饭，从赣江边支沿岸到鄱阳湖畔草围堤坝，从清事麻早（方言：清晨）到黑咕隆咚（方言：夜晚），从“日头晒死人”的六月三伏天到“冻得流鼻涕”的寒冬腊月……父亲，紧紧跟随这支“天不怕，地不怕，就怕洪水浸我家”的劳动大军，在本乡本土百十公里的范围内南征北战、东奔西跑地干着“抗洪抗旱”、“挑堤打塘（兴修水利）”的重活，为的是：要吃饭，先抗旱，要种粮，先挑塘。

文革后，父亲恢复了原职，比以前更加卖力，带领社员群众，几乎日夜奋战在水利一线。

常言道：人算不如天算。尤为艰苦的要数抗洪了，村上高音喇叭播出的天气预报经常“脑梗失灵”，春汛与夏汛的现身往往猝不及防，雨季临盆就像天要塌下来一样，绵绵不绝的梅雨，有时夹杂着冰雹、电闪雷鸣倾盆而下，令村民们惊恐万分。以前的圩堤都是沙土和泥土筑的，没有水泥，基脚很软，湖水和大雨一冲一浸一泡，如果抢护不及时的话，溃堤决口的灾难随时降临。

父亲每每冲锋在前，与抢险的干部群众一道，率先跳下齐腰深的堤口，把一捆捆草袋、一块块麻石、一担担泥土拼命地塞住湖水发怒的咽喉。

一旦没有掐住的话，洪水就像一群发疯的猛兽，以排山倒海之势，掀起千层巨浪，顷刻间把老百姓安身立命的庄稼、房屋以及牲畜家禽等席卷得无影无踪，一片狼藉，大家只有眼睁睁地望着支离破碎的家园，流着辛酸而惨怛的泪水——

每当冬修水利时，圩堤上到处红旗招展，人头攒动，不时唱出的“嘿嗨、嘿嗨、嘿嗨哟——一二、一二、一二三啰”的无词《打夯歌》，一阵压过一阵，一浪高过一浪，把喇叭筒里早已叫得黯哑的声音淹没，土筐、铁锹和木夯以及挑起泥土不知累饿的人群汇集的水利大会战场景，虽赶不上解放前枪林弹雨般的浴血奋战，但火辣、火爆甚至火拼的劳动场面，绝不亚于电影《红旗渠》里热火朝天之势。

父亲白天除了跟大家一起参加劳动外，晚上还会独自走上堤段进行巡查，因为没有路灯，只见那束手电筒的光在漆黑而孤冷的夜幕里来回晃动。

那年三洞湖大会战，听说直升飞机要来拍劳动场景，父亲凌晨三点就起床了，他早早地把社员们叫到自己负责的堤段提前上工，一直干到下午都没休息，连吃饭都在堤上，谁也没有见过的“大蜻蜓”终于在傍晚时分才出现，它姗姗来迟的露脸还是让父亲和社员们欣喜若狂，头顶上飞机隆隆的响声，始终抵挡不过父亲引领大家齐心协力发出的“嗨嗨——嗨嗨——”叫喊声。

二

那时候，我虽小，但我也有一段跟着父亲打塘挑堤的短暂劳动经历。

当年“筑大堤，好产粮；不流汗，没得尝；挑大塘，保家乡；不卖力，全泡汤”的顺口溜，或许就是湖区人们在敢“跟天斗、跟地斗、跟洪水斗”的岁月里孕育而出的杰作。

每年水利大会战的号角呼啸而来，不仅席卷湖区村村舍舍、每家每户，也刮进校园。或许“劳动最光荣”口号的使然，那次，小学刚毕业的我一放寒假，扔下书包，一个人偷偷地爬上了一辆去往三十里开外的玉丰大队拉人挖塘的手扶拖拉机，找到了我们家所在的红卫大队责任区域，也碰到了父亲。父亲严肃而诧异的眼神看了我好一阵子，他突然“哼!”地一声把我吓了一跳，似乎闻出了我假装来劳动其实不想读书而虚伪的味道，马上叫来队长分给我一副又大又宽的土筐和毛竹扁担，嗔怪着想：累死你，看你还敢来不来这里“好玩”?

万万没有想到的是，当天喇叭里竟然发出了“业云同学，是冬泉大队长的儿子，别看他小小年纪，真是人小志气大啊，他一放假，就勇敢地来到我们大会战第一线，他这种不怕小、不怕苦，不怕累的思想值得表扬啊……”的广播，那熟悉的声音来自时任我们大队小学校长的锋杰先生，这种表扬，让我喜忧参半。

看到社员们个个累得弯腰驼背、汗流满面的样子，我吓得要打退堂鼓，哪知道校长给我来这一招？心想：都表扬了，怎么好意思开溜呢？否则不仅丢自己的脸，还要丢父亲的脸甚至全家的脸。我只有硬着头皮跟着大人后面硬撑。正累得我筋疲力尽，腰酸背痛，差点喊爹叫娘的时候，突然接到了家里捎来的口信：娘病了，叫我赶紧回去。

听说娘病了，我难过中夹杂些许庆幸，能趁机脱逃，犹如抓到了一根救命稻草。回到家，奇怪的是看到娘像往常一样，在大门口缝补衣裳等着我。“啊?”我差点叫出声来，原来娘没病，她想故意把我“哄骗”回来。

娘看着一脸惊恐而疲惫的我，喃喃地说：伢仔，千斤重担挑的都是土，万卷书海装的才是黄金啊!

原来，娘别有用心的高超“伎俩”又一次哄骗得我丈二和尚差点摸不着头脑了。

我发红的眼眶湿润了！

娘就是娘，她那副柔肠、那颗慈心总牵挂着乳臭未干的我，当然也系着自己相濡以沫的丈夫。

父亲每次“大会战”回来，看到他累得黄皮寡瘦（方言，很瘦很难看）、满脸冻疮的样子，娘不但没有埋怨，总会煮上一碗鸡蛋汤端到父亲面前，看他热乎乎地吃下，转身拿着父亲脱下的泥衣泥裤，默默地搓洗起来。

其实，娘与父亲，没有太多的交流，打我记事起，从来没有看到他们睡一张床，也没有听到一句亲热、玩笑的话语，更没有看到一个亲昵的表情和动作，我觉得他们真有点不食人间烟火的味道，像个谜。娘与父亲却感情真挚，不离不弃，相互敬让，过着农村最朴素、最清淡也最真实的日子。

三

田地，犹如农民的作业，永远也做不完。

分田到户以后，村民除了完成自家口粮田的种植外，每家每户还要承包鄱阳湖一带开垦出来的湖洲田，一般按人口计田，那就是所谓的种舍田（方言，指责任田），每户都要按田亩数上交村里的“积累”（方言，指粮食任务之外的摊派）。

我除了放学回家帮父母干些农活外，放暑假的时候还要帮着家里去靠近鄱阳湖的黄湖边“双抢”，但不知为什么，在下头湖里几乎看不到娘的影子，娘就像祖母一样，一直与水田保持着距离，是胆怯？厌倦？怕脏？还是身体的虚弱？我至今没有找到理想的答案。

娘没有主动告诉我们，我们也不便追问，这个谜，一直缠绕在我的心间。而父亲恨不得把所有农活全包了，对娘从没有半点埋怨，娘也很知趣，上场打晒谷子的活她却抢着干，完全忘记了自己满身的疼痛，汩汩地虚汗顺着她瘦削的脸颊流淌下来。

鄱阳湖一带的风暴雨说来就来，因常年气候湿润，云团气旋放电快，加上地形空旷，一支烟功夫不到，把天遮得“乌风陡暗”（方言，阴沉的样子），田里的禾苗或稻子吹得东倒西歪，我们临时搭建的“茅舍子”也被吹得摇摇欲坠。

庆幸的是，茅舍子紧靠堤脚搭建，呈“人”字形架构，全部用毛竹搭架，上面铺盖一层稻草，一排排参差不齐地紧贴在地面上，有点像蒙古包，矮小而结实，但远不如蒙古包洁白、漂亮，因为受风的阻力较小，一般不容易被掀翻。

可是，突如其来的风暴把我们好不容易收割上来的谷子淋透，没两天就意外地长出谷芽，严重影响到我们的卖价和收成，我们收获的心情顿时被吹得冰凉三尺，但我们播种的希望，却在娘与父亲周而复始不屈斗志的感召下从未湮灭。

有时，父亲眉骨紧锁，用无奈的眼神瞅着天空，吧哧吧哧地抽起闷烟，似乎在渴望风调雨顺的日子。

晴干三日旱死苗，落雨三天浸死禾，抢收抢种忙死人，没日没夜饿脱魂……这首略带悲壮的《双抢歌》仿佛哽咽在父亲的喉咙边，也回旋在父亲的碎梦里，更摇荡在那时候靠天吃饭的湖区老百姓的心底。

我忽然想起我那只常常剩有余饭的碗。我放下筷子的一刹那，既是父亲一张一翕吃我剩饭，也是父亲一点一粒拾捡我掉在桌凳上碎饭的时候，然后，他用开水对着碗一冲，轻轻荡摇三下，随即微微仰起头，“咕噜——”一下，碗就一干二净了。有时娘看到我碗里残余饭粒，也会接过我的碗，用舌头去帮我轻舔，碗舔得跟洗了一样。

娘与父亲嘴上一般不说什么，他们的无言，其实就是最有力的语言，她们的身体语言，就是我最好的教科书。

我读懂了父母脸上滴水不漏的神情，唐人李绅“谁知盘中餐，粒粒皆辛苦”的《悯农》诗也再次唤醒了我内心的自责与羞愧！

当然，也能看到父亲和娘丰收时的喜悦！

卖粮，是父亲和娘都开心的事。可有时天公不作美，谷子水分不过关，会遇上几天都交不出去的尴尬。父亲守谷过夜、任凭蚊虫叮咬的期待，犹如对待快出嫁的女儿一样，每一粒谷子都是他们视为己出的心肝宝贝，每一粒都染着她们咸咸的汗水，每一粒都打扫得干干净净，一点都不残留在粮站的屯谷场上。

父亲挑着一担担沉甸甸的谷子，踉踉跄跄地行走在架空的有些晃动的板架上，有时要排很长的队，甚至等上十几分钟甚至几十分钟才过磅一次，好不容易入库，捏着工作人员手写的粮单，如捧着自己呕心沥血的“战利品”一样，小心翼翼地揣进了裤兜，父亲和娘的心里才会升腾那种如释负重的坦然，脸上才会露出久违的笑容。

名目繁多的欠账积累，经队里七扣八除，到手的钱少得可怜，勉强满足一家几口的一年开支。娘这时候就会高兴地给父亲和我们姐弟几个买几件新衣服，或给家里简单地添置些农具、家具，她身上的衣着却难得改变。我们劝娘也换点新衣裳穿，哄娘穿得年轻漂亮，她总是一笑而过：娘快老了，你们穿得“喀叽”（方言：好看的意思）就行啦！听得我们酸酸的。

四

打担谷子机（碾）缸子米，割把草来喂鸡鸡，

黄花菜里煮饭喷喷子香，盐菜萝卜子腌满一缸又一缸……

蒋巷的人们，是否还清晰地记得当年那浓郁的菜根香呢？

耕田与种地，就像一对孪生兄弟，也像一对恩爱夫妻，把种子播撒在贫瘠而板结、广袤而肥沃、温润而丰腴的土地的每个角落，翘首以盼着开花、结果的季节。

如果说父亲是种田好男人的话，娘，无疑就是种地巧妇了。

地下三两金，看谁挖得深？地上三个宝，看谁起得早？娘说的这句农家谚语道出了种地人的勤劳与艰辛。

后李村比别的村子大得多，种地的面积也多了不少，但几家共一个菜园子，靠近坟山、沙沟和野地，与村庄一箭之遥，菜园子那一带取了一个非常好听的名字——花果山。

花果山虽不及齐天大圣那“雾霭缭绕如仙境，花果遍野垂涎滴”的葳蕤美景，但无论在晨光熹微的早晨还是斜阳夕照的傍晚，无论在润雨缠绵的阳春三月还是叶黄影绰的十月深秋，无论在种子藏土、嫩芽初上的播种期还是菜花绽放，瓜果飘香的收获季节，菜园里迸发的盎然生机和热闹劲远比水帘洞的猴哥们活脱得多。

从挑种到育苗，娘很讲究，她用簸箕在水里一漂一荡，分离孬种来，埋土的时候根据不同的菜籽选择不同的温度、湿度、深度与日期，有时用薄膜小心翼翼地盖好，给菜种营造一个孕育的好环境，就像母鸡孵蛋、春蚕破茧一样，等待簇簇嫩芽的破土而出。

从栽培到浇灌，娘与父亲分工很明确，娘负责清沟、扯草，父亲专门担水挑粪，娘并不捏住鼻子也从不戴口罩，躬身把粪水搅匀后，弯下腰一勺一勺地浇泼，浇得苗根吱吱地响，浇得菜秧子一天一个样，似乎能听到秧苗、

蔬菜呼哧呼哧拔节往上长的声音。

娘常年心绞痛带来急促的呼吸声，此时好像一点也听不到，娘老犯的头痛腰痛也一点看不出来，娘看到了喜滋滋的庄稼，却忘记了痛戚戚的自己。

我有空的时候就到地里“打下手”，有时候充当父亲的角色，打着赤脚，扁担一头扛着一只又破又旧、又重又臭的尿桶（方言：装尿浇菜的水桶），夹挤在担水的人群里，穿梭于水塘与菜地之间，任凭桶里的粪水荡来荡去沾湿或弄臭我的衣裳。如果遇到水源不足，大家抢水的时候，只听得水塘里的尿桶挤擦得噼里啪啦响，没有吵骂也没有打架，只有喘息和着这急促而和谐的“交响”回荡在水塘和菜园子的周围。

邻园的大人有时发现我累得趔趄，中途停下来揉着压得通红的肩膀，露出苦瓜脸的表情时，会主动过来帮我挑上一肩，曾经祖屋里的冬姚堂母虽然个头很矮，但她挑起担来虎虎生风，疾步如飞，一般男人真不是她对手。

当然，也有累得我抢水抢不过大人而气得摔桶甩扁担的时候。

到了采摘的季节，娘一脸的灿烂。娘种的萝卜、辣椒、茄子、豆角、苦瓜和红薯、玉米等，带着不同的色彩与造型，发出不同的香味和光泽，把菜篮子塞得满满的，像幅喜庆的年画。

娘挑不起担的时候就叫上父亲和我。压弯父亲肩和我腰的，就数那只八十来斤重的粉色大冬瓜了，青润的肤色粘着一层粉白色的茸毛，晨光下熠熠生辉，娘直接叫我们边扛边抬到集市上去，一路上她紧随其后，不停地叮嘱我们千万别摔了，否则不好卖高价。其实娘的另一层意思我很明白，别看她没文化，但娘很聪明，她想让街上所有的人都看到，我们家种的超级大冬瓜的真实一面所产生“广而告之”的轰动效应。

果然不出娘所料，大冬瓜一放到摊位上，迅速围拢了人，娘故意当着大家的面一刀一刀慢慢地把它切开，希望更多的人围观。随之轻轻放在秤盘上，转眼就被唰唰“抢光”了。

我和姐姐最喜欢看娘回到家里数那些沾满泥土、汗味的乱七八糟小票子的喜悦劲，娘把一张张票子叠好，把一枚枚硬币洗干净，故意当着我们的面，用红布一层一层地包裹着，轻轻地塞进了衣橱。

丰收的果实，化作娘那湾满足的浅笑，嵌进了我和姐姐年少时的回忆。

五

种菜，给娘带来收获与快乐，也带过不少失落和烦恼。卖菜秧子，不仅是娘的拿手好戏，也是后李村合力打出的一张金字招牌。周围乡镇的农户大都知道后李村的韭菜秧、辣椒秧等蔬菜瓜果秧苗品种多也货真价实，争着来买或提前到村里来订购。娘藉着这股东风，总想让口袋多点积蓄，每年都会培育大量的菜秧去卖。

娘不懂市场，她觉得今年什么好卖明年就多种什么。那年洪水刚退，蔬菜瓜果全淹死了，菜贵得吓人，韭菜秧等“火”得炙手可热，娘决定把地里四分之三的面积用来种韭菜秧子，第二年卖得还不错，尝到甜头的娘第三年又扩大了不少面积，哪知道这年别人也一窝蜂地种了起来，导致韭菜秧严重滞销，气得娘直拍脑门：我好木（方言，笨之意）啊，我怎就不知道换品种呢？

娘的失算，把父亲和我也折腾得半死，娘命令父子俩用自行车载着这些“难出嫁”的菜秧子，往上面撒了点水看它“回活”点后，直往三十公里外的罗家集集市上拉。罗家集是南昌有名的老街市，商贾活动十分活跃，娘似乎看准了这一点，哪知道我们俩在集市上苦站了几个小时都无人问津，没有卖出一棵秧子，又热又饿的煎熬令父亲和我极度沮丧和懊恼。

我们一进家门，还没等我发牢骚，娘就来了个先发制人，娘看到我们空手而归，二话没说，一把夺过竹框里已经发蔫的韭菜秧，就像外婆倒鱼到赣江一样，直接往猪栏里倒，令猪们喜出望外，而令我和父亲目瞪口呆。

娘在家里有绝对的权威，但在市场面前，她又显得那样单薄无力。

无论市场风云如何变幻，娘的肩膀始终没有撂弃那副“田是命根子，地是钱票子”的担子，也不管老天爷的恩赐与否，娘的心底从没熄灭那团种豆得豆、种瓜得瓜的炽热火焰。

多少年过去，我仍有感而发，一气呵成的那首《种田的爹种地的娘》，被温州的一位女歌手演绎得情真意切，打动了不少来自农村感同身受的歌迷：

唤醒多少晨光踏破多少斜阳，
两鬓写满了雪雨风霜，
推着那个犁呀扛起那把锄，

种下一棵棵苗呀扶起一蔸蔸秧。
这就是种田的爹，
这就是种地的娘，
滴溜溜的汗珠堆满了仓，
他们只巴望儿女们明天的日子，
像田地里的庄稼越长越旺。
……

“风里来哟雨里去哟，我和妹子耕田又种地啰，日上出去哟夜里归哟，我和妹子巴望床头上睡啰，春来采朵莲哟冬来摘朵梅哟，我送妹子当嫁衣啰，妹在河岸等哟我在湖中追哟，我挑担菜米哟送到妹子屋里去啰……”这首浸染乡土气息的《鄱湖恋歌》，和着娘与父亲耕云种月的节拍，汇成一首田园协奏曲，在家乡的天穹静静回荡……

双亲谣

娘脐带上那滴浓浓的血
是父母给予生命时刻最璀璨的光芒
那声冒然的啼哭过后
是父母背负生命征程的再次起源
父亲似乎撒手撂下了种子的重负
须不知父亲又默默扛起家的脊梁
彳亍于沧海桑田下碾出挣扎般深深印迹

父亲向来是一本不会说话的书
可惜谁都难以读懂它粗糙而庞杂的内涵
但其承载的厚重与勾勒的线条
足以告知天下儿女铮铮铁骨的存在
娘似乎是一湾清澈见底的河水
透着的细腻与柔情
绵绵不绝地浸润着每条生命的澎湃

许多人似乎忘记了自己的身世
忘记了父亲或忘记了娘的影子
抑或忘记了一切的起因
很多人把他与她放置于天平上
得出孰轻孰重的看点
还有人竟然把父爱与母爱的多少
比作自己为之付出的筹码
那是犯下的一种罪不可赦的恶
寄生在自己的身上

父母的付出是无以伦比的等同
是天经地义的平分秋色
像天地或像日月或像四季风
哪怕有过偏袒或瑕疵或残缺
当无私漫过我们头顶和心底
沐浴你我身心的
却是一方纯净的恩泽

姐姐的往事

姐姐的往事

大姐与小时候的我

小时候，喊一声“姐姐”，就像在喝一杯清醇的茶，见到姐姐，就像蝴蝶在身边盘旋。尤其在我身处窘境的时候，姐姐的突然出现，好比天上的救星一般，让我平添无穷的安全感。因为，我上无哥嫂下无弟妹，姐姐就是我当年最好的伴侣和保护神。

娘，当年使尽洪荒之力把我这个所谓的“传家宝”生下以后，由于身体或家庭条件的影响，就没有再生育了，虽然当时并不受计划生育的限制，但李家有后，父亲和娘都很知足。

常言道：一个闺女能挑花，二个闺女会守家，三个闺女顶呱呱。

回想三个姐姐的往事，酸酸甜甜，她们的苦乐华年，一直在我心头缠绵。

一

大姐比我大一轮，我一呱呱落地，大姐小学没读完就被娘喊停，襁褓中的我，哪知道有个姐，哭丧着脸，她的小手正用洗衣槌一锤一锤地捶开那刺骨的寒冰，为我一把一把地洗尿布呢？

大姐失学后，乖乖地跟在娘的背后学做家务，说白就是主要为我贴心服务，娘身体不好，大姐自然成了家里小梁柱，除了照看我以外，还有兼顾祖母和两个妹妹。一张本来白皙的脸，常常被油烟灰尘熏得乌黑，从细薄的耳朵到白嫩的小手，再到一双灯芯细的小腿，被那些野蛮的冻疮像爆米花似的覆盖着，要不是那双像娘一样还算机灵的眼睛，骨碌碌闪烁可爱光芒的话，别人早把姐当成童养媳了。

在那生不逢时的年代里，大姐很挣扎，也很争气，完全继承了娘的血统，为娘也是为自己，更是为那个家，整天埋头苦干，总想着苦尽甘来的那一天。

大姐十五六岁的时候，除了做比较繁重的家务外，还要跟着父亲去割草、栽禾、收割稻子以及挑塘泥等，倘若不是两个麻花辫子一甩一甩的话，别人都以为她是个“男崽子”哩。

最苦最累的日子从她十八岁花季那年开始，为响应国家“兴建葛洲坝水利工程”号召，二十世纪七十年代初全国各地都在轰轰烈烈兴修水利，大姐作为第一批娘子军很快加入到“猴子岩”（今九江永修县境内）水利大会战的行列，那个苦与累可用当时她们编的顺口溜来形容：“千累万累，不如猴子岩搬石头累，千苦万苦不如猴子岩野菜苦”。

一个身单力薄的女孩，跻身到那么一种吃不好、睡不好，且劳动量大、任务十分艰巨的恶劣环境里，所吃的苦头常人难以想象。

大姐三年青春妙龄的大好时光都在那肩挑背扛中度过，可以想象那段如火如荼的艰难岁月给大姐留下的是一段何等刻骨铭心的记忆啊！

记得大姐中途回过一趟家，我们姐弟几个见了她就像见了稀客一样高兴。她第一件事就是教我和另外两个姐姐，玩两手合拢对齐游戏——“掰大拇指钻食指”，我们玩得远没有大姐那样娴熟，但那天我们四个一直玩到油尽灯灭。

后来，我忽然开窍，发现大姐的手跟我们仨就是不一样，原来她是靠天天搬运石头而练就的绝技啊。我当时觉得很好玩，后来我慢慢长大了，就问大姐：姐姐，你们劳动完了除了玩掰指头还会别的吗？大姐没做声，背着脸，我就不敢再追问了，怕问哭她。

三个春秋的筚路蓝缕，大姐带着满身的疲惫与尘土终于回到家，同时也带来了我从来没有见过的漂亮礼物——一床花被子和一个绿色军用水壶，那天晚上我揉着花被睡得很香，大姐却整夜未眠。我有事没事就挎着那个水壶去龙井打水玩。

殊不知那床花被沾着姐姐多少辛酸的泪，那个水壶装着姐姐多少涔涔的汗啊！

本想大姐总算脱离了苦海，一家人欢天喜地，哪知她睡在我身边，偷偷地哭了，哭得很伤心，哭了很久，把我盖的花被子再一次染湿了。

二

大姐要嫁人。这一爆炸性消息震坏了另外两个姐姐，也让我有些手足无措。

男大当婚，女大当嫁。本来是很正常的事，何况姐姐都过二十了，比起同龄人的话，大姐那时候还算落后的，但在大姐看来，就不那么正常了。

大姐很单纯，也很清丽，纯得就像屋后的那口水井，清澈见底，两个麻花辫别在胸前，辫子中间往往会用皮箍子（方言，小皮筋）压个手帕或缠根红头绳，没活干的时候，两只手总搓着自己的辫尾，搓久了就往后一摔，一晃一晃地就像空中飘舞的彩带，笑起来洁牙皓齿一字排开，煞是好看。她的长相和性格，几乎是娘的翻版，羞涩中蕴含机灵，文静中透着光鲜，柔弱中暗藏倔强，哪怕破旧的衣服往她身上一罩，也一点看不出她是贫苦农民的女儿。

情窦初开的姐姐，芳菲的春梦呼之欲出，但谁也难以窥探出她那幕暗香疏影的隐忧心事。唯独娘的焦虑方能触碰或轻叩她那扇柔顺而封闭的心窗。

等大姐情绪稳定后，娘赶紧托媒，把她介绍给了一个当时根红苗正的“解放军叔叔”，哪知道他是一头非常有个性的“犟驴”，姐一瞅就避之唯恐不远。娘也觉察出小伙子一根杆子撑到底的牛脾气，礼道（方言，称呼人）也不够，一副傲睨万物的样子。

但娘碍于面子，或许提前收了人家的礼金不好意思退还，娘只有苦口婆心地做大姐工作，轻言细语对姐说：龙配龙，凤配凤，虱子配臭虫，性格不合慢慢习惯就好了，人家又是解放军，当兵的就是不一样啊，再说……大姐明知胳膊拗不过大腿，只好随娘，硬是把自己嫁给了这位性格与之完全睽异的解放军，殊不知为大姐日后劳碌命和感情不协调等埋下了隐患。

在那个年代，年轻人几乎没有“恋”也没有“爱”的过程，往往父母一手包办。大姐也一样，与大姐夫牵手的机会都不敢有，更不要谈被当时普遍认为冒天下之大不韪零距离的亲昵了。

因此，没有知根知底般的了解，没有你情我愿般的磨合，没有儿女情长的交融，既成了当时社会的普遍现象，也成了农村婚姻通向死胡同抑或婚姻坟墓的沉疴。

记得大姐出嫁那天，就发生了一件我意想不到的囧事。也许伯母家兄弟多、家境寒碜，伯母的精打细算或吝啬，本来新人新婚睡新床是天经地义的事，但未想到伯母想用新被子盖住旧床的敷衍做法，被大姐火眼金睛发现了。姐姐嫁给姐夫本来就不太满意，想到公公婆婆小气到这步田地，大姐气不打一处来，操起一把剪刀，无视众人的阻拦，不管三七二十一“咔嚓咔嚓——”几下就把蚊帐和被子剪个稀巴烂，围观的亲友全吓坏了，吓得姐夫家赶紧吩咐去城里买新床，姐姐看似无理粗暴却逼迫无奈的做法，也把我这个原本高高兴兴来送嫁的弟弟吓傻了。

我第一次看到姐姐怒发冲冠，也见证了姐夫在一旁既不劝也不帮、含怒未发的痛苦神情。然而，姐姐一时的冲动虽然在婆家赢得了尊严，争得了面子，却一扫她在娘家温柔贤惠的好名声。不明就里的熊家村人反说姐夫娶了只母老虎，可谁知姐姐心中难言的憋屈和苦衷呢?

“回门”（当地风俗，结婚第三天女方回娘家）的那天，娘和父亲都知道这件事了，娘也不高兴，但娘是“死要面子也很要里子”的人，她赶忙把大姐拉到里屋，细声细气地“娘教女”起来：嫁出去的女，泼出去的水。三姆四婶一样的心，后头黄土都变成金。吃得苦中苦，就做得人上人啊……大姐听得一边点头一边直擦眼泪。

日后，娘果真领教过姐夫没有礼道的“功夫”和异于常人的丑脾气。名如其人，怪不得姐夫的小名就叫“丑”，姐姐只要一听到姐夫的怪名字就会哆嗦。

姐夫一贯很少称呼人也包括娘，这众所周知，娘对他这种蔑视长辈的做法耿耿于怀。

一次，大姐夫进我家门的时候，碰上娘正在喂猪食，他没有先招呼娘而跟猪先打起招呼来了：嘿，猪好肥啊！娘一听姐夫的声音，头也没抬，二话没说，拿起手中的勺子朝猪的屁股就是啪的一下：“呿呿呿——”，赶猪的声音比平时至少高八度，一下就把猪打跑了，同时，姐夫自认为丈母娘把他也比作猪而显不满，一瞬间也被“赶得”不见踪影。

《三国志·魏书》记载：慢人亲者，不敬其亲者也。孟子也曾教诲后人：人人亲其亲，长其长，而天下平。

娘，虽然不懂这些，但她就是这样一个希望得到别人尊重的人，尤其是小辈对长辈，必须毕恭毕敬，她认为这天经地义。

大姐还是大姐，姐夫还是那个姐夫。性格既决定命运，也影响人与人之间的关系。

面朝黄土背朝天的姐姐后来一直抱怨自己，其实也在抱怨娘：嫁给他，还不如当时嫁到猴子岩去好了，足见大姐后来的生活状态并不称心如意呀！

大姐默默地承受着人情世故以及生活劳动所带来的巨大压力，也百般忍受着姐夫“有理活压人，无理死争辩”的大男子主义，她嫁鸡随鸡嫁狗随狗的逆来顺受心态，看似风平浪静，实则惊涛拍岸，她别无选择，唯有凭借普通农妇特有的质朴与善良诠释着自己最原始也最本真的生活。

其实，我打心底希望自己有个城里的亲姐姐，所以二十年前最先把她弄到县城来。

那时大姐带着大姐夫一起来了，我建议他们在马路边先做点修鞋、补胎的活，打好基础后再琢磨做别的。可生意清淡，他们没干到一个月就耐不住性子了，傍晚去菜市场捡些扫尾的菜，晚上点起煤油灯，几天不买肉吃，仿佛回到旧社会，有时还要遭到城管的驱逐，东挪西搬心不着地，我看得心酸，娘见着也直擦泪。

其实她也不想增添我的负担，我当时工作也不算稳定，于是夫妻俩在城里“打了个卯”（方言，转身离去的意思）就悄无声息地搬回乡下去了，走的时候，连招呼都没打，令我们很是惊诧与失望！后来，大姐才吞吞吐吐告诉我和娘：实在不习惯城里的生活。

娘回敬道：拳要打，字要写，码头也要打。

大姐，不懂得坚守，没有城里人的命，想必上天注定吗？

《大学》上说：生财有大道，生之者众，食之者寡，为之者疾，用之者舒，则财恒足矣。我不知道姐姐、姐夫能否懂得其中的寓意？

其实，大姐夫脾气不好但人倒不坏，道理比谁都懂，谈古论今、引经据典的话至少在我们家族里面出类拔萃，毕竟受过军营铸造，还当过芝麻大的小班长，在生产队也管过点事。但他就是一副死不低头，不依也不饶的傲慢脸相，加之兵来将挡水来土掩的刚烈本性与生俱来，让人感觉不舒服。他对所有的亲友都一样，娘自然也不例外。

多少年过去，他居然固执到至今连自己父亲的一块墓碑一直都没有为其而立，为此我催劝过他很多次，他堆积了很多不为父亲立碑的不是理由的理由来搪塞。我觉得：父无碑，子无心；子不孝，人无德；人勿良，财而尽。每次他都气得暴跳如雷，有一次差点掀翻桌子跟我打起来，他发誓到死也不立那块碑，不知是与我怄气，还是与他自己和其逝去的父亲斗气？

有一首歌叫《当兵的人》，不知姐夫听了有没有“就是不一样”的感慨？

他就是这样一个自恃独我“对错论”，从不在别人面前低首下心，做错事情既不担当更不解释、弥补的硬梆梆“铁汉”。这让姐和身边的亲友无可奈何，更让娘心存芥蒂，心底的结始终难以解开。

娘，常常惋叹：低头的稻子，昂头的稗子。从礼道上就可以看出一个人的品德良心，我在上，他在下，他不低头谁低头？如果他有礼道的话，我割肉给他吃都行啊！足见娘是个把所谓的礼道和长辈的面子看得比生命还重的人。

大姐夫如此非凡表现，让姐隐忍一生也负累一辈子，后来他们所有子女一个个过得也不尽人意，虽然这看上去与其性格似乎毫不相干，但其中的因果奥妙关系却值得令人深思，俨如老子所言：上德不德，是以有德；下德不失德，是以无德。上德无为而无以为，下德无为而有以为。上仁为之而无以为，上义为之而有以为，上礼为之而莫之应，则攘臂而扔之。故失道而后德，失道而后仁，失仁而后义，失义而后礼。夫礼者，忠信之薄，而乱之首。前识者，道之华，而愚之始。是以大丈夫处其厚，不居其薄；处其实，不居其华。故去彼取此……老夫子如此深奥之理，恐怕其难理之亦难信之，我只得为之干着急。

三

大姐夫的行为，从此也让我娘吃一堑也长一智。

娘在给二姐找对象的时候，首选条件是看对方是否懂礼道，然后才综合考量。父亲是个不问家政的人，一切放心交给娘办，二姐的婚事自然也由娘说了算。

二姐是个不善言辞的人，初中还未读完一个学期，也被娘“嘎然一刀”斩停，娘出于与其说是家里缺少劳力而不如说是“催鸡早下蛋”的考虑，把二姐的书包缴了，当时校长和老师都劝说娘不该鼠目寸光，说二姐成绩好将来有出息，但娘有娘的想法和难处。

面对人家好心相劝，娘一脸的尴尬：我们家情况不一样啊，再说你们看全村有几个女的在读书的呀？后面那句“一个女孩子，我给她读到小学毕业就已经不错啦！”的话却在娘的喉咙里哽塞着没有说出来，怕人家听得不舒服。

二姐失学后，并没有送到最苦最累的猴子岩去锻炼，而是受父亲的照顾，被安排在大队的米粉厂赚工分，后来由于二姐心灵手巧，又被安排在大队草包厂编织防洪用的草袋，虽然收入微薄，但给家里和娘带来了不少还债减负的愉悦，二姐那时也会偷偷夹带点米粉回家，塞给我吃，让我尽享米粉那滑溜溜、香脆脆的丝丝美味！

凭借二姐的长相、人品、文静的性格以及当时还算有头有脸的工作，娘把她许配给肖家一个九岁丧娘、一字不识、爷老崽少且又黑又瘦甚至有些驼背的穷男人，这是谁都没有料想的。肖家崽里（娘当时对二姐夫的称呼）长得不是很难看，但一口乌黑、如虫蚀过的牙齿足以让人见了印象分大打折扣，但娘却认准了看上去老实巴交的他，娘在有分歧的人面前总摆出她的理：你们知道什么？海水不可斗量，看人不能貌相，这种人有礼道，老实又本分，靠得住啊！每每反驳得大家哑口无言。

娘的性子我们都心知肚明：娘喜欢听她话的人。

二姐在一旁嗫嚅着，只有嘟囔着嘴以示抗议！姐姐不同意归不同意，娘可不管这些，即便那时候大队里有个搞田园化管理的小伙很喜欢二姐，人虽然长得不算人高马大但也能说会道，自身和家庭条件都不错，堪称“里外兼收”的那种，二姐对他也有点意思，在大队人的眼里都说他俩龙凤绝配，可娘就是死活不同意，坚持她那套“太活性的人靠不住”的理论，不管男方后来使尽浑身解数都无济于事，硬是被娘棒打鸳鸯了，娘说：人好人坏我心里自有一杆秤。

娘，看着肖家崽里满头大汗用箩筐挑了一担满满的红薯，憨憨地笑着进门，权作定亲“见面礼”的时候，娘的心里像灌了蜜一样，加之娘还没有正式拍板，他就“姆妈”前“姆妈”后喊个不停，喊得娘想挑他一点毛病出来的余地都没有，娘乐滋滋地揣着肖家趁火打铁送上的六百多块很皱巴的礼金，笑嘻嘻地对着一屋子提亲和看热闹的人，独自郑重地宣布：好，好，好，就这样定了，定了！

娘，看人并非草率，她对二姐夫早通过“线人”摸得一清二楚，先知先觉是娘从小养成的本领，她眼“毒”得很，当然也有走眼的时候，二姐夫有点偷懒的脾气隐藏得较深，让娘就没看出来。娘后来老拿二姐夫偷懒说事，说得他红着脸、勾着头，不敢直视丈母娘一眼，慢慢地变勤快了许多。

娘爱屋及乌的本性，也渐露端倪。

四

二姐的婚事被娘一锤定音后，接下来，娘要做的最紧要的头等大事，就是计划到村子最南端的小山坡上，平山填土，建一栋新房子。这是娘企盼已久的心病，而苦于囊中羞涩迟迟没有付之于行动，因为祖屋实在破漏得叫人不堪入目。

这下好了，有了肖家酷似雪中送炭的那笔彩礼，娘看到父亲点头后，凑足了整整一千块钱，立即请来村里的地仙、石匠、木匠师傅等，在当时比较荒凉、偏僻的村头，盖起了一幢崭新的但随农村大流的四列三房的瓦屋子。

父亲用从祖屋地上挖来的红石奠基，砌上红砖，盖上红色宽厚的机瓦，虽然做得不是很挺拔、高大却很新鲜的立在村头，远望犹如高原的“那抹红”，特别喜庆和耀眼，来屋里东瞧瞧西摸摸的人一茬接着一茬，忙得娘不亦乐乎，有时晚上她会情不自禁地喃喃自语：我这辈子总算金蝉脱壳了哇！

新屋的落成，乐坏了娘，娘终于有了睡得安稳的地方，父亲和娘各睡东西厢房，我就睡拖铺或竹床，我也乐此不疲，至少我有了写作业的敞亮地方，读书也格外认真。殊不知，二姐却常常偷偷地躲在灶屋里独自黯然神伤呢！

二姐尤为乖顺，胆子一贯很小，从来不敢在娘面前说不，她小心翼翼嫁到肖家后，除了种田种地外，就是喜欢饲养鸡鸭鹅等。她门前有条小河，清清的河水缓缓地流淌，夏日里潋滟的荷花绽放着氤氲的清香，叫人馋涎欲滴的莲子低首躬身地等待着人们的采摘，青蛙蛰伏在宽大翠绿的荷叶间翛然自得的样子煞是可爱。

二姐常常赶着这些活泼可爱的“家伙”到河边嬉戏觅食，她有时蹲在旁边，呆呆地望着水中那自由翻滚的鹅鸭、岸边那自在追逐的小鸡，还有那黄昏下静谧的荷塘月色。二姐痴醉的样子，是否还在迷恋她心目中那匹日渐远去的“白马”呢？

我放假的时候也常常去二姐家玩，我最喜欢摘莲蓬和游泳。那次我与小伙伴水中嬉闹的时候，脚板被水下的玻璃划开一个大口子，鲜血直流，痛叫声惊动了二姐，二姐赶紧跑过来把我扶上岸，连忙拿出她几块崭新的陪嫁时的手帕，包扎着我的伤口，后来又把我搀上自行车，送到附近的村卫生所打破伤风针，我当时虽仍觉得伤口很痛很疼，但我更觉得我的姐姐可亲更可爱！

鸡鸭鹅下蛋，让二姐露出难得的笑容。她从难闻的屎窝里一个一个把蛋捡出来，用布擦干净，然后用花手帕包裹，装在篮子里，再放进一些防碎的谷糠垫紧，十分小心地骑着那辆陪嫁的永久牌自行车，拿到街市上去卖，剩下的就悄悄给娘家。

其实，二姐虽然对娘的独断专行有些不满，但还是很恋娘家的，尤其挂念娘和父亲的身体，三头两头就往娘家跑，回娘家时提的用红布遮掩的篮子或桶子里面，总会装着我无尽的惊喜。

娘常说："女儿不恋家，泼水哗啦啦"，言下之意希望嫁出去的女儿，不要像泼出去的水，要常回家看看，要有良心，要懂得感恩。

二姐怀孕的时候，也舍不得多吃那些蛋，我指着又大又白的鹅蛋说：姐，别卖了，留得自己多吃，好生宝宝哦！姐笑了，说我懂事，为奖赏我，连忙从口袋里搜出几毛卖蛋的钱放在我的手心，我朝姐做了个鬼脸，高兴得拍着屁股，手紧捏着票子，一蹦一跳地消失在姐的视线里。

二姐虽然没有找到理想中的爱情，但她性格温和，心地善良，且与世无争，小日子虽然过得有些拮据，但安贫若素，也算安稳，就像自己菜地里种的芝麻，淡淡的花，淡淡的香，淡淡的日子，淡淡地往高处慢慢舒展。

五

有道是：同胎不同心，同屋不同人。

三姐的性格跟大姐、二姐比，却天壤之别。

三姐小学也没有读完，不是娘要断她读书的"奶水"，实在是她缺乏读书的天份，读到二年级都不会数数，经常"扛蛋"回家，气得老师说我娘怎么生一个这样笨的女儿？娘就老指着三姐的鼻子骂她："你十木滔天哦"（方言，非常笨）。做作业或考试的时候，三姐往往急得呜呜地哭，回家的时候，不仅衣襟哭湿，连手帕都可以挤出水来。

其实，三姐的笨，情有可原。

小时候，她突然得了一场急性脑膜炎，高烧不退，昏迷了三天三夜，最后送到南昌传染病医院抢救才算捡回一条命。那一次，大姐牵着祖母，从傍晚走到天亮，一脚高一脚低地紧随其后，足足走了十来个小时才赶到医院，祖母的小脚趾全破皮出血了，大姐的腿也走得酸痛不止。这场重病，从此或多或少给三姐留下了一些后遗症：她的大脑比别人反应要慢半拍、性格比人要急躁些，想问题也简单粗陋等。

老天总是公平的，关上那扇门时总会打开另外一扇窗。

三姐长得不胖，但身体很结实受力，加上她说话噼里啪啦“大炮筒”个性，完全属于北方那种块头，干起活来浑身是劲，风生水起。大生产队里也好分田到户也罢，尤其是双抢时节，她挑起禾谷来，不管多重都似乎压不弯她的腰，村里很多身强力壮的男劳力都不是她的对手，三姐无愧于家里的中流砥柱，娘和祖母从小喊她“女蛮子”，父亲却常在娘面前感叹：如果她是个崽里子就了不得啰！

一次过年的时候，父亲主持生产队分猪肉，村里一户人家觉得分给他家的肉不好，就忿忿不平冲到父亲面前谩骂起来。父亲说：十个指头都有长短，何况肉有精有肥，怎么叫我分得平呢？那男人和他女人就是不依不饶，纠缠着父亲不放，他们仗着自家兄弟多，大过年的竟然叫她媳妇吵到我家里，懦弱的父亲仍然苦口婆心地不停作解释。

意外终于发生了，那女人一副刁蛮凶煞相，边跺脚边叫嚣：如果不给我换几斤好肉的话，我死也不走，过年都要闹得你们家鸡犬不宁。说着她发疯似地要拿走我家准备过年的东西，娘气得从厨房跑了出来，死命拖住她，她反而一个劲要冲到房间里把我们被子卷走，就在这千钧一发之际，三姐正巧从外面回来，看到这个样子，二话没说，冲上前“啪啪”对着那泼妇就是狠狠几耳光，一下把她打懵了。

女人瘫坐在地上嚎啕大哭……

娘见状，怕事情闹大，又是过年的节骨眼上，边劝边拉着那女人，随手从厨房取了块精肉塞给了她，才算平息了这场“战火”。女人走后，娘转身骂姐姐，说她不该动手打人，姐气得反驳娘：对这种欺善怕恶的人就要以毒攻毒，否则她下次还要欺负我们。

三姐就是这种麻辣脾气，后来村里的人都不敢惹她，也没有人再敢欺负父亲了。

或许，因为她的脾气，三姐很长一段时间都没有找到对象，娘“放线”不少，登门窥探的也多，远距离打听的也不少，不是别人相不中她，就是她瞧不起人家，至于目测了多少家，恐怕连她自己和娘都记不得了，急得娘像热锅上的蚂蚁，姐却装着若无其事的样子。

无奈，娘与父亲一合计，把她送到百里之外表姐管的工厂去了，从农家少女到城市工人的嬗变，加之表姐的帮教，让她渐渐地消除了那场重病带来的不少负面影响。三姐每次都会带些蛋糕、煎饼之类的东西回家，吃得我嘴馋馋心痒痒的，每个礼拜天总是踮起脚盼望三姐的到来。

那时候，我为自己有个“当工人”的姐姐很是骄傲，学校填履历表时，我总会很认真也很自豪地填上姐姐在某某工厂上班的字样。

三姐的脱胎换骨让娘喜出望外，也为自己今后找婆家奠定了良好的基础。

蒋巷街边徐家有个小伙子，是三姐也是娘一眼相中的，娘自慰地说：他俩头世有缘啊！小伙虽然兄弟姐妹九个，但算得上出类拔萃，憨厚老实，又勤快又会喊人，俨然综合了大姐夫与二姐夫的优点，他身板硬朗，当过中学长跑运动员，到山里采石场炸过石头，耕田种地更是不在话下。

小伙子的赫然出现，完全符合娘择婿的全部条件，娘对其简直无可挑剔。

我家农忙，双抢、种地以及家务活，只要娘一声令下，随叫随到，绝不含糊，三姐夫几乎成了我家重要的“一份子”，这些不仅让姐姐乐开了怀，给父亲也减轻了不少担子，每每谈起这个十分合意的“小郎崽”，娘也常常抿笑着合不拢嘴，且略带几分得意劲。

但，三姐夫的穷也有目共睹。娘一点也不嫌贫爱富，娘常说：人怕穷，龙也变成虫；人斗穷，虫也变成龙。

三姐夫那么多兄弟姊妹，连个屋角都没分到，他们结婚的新房，是借住在亲戚家一间黑咕隆咚的“拖铺里”，娘实在看不下去，就帮他们到处筹钱，好不容易做起了二间窄小的砖瓦房，他们从此可遮风挡雨，生儿育女，权且容身过日子了。

娘对其另眼看待，让小夫妻俩感激涕零！

娘对三姐的怜爱，使得她对小两口的“内政干预”没有止步，打破了他们小日子的宁静。

三姐当时接连生了两个女儿，本来不算什么坏事，但在娘看来就不是什么好事，因为根据他们当时生活状况，添上两张嘴必定会让其债上加债，穷上更穷，很难打“翻身仗”，何况都是女孩。娘出于帮他们考虑，也不排除娘重男轻女思想的偏颇，决定把他们第二个女儿抱出去以减轻其负担，三姐虽勉强点头同意娘的意见，但娘担心三姐夫不会同意，于是趁着他外出的时机，把“老二”流星转月般地抱给了另一村人家做干女儿。

后来三姐夫回家知道此事后很不理解，哭诉着说丈母娘做得有些过分，抱掉他的女儿怎么连招呼都不打一声呢？言外之意就是说娘有些强势霸道了。

姐夫难过了好些天，娘也在难以合眼的夜里潜伏着隐隐的自责，双方都在为彼此的无奈焦灼了一段日子。

后来，娘为弥补自己的过失，主动照看他们的子女，很快换取了三姐夫的谅解。

心伤愈合后，三姐夫只要是赚钱的活，不管多重多累，都干得有声有色。几年后，我介绍他们来城里“打码头”，夫妻俩坚持好些年终于搏得一席之地，有自己的店面，有自己的房和车，也有自己的经营产业，但日子过得并不轻松、顺畅。尤其是他们平时教育无方，惯用溺爱、娇宠的方式，以至于后来造就了一个并不太听话也不算争气的儿子，把他们本该平静且富裕的生活一度搅得焦头烂额。三姐和三姐夫重财轻人以及他们不谙“口无择言，身无择行，言满天下无口过，行满天下无怨恶”道理等一些粗俗做法，也让其陷入了好日子却无孝子尊、无教养亦无好福享的深深痛楚。

六

生活，往往如此无奈和矛盾。得到的往往要舍去，摒弃的往往渴望获得；走远的希望其回心转意，归我所用，在身边的巴不得其早点离开，远我而去……人，都想别人跟着自己的节拍走，不乱方寸，不容染指，殊不知人心隔肚皮，心心谁能知？

可贵的是，娘对儿女尤其对是我的不吝管教，就像严师厉父，要求尽善尽美的心一刻也没放松。当然，她对姐姐们也喜欢用好心去多管那份“闲事”，为己更为人，有时夹杂些许偏见，有时为悯恤别人而往往忽略了对方的一些感受。

她常喟叹：打断骨头连着筋，不是亲来也是亲，儿女都是身上掉下的肉，十个指头有长短啊，我做娘的哪不懂这些道理呢？

娘，虽无一点“墨水”，但她几十年集聚的智慧，一如鄱湖浩瀚之水，源源不绝，润泽心田，她阅人无数，即便我行我素，即使有些瑕疵，也像仙人指路一样，总会让我们看到迷雾中的阳光，风雨之后的彩虹，婵娟此豸的星空，茫茫湖上一叶前行的方舟……

姐 姐

姐姐的名字
是一串珠玑碰击发出的清脆
姐姐的辫子
是月儿映在水中时浮动的掠影
姐姐的心
是掬给男人的手掌捧出的温存
自从有了姐姐
雨中多了一把花折伞
有了姐姐
烈日下多了一树荫翳
有了姐姐
生命里多了人来人往的亲昵
姐姐 人虽嫁了
但姐姐的心没嫁
还留存着在娘家时的那份纯
那份简单
那份女人独持的善
姐姐的日子过得很一般
姐姐的心却熨熨贴贴
没有大起大落
姐姐没有一丝的张扬与浮躁
更没有荣华富贵的要挟
姐姐之所以成为姐姐
源自于女人普通的天性
女人之所以成为女人
源自于上天赋予她最平常的心扉

姐姐永远是我姐姐

因为哪怕相互间有点异样的刮痕

但谁都不能割舍

一根藤上紧紧缠绕的花与叶　皮肉和筋骨

杀生

杀 生

一

“畜生畜生，不杀不生……”，这是我娘原创的民间“俚语”。每次逢年过节家里宰杀鸡鸭鱼鹅的时候，娘都要念上好几遍才怯怯地举起菜刀，以示对生灵的敬畏或以求神灵的宽恕。

小时候，我不太懂事，也觉得好奇，凑在娘的跟前，嘟囔几句：要杀要怕又要养，要不然，干脆不养呗。

“你说得倒轻飘飘，不养啊？你吃什哩？穿什哩？用什哩？”娘指着我的鼻子，一连串的反诘令我猝不及防，随后，语气慢慢缓和下来：“畜生归畜生，杀归杀，吃归吃，人家也是一条命啊！”

为命而活，为生而杀

喜欢钻牛角尖的我总觉得娘在做一件不符合逻辑的事情。

在娘那里吃闭门羹后，我开始到书里去寻找答案。当看到佛陀“众生平等，不可灭也，六道轮回，善恶有报！”的开示禅语之后，懵懵懂懂之中，我似乎觉得娘如此“谢罪”有其行亦必有其道。

娘不信佛，也不懂佛，她在那原始而复杂的生活背景下夹杂的所谓慈悲之心又是从何而来呢？

我试探着从娘盘根错节的生活细节里找寻答案。

二

“男人出门干活，女人在家养猪”似乎是湖区人家那个时期典型的生活写照。从几岁开始，娘就跟着祖母学喂猪，如果碰到饥不择食且强横一点的蛮猪，抓勺子的手一旦不麻利，手指头随时都有被它们咬掉的危险。娘有时没注意还会被它有力的翘嘴拱倒在地，不服气的猪有时还会为争“一瓢之食”把猪盆掀个底朝天，打得稀巴烂，飞溅的猪潲往往把娘沾得脏不拉几。娘一般不骂人，但这时候骂猪完全有可能，遇到不配合、不识相的猪有时会用勺子和竹鞭打几下它的屁股，就像对待小时候不听话的我一样。

养母猪，既令娘头疼，也让她欣喜，常言道：公猪好养，母猪难伺候。的确，娘养猪婆的时候，无论从挑选猪仔、选料配食、看病打针还是受孕配种、产崽喂奶直到出栏等，从放养圈养到捡拾猪粪、收拾猪栏等，娘有时还要帮助难产的母猪当接生员，一头母猪从小到大、从生至死要倾注娘多少的心血啊！娘有时会抱怨说：养一只母猪婆好比养一个人啊！

当然，猪养得白白胖胖、憨憨壮壮会让娘悦动不已，但在宰杀的时候，娘又有点支支吾吾，于心不忍。看得出，娘与猪，日子久了自然生情啊。

父亲把村里的屠夫请来后，娘不得不把一锅滚烫的开水提前烧好，屠夫慢悠悠地吸着父亲递上的香烟，喝着娘端来的热茶，看着几个大男人把二百斤左右重的猪从猪栏里拖出来，一口气将其摁倒再五花大绑起来，像绑一个即将走向刑场的囚犯，迅速抬上早已预备的大案板，屋子内外早已鸡飞狗跳了。

屠夫不紧不慢走过来，土色的面孔藏着一副杀气，手上提着那把又长又尖的杀猪刀，一道寒光闪过，猪颈下面那股鲜红的血液如一道红色的闪电迸溅而出，猪刚才还撕心裂肺的咆哮刹那间就被权作祭祀的鞭炮声取代了。

接下来，猪被扔进沸腾的水槽里过烫，屠夫用一根磨得发亮的圆形空心钢管从猪的脚踝直接穿过猪的心脏到颈部，穿心灌顶，接着吹气、刨毛、破膛，肢解等，娘觉得血腥的场面有些残忍，独自站在远处怯怯地呆着。

娘，拿勺子的那只手半捂着脸，或躲进房间，她说怕血，口里仍不停地念着她那段语速不快也不慢的俚语，眼睛有些浑浊。其实，娘不是不敢见血，而是不忍心看到自己一手养大的“宝贝”就这样被杀，但又无可奈何，因为那时候几毛钱一斤的肉，虽不算多，却能救济一家子啊！

帮忙的男人们忙着挂秤、分肉等，有条不紊，女人们却把放的猪血赶忙趁热煮成“血旺”，汤里漂浮着几根葱叶和韭菜，香脆脆的血汤喝起来很过瘾，娘就吩咐我和姐姐们一碗碗端给这些帮忙的人和左邻右舍吃，大家分享着杀猪带来的愉悦，娘却不嗅不闻缄口不尝。

猪，就这样可怜地终结了一生。猪活得不难，却死得很惨也很悲壮！

我忽然想起乡下一些借猪骂人的话，譬如说人笨称“猪”，人的头长得大且难看叫“猪头肥耳”，不会吃东西喊“吃猪潲”，嫉恨、诅咒人骂“千刀万剐”、“遭猪殃”等。

人，肆无忌惮地尽拿“天蓬元帅”开国际玩笑，远没想到猪曾经对人类的巨大贡献，猪，到底养活了多少张嘴，救活了多少人家，恐怕无人知晓。

有时我们姐弟几个斗嘴的时候也会拿猪开涮，娘听到了，把眼睛瞪得圆圆的，调教着说：万物都有灵性，谁说猪贱性命微？一半骨肉也一半皮啊！

有时候，人还真的不如一头猪，不如它安分守己、安贫守道，不如它无忧无虑、亦足亦乐，更不如它默默无闻、无私奉献。

三

其实，娘并不想成为任何禽畜“杀手”，她担心下辈子下地狱会变猪变狗变鸡。

娘最怕我小时候把田埂洞里的黄鳝，用自行车的钢丝条扭成弯钩再穿上蚯蚓，把它们一条条引诱着钩出来，变成碗里的美味佳肴；也讨厌我晚上用楼梯爬到屋垛上，把躲在毛竹筒里和茅草窝里的小麻雀一把抓出来，然后用绳子绑着一条腿，就像绑着青蛙一样，牵着它们一蹦一拐到处玩。娘最反感的是我用竹篙去顶房梁上的燕子窝，即便燕子每天都会把屎撒在饭桌上，娘一点也不嫌脏，娘说：燕子筑巢到龙屋，燕子衔泥走凤家哦。

“劝君莫打枝头鸟，子在巢中望母归”的箴言不由得让我心颤。

每到春天的时候，我们家满屋子叽叽喳喳、飞进飞出的燕子，还有那些咿咿呀呀、嗷嗷待哺的雏燕，它们伸出黄黄的小嘴，等待着母亲的喂哺。母燕每次衔食归来时的呼唤，都会引来它们激动人心般啼鸣，小燕子仿佛成了春天的歌者，大地的精灵，自由自在，煞是可爱，也酷似小时候的我，渴许的眼神里总期待着娘的出现！

娘常自谦地说：有生必有死，有死必有生；生生死死不可怕，可怕的就是像我这样没文化。

孵鸡崽，算得上娘很开心的一件事。每年开春过后，娘每次都要挑选二十来个又大又圆的新鲜鸡蛋和一只较本分的大母鸡做窝，鸡窝用稻草做得既柔软也干净，母鸡刚开始孵时因为不知道“何许蛋也”，很不卖账，两只脚老踩在蛋上咯咯直响，恨不得一脚踩碎，后来经过娘反反复复耐心训养，三五天后母鸡慢慢乖顺起来，身不离窝，把所有的蛋都用它富有弹性的羽翼严严实实遮盖住，不漏一丝风，有时蛋不小心掉下窝，它就会咯咯叫个不停，娘不在身边时还会负责任地用嘴将其不停拱着挪进窝，确保一个都不掉队。尤其到快孵出小鸡那段日子，母鸡不吃不喝，除了我娘之外，任何生人靠近它都会收缩着那发怒的颈脖子，朝不速之客摆出一副誓死捍卫家园的架势，让人无不动容。

用蜡烛照蛋，检查孵蛋好坏，是孵化过程中关键的一环，娘瞧得非常仔细，灯光一照，好蛋与坏蛋娘一眼就能分辨，将壳里面光亮通透均匀的放回窝，一旦发现孬种就得赶紧把它清出门户，以免影响其它鸡仔的出壳。个别拣出的“坏蛋”娘并不抛掉，而是放到柴灶里煨给我吃，娘说：这种蛋很带补的哟！的确，这种蛋吃起来有时候会吃出雏形的甚至带鸡毛的鸡仔来，但特别香特别爽口！

等到鸡仔纷纷出壳的那一天，娘脸上的笑容比母鸡咯咯不停叫唤的心情还要灿烂。娘，半蹲在鸡窝边，非常小心地抱起一只只摇头晃脑的雏鸡，如同捧着自己的孩子一样，给其清掉残壳，为其净身，然后轻柔地放回母鸡那温存的腋窝下取暖。娘那时候每天都拥有惊喜，每天都在享受生命诞生的快乐！满屋子的小鸡，宛若她的生命一样，每天喂呀喂呀，就像是喂小时候的我！

鸡仔在娘的呵护下慢慢长大，娘舍不得吃，也不轻易宰杀它们，娘喜欢把母鸡下的蛋提到集市上去卖，只有逢年过节的时候，娘才不得不动起杀念来。

娘有时也不失风趣，装着蛮有文化的样子跟我卖卖萌：你猜猜，是先有鸡还是先有蛋呢？我吐着舌头，愣愣地，许久答不上来。娘在一旁扑哧地笑了，看着娘笑了，我也跟着嘿嘿地笑起来——

生命，从启程到谢幕，从微笑到痛哭，从卑微到丰腴，从摇篮到坟墓……想必都经历着一场怅恻千转的轮回。

四

娘并不知道佛经里的护生和涅槃是什么意思，但娘一定知晓，延续生命时“花开心自知，深水静自流”的意义和代价。

印象深刻的那幕，是娘为我亲自手刃癞蛤蟆。

那年我在田里干活，突然被毒蛇咬了，娘获悉后一口气从家里跑过来，赶紧把我扶到水沟边，用打碎带来的碗片，轻刮、挤压和清洗我左脚背的伤口，并用嘴使劲地对着伤口一口一口吸吐着，就像当年父亲吸祖母喉咙里的痰一样卖力。娘看到我越来越红肿的小腿，急了，用磨尖的瓦片咔嚓几下就把自己的头发剪了下来，紧紧地绑在我膝盖下面，说是可以控制蛇毒随着血液流窜到全身。

我的眼睛开始模糊，看娘的时候还有些“叠影”，我惊恐地望着娘，娘问清楚了我被蛇咬的稻田位置后，说：别怕，我去找那条咬你的蛇，它要是打死了，你的病就会好得快哦。

娘说完，转身拿起一根棍子，向那片稻田跑去——

娘回来的时候，我朦胧中发现她身上沾满了黄褐相间的泥浆斑点，娘告诉我那条咬我的毒蛇被她打死了。

犯我者必歼之。这或许是娘心中的一个夙愿，却给了我战胜疼痛与邪恶的勇气和信心，尽管我当时对娘的话将信将疑，但希望娘这个善意的谎言永远真实的存在。

后来，娘发现我打针吃药都不见效，赶紧跑到村西头一位七十多岁的土郎中那求助，土郎中抓了一把专治蛇伤的草药给娘，然后叮嘱娘回去后捉些癞蛤蟆一起冷敷和煮汤，说这种清火、消炎、祛毒内外兼治的秘方会好得更快，娘一个劲地点头。

癞蛤蟆，长得十分丑陋而可怕，一般雨后或晚上爬出洞穴。于是，娘常常一个人穿着雨衣，拿着火钳和手电筒，斗着胆子逡巡在石洞边、田埂上、菜地里或林子中以及坟山草丛间，为我四处寻找着这省钱又有效的土秘方，总希望我早点好起来以免耽搁读书。

宰杀它，让娘有些犯难。父亲一般很少在家，姐姐连看都不敢看一眼，这个担子非娘莫属了。只见娘在水塘边犹豫片刻，然后闭起眼睛，胆颤地从蛇皮袋里抓起一只癞蛤蟆没在浅水里，毅然对准它的头部狠狠地举起了菜刀——

蛙血溅娘一脸，略带腥味的黏浆差点射进娘的眼睛里，割头、剐皮、破肚还有切块等，娘转眼间几乎成了一个凶狠的屠夫。

那次，有只不甘死亡的癞蛤蟆，在水里作最后一搏时，使尽浑身力气想脱逃，娘的那一刀下去，正好落在它滑动的一刹那，刀口对准了娘的左手大拇指，汩汩的鲜血染红了水塘，也刺痛着娘的心，娘咬着牙，干脆一不做二不休，继续着另一只的杀戮。

娘一直瞒着我，怕我不敢吃，就哄我说是青蛙。后来几次被我发现是最恶心的癞蛤蟆了，娘左哄右劝，好说歹说我就是不吃，气得娘差点摔碗。

娘最后伸出了那个大拇指，一把撕开包扎的布，气愤地说：你瞧瞧，为了你我遭什么罪啊？

我终于低下了头。

娘并不知道《法句经》里有“众生皆畏死，无不惧刀杖”那么一句，但娘知道，儿子的健康比什么都重要！

癞蛤蟆不像青蛙那么漂亮，满身黑皮疙瘩，一抖一动的下颚像在诉说着人类对其不公平的待遇，满是哀怨的眼神总想发泄对人的一种愤怒。大人总是劝小孩不要捉它玩，说它身上有毒，它遇到“敌手”的时候会从隐藏在眼角根部的毒腺里喷射一种毒黏液，如果射到人的眼睛里就会变瞎子。我们也不知道这说法是真是假，反正村子里小孩都有点怕它，走夜路的时候连大人都生怕踩到它。

那年，祸不单行，我身上生毒疮的那段日子，娘再一次演绎了癞蛤蟆杀手的角色。

我借着顽固疖毒难癒的理由想打不读书的退堂鼓，娘发现了苗头，几次叫父亲用自行车推着我，娘就在后面扶着我，一边劝我必须坚持读下去，一边把我往学校送。几个月过去，我经过土郎中对我猛药去疴的痛苦治疗，也领教了娘对我刮骨疗毒的心灵诊治，直到后来我病治好了，课也没有落下多少，娘心底的那块石头总算落了地。

娘就是这样，生性柔弱。但在大是大非面前，尤其为了我，她杀生时表现得很果敢甚至有些惨不忍睹，娘凸显的这种胆魄，令我感动不已！

人类，往往是矛盾的共同体：聪明夹杂愚蠢，文明掺杂愚昧，有声混杂着无语，自私也蕴藏着大爱。

五

那时候，老鼠是我们家的常客，娘伤透了脑筋。从祖屋到老屋，从谷子到豆子、从厨房到衣柜、从傍晚到天亮，没有老鼠不敢穿越的屏障。

老鼠在我们家繁衍生息、跂扈蚕食，跟日本鬼子当年暴殄天物没什么两样，为消灭这些饕餮家伙，娘没少动脑筋。开始是面对面追打、擒拿，发展到用夹板和粘板设陷阱，再到饭里伴药和投毒等，娘无情歼灭了不少“敌人”。

娘每次猎杀的老鼠剪下尾巴后都往粪窖里扔，沤作肥料，然后等鼠尾巴累积成一捆的时候，就卖给上门来收购老鼠尾巴的人，又能换回几瓶老鼠药。但老鼠的刁钻与圆滑还真的验证了那句道高一尺魔高一丈的老话，它竟然跟娘慢慢悠悠地玩起了捉迷藏的游戏，望着那些辛辛苦苦积攒的粮食和衣物被老鼠嚼烂和咬破的不堪样子，有时娘恨不得一把火把屋子都烧掉。

其实，娘并不想杀那么多老鼠，她听人说，杀多了，下辈子会投老鼠的胎，吓得娘每次杀鼠都会战战兢兢，心有余悸，念叨她那句由衷而发的梵文俚语，以寻求心灵的慰藉。

“好好读书啊，等你考上了中专，我就跟你搬到城里去，城里没有这么多可怕的老鼠吧！”我懂娘的一语双关。

我深深理解娘对所有生灵的“爱恨情仇”，但我更感恩于娘那时寄予我的厚爱和期盼！

《涅槃经》里这句经典之言，与娘杀生无关，但与其丰富的内心世界有关，也深深地灼痛着我苍白的灵魂：善恶之报，如影随形，三世因果，循环不失，此生空过，后悔无追也！

生　命

杀戮不是人的本性
杀戮与情感有关
有时是命运安排
有时乃生活逼迫
生命如此美丽
每条生命都为活着而骄傲
因为一呼一吸都是快乐的悦动
众生如此平等
每条生命都为活着而活着
因为活着都是神的赐予
所以
世界都因活着的精灵愈加精彩
但有时活着是要付出代价的
甚至沉重亦沉痛
因为谁都在为自私而博弈
谁都在为博弈而占据一席之地
为一席尚存之地变得更加自私
或许
没有爱就没有自私
没有自私也许就不存在爱
所以
活着又是痛苦的
是累赘是麻烦是生生不息的叹息
因此
当爱与不爱 生与死发生矛盾的时候
生命自然灿烂起来
生命才会延续生命

味

味

一

娘种了一辈子的菜，也做了一辈子的饭，那缕缕饭菜飘逸的香，那丝丝的爱与浓浓的情交织出的味，永远缠绵在我记忆的最深处——

生活，或许就是最好的课堂。娘在生活的课堂里，不仅尝尽了人世间的酸甜苦辣，且用生活和人性的本真，提炼出五谷杂粮那五味齐全的饭菜滋味。

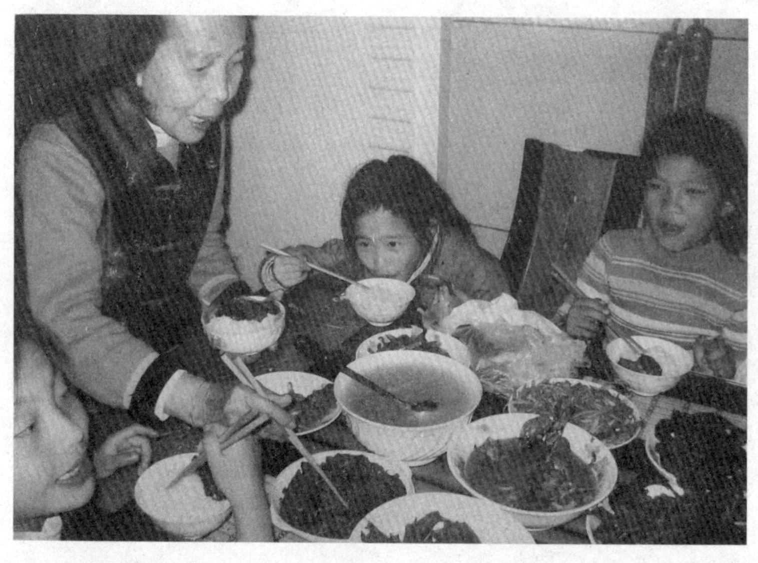

心香一瓣

常言道：巧妇难为无米之炊。然而，无论在无米下锅的解放前，还是在食不果腹的自然灾害期，不管在扬眉吐气的改革初年，或是丰衣足食的太平岁月里，娘，哪怕一把野菜烂叶，一个破瓜裂枣，一条死鱼臭虾还是一根葱蒜、一撮豆子、一块肥肉等，她都会挖空心思做出像模像样的菜来。

大姐出嫁前夕，娘提前给姐饯行，打了一个鸡蛋烧了一锅子水，煮成了满满一蓝边碗“家乡蛋汤”给大姐喝。姐舍不得喝，就端到我这个小弟面前，我一瞅碗里根本看不到蛋花，净是些漂浮的葱叶韭菜，便嘟噜着嘴送给另外两个姐姐，没想到姐姐都不好意思喝，大家你推来我推去的被娘发现了：啊？你们都不吃了？是娘做得不好吃吗？大家面面相觑，不敢回答娘的话。

说心里话，蛋汤飘溢的清香味让我有些蠢蠢欲动。“这样吧，我给你们拿碗都分好，每人都吃一点吧！”娘看看碗里，寒碜的表情难以掩饰，让我们几个有点难堪，娘想出了一个“二一添作五”的办法才打破那尴尬，她静静地站在旁边一直看着我们吃着稀溜溜的蛋汤，或许她心底一种酸楚的味道也随之溢出。

打那以后，我在外面吃饭，不忘点上一碗家乡蛋汤，它那清淡而浓郁的家的味道每每萦绕在我少年的舌尖上。

鄱阳湖不仅以湖大鱼肥而著称，而且以菁菁草木、湖草薿薿而飞誉千里之外，其中最负盛名的就是“登盘香脆嫩，风味冠全蔬”的野生藜蒿了。

娘小时候经常听大人说藜蒿好吃还可当饱，但没有见过。虽然生长在鄱阳湖边，但在湖岸边芜杂的湖草面前，却辨不清哪是藜蒿哪是野艾草等，娘后来听大人又说藜蒿炒腊肉更好吃，她只有望肉兴叹、直冒口水的份，腊肉对家徒四壁的娘来说简直是黄粱美梦。所以，在鄱阳湖畔，虽然湖区人们“近水楼台”，却很多人因为有草而无肉，有眼不识君而没有“先得月”的福分。娘，为此酸涩心纠。

后来，随着生活条件慢慢改善，藜蒿，这鄱阳湖里的蕨蕨野草不仅成了南昌人的宝，藜蒿炒腊肉这道咸味清爽、辣味适中、草香味浓郁的江西人最爱的地方压轴菜，也成了家乡人们招待亲朋好友的上品佳肴，更成了我娘发挥其厨艺的家常盛馔。

阳春三月时节，我总会看到娘把藜蒿一根根捋清洗净，先用腊肉油煎，再撒辣椒调味，最后撮把韭菜调青，加之适度的热炒火候，一盘“绝杀”（方言，极好的意思）的色香味俱全、正宗而独特的“草宴”很快就闪亮上桌了，每每吃起来唇齿生香，余味无穷。

娘常对我说：无论是草是宝，只要你吃出娘炒的家乡味就好。

二

父亲的牙齿一直不好，年过半百之后，所有的牙齿都“摇摇欲坠”，在娘的督促下，父亲几近花甲时“旧貌换新颜”装上了一口廉价的假牙。父亲吃东西细嚼慢咽，像个小孩吃个老半天，耽搁了不少农活，父亲不急不躁的样子把娘急坏了，娘常常说父亲吃饭像在“磨洋工”(方言，耽搁工夫)。

为满足父亲既吃得好又吃得快的愿望，娘搜肠刮肚想尽了办法。

真正打起豆子的主意，是娘在菜园子种豆时萌发的灵感。

娘特别用心，她知道豆制品富有营养，也宜父亲咀嚼消化，娘希望家里这根“大梁柱”并不因牙齿问题或缺乏营养而倒。

娘把干豆子用石磨磨成豆浆喝，黏黏甜甜的，把绿豆用沙土育出豆苗和豆芽，细细嫩嫩的，有时把豆角煮成软软的豆条，把黄豆拿到别人的碾房帮打碎，压成细软的豆渣，揉成米团状，拌成可口的一道菜。

六七月份的时候，娘就把豆腐做成咸麻味的豆腐乳，父亲可以一直吃到冬春季节。

“卖豆干豆腐哦……”是我耳朵都听起茧的乡间叫卖声。叫卖的老头每天都会从我屋前像过操一样，习惯地在我家门口放下担子歇上一肩，我娘早已等在门外，有时用米和豆子换，有时拿钱买几块豆腐或一碗豆腐脑。

娘做家乡豆腐火候把持得很准，边煎边炸边翻边调几分钟，再红烧微煮一下，然后放上豆豉、香葱、大蒜和韭菜等，清白两色，吃起来特别柔嫩、脆口，满屋子都能闻到香喷喷的豆香味，父亲吃这道菜的时候不需咀嚼就能顺利咽下去，因此不仅他爱吃，我们闻得也垂涎三尺。

父亲吃饭明显提速，娘打心眼里高兴。

父亲的“豆宴”，既是他的主菜，也是娘务实的杰作，既让父亲感受到了实惠的豆类食品花样翻新所带来的健康和新鲜感，也同时让父亲承受了因长期吃石膏配制的“豆腐”患上结石病所带来的剧痛与伤害，他必须经常买消炎利胆片吃，否则就会痛得他直冒虚汗，但父亲从没埋怨过娘，他理解娘的一片苦心，娘后来也一直为自已顾此失彼感到自责！

人，有时好心往往会办成坏事。

常言道：男人不离锄，女人不离灶。这是当时农村生活的真实写照，也是中国千百年来农耕文化的本质象征。

娘是一个普通农妇，她没有胆魄和能力挣脱这种世俗文化的藩篱。她有时候把做菜看得跟做人一样重。

那时候，打谷子都是在满是泥巴地的禾场一家家轮流的，打扫的再干净谷子里仍然掺杂着大小不一的砂砾，吃饭的时候常常像吃豆似的咯嘣咯嘣吃着沙子，再坚固的牙齿也会冷不丁被其嘣得粉身碎骨，有时气得我摔碗丢筷，说娘淘米不干净，娘就会躬身从地上捡起碗筷来，对着我小声嗔怒：你呀，脾气就是不好，饭里哪有没沙子的呢？要想吃没沙子的饭，你就好好读书考到城里去哦……

从此，每次下厨前，都会看到娘从打出的米中一粒一粒地拣沙子和谷子，有时还会戴上祖母的那副老花镜，弯腰淘米时，娘会毫不厌倦地冲洗很多遍，直到沙迹全无。但有时候我们还会吃到零星的“漏网之鱼”。可我再也不敢嘟囔了，也不敢吐出来，吐一口就会浪费很多饭粒，父亲小时候因此挨过祖母不少用筷子的打，所以我更不敢拿碗筷出气了，乖乖地学着父亲和姐姐吃饭囫囵吞“沙”的样子，怕娘又像蜜蜂一样蛰我。

淡不能无味，咸不能入骨，要做到咸淡相宜，谈何容易？谷中不能有稗，米中不能有沙，要做到一尘不染，何等艰难？况且，众味难调，巧妇也难为无沙之炊啊，但娘没有逃避，没有怨愤，只怀揣那日渐娴熟而精到的厨艺。

娘说：做女人，首先会做饭菜，而且要做大家爱吃的饭菜才行。

三

腌制萝卜干、咸菜、刀豆和菜莮、土生姜以及酒糟鱼、腊肉等，堪称娘的绝活。娘把这些菜洗净切好后，晒上几个时辰，就用炒熟的盐、新鲜红辣椒和大蒜生姜等一起搅拌，然后放进土坛子封藏在不见阳光的里屋。

床底下、屋角里坛坛罐罐被娘摆得到处都是，个把月过后等香味和辣椒水溢出来了就算腌熟了，尤其是金黄的刀豆、土生姜等，就像一根根发亮的金条和金球，怪不得当地喊土生姜叫“黄金”哩，酸酸辣辣，甜甜脆脆，嗅得人直流口水。

娘也知道腌制的菜不宜多吃，但在当时生活条件下，除了满足一家子常年的用餐需求外，娘会挑着这些自家特制的“土特产”上街或到更远的南昌城里集市上去卖。

娘去乡里露天的菜市场最多，坛子刚打开，一股特殊的咸香味立即在街市上四散开来，就像打开一坛陈年老酒一样。不需娘吆喝，顾客就像“踏雪寻梅”一样顺着香味迎面而来，往往一抢而空。老顾客自然都认得娘，新顾客则满街打听娘的菜摊位，如果娘几天没上街摆摊，那些顾客会很失望：后李家那个卖菜的大婶怎么没来呀？

其实，娘卖菜成功的秘诀，除了菜地道好吃外，跟她的“讲究”不无关系。菜的卫生娘最看重，烂的脏的都一一拣出来，带回家给猪呀鸡呀吃，哪怕一根头发丝她都不放过。娘每次上街就像做客走亲戚一样，哪怕在菜地里弄脏了，也不忘修下“边幅”，身上基本不留一点泥污。她喜欢用随身携带的梳子和头箍理顺一头乌黑发亮的头发，有时还专门换上整洁一点的衣裤，显得干净清爽。加上娘一贯与人打交道的轻声细语，面带微笑，从不短斤少两，从不与顾客争执，一点也不像集市上有些穿着很随便也很邋遢的农妇，更不像那种为一分钱、一两秤与顾客争得面红耳赤的尖钻女人。

娘常说：一字两头平，好秤不亏人。

那时候，猪最容易得烂肠瘟、口蹄疫和仔猪大肠杆菌病等，几乎一夜之间一命呜呼。有的村民看到自己辛辛苦苦养的猪就那样白白死了，悲伤之余舍不得扔掉，习惯多敷些盐腌制或红烧，留着慢慢吃。而娘最看不惯的是，有人专门上门收购那些发瘟的猪，甚至去河沟、粪窖里捞捡那些死猪，洗洗后除一下臭味，用辣椒炒得又红又嫩又香，再拿到街摊上充好肉去卖。

不过，那些瘟猪肉经过精心炮制后那个样子那种味道的确很蒙人也很诱人，那种奇特的香味闻起来直流口水，那时候肉对我们来说，简直渴望至极，梦寐以求的我就会从后门偷偷溜出去，顺着香味跑到别人家，来不及夹起筷子就用手抓起来猛尝几块，回来后嘴巴还没舔干净，就捂着肚子直往茅坑里跑，而不敢告诉娘。

娘有时在集市上会碰到那些卖瘟猪肉的人，总会情不自禁上前嘟噜几句：昧良心的钱，别去赚哦。每每说得那些人面红耳赤。

多管闲事遭人嫌，娘最清楚不过了。她每每苦笑着，摇摇头，不再做声。

娘最得意的，便是耐心教那些买自己菜的顾客回家后如何加工加料，让其美上加美，味上有味。有的顾客嫌麻烦或担心难买到娘做的菜，就一口气多买些，娘并不欢迎，她总笑着解释：不要买那么多，咸菜放久了会变味，也不要多吃，吃多了对身体不好哇，只要你们喜欢，我会经常上街来卖的呀……

娘看上去总给人一种“菜如其人、人如其菜”的清爽与亲近感，很容易赢得顾客第一好感。娘平实而出新的“商业头脑”，往往令村里人羡慕，村里一些也卖菜的大婶大妈，往往会身不由己地挤到娘摊位的边上，与其说是抢生意，不如说是近距离接受娘的言传身教，都想早点撂担回家，娘有时看到她们卖的比自己还好，打心眼里乐意！

娘每次卖完菜，回家时一般不会空篮，她总会买点我和父亲喜欢吃的莲藕、鱼肉之类的菜“押篮子”，我笑嘻嘻地接过娘的扁担和菜篮，娘就会轻松地透口气，笑着用她那句顺口溜幽我一默：上不尽的街（当地方言读 gai 音），学不尽的乖，有来有往就到街上呆。

炖罐里（方言，也称瓦罐，在柴灶里煨东西的陶制器皿）炖粥，是娘另一大绝活，也是娘“节能环保”的持家方式。小小的灰色瓦罐，装上碎米和井水，在罐口覆盖一张湿湿的草纸，然后用罐盖紧紧盖住，被娘放进余火未烬的柴灶里，撒上一些糠屑，慢慢煨慢慢熬，一小时左右功夫，竟然煨出灶香味很浓、也很黏稠的鲜美味道来。如果煨的是萝卜、莲藕排骨汤的话，那端出来时满屋子的飘香扑鼻而来，简直把厨房都会熏倒，把我熏得摇摇欲醉，把娘也会熏得心花怒放。

我每次玩或放学回来，就会情不自禁地钻进灶房，透过黑黝黝的方形洞口，伸手去灶内摸取娘煨的东西，有时一双手掏得乌黑也灶灰飘散，一张白皙的脸迅速变成囚头垢面也在所不惜，余温尚未散尽的灶里，总留存着娘许多的给予和我掏不尽的惊喜：煨红薯、煨鸡蛋、煨玉米……那白白矮矮、凉旧旧的灶台，总系着娘心底几多温暖，牵着我从前的回味，也挂着我如今些许惆怅：纵使吃遍天下，同一种食物却怎也吃不出当年那浓郁飘香、原始天然的味道来呢？

素有一千多年历史，享有“民以食为天，食以汤为先”之誉的南昌瓦罐汤，想必与鄱阳湖区农妇自古以来柴灶炖罐煨汤的饮食习惯有关，怪不得《吕氏春秋·本味篇》很早就记载了炖罐煨汤的真谛：凡味之本，水最为史，五味三材（柴），九沸九变，则成至味。

娘虽然不懂这些繁文缛节，但娘一定知道最好吃的味道，来自自然天成。我虽不知娘省了多少米和柴，但我一定知晓，世界上最美的佳肴，一定是娘良苦用心烹饪出来的。

四

莲藕，是我舌尖上的最爱。或许它和我有“泥巴出身”的同等经历，或许受朱自清先生那“荷塘月色”般的诱惑，莲藕那玉骨白肉、藕断丝连的情愫或淤泥不染、高风亮节的情操深深吸引着我，我在任何餐桌上都会毫不迟疑地点上一盘莲藕，不管是清炒藕丝、肉炒藕片、韭菜炒藕条藕带还是莲藕红烧排骨、莲藕炖猪手汤等，一品它的美味，总想寻找儿时的味道，娘的味道。

每逢夏日，儿时的我一放下书包就喜欢跑到村前村后的荷塘，不是钓鱼玩就是采摘荷叶、莲花和莲蓬。那次，鄱阳湖双抢时节，我趁着放牛的机会，骑在牛背上去偷摘野生莲蓬，惶恐中一脚滑进了两米来深的荷塘，如果不是附近村民及时发现，小命早就没了，吓得娘直嚷：以后不准去荷塘玩，想吃莲蓬娘会买给你吃啊！

后来，父亲和娘合计着在自家“自留田”边上新辟一块泥田，变成自家“莲池”。

春夏之交，满池的荷叶风中摇曳，瑟瑟直响，雨滴如珍珠般被宽大的荷叶像巨盆一样稳稳地托举着，不会留下半点印痕，翠微间不染丝毫尘埃，头顶上那傲出的莲苞，亭亭玉立于潋滟中，自由自在地舒展碧绿的身姿。红蜻蜓、青蛙、鱼儿等徘徊在它们身旁，守候着整个火热的季节，默默地接受其馈赠的那袭清凉。

我喜欢折根稻草杆，中间撕开一条缝，利用草杆双层可收缩的原理，做成一个“草捞子”，悄悄靠近蜻蜓尾端，等它的尾巴完全进入我设的圈套时，两手猛地一收紧，一只蜻蜓就算是被逮住了。这种方法是小时候捕捉青蛙、昆虫惯用的雕虫小技，我们往往信手拈来。

蜻蜓乖乖就擒于我的手掌心，我并没有伤害它的意思。它身子很柔软，翅翼舒展，眼睛骨碌碌转个不停像在寻找妈妈。我忽然想起娘常说的那句“万物都有灵性”的话，连忙为它松绑，噘起嘴对着它吹了一口气，送去一缕风，蜻蜓就扑哧一下急促地飞向了空中，头也不回。

到了罗幔轻寒的秋日，荷叶打卷、枯黄与凋落仿佛构成了它走向生命另一端的“三步曲”，既然叶子已残，花也自然香消玉殒，往日清景无限的韶光被憔悴的面容所代替，只遗下那饱满的莲蓬以及胎衣里静静裹着的莲子，还坚韧地守着枝头，临风而立，倾听烟雨笙歌，望断天涯归路，犹如李璟“菡萏香销翠叶残，西风愁起碧波间”的那种凄美。

莲子仿佛有些胆怯也很脆弱，经不起寒风与冰雪的洗礼，开始慢慢垂落，随后扎进肥沃的泥土里，用心期待着来年初春的脚步。

我仿佛觉得那荷叶和莲花分明就是父亲和娘的身影，而我，不就是那颗跃跃欲出的莲子吗？

一入冬，父亲就扛起铁锹，迫不及待地挖藕，常常挖得一身的汗水和满脸的泥巴，也挖起了老茧，挖疼了腰，甚至挖弯了脊背，当然，也挖出了我的学费和全家生活的开销。娘把父亲冒着凛风飞雪挖来的莲藕，抬到冰冷的水塘里一节一节清洗，她有时会洗得两腿发麻眼睛发蒙，洗出来的莲藕又粗又白又好看，就像娃娃的腿一样，乳香淡淡飘逸，诱惑沉沉迷人，娘的眼睛转瞬间也发出炯炯光芒。

接下来就是娘做的一顿莲藕大餐了，我吃得最有味的要数初中毕业那一次。中考最后冲刺阶段，我在离家三十多公里远的五星农场子弟学校上学，娘知道我那段时间特卖力，怕营养跟不上，每次回家娘总会给我想方设法补补身子。

我饱餐一顿出门的时候，娘又把一大碗莲藕烧排骨装在了我平时带菜的把缸里，我骑着一辆破旧自行车，沿着赣江支流的圩堤，一直向东行进在回学校七拐八弯、坑坑洼洼的路上。

就在我带着娘的一片深情厚意准备转最后一道弯的时候，由于视线不好，突然迎面驶来的一辆拖拉机差点把我撞了，我吓得来不及躲闪，人、车还有菜全翻落一地，幸好我的莲藕排骨撒在路边的草地上，汤也溅了出来，我赶紧爬起来又蹲下去，用嘴巴拼命地吸那些还没有完全渗进草堆里的鲜汤，然后把一块块莲藕和肉捡回把缸里。

回到学校，那碗来之不易的菜我每天只吃一点点，上课的时候有时走神还在想着它，下完晚自习回到住处就痒痒地用手“钳”两下，当零食吃，仿佛随时都能闻到娘身上散发的灶香味。

我对莲荷的那份挚爱，不仅在于其带给我年少时的特殊味道，而且莲荷在佛教里那种“妙香怡人、清宁悟众”的自然修行品质，让我艳羡不已，也令我望尘莫及。

怪不得佛祖释迦牟尼称莲花为“人中之华（花的谐音）、六尘无染”啊！

五

岁月的风镐，剪短了娘曾经浓密的丝丝黑发，也裁出了娘如今稀疏的绺绺银丝，却削不尽她对儿女们的缕缕情愫！

逢年过节最是娘大显身手的时候，虽然身体常常不舒服，但娘脸上丝毫看不出多种疾病对她的缠身。只见她撸起袖子，系着围裙，切起菜来虽然节奏放慢了些，但利索劲还是不减当年。

但有一点娘表现得似乎不太友好，越是逢年过节，我们挨的骂越多，为什么呢？因为娘很要求完美，尤其过年过节的时候，娘最看不惯我们平时做事随便的样子。

娘说，一年要忙到头，一生要好到老，过年过节做事就要做最好。

我们兴奋之余老是跟不上娘的拍，难合娘的意，不是丢了盆就是没盖盖，娘就会对我们指手画脚，性子急上来了就会毫不客气大声数落我们一顿，父亲慢吞吞的性格更是没少挨过娘的絮叨。

记得有一年过小年，按照当地风俗家家户户黏“糖块里”（方言，冻米糖），做这种年货很讲究火候与技巧，一不小心就会做砸，便会失去那种干爽、香脆的味道。有时候手脚并驾齐驱，关键时刻要用脚在上面使劲踩，让其很快黏合，娘嫌我手脚慢、做事不利索，不会把握时机，责备我长大了会如何如何，气得我哭了。

不过，我没有记娘的“仇”，因为，娘让我在不一样的日子里，感受到了不一样的味道。

家里每次来客，娘满心欢喜，习惯一个人主厨。菜上桌后，只见娘两手在围裙上一揩，就一个劲地用筷子夹肉、不停地用勺子舀汤到客人的碗里，即便碗里装不下，娘都照递不误。那份热情，如一枚莲荷，散发着馥郁馨香，也似一片暖阳，温煦而亲切！

做一顿香喷喷的饭菜，是娘的拿手好戏，也是娘乐此不疲的生活内容。

值得回味的是，那年，菜地中央赫然冒出一棵西瓜秧，娘非常惊喜。奇怪的是，那棵秧只开了一朵花，结了一颗果，娘每次进菜园的第一件事就是拨弄稻草虚掩下的它看看，就像生怕失去小时候我这根独苗一样地呵护着。娘也隔三差五地叫我去菜园子瞧瞧，等它长得又大又圆、几近成熟的时候，娘小心翼翼地把这个八九斤重的“大家伙”摘回了家，我叫娘拿到街上去卖，娘不肯：好东西要留给大家吃。于是她迫不及待地叫来了姐姐们，喊来不少邻居，一起分享了那顿沙糖西瓜大餐。

而娘等大家走后，才用勺子一片片刮西瓜皮上的青肉吃，晚上还专门给我做了一盘韭菜炒瓜皮，娘看着我狼吞虎咽的样子，习惯性地用手在围裙上揩了揩，欣然地笑了，她的心里兴许比西瓜还甜呢。

我身陷囹圄的那段日子，每天面对那些难闻难咽的残羹剩饭，喝着那些无味无油的清汤寡水，总会想起娘做的飘香饭菜，恍如梦中，它冲淡了我的哀愁，也填充了我的回味。

触景伤情之时，我曾在囚室写了一首《那道小菜》歌词，自编自唱给囚友们听，他们很快就学会了，每次吃饭的时候，敲着碗瓢，打着节拍，眼泪滴进了饭里，也滴进了心里：

过去的时候，
端起碗夹起筷，
吃着妈妈做的那道菜，
美滋滋把我乐坏。
如今日子，
被关押受冷待，
却闻不到妈妈那道菜，
悲戚戚难以咽下。
那道小菜，
酸酸辣辣香香甜甜啊，
总叫人激情难捺；
那道小菜，
平平常常普普通通啊，
就像田地里的稻麦，
有滋有味依然是儿女们的最爱。

啦…
那是妈妈的情，
那是妈妈的爱，
那是一道情深似海的小菜；
啦…
那是妈妈的心，
那是妈妈的爱，
那是一道情真无价的小菜！

出狱后，我听说娘端着一碗满满的红烧肉到处打听我的下落，千方百计想托人送给我吃，我的眼泪禁不住流了下来。可惜娘一直没有如愿，可想娘当时沮丧而失望的痛苦神情，已深深地镌刻在我一生的记忆里。

娘最后一次匆匆被送进医院，躺在病床上，静静地打着吊瓶。忽然，她转动了一下身子，喃喃地对我说：来的时候我煮了豌豆莲藕排骨汤在高压锅里，你有脂肪肝，记得把面上的油分舀掉，你回去吃吧！我的眼睛一下润湿了，一口气驱着油门回到家，吃着娘用最后的心血为我做的最后一顿最有味的馔菜，我百感交集，歔欷不已！

娘即便在垂暮之年，表现出的淡定和从容，委实令我们做儿女的肃然起敬！

天底下，最有滋有味的是娘，最有滋有味的也是娘的心啊！

娘的那瓣心香，和着家乡的泥香、土香、水香、谷香、菜香和米饭香以及父亲和她交织的汗香，萌发出一股爱的氤氲，久久地驻守在我心灵深处。

娘心的味道，是世上最美的味道！

味 道

味道并非舌尖的专利
味道有时候是不需去尝
去舔去吮吸去嘶牙裂齿地咀嚼
味道有时候是用心去品
去感触去体恤去彼此默契地交融

人世间的美味与臭味
并不是闻出来的
而是鉴出来的
有的浓有的淡有的苦有的甜有的长有的短……
没有味道也是一种味道

记住　是一种味道
忘却也是一种味道
爱　是一种味道
怨恨仍是一种味道
自私　是一种味道
无私还是一种味道
生　是一种味道
死　更是一种味道

味道与生命无关
味道却与活着有关
味道没有为什么有与没有
只有心与心距离的存与无
昨天的回味不等于今天的有味

今天的滋滋有味也不等于明天的索然无味

活着的人

既不要为舌尖而觊觎

也不要为活着的心而痛苦

如果想留存味道

我们就要让心自然地活着

如果我们想让心活着

我们就得让味“道”出实情

因为　味道

是心的一束光影

左邻右舍

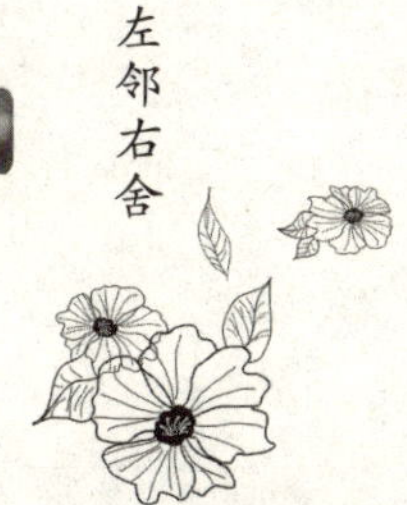

左邻右舍

一排排古旧、低矮的砖瓦房，静静地分布在村子的角角落落，坐南朝北的排列错落有致，青苔爬满灰白的土壁和瓦墙，谁家的大门都大胆地敞开着，没有锁，也好像没有白天黑夜，似乎谁走到谁家都可以成为屋子的主人——

一条条弯弯曲曲的青石板路，坑坑洼洼的泥巴小径，就像血脉一样，清晰地连着前屋和后院，没有阻隔，也没有杜甫诗中“即防远客虽多事，便插疏篱却甚真”的戒备——

远亲不如近邻

家家户户种下的桃李杨柳，互不干涉地驻守在各自房前屋后，只有蜜蜂、蜻蜓路过的时候，才会显摆它们间少有的亲昵——

那自由穿行的鸡鸭、猪狗在散漫或慵懒地讲述各自有趣的故事，唯有来回走动的人影，无论高矮长短、妇孺童叟，也不管仓促或悠闲、贫穷或富裕，好比村前那条从不干涸的小河，流淌着恬静而自然的韵律……

这，谈不上陶公诗中的“世外桃源”，也并非毕加索、达芬奇笔下的写生风景，这，就是我江南乡村先前时光里的真实素描。

一

娘刚生下我的那段日子，常坐在屋檐边的小竹凳上，抱我入怀，一脸的忧悒，我并不知道娘怀里好几天没乳汁了，竟不哭闹，乖乖地躺在娘怀里，一会儿饥渴地看着娘，一会儿昏昏欲睡。

离我家南面不远的招英大妈闻讯而来。她正好生下了一个与我同年同月的小儿子，她人高马大，奶水也多，听说我娘没有奶水，没等坐完月子她就急匆匆来到我家，一把抱起我，解开胸衣就将奶头塞进我的嘴里。一连吃了她一个多月奶，吃得我又白又胖。娘对她千恩万谢之后，总笑着说我胖成一只“猪崽子”了。

等我咿呀学语的时候，娘第一个把我牵过来，教我喊她“同年娘”，娘说：吃了人家的奶，也算人家的崽，吃了她的粮，也算你的娘。

等我慢慢长大些了，娘牵着我经常去她家里帮做事，以示对她的回报。娘说：你血管里流着人家一片心血啊。

隔壁西屋的荷英母，与其说是我家的常客还不如说是我娘的军师，娘大事小事都会求教于她。她能说会道，做事雷厉风行，帮人调解问题不偏不倚，从不拖泥带水，娘与婶子后来的和好，其实跟她这个“和事佬”不无关系，所以娘很多心里的“机密”她都了如指掌。

她家离我家几尺远，我一出门转身就到了她的家。我常常跑到她家玩，不是玩玩具，而是看她吧嗒吧嗒吸村里唯一一把又重又难闻的水管烟壶。她吸烟的时候很讲究，慢悠悠地灌水、撕烟叶、刮火柴，然后半躺在摇椅上一口一口慢慢地吸，自我陶醉得像个神仙。她每次没等吸完就喜欢逗我玩，因为我小时候长得白净也乖巧，她老在娘的面前开玩笑：你家“米”呀，拿屁股露出去都会讨到一个好老婆哦。说得娘心里灌了蜜似的。

荷英母每回都装着递烟壶给我玩，紧接着又缩回去，后来我接住一回，学她的样连吸了两口，呛得我一鼻子的烟水，笑得她前俯后仰，我也憨憨地跟着她笑了。

其实，她平时严肃得像尊冷面佛，尤其对我们小孩子，附近哪家小孩顽皮，只要大人把他带到她那里去，也不知她变什么魔法，无需开口，只要露出“凶相”来，个个就胆战心惊乖乖就擒。她一手“修吓”（方言，民间一种专治小孩夜哭低烧的绝活）绝技，更让人啧啧称奇：一把米、一支香，一道符和几句咒语准能把半夜乱哭的小孩搞定。她也不收钱，有时看到生活艰苦点的街坊邻居用肚兜包几个鸡蛋来谢恩，不仅被她退回去，反而还要“倒贴”东西送给人家。

荷英母笑得很干脆：邻邻舍舍的，羞死人哦，还收什么礼呀？我们这辈子是邻舍，下辈子就不一定哦。

娘也常说：亲望亲好，邻靠邻帮啊。

二

娘，离开祖屋，举家搬到村南头的新屋子后，我也不知不觉长到了十几岁。那些老邻舍，虽然相隔有段路，娘还是会经常去探望。

常言道，有来无往非礼也。娘一般不会空着手去，时不时带点菜园子种的菜，老邻舍们也不忘给娘回赠点小鱼小虾什么的。

娘常说：新邻居要近，老邻舍不舍，才叫邻邻舍舍啊！

新邻居虽然接触相对少些，但乡里乡亲的，平日里抬头不见低头见，大家住在一起自然就像韭菜一样落锅就熟，娘很快就适应了新的环境，与左邻右舍相处得倒也融洽。

刚搬家的头两年，屋子周围住的人家还不算多，前面一片坟山，右边沟壑连连，不远处就能看到稻田、水塘等，一到晚上，生性胆小的我就有点怕。特别是夏天的夜晚，一听到附近叽叽喳喳的虫鸣怪异声，感觉就像有鬼一样，蜷缩在蚊帐里不敢吱声。

天气炎热的时候，为省电，家家户户习惯把竹床搬到外面乘凉过夜，挨得近的几家就会把竹床拼合在一块，各自用蚊帐隔开，大人们边相互做伴边聊天，散发着一种少有的热闹与安静混杂的邻里情调，我每每一觉睡到大天亮。

“走家”是农村一带的特色，也是女人和孩子们的专利。女人们习惯带着孩子端着碗，东家走走，西家看看，一碗饭几下功夫就没了。当然走家最有意思的是，看看邻家饭桌、碗里炒的是什么菜？尝尝好不好吃？随手夹上一筷子、扯上几句闲话又走一家，大家嘻嘻哈哈地，谁也不介意谁，大有一种“自家的肉不香，人家的菜有味”的新鲜感。“走家”之风，就像一曲自然流淌的旋律，把邻居间无妨无碍的淳朴关系演绎得浑然天成。

离我家东侧不远处，有个小女孩就是典型的“走家婆”，她从小爱哭，她走到你家，如果你不给她菜吃，她就会哭着赖着不走。娘看到她每次过来，总会把菜捡好，放到她碗里，有时饭吃没了，还给她添上几勺饭，娘笑着，直到她嘻嘻地走开。

她说话总是叽叽呱呱，鬼一样精灵的眼睛和耳朵很会打听别人家的事，不少村里的小道消息往往都从她的那张大炮筒似的“翘嘴巴”里以最快的速度泄露开来。

男人们也不逊色，虽然不会像女人那样高调串门，但吃饭的时候常常聚在一个相对固定的屋檐下、巷子里或树蔸边。我屋东边巷子和西边那棵大谷树底下往往是人扎堆的地方。

每到夏天，鲜红的谷果就像天上的星星一样挂满整棵树，小孩子就会争抢着爬到树上摘谷果吃，不会爬树的就用竹篙去顶，或捡起小石子去击打，每每吃得满嘴通红，熟透的谷果和小石子有时像下雨似的纷纷掉落在人们的头上和碗里，大人们并不介意，仍围坐在树底下，边捡着谷果，边摸着被石子砸起包的头，边张家长李家短地闲聊着。

喜欢凑热闹的女人们也会毫无顾忌地插进来，像生产队里开会一样，听大家七嘴八舌讲些男人们和女人们情呀爱呀、神呀鬼呀的故事，碰到会逗乐的人来上一段，大家常常笑得咳嗽不止甚至喷饭，小孩子乐得吃饭的碗掉在地上哐当直响。

娘并不喜欢走家，也不喜欢凑热闹，更不喜欢听人讲有些带黄的段子。姐姐和我经常被娘从人堆里喊回来，担心我们沾上一些不好的习气，但娘对那些笑谈中过日子的左邻右舍一点也不反感，有时他们凳子不够，就会主动搬几条过去，好让大家开心继续。

慢慢地，搬到我家周边来住的人家越来越多，虽然热闹多了，但人越多越杂，大家还是照常你来我往，拉拉家常，说说心事，有时也品头论足一番，当然也不排除说漏嘴的、较真的甚至吵闹的，但谁都不放在心上，没准第二天又凑到一块谈天说地了。

谁家办红白喜事或做房子、搬家什么的，大家都会闻风而动，主动上前帮忙，谁家的小孩没人带，都会争着照看一下，谁家水缸里没水也会帮提上一桶，谁家做饭少柴就会到自家灶台边撸上一捆来。真可谓唐代诗人于鹄笔下的“僻巷邻家少，茅檐喜并居，蒸梨常共灶，浇薤亦同渠”的场景，左邻右舍们的日子就这样一天天清清淡淡、随随便便地过。

可是，一场意外却打破了大家往日里的宁静。

隔壁东屋一个外号叫“错错里”的男人突然被派出所抓去了，说是偷了别人的东西，娘怎么也不相信。男人的老婆在娘面前一把鼻涕一把涎地哭诉着她男人的冤枉，娘叫父亲到派出所打听了好几回，都没有捞到他的下落。娘的脑子里打起了一连串的问号：平时好端端的一个人怎么会做偷鸡摸狗的事呢？莫非派出所抓错人了？他就是再穷，也不至于去做见不得人的丑事啊？

那时候，派出所在当地最吃香，乡下人都怕，有种谈警色变的味道。怪不得大人吓唬顽皮小孩子就说：你再不听话我叫派出所来抓你哩。派出所来啦，警察来啦——每每吓得小孩子脸色苍白、不敢做声甚至尿裤子。

后来，娘和邻居很多年都没有见到这个男人，村里人传他判了很多年。

渐渐地，很多人似乎都把他忘了，也不敢与他家靠近了。

娘对他媳妇却特别关心，哪怕夜深人静的时候，还看到娘在她床前劝慰，有时也跟着她一起擦眼泪。有时候我会说娘太多管闲事了，哪知娘反驳得我无言以对：左邻连右舍，前屋对后屋，节骨眼上你帮我扶，白菜也当肉啊！说得我直翻白眼。

三

农村与城里相比，日子自然过得风平浪静，但天总有不测风云。

做屋盖房在农村称得上头等大事，哪家都不含糊，因此引发的争地、留巷、走水等民间纠纷也司空见惯，邻里间如果大家都好说话，这事也不算个事，大家你让我让就相安无事了。

娘一次遇到的麻烦也足以让她揪心不已。

紧挨我屋西边原来是块空地，被大队安置给一户靠打铁为生的新婚夫妇，男人一看就是那种“老实驼子”，寡言少语，天天不是弯腰嗖嗖拉风箱就是低头哐哐噹噹打铁。女人长得的确不赖，个子虽然不算高挑但丰满白皙，既有肉感也蛮性感。她刚嫁过来的那段日子，小孩子很喜欢踮脚扒在她窗檐上偷看她洗澡甚至偷窥她上厕所，日子长了她也见怪不怪，后来竟然有几个小男孩被她俘虏成了她老公打铁的小帮手。

我也去帮他老公抡过无数次锤，倒不是看在她漂亮的份上，而希望他老公送我几根练武的铁链子和几把父亲割稻子的镰刀。

本来大家相处都不错，她刚生孩子的那段，娘还经常去她住的后屋教她如何当妈，也不时帮她照看小孩，她对娘也婶子长婶子短叫个不停，胜似母女。

可就在她家新屋开工的那天凌晨，她以为我娘不会记挂那么多，趁着娘还在睡梦里，偷偷地把白天两家标好的石灰线往“公巷”这头扩移了二尺多。其实，她的一举一动早已被早起的我娘扒在窗户上监视得一清二楚，正当她自鸣得意准备动土奠基的时候，娘冷不丁的出现把所有在场的人都吓了一跳。

娘一贯过度敏感的神经，有时让其眼观六路耳听八方甚至明察秋毫，有时也会帮自己倒忙，不得不尴尬收场。但娘从小练就的先知先觉，唯恐我永远不能及。

娘当时并没有发怒，劝她把石灰线移回原址就算了，可万万没想到她不仅不听，竟然和娘争辩起来，她仗着人多势众，硬着头皮与娘大喊大叫。娘也不甘示弱，当着众人的面倒豆子般数落她。最后村里干部出面调解，才平息了那场邻里纠纷。

遗憾的是，两个有个性的女人日后很少往来。娘常常自我打趣道：邻舍虽说是个宝，也不知哪节好啊！

远亲不如近邻，近邻不如对门，对门不如真心真情。现实生活中的确如此，尤其在农村，哪家着火如果没有邻居及时发现和扑救，很可能一家几十年的汗血就会化为灰烬，甚至殃及池鱼；哪家小孩如果有个发烧急病，没有邻居的紧急护送，很可能就会危及一条生命；哪家如果操办大事也没有邻居慷慨帮忙的话，谁家能“一枝独秀”办得红红火火、热热闹闹的呢？

西汉丞相匡衡小时候家穷苦读的时候，如果不是趁着邻居不逮之烛“凿壁引光”的话，或许成就不了他后来学富五车的学问和光彩的仕途。

所以，珍惜邻里关系，保持亲密距离，不仅是娘，也是我后来一直力求遵循的方向。

“邻居就在我身旁，等待去扶帮……”《圣经》里唱出的心声仿佛就在娘和我的耳旁静静回荡——

四

改革开放的春风，唤醒着村里每一个人和每一寸土地，也驱使着年轻人的脚步大胆地跨出去。几年功夫，村里的楼房就一幢接一幢盖起来了，村子就像一个充气娃娃，前后左右明显鼓胀起来，从前那些玩场、藕塘、禾场和菜园子甚至坟山都被盘剥得面目全非、所剩无几了。在外年头已久的人，连回家的路都快要找不着了。

楼层拉开了走家的距离，电视减弱了聚拢的热闹，手机代替了从前的吆喝和招呼，摩托车和小汽车等虽然为生活提速了却大大削弱了乡村邻里的关系，煤气灶电饭锅改变了原始的柴灶味，留守儿童和空巢、独巢老人却增加了不少孤寂，普通话和外地口音混搭的嘈杂也在渐渐替代甚至同化远去的乡音……

娘跟那些同年代的老人一样，从朴素单纯的乡村走到五光十色的城市，常感到茫然不知所措，有时接受不了现实生活的挑战，对那些另类的年轻人有些看不惯，有时还会对他们指手画脚。

年轻人也慢慢与村里上了年纪的老人垒出了一条条代沟，几年之后谁也不认识谁，也许生活竞争的压力越来越大，左邻右舍的交往远不如从前那样频繁，有点城镇边缘化，乡情乡音乡味也就这样开始慢慢淡化起来。

这是一种很危险却很现实的信号。

风吹声如隔彩霞，不知墙外是谁家？重门深锁无寻处，疑是碧桃千树花。诗人郎士元早在盛唐时期就道出了人在世故中的变迁，何况是清景无限、人声鼎沸的盛世今朝呢？

但不管怎样，城归城，乡村还是乡村，城市不可能消灭乡村，乡村也不可能吞并城市。祖祖辈辈生于斯长于斯的村里人，不管采取何种方式生存，仍然对家乡这片土地情有独钟。大家除继续努力沿袭老祖宗残留下的些许风俗外，左邻右舍们比起城里人来，还是要多一份真诚和淳朴、少一份冷漠与隔阂，毕竟老百姓身心和骨子里仍固存着乡里乡亲那份本真的基因，其根深蒂固、枝繁叶茂的那份基业与情怀永久地扎进了那片深深的泥土。

大其心，容天下之物，定其心，应天下之变。

娘，凭着她这种特有的基因，慢慢在适应这种微妙变化所带来的空前挑战。

老屋面对周围如春笋般拔地而起的楼房，显得形单影只了，俨然成为名副其实的“屋崽子”了，又矮又旧，又破又漏，每次下雨的时候，自高往低的水流差点淹没老屋的基脚和门槛，急得娘束手无术，愣愣地站在屋檐下，任凭高处邻居翻卷的水流从我家门前肆意流过。

虽然后来娘跟随我搬到了陌生的城市里，但故土难离的娘，仍然如数家珍般地常常念叨那些朝夕相处、你来我往的邻舍名字。

当娘每一次听到那些老邻居和村里老人，尤其是像招英大妈、荷英母这样能把老虎都打死的人溘然离世的消息后，娘的眼神惊愕而浑浊，眼角不由自主地噙满泪花。

邻 里

曾经　温馨的名字
总在南院北墙东篱西笆中切割成相倚的影子
稠密的乡情
总在你来我往里结出随手可摘的果实
大事小事房前屋后村里村外
亲昵的语言尽情地随春水流溢
无间的脚步缀起了行行雪印
把家常的醇香与夏日的夜一起拉得很长

可是　谁也未曾料想
如今乡村的日子挤满了空荡与空虚
门上挂起了很多生锈的锁
在述说几分孤冷
任凭年轻的脚步去极力追赶城市的月光
外出的人们虽然把一生的积蓄
学着城里的模样将楼房砌得一层比一层高大
但无论如何也难以感察从前小屋的余温

城里门对门越来越吹褶的冷漠
乡村面对面越来越衍生的淡忘
刹那间在农村与城市的上空交叉感染
虽然彼此为邻
但很难拆卸那堵彼此禁锢的心墙

谁　何尝不想追逐那亲近的时光
只唯叹　近在咫尺
邻里间那层薄薄的几近钙化的纽带
渐渐被那层硬冷的沙砾活活掩埋

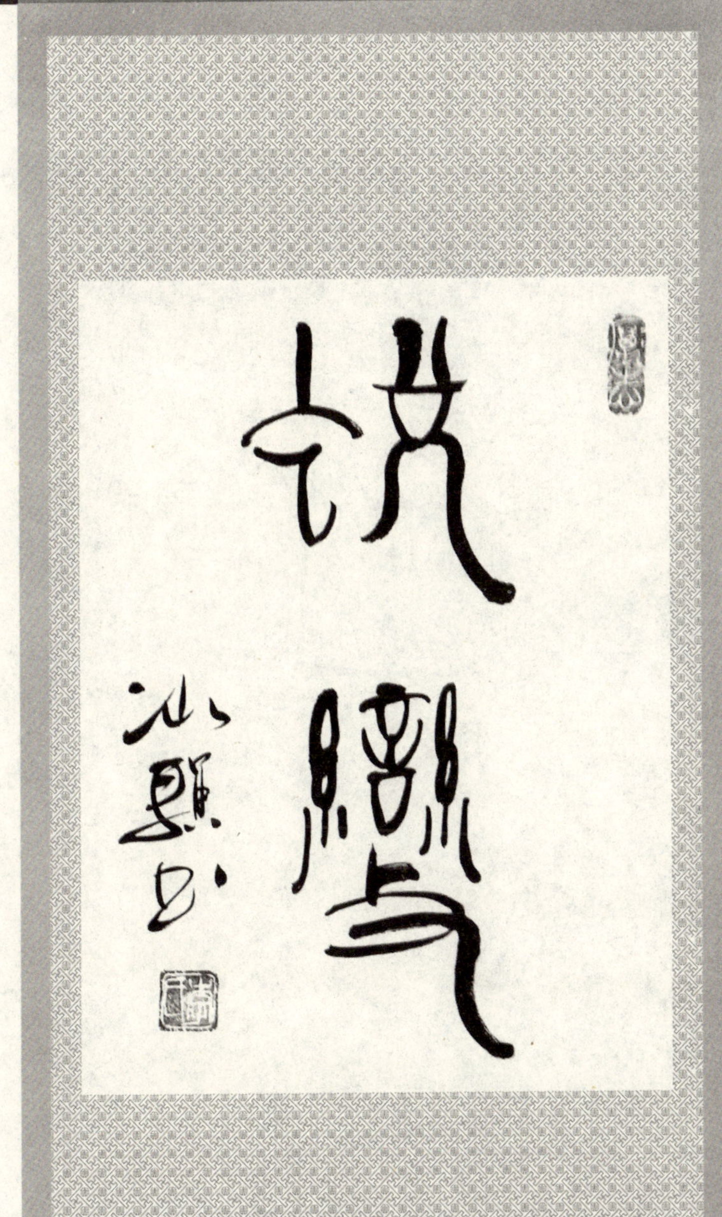

蜕 变

尼采：不蜕皮的蛇，只有死路一条。

一

一个人，也许一生要完成数次蜕变，才能脱胎换骨，蜕变并非一蹴而就，或许，漫长的绞痛才是完成蜕变的动力。

期许我跳出农门不仅是父亲和娘的想法，也是我的夙愿。虽然夹杂迷茫，但作为农村孩子从“农村粮”到“商品粮”质的飞跃，寒窗苦读将来考出去，乃唯一出路。

我在父母软磨硬泡下，被迫挤上了那趟由鄱阳湖畔通往“伊甸园”的“过山车”。

学文习武的少年之我

八十年代初，我所在的红卫大队小学，是当时全公社唯一开办初中班的村小，初一的时候我差点被废学了，不是因为老师，也不是我自己，是当时读书无用论的余烬仍没散尽。

班主任是个很善良的“王老五”，一口蹩脚的乡下“塑料普通话”，经常呛得我们忍俊不禁，也把学生一个个带得东倒西歪，至少在普通话方面遗下一片走火入魔的后患，怪不得我现在歪不拉几的普通话常常闪着别人的腰。

可想而知，自己普通话都不过关的老师，怎么能教出一口流利国语的学生呢？何况，他终身大事都敢搁一边的人，哪有心事管我们这些不愿读书的顽皮蛋呢？

几块钱一个月的工资，只够班主任买烟抽，反正他一人吃饱全家不饿。上课的时候，他常常只顾左手夹烟，右手写字，底下高谈阔论、嘻嘻哈哈甚至此起彼伏的鼾声早已盖过他酷似柔弱的“女低音”，有的同学竟然挎起书包从他眼皮底下，大摇大摆地穿过教室的正门或从后门溜出，消失的时候还不忘以鬼脸的方式与大家“告别”。

我没有胆量在先生面前如此张狂，但厌倦读书的情绪往往深藏于心底。班主任倒是很喜欢我，习惯以点名发言的方式总想挽救我这个还算听话的弟子，他期待的眼神总在耐心地注视着我，认真地听我有些心不在焉的发言，哪怕我有时答非所问，他都会故作大声地鼓励我：业云同学回答得还不错，请坐下！其实，谁也没看出，我的脸，钻在桌子底下，已羞得像猴子屁股。

那时候，娘似乎看出我有厌学的苗头，因为她是个细心的女人。父亲后来看到我书包几天都挂在墙钉子上纹丝不动才恍然大悟，父亲生气的样子十分难看，喉咙里不时挤出的专门针对我的“哼！哼！”沉闷声更加剧了我的怯惧，“不读？不读就跟我一起种田去！”父亲涨红着脸，突然蹦出一句最咬牙切齿的话后，转身扛起那把已被他磨得锃光瓦亮的铁锹悻悻上田去了。

剩下的时间自然就交给我娘。

娘看到我气哭了，缓缓走过来，摆出了一副完全与父亲相反的“唱白脸”样子，苦口婆心地劝导我，我向娘倒出的一肚子读书苦水获得了同情，但始终没有得到其批准：书必须读！哪怕砸锅卖铁。

娘紧接着又不轻不重地补充了一句，却掷地有声：崽呀崽，吃得苦中苦，做得人上人啊！我转身看到了娘背离时忧悒的泪光。

我知道父母为我好，但我觉得自己没有读书的天份。我对娘说：我帮家里做事挣钱总行了吧？我几乎是用乞求的目光看着娘。

“不行！我们现在还做得动，不靠你。”娘几乎没有商量的口气，“万般皆下品，唯有读书高，难道你不晓得这个道理吗？”

“你看看我们，没有读书就像瞎子一样，两眼麻麻黑，什哩不晓得，你也想做一问三不知的睁眼瞎吗？”娘的话夹带着责骂的语气，嗓门明显高了八度。

“你看看我们村子里那几个读书考出去的人，人家多好，大人的脸上多有光啊，你看看娘的脸上，有什么啊？全是一根根七老八十的皱纹啊！”娘边说边用手指着她的脸给我看，眼泪完全垂落下来，并且开始顿足捶胸。

“我们为来为去都是为了你，三个姐姐全失学了，累死累活也都是为了你啊，你都不安心读书，帮大家争这口气吗？我看你太不争气了……”娘开始断断续续地哭诉。

我的愚顽，再次激怒了娘，绞痛着她的心。

第二天，娘突然叫我跟她去粮站扒皮糠，娘说街上皮里（方言，指碾碎的谷糠）贵，家里的猪喂不起，只有去淘人家加工剩下的皮糠给猪吃。我明知这是既累又脏的活，但娘发了话哪怕我憋着一肚子气也得遵旨。

看着黑咕隆咚且糠灰弥漫的偌大库房，我不知所措。只见娘连口罩都没戴就冲进去，用筛子使劲地过滤那些混杂在谷糠一起的碎皮，娘被呛得不停咳嗽，眼睛也被翻卷的糠灰刺激得难以睁开，我只好在旁边帮娘打下手，一边用蛇皮袋打包，一边擦着灰蒙蒙的眼睛，一边不停地揩着汗，心想：娘怎么带我来这么一个又脏又累的地方？

娘筛了一堆又一堆，挖了一个地方又换个地方，娘不时回过头看看我，还给我开起玩笑来：猪有皮糠吃了，你就有肉吃哦。我哪有心思听进这些，嘟噜着嘴，心底埋怨娘不该带我来干这个体力活。

娘整个头发和身子变白了，有点像《射雕英雄传》里的“梅超风”，面目全非的样子吓得我不敢靠近她。只见娘越干越有劲，不断前移，殊不知头顶边糠堆松软，像雪崩一样突然塌了下来，娘整个身子都被压住了，只有头露在外面。

我吓得哭了，只见娘喘着气对我说：别怕，谷糠不重，拉我一把就没事了。我愣了楞，赶紧冲了过去，扒开压在娘身上的谷糠，一把把娘从糠堆里拉了出来。

母子俩面面相觑，四行热泪顺着汗灰掺和的脸颊涌了出来，娘抖了抖身上厚厚的灰尘，用毛巾掸了掸头发，擦干泪后转过身对我笑了笑说：明天我们还来扒皮糠哦。然后示意我跟着她挑起那一袋袋用生命换取的“战利品”回家。

回到家，我低下头，轻轻取下挂在墙钉上的书包，消失在重返学堂的路上。

二

到了初二，我的班主任被一位从南昌城里下派的饶老师代替了。虽然他人到中年贬谪而来，却丝毫没有减弱他教学的认真与热度。他一口新鲜的南昌城里话足以让我们这些乡下学生羡慕和着迷，别说他还有一手自编自演的带有浓郁地方特色的南昌方言快板的绝活。每次做早操前，他都会来一小段“笑后三思”的方言快板：

万丈高楼平地起，
读书好比打地基，
娘叫乖崽好生子读，
不读书来脑子就木。
老师哇（说）：读书读得好，
读得再老也是个宝，
作田种地好可怜，
一问三不知就呀（惹）人嫌，
如果乖崽好听哇（话），
回家就给你炒碗油盐饭，
如果你调皮加捣蛋，
就给你来个辣鳅子糊面（挨打之意）
外加一双筷子叉起一个大鸭蛋……

大家前俯后仰的笑声里，不仅闪烁着他无私灌输给我们的新鲜思想，而且，大大剔除着我们乡下学生身上残留的那种“读死书、死读书、读书死”的严重痼疾。

我的心情云开雾散，读书“大好形势”也在慢慢扭转。

特别是这位来自都市的班主任带来的一股清新之风，濡染着我。或许，他渐渐嗅到我身上藏匿着某种特长，于是他对我开起小灶：教我练钢笔字甚至毛笔，教我写作文，有时还教我几套少林武术。

他笑着告诉我：你家就你一个儿子，文可以走天下，武可以防身健体，能文能武，勤学苦练，风雨无阻，今后你就可以成为一方之主啊！

于是，在他的刮目相看之下，墙上的黑板报几乎我一人承包，老师每每朗诵我作文的精彩片段总让班里的女生如痴如醉，回到家我就“武”几下给娘看，我曾经的那些玩伴也一个个开始疏远了，乐得娘直夸我“打过车头换了轴”，摇身变了一个人。

后来，我转到了乡里的中学，并且分在了一位“严如父，慈如母”的女班主任班上，她在蒋巷中学的名气很大，学生对她的敬畏简直是“老鼠见猫”，骨头都发软。

舒老师对学生有她一套独特的教育方法：惰则鞭，松则严，差则挽，劣则贬，好则夸，优则先。

她个子不算高，偏瘦，但看起来非常精神，俨如绵里藏针，讲课的声音大如洪钟回响，轻似流水悠悠，瞪起眼来让人瑟瑟发抖，批评学生从不留情面，让人如坐针毡，恨不得叫人劈条地缝钻进去。

班主任开心、表扬人的时候，微笑着也会叫大家紧张的心松弛片刻，和蔼可亲的面孔又像母亲站在身旁一样。她带的班在同年级无论是成绩还是综合评分几乎每次都名列前茅，所以很多家长都想通过各种关系把子女塞到她的班上，后来才知道，我也是娘拜托一位县城的堂姐，找到校长后才挤到她班上来的。

有了堂姐的面子，我很庆幸，一去就当上了班长。我和团支部书记自然成了班主任左膀右臂，很多事情都放心交给我们管。我成绩不是很好，但作文、钢笔字等几个强项，常常让舒老师在班上竖起大拇指，我第一次感觉到了“人上人”的荣耀。

我性格有时像父亲，有时直来直去不会转弯，把同学们管得密不透风，班上一点风吹草动通过我的通风报信舒老师就了如指掌，我与其说她的助手还不如说她的线人，让其不出门便知班上事。

男女同学之间更是近在咫尺却形同陌路，大家除了学习还是劳动，别说恋爱就是说一句悄悄话或传递一个秋波样的眼神都会被舒老师明察秋毫地揪出来，滴水不漏的程度足见一斑。

我们班里陆续挤进来几位吃居民粮的女孩，个个身材婀娜，皮肤白皙、脸蛋漂亮，加上她们经常变换与众不同的亮丽衣着，把班上的男生女生妒羡死了。尤其是这些班花下课的时候，一个个忸怩着身子，轻微地晃动着臀部走出去的样子，身后立马会跟着一大串陌生的面孔品头论足，俨然活脱脱的“校花团队”。我作为一班之长，跟其他同学一样，脸上贴金之余不免常常引此为荣。

遗憾的是，她们成绩平平，但蛮会摆脸（方言，爱打扮），突出打扮而没突出成绩的表现，为此没有少受班主任和另外两位数学老师的点名狠批。

她们一脸绯红、低头不语甚至哭鼻子的样子委实叫人怜香惜玉，其他同学却瞪着惊恐的眼睛在一旁爱莫能助。

毕竟校花们的到来，给我们这个本来就尖子生云集的班集体，带来了更加响亮的知名度，班主任的脸上也没少受光，口恶心善的老师因此对美女学生们也呵护有加。

长得漂亮，不是错，谁不喜欢留住青春美丽呢？

舒老师背地里会像妈妈一样鼓励那些美眉儿：到学校来，要专心读书，不要注重打扮，把成绩搞上去才行啊……

班，虽然被我管好了，但我的成绩却有所下降，竟然两次考小中专都名落孙山。这急坏了我，也急坏了舒老师，更急煞了娘。舒老师每次上街买菜，都会故意到娘卖菜的地方找娘说上几句，娘听得一脸惊慌，提篮子的手都会发颤，总是一个劲地往老师的菜篮子塞菜，以求得到她更多的帮教与关照，舒老师笑着点点头，然后趁娘不注意放下点钱就迅速离开……

三

在农村，一般不喊复读生，直接叫留级生，我带着这顶有点受鄙视的无形之帽，就像当年父亲挨批时的“高尖帽”一样，不仅沉重、痛苦和羞愧，还多了一份迷惘。

那时，我最敬佩的是解放军。大姐夫、表哥都当过兵，一堂姐夫部队转业在县人装部，尤其是当我每次看到堂姐夫穿着一身整洁而笔挺的军装出现在我面前的时候，一种敬慕之情油然而生。

八十年代中期，最流行穿军装戴军帽，尤其是我们乡村中学生，我也不例外。我斗胆向姐夫们要过红色五角星，戴在自己买来的军帽上，我想方设法托人去城里买军装军裤军鞋什么的，把自己俨然武装成一个十足的“军生”，一是赶潮流，二是精神多了，三是炫耀自己，满足虚荣感，同时也证明自已想当兵的热血早已沸腾。

记得下晚自习回家的路上，头上军帽“轮番抢”一时成为校园内外一道不算文明但却很时兴的夜景。为此，我剽窃过同学哥哥的一双军鞋，由于尺寸不合又悄悄放回去了。

娘最喜欢看我穿军装，我穿上军装很帅气她不说，她说她好有一种安全感和光荣感，但就是不让我去当兵。

“我想去当兵！”当我把这个大胆的念头告诉娘和父亲的时候，父亲没说什么，在他看来，参军并不是坏事，经过部队锻炼出来的人肯定不一样。而娘坚决反对，拿出了一大堆反对意见，其实最重要的一条就是：一个崽，舍不得。我无奈娘的决断，最终不得不放弃了我热烈的追求。

其实，痛苦，不是别人给的，自己往往就是施加痛苦的敌人。

我没有走出痛苦的樊篱，我也难以逾越娘强势所架设的那堵墙。那天蜷缩在操场的一角，一整夜没回家，没见任何人，也没哭，因为我太苦闷了，纠结得连哭的资格都被剥夺了。

“业云，起来吧！”舒老师第二天晨练发现了我，拉着我到她家里吃了一碗热乎乎的甜甜的红薯煮粥，然后给我讲了很多从古至今，从国内到国外的名人轶事，她颇有韵味地为我朗诵了宋朝皇帝宋真宗赵桓写的一首《励学诗》：

富家不用买良田，书中自有千钟粟。
安居不用架高堂，书中自有黄金屋。
娶妻莫恨无良媒，书中自有颜如玉。
出门莫恨无人随，书中车马多如簇。
男儿欲遂平生志，五经勤向窗前读。

我听得痴醉不已，觉得眼前这位恩师就像我的娘一样，慈祥的母爱粲然犹存！

同时舒老师帮我分析了落榜的诸多原因，当然也指出了我与众不同的长处，字字情深意切，句句动人动容，堪若春风化雨，润物无声之感！我低头不语，默默地记住她的教诲！

娘去祖母的坟头很多次了，不是哭诉，而是祈求祖母在阴曹地府能请动阎罗鬼神们，来为这个还有点出息的孙子助一臂之力，娘足足烧了几个小时的纸钱，把脸熏得又红又黑，也熏黑了孤寂的夜。

“业云娘呃，把他转到鲤鱼洲（现为南昌市直辖的五星垦殖场）去读书吧，那里分数比我们低五十分啦！”舒老师这次上街不是来买菜，而是专门跑来告诉娘这个意外的好消息。

“他不读高中啦？”娘迟疑地看着舒老师。

“不读也没关系，只要他在那能考上一个小中师，就是商品粮了喂，千万要抓紧啊！”舒老师对我的牵挂不仅让娘感动，也让我仿佛抓到了最后一根救命稻草。

为了我的前程，父亲和娘百虑攒心，到处托关系找人，最后找到了三姐夫在鲤鱼洲的姨夫姨妈帮忙，把我转了过去。

到了人生地不熟的鲤鱼洲，我犹如鄱阳湖上的一叶独舟，靠岸的方向唯恐自己清楚，也似空中一只孤雁，内心的鸣啼只有我心底知晓，我别无选择，只有破釜沉舟。

就读的学校离家三十多公里远，我几乎每个礼拜都会骑着一辆破旧的自行车回家拿菜，车子遇到高温的天气很容易爆胎，下雨的时候更是坑洼泥泞，我推着它，要走大半天才能到家。

每到周日，娘总是在门口一边为我缝着鞋垫一边等着我，看到我回来了她特别高兴，娘看着我显露一脸的怜惜：瘦了，又瘦了！转身从灶房端出一碗鸡蛋汤先给我填填肚子，再做我喜欢吃的菜。

有一次，我回到家，发现门口没有娘的影子，感觉家里静得有些异常，我连忙把自行车扔在屋檐下，跑进娘的里屋，发现娘正躺在床上，轻微地呻吟着，我知道娘的老病肯定犯了，她恍惚中发现了我，突然挣扎着坐了起来，吃力地说：饭和菜我煨在灶里，你自己端出来吃哦，洗换的衣服我放在衣橱里，走的时候你记得换上啊。

我鼻子一阵酸涩，眼泪禁不住涌了出来——

在那个偏僻的学校，我遇到了初中时期的第四位班主任。他只教了我短短的一个学期，他对我这个像跳板一样抱着在此过渡一下的插班生特别赏识，让我有足够的信心和勇气，战胜自我。

在班上，我庆幸遇到了一位好女生，她是我五百年前曾是一家的同桌。人长得很细嫩也很白净，白里透红的脸上映衬出女孩那种特有的善良、淳朴与文静，像块没有瑕疵的秀玉，温润中透出光鲜，从她那对很大很圆、清澈透亮的眸子里一点也看不出她来自一个组合的家庭，她告诉我这个秘密的时候我很惊讶，一点也不相信，直到毕业后的一天，她邀我去她家的菜园子里摘西瓜被她继父发现，差点把我们当贼一样赶出来，才完全相信她说的是真话。

很可惜，那年，她第一次也是最后一次落榜了，我想，应该与她的智商无关。

她名落孙山，但那些日子，我总想着她，想着她对我的好，想着她的失落，想着她在继父身边过得怎么样？也想着她青春萌动、情窦欲开，有时含情脉脉、青涩欲滴的样子。

瓜很甜，但难摘啊！我仿佛觉得我近在眼前远在天边的那位姑娘就像菜地上那滚圆的瓜，裹着丝丝的甜，也藏着朦胧的遐想与牵绊。

可喜的是，我们一直保持着同学间那最纯也最善、最真也最持久的关系。

我中考的最后一搏，得益于天时地利人和，就像鲤鱼洲的鲤鱼一样，訇然一跃，终于不负众望，实现了由“农门”跳向“龙门”的一次重大而艰难的跨越，也完成了中学时代生命攸关的蜕变。

当然，人生除了读书还是读书，读好书，多读书，无疑更是完成一生蜕变的巨大能量。

蜕变，夹杂痛苦，苦痛之中揉和着每一步成长的喜悦；痛过之后，也体味到人生每一次跨越时真情和厚爱的弥足珍贵。

变

地球欲以圆融方式
静观生命的万千之变
从海啸地震泥石流火山喷发到全球气候变暖
从爆炸戗杀战乱逃难踩踏到恐怖袭击——
演绎着一场场赤裸裸生死较量

人　每个蠕动的细胞
或许存续着追逐的基因
或名或情或权或面子
抑或世上所有能触及的一己之利
跳动的脉搏
也许嫁接着一代又一代争强好胜的血统

于是乎
情义与生命都在付出惨痛代价中交替
因此　世界变得光怪陆离
天道　缺失得忍无可忍
只留下些许糜烂的躯壳
横亘在无序无常的边缘地带
难以撞开道法自然的大门

谁都想在求变中赖以生存
唯有　天道万物
在缘起缘灭中　裂变着轮回

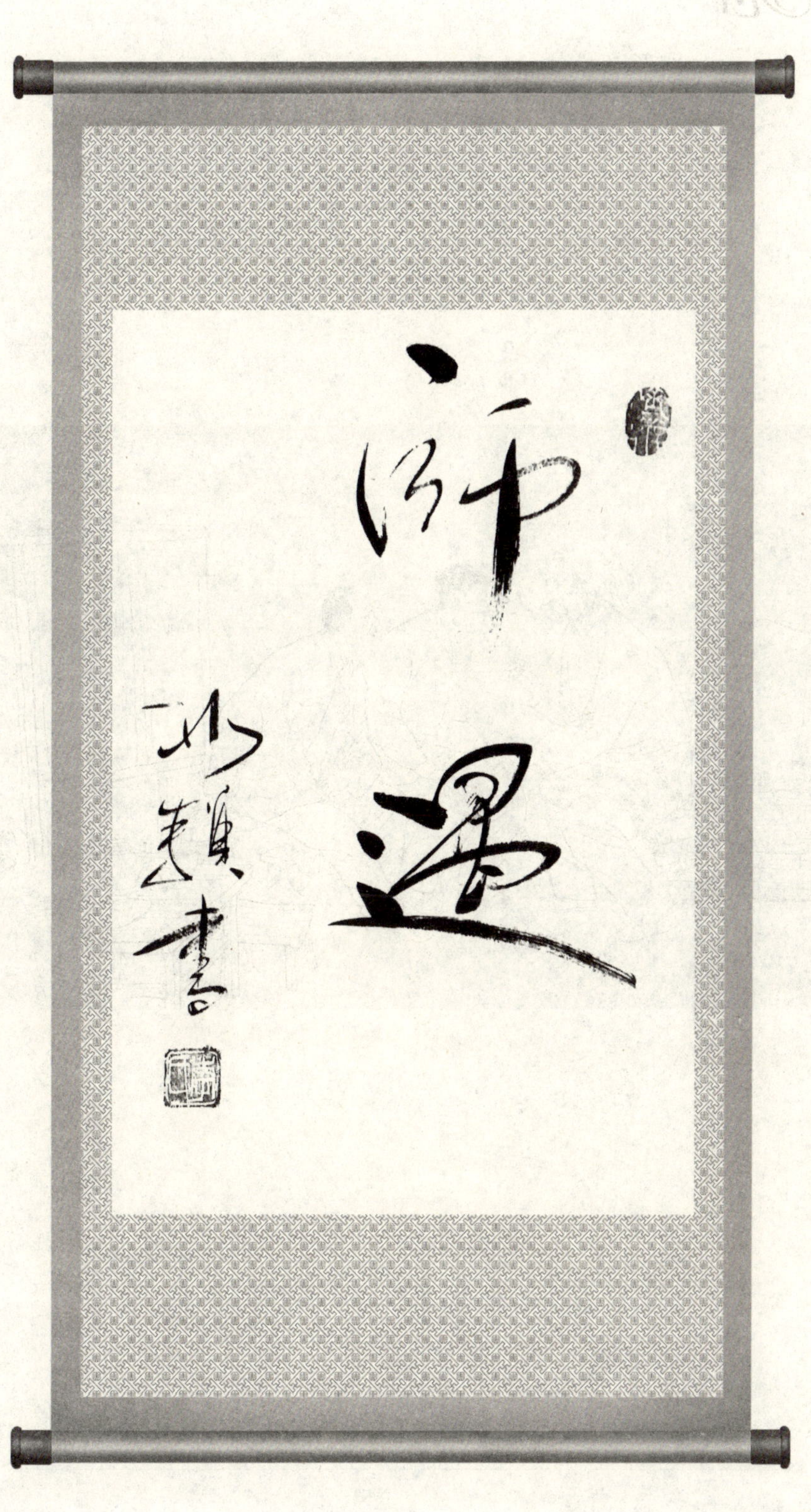
师遇

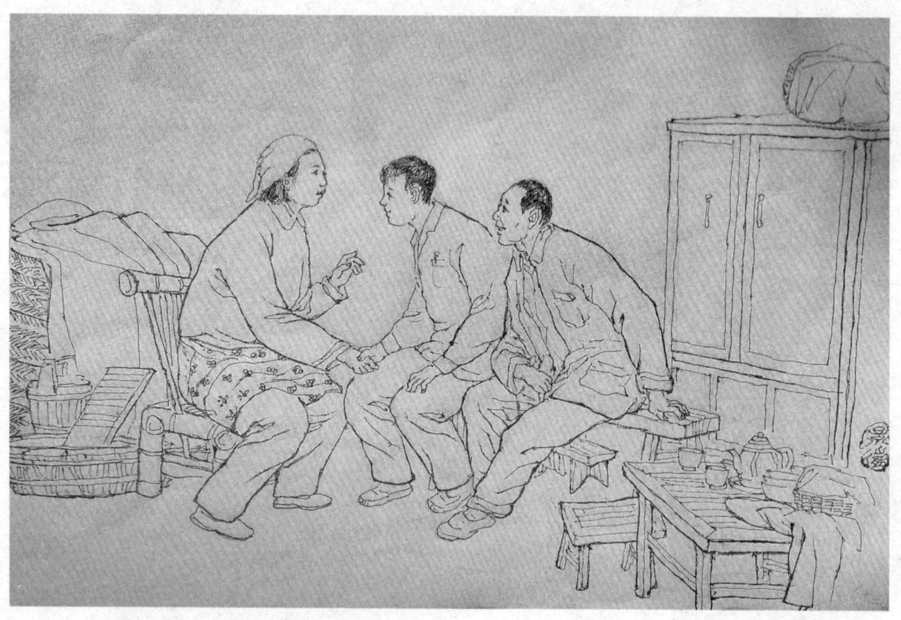

师 遇

弟子事师，敬同于父；习其道也，学其言语；一日为师，终身为父。

——《太公家教》

一

标有“南昌师范学校”白底黑字的招牌，在秋日余晖的映衬下，在英雄城叠山路的一角发出淡淡的光。

1908 年横空出世的“南师”，加之傅抱石、孙海浪等一批知名弟子师出名门的渲染，堪称江西闻名遐迩的百年老校。

老屋门前，绽开笑颜，兄者师也，一晃三十年

八十年代中期，我从五星子弟学校“曲线救国”，以一分之余步入其门下。报考中师，并非目光短浅，也不是我出类拔萃，而是不得为而为之，因为那时入学不仅不要学费，还给予一定生活补助，而且有分配。考上对我而言，能够洗脚上岸，吃上国家粮，极其充满诱惑，对于一个贫苦家庭来说不仅解燃眉之急也减负，且在农村足显荣耀与“奢侈”了。

当时学校只开设了普师班、艺师班和幼师班，我选择普师，是属于典型的“清凉油型”，以便日后的跳槽。

女班主任，细瘦而单薄的身材和我初中的舒老师不差毫分，笑脸总挂着一种让人有些拘谨的冷峻，第一次与城里中专老师面对面，让我有种噗噗心跳之感。

我的老成和在出黑板报时显露的一点小才艺也许被其看好，她开始关注并很快约谈我。

“给你班长干，你敢不敢?”我以为我听错了，痴痴的眼神差点与晏老师充满期待的眼眸触碰着，我迟疑了几秒钟，没等我回过神来，晏老师接着补充一句：“斌赟同学，试试看吧，我觉得你行!”

我有些诚惶诚恐，但还是很自信地点着头。心想：哪怕是个烫手山芋我也要去抢，何况是一只送上门来的香饽饽。

就这样，我从城里那位身材修长、脸相姣好的女生还没有握热的临时代理班长手中，第一个接过了这根含金量够沉够高的接力棒。

娘，听到我当上班长，眯成无缝眼了。父亲却板着脸孔，跟娘念叨了几句。他不仅担心我成绩会像初中一样顾此失彼跟不上去，也怕我太认真、翘尾巴得罪同学，将来走向社会吃不开，其实父亲还有一种想法却不好意思说出来，那就是“当干部没有什么好结果!”的自我对照论一直在他胸中隐隐作痛。

娘，没有父亲想得那么复杂，父亲，也不好意思反对，他现在想的最多的就是多种些田地，多收些庄稼，为我贴补些日益增加的开销。

父亲退下来后，在大队部的后山腰劈了一块菜地出来，足足有一亩多，算是谋了一回私，把娘乐得不行，也把他们累得不行，挑一担菜水一路要歇好几肩。

学校每个月发的十几块钱的饭菜票勉强可供给我们吃，女生时不时会救济一下男生，加上菜园子里的“出产”，还有几个姐姐不时塞给我的零用钱，我算是衣食无忧了。

范仲淹那句“先天下之忧而忧，后天下之乐而乐”的豪言壮语像块磐石横亘在我的胸前，彰显其远大的政治抱负和高远的胸襟气魄，同时也撞击着我血气方刚的心旌。我想：我虽无范先生忧国忧民的远大抱负，但我这只来自鄱阳湖的丑小鸭必须拥有鸿鹄之志。三年时光既短暂也漫长，如果不学到一技之长，中师就会“终死”，普师就会“扑死”，师范生涯就会像我从前那样重蹈“死读书、读死书、读书死”的覆辙。

那一夜，我辗转未眠。

第二天，我专门去向晏老师讨教，她就像一位调琴师一样，一边仔细试听一边认真地为我调节心弦，最后她说：我同意你的决定，课余时间从事文学创作吧，我期待分享你的成果。

我为自己又遇到一位恩师心情驿动。我不停地跑图书馆、书店和寻访文朋诗友，后来跑报社、拜访名家甚至参加校内外的征文比赛或文学社团活动等，可谓有缝钻缝有洞钻洞，汲取各路营养，变着法子让自己的羽翼丰腴起来。

诗歌《南师的夜，静悄悄》是我发表在《中师语文报》上的处女作，诗中生动地描绘了同学们上晚自习的安静场景和认真求学的自然心态，七块钱的稿费换来的糖果吃得同学们美美哒，校园里一时引起不小的热议。翌日，我意外地收到了晏老师送我的一本红壳笔记本，扉页上写下了这么几行字：有第一次就会有第二次、第三次……祝贺你第一次的成功！

面对人生收到的第一份特殊礼物，我心潮澎湃，也泪眼朦胧——

二

好人或好事，有时就像昙花一现，只垂青那一霎间，让人失望也叫你难忘。

晏老师因年龄和身体原因，只带了我们短短的一个学年，班主任位置就被另一位年轻漂亮的女老师所替代，她笑起来明显比晏老师好看，挂着的两个酒窝，也让班里不少男生着迷。后来，班上推行班长“轮流坐庄”之风自然把我这顶捂得半热的“帽子”一把给吹了下来。

我并不遗憾，因为支撑我的并不是帽子，而是我轻松之余集中精力走向文学创作的路子。

我自恃舞文弄墨，天生一副傲慢相，偶尔在班上大放一些另类厥词，让女班主任看不顺眼，或许她喜欢听信班上个别同学添油加醋的小报告，于是对我越来越无好感。

她虽不是那种横挑鼻子竖挑眼的人，但在班上我没少受她的批评，在她眼里，我似乎是个不按常规出牌的“叛逆生”，似乎没有把班规当回事，也没有把她放在眼里，经常跑出校墙外参加一些与班级无关的社交活动。我有些偏离轨道的心，渐渐被其发觉，她每每当着同学的面提醒着我，在我看来也在抹杀我的面子，我有些承受不了。这不由得让我越发想念那位卸任的老班主任，我自然而然地把她们放在一个天平上称一称，越称越不是滋味，越找不到心底的平衡点。

我固执己见，完全没有领会《孝经·诸侯章》里“在上不骄，高而不危；制节谨度，满而不溢”的个中哲理，只顾我行我素。

这或许是一个致命错误或很愚蠢的做法。我的孤傲与轻狂开始触碰美女老师的底线，有时面对面顶撞甚至叫嚣起来，气得她不仅哭，还立马去政教处告我的状。政教处主任一眼看上去一副“张飞相”，他非常严格认真的治学态度早就如雷贯耳，他看到女班主任哭哭啼啼，未等我开口解释就气不打一处来，板着脸孔以最严厉的口吻给我下着通牒：“亏你还是学生？这还了得？对老师严重不尊！如果再犯，将开除你的学籍！”

我吓得差点屁滚尿流，擦着通红的眼睛回到教室，我不得不向美女老师、向全班和政教处写出了一份措词深刻的《致歉信》，才算基本平息了那场师生风波。

对师不尊，俨如视父母不尊。其实这道理我比谁都清楚。人，往往难以超越的就是自己。人性的弱点，往往就在于想得多，而做得少，说起来容易，却做起来很难，拾遗补缺更难。

恃才傲物者，往往容易陷入茕茕孑立的窘迫之地。

星云法师在《佛光菜根谭》里写道：以随喜代替忌妒，自然事事欢喜；以随和代替孤傲，自然处处祥和。而我，把自己的弱点全部写在脸上，往往会被人看透。

我慢慢有点厌倦师范生活，不仅因为得罪了班主任，而且受不了那种十分单调、枯燥、混乱且很受约束的日子，我的天空似六月飞雪，迷茫的世界里，似乎看不到尽头。

那时候，学校在修建学生宿舍，把我们同年级几百个学生全赶到一个大礼堂住，学校管得很严，但乱哄哄、烂糟糟的场面还是让不断巡视的学生会干部心有余而力不足，尤其是偷盗事件接踵而至，有时候我们只好赤脚去上课，气得有的同学也报复起来——

一种恶性循坏的空气包围着本来很纯净的校园，令我窒息。

最让我不得安宁的是，我无法静下心来“爬格子”，刚写完一段，稿纸转眼就不翼而飞了，刚刚来个灵感，转瞬间就被嘻嘻哈哈的吵闹声赶得无影无踪了。

一个周末下午，我正在床上收捡回家的东西，正当准备出门的时候，突然发现自己刚脱下的鞋子不见了，气得我嗷嗷直叫，到处找也不见踪影。望着门外滴嗒的小雨，我显得很无助，正当我愁眉不展的时候，不远处的墙角一双铿亮的皮鞋吸引了我的目光，我猫着腰屏住呼吸，像贼一样慢慢靠近它，转眼就被套在我的脚上了，我倏地消失在雨雾中……

一路上，我被这双顺手牵羊来的皮鞋打起了很多血泡，它根本不是我的“菜”，至少小我两码，皮鞋也被雨水淋得松软，泥斑点点，失去了原来的光泽。

回到家里，娘一眼看到我脚上换了一双她从来没有见过的鞋子，其实娘根本不知道那是皮鞋，两对惊恐的眼神刹那间碰撞在一起，我知道瞒不过娘，只有和盘托出，娘立即变得嗔怒起来：这么大的人，还做贼，你羞不羞啊？明天赶紧给我送回去！

我的脸像被火箸烫了似的，我窃想：我套人家的鞋，走自己的路，让人家东寻西找，我这样做，像一个师范生吗？我虽然当时面临打赤脚回家的尴尬，但我的卑贱、我的廉耻呢？我作为成年人最起码的道德底线呢？我将来怎样面对自己的学生们呢？

娘虽然不知道“勿以善小而不为，勿以恶小而为之”这句《三国志》里的劝世谏言，但她断然的决断，在我有些报复心理的心底跌宕起伏，让我的责疚感难以平复。

待第二天回宿舍时，我鬼鬼祟祟地把这双已被我糟蹋得不成型的鞋子，趁人不注意时，悄悄地放回了原处——

三

外面的世界很大，大得几乎看不到渺小的自己。

文平是我最早认识的一位诗兄，这位来自波阳（现改为鄱阳县）的农民诗人不仅诗写得飘飘洒洒，人也长得秀气，一手龙飞凤舞的好字更是让人啧啧称叹，一副宽边眼镜一罩，加上他《中国微型小说选刊》“助理编辑”的头衔一亮，让这位全身上下散发着浓郁乡土气息的小伙子，舒展着一种阳光十足的文学青年形象。

我与师兄有时在一起吃住，在一起创作，也在一起梦想与收获。他无疑成了我三年煎熬期最好的见证者和青春伴侣。他父亲先天性耳聋、母亲先天性眼瞎的离奇而悲催的家世，足以令我大为震撼和感动！

我们俩轮流夹筷，你一口我一口，合吃得最有味的一餐，是那五分钱一盘、最地道的“南昌炒粉”：

细细的粉条长又长，嫩嫩的豆芽白过墙，

蒜葱辣酱加肉丝喂，滑溜溜的味道鲜又香。

娘在家里以最热情的姿态，不止一次接待过我这位师兄，娘高兴地说：你们真像俩兄弟啊！

后来通过他，我结识了著名文学家孙海浪先生等一批蜚声文坛的老师，我以学校绿叶文学社社长的身份，特邀这位出色的学长来母校为广大文学爱好者传经送宝，从而大大提高了我在学校的知名度。

隔壁艺师班的同学属于“怪才型”，不是埋头涂鸦就是俯身弹琴或引吭高歌，记得学妹杨岗丽（毕业后改名杨钰莹）就是典型的后者型，天天咿咿呀呀、蹦蹦跳跳，活像一只百灵鸟，有时从女生厕所里不时传来一阵“鬼哭狼嚎”似的发泄发狂般的飙歌。作为“邻居”的我既喜欢听其唱歌，又有时嫌她们太吵闹影响我们做作业，多次发出温馨警告，而安静一会儿后他们往往又“死灰复燃”。

楼上的幼师班却与他们有些不同，班里清一色的女同胞，不仅能歌善舞，而且个个水灵灵，穿上贴身的健美裤和蝙蝠衫后，丰满、性感和流线型的体形和风姿绰约的青春魅力常常令我们男生们迷醉，有事没事就悄悄跑到楼上去套近乎，那些死乞白赖的男生们自然成了追慕她们的一级粉丝。

当然，我创作灵感也因此喷薄而出。有个穿绿裙子的城里女生，窈窕的身段和酒窝式的微笑常常让我浮想联翩，她自然是我诗中臆想的主角，直到毕业，她一直走进了我的诗梦里，我却始终没有闯进她心底的世界，不免让我有些丝丝的怅然若失。

我很少告诉娘我在学校的情况，我不想让娘操心，我的生活我做主。

回到家，娘从我有些虚饰的浅笑里可以读到我隐隐的惆怅，但细腻的娘不会冒然撕破儿子的伪装，只会用母亲的淡定与包容装下儿子不时发的“闷头气”，轻轻地抹平儿子在外面所受的一点点伤。

父亲却不管我这些，只顾埋头耕田种地，好像没有我这个儿子一样，庄稼似乎才是他真正的宠儿。

其实，我非常理解父亲，他虽然嘴里没说出来，但忐忑的心里在想什么，我这做儿子的心里直打鼓——

四

父亲不仅表面上对我文学上一切风吹草动无动于衷，竟然还背地里跟娘说我不务正业，把我气炸了。

我与父亲的第一次争吵是在菜园子里，娘不在身边。父亲借题发挥，说我不会浇水，指责我东浇浇西泼泼，不晓得轻重，菜都会被我浇死。开始我还不知道父亲会含沙射影，后来，父亲直接给我摊牌：你想想看，国家培养你今后当老师，你就得安心学做老师的东西，不要东跑跑西窜窜，心不着地能学到东西吗？我顿时一脸的惊愕！

你看看我，耕就是耕，种就是种，如果我三心二意的话，稻田里会长出茄子辣椒吗？菜地里会长出禾苗谷子吗？不要这山望着那山高，种瓜才得瓜种豆才得豆，一个人踏踏实实做好一件事就行……

我脸涨得通红，对父亲的义正言辞明显不满，正欲辩驳的时候，父亲接着又说：我晓得你好强，想冒点尖，想让人看得起对吧？但艺多不容身啊，你那个写作既要搜肠刮肚，又耽搁学习，还要上下去求人，对今后当老师有什么用呢?!

父亲的一阵“炮轰”令我手足无措，没想到不善言笑的他会说出如此精到的理论来，看来“沉默是金”在父亲的身上得到了充分的验证。

父亲的担忧虽有一定道理，但在我看来还是有失偏颇，我无法接受他的劝告，丢了句：“你不懂!”就甩掉手上的水勺，气嘟嘟地跑出了菜园。

一路上，我望着头顶上漂浮的白云，一片惘然。我慢悠悠地回到家，写下了一段内心呼唤的文字：

飘游人生/碎裂困倦与孤寂/安然之梦/难以分解/总想/选择一方湛蓝苍穹/安顿落叶般思绪/或者/选择一席土地/哪怕干枯斑秃/然后/痛痛快快/泻一场缱绻甘霖/昭示一叠精彩……

父亲知道我生性倔强，再次回到沉默的原点，继续弓腰驼背地做着他份内的事，脸上不时显露的“猪肝色”让我和娘有些不敢正视。

我依然一意孤行地做着我“业内”的事：为讨好报社编辑，哪怕发点“豆腐块”也行，我提着她编著的一大捆书走街串巷去帮她叫卖；为赢得电台主持人的青睐，多播发点稿子，我常常瞒着父亲去菜园子摘菜，把一大包蔬菜用自行车送到他家里；为筹集出版一本简单诗集的钱，我竟然偷偷做起了药贩子，把从药厂批发来的药转手倒卖给乡下的赤脚医生们；我为换掉那辆跟随我几年快散架的自行车和碎裂不堪的眼镜，我偷偷去卖过一次血……

我就是我，既然选择了，就是十驾马车恐怕也难以把我拉回来，哪怕碰得头破血流。

有时候自己都很叹服自己，我把郑板桥那首《竹石》“咬定青山不放松，立根原在破岩中，千磨万击还坚劲，任尔东西南北风。”连抄了十遍，折得很平整放进口袋，遇到刺激或挫折就拿出来为自己打气。

那句“道不同不相为谋”的古训把我与父亲的距离慢慢隔开，看得出父亲因我的任性不能主宰我已渐渐膨胀而发烫的头脑而沮丧。

有几次父亲被我气得用衣角悄悄地擦拭眼泪，我装着没看见，一副漫不经心的鬼样子，娘不停地在身边扯我的衣角。

父亲无言，不等于他心底无话可说，老马识途的他所受的压抑，唯恐难以让其在这个家纵横捭阖了。

男人，没有倾诉，只有肩扛。

而娘，任由我随波逐流，只要我不入歪门邪道她就心安理得，没有父亲想得那么远，那么现实，那么纠杂，且那么认真！

娘，对儿女，既多份谦让，也多份迁就！

每个人有不同的选择，每条路有不同的方向，人心向背，大路朝前，忘之我、行之远乃硬道理。

人生，会有很多际遇，遇见父母、遇见师长、遇见亲友、遇见同学，无论擦肩而过，还是萍水相逢，不管是非对错，还是长短深浅，都是有缘的值得珍惜与回味的最美邂逅。

师　者

先师一天天走远
连尸骨都已埋进发黄的书堆
当后人吃力翻开一页的时候
能隐约听见微弱中欲复活的灵魂在抽泣
谁何曾不想一边牵着圣人的衣角
一边指手画脚一边传道授业
谁又不曾想从圣人的脊髓里吮吸营养
哪怕遗下些许糟粕
也能足以慰藉如今的荒芜与饥渴

如今　世界亦为之静穆
都想倾听圣人的心跳
其实圣人并不打算飘洋过海
他想把根牢牢地扎进自家土壤
以盛开的姿态迎迓所有的叩首
但星罗棋布的庙宇、学院、网点乃至府邸
似乎都抢着披起他的外衣做着各式各样的造型
或摆设或摆谱或敛财或装模作样地呈深呼吸状
真正的教化已被别有用心者肢解地粉身碎骨
西化或去中国化、政治化或现代化、或所有的潜移默化
都有意无意地与之抢占地盘
弟子的弟子们个个摩拳擦掌
但无奈握笔的手似乎蒙上了一层世俗的厚尘
难以拂舍
令诸子百家心寒
令后裔子孙蒙羞

试问　多少年后

当我们呆滞地睁开瞳孔

还能认出老祖宗那张熟悉的面孔吗?

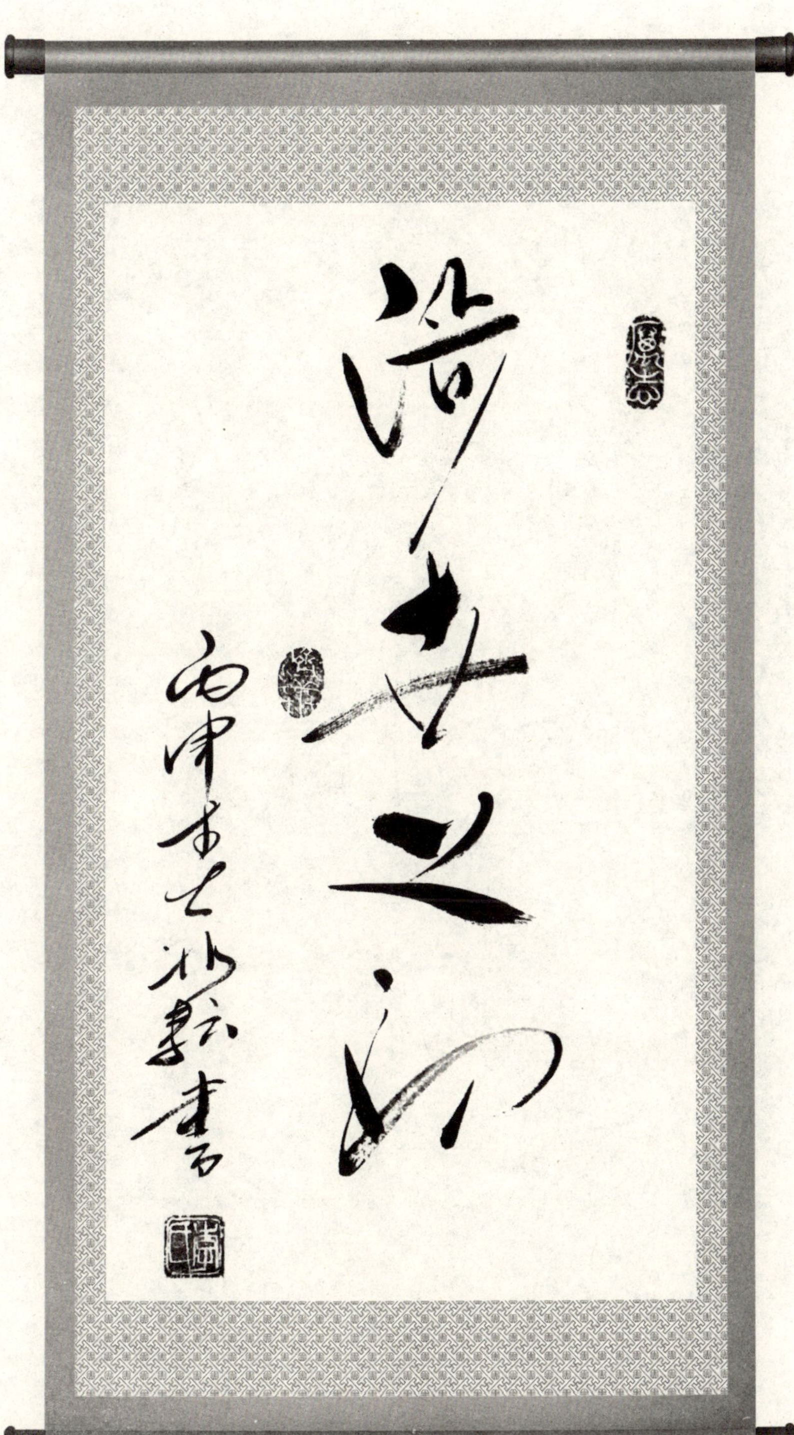
涉世之初

涉世之初

在别人看来，我是一个不按常规出牌的人，挑战中充满野性；在父母眼里，我是个争强好胜也好奇的人，孤傲中带有丝丝倔强；在我个人看来，我就是我，颜色不一样的烟火，有些恃才傲物甚至桀骜不驯，正因为如此，我没少走弯路。

我继承了娘不少不屈个性的血统，但娘忘我前行的路，却让我追赶不已。

一

南师一毕业，按照“哪里来哪里去”的分配原则，一纸调令把我重新发配到我的原住地——蒋巷，去乡中心小学任教。我骨子里就不想当“教书匠”，况且是娃娃“教头”更让我大跌眼镜，我坚决不去上班的轻狂姿态让父亲和娘有些失望。

父亲再也忍不住了，劈头盖脑地说了我一通，说我好高骛远，身在福中不知福，说我愧对了国家对我三年的培养。

父亲虽不懂《刘子·崇学》“故为山者，基于一篑之土，以成千丈之峭；凿井者，起于三寸之坎，以就万仞之深”这句古训，但他想必知道老子《道德经》里“合抱之木，生于毫末；九层之台，起于累土；千里之行，始于足下”的深刻寓意，而我对父亲的话却置若罔闻，父亲老说我“野心勃勃”，我没有作声，理解父亲的数落。

青葱岁月里的我

等夜色近晚，娘把我叫到她床前，只轻轻地说了句：“崽大不由娘，酸甜苦辣自个尝。你也这么大了，好好去想一想吧！”就叫我上床睡觉了。

夜深时，我仍然听到隔壁房间传来父亲阵阵叹息。我也没有睡意，知道自己好不容易端到了一只铁饭碗，不能轻易摔了也不能随便丢了，虽然我们很多同学大都成了乡村小学或幼儿基础教育这一垫在金字塔最底层的铺路石，但我必须走出卑微，用“野心”去涂抹有些悲情的色彩，目标竖得总比别人高出一筹：我要的不仅是不锈钢的饭碗，而且是青春炫丽的舞台。

我知道谁也给不了我，唯独只有自己。

幸运的是，正巧赶上乡二中招考老师，我顺利地成为了中学挂编教师。这下不仅父母高兴，也让自己灰沉的脸上有所起色，跟亲友介绍自己的时候，音调远比从前高出好些分贝。

我看着身旁那些略带土气、年龄相仿却活泼可爱的学生们，觉得自己的学生时代仿佛就在昨天，彼此身高也相差无几，相隔的只是师生间台上台下的距离。

我想：既然走上了讲台，就必须对得起一天一块多的工资，我要把我在南师学的东西和盘托出给家乡这些饥渴的中学生们。

我一边教书，一边神不知鬼不觉地做起了“药贩”，目的是多挣些钱，为劳作的父亲和娘减轻些负担，以缓解窘迫家境的压力。同时也想，有钱后早点成家，了却父母的心愿。

每逢周日，我一个人就用自行车拉着满满的几箱药，常常颠簸于大街小巷和泥泞坑洼的田畴。有时碰到风暴雨来不及躲避，就脱下衣服遮盖那些药箱，淋得我简直就像一只落汤鸡。一旦遇到自行车破胎漏气，很难一下子找到修理店，我只好推着那辆沉重的自行车艰难步行好几公里。

那时候没有专门管药的执法部门，但也会遇到卫生部门例行检查，往往吓得我躲在附近的厕所里半天不敢出来，有时跑得比飞毛腿还快。那时候我几乎行遍了附近所有乡村诊所，虽然也觉辛苦，但赚取“小桶金”的快乐有时也让我忘记了自己的身份。

每次卖药回来，当我把那些零乱甚至被雨水打湿的有些皱巴的钱如数交给娘的时候，我最喜欢笑眯眯地站在娘身边，看她点数和折叠钱时那微颤的样子。娘把淋湿的钱一张张叠开、晾晒甚至烘干，随后轻手轻脚地把它藏在床底或枕头下边，然后转身不忘提醒我：卖药可不能耽搁工作，更不能打学生的主意、吃学生的剥削，见好就收啊！

我点着得意未消的头。

有了可观的经济来源，我买了不少文学书刊奖励给班上作文好的学生，指导她们课余创作，就像当年老师指导我一样，加之我一套严厉而生动、新颖而幽默的教学法，听得其如痴如醉，我上课从没一个迟到的。尤其是班里女生，上我语文课、听我教歌的时候眼睛都不眨，那眼睛就像一泓溪水静静地流淌着，饥渴的眼神透着清澈的光芒。

一下课，她们就三五成群呼啦啦地跑到我房间来问这问那，然后我朗诵几篇我发表的小诗给她们听，听得女孩们心旌荡漾，乃至情窦初开，后来居然收到好几封女生暗恋我的情书，把我着实吓了一跳。

社会上的女青年，我倒是偶尔见过几个，但“无可奈何花落去，只叹无缘付水流”，那时候，我并没有找女朋友的十分紧迫感，强烈的愿望是我一边挣钱一边培养学生两不误。

学校离家不算远，娘从没有进过我工作的校门，怕干扰我，但没有放弃上街卖菜的机会来打探我工作的表现。从娘挑起菜篮一甩一甩的动作，走起路来轻盈如飞的样子，说起话来眉飞色舞的神情等，就该洞察到我不一般的表现了。

二

那时候我虽谈不上风流倜傥，但也青春阳光，不高不矮不胖不瘦的身材以及长得不卑不亢还算顺眼的样子，再加上那么点不深不浅的墨水与不结不巴的口才，为自己在别人眼里赢得了不少印象分。

短短几个月，我不仅被学生和学校看好，同时也被乡领导发现是棵好苗子，多次请我去给乡领导写报告，整理资料等。亦忙亦乐的双边生活维持不久，就被乡党委把我作为乡团委副书记候选人推上了乡里的团代会，我真有点坐飞机的感觉。谁曾想，我当时年轻气盛，高调做人做事的风格征服了自己却没有征服那些农村团干们。

团代会选举的时候，我没有超过半数的选票，不仅令自己瞠目结舌，也让乡党委破天荒地出现了没按组织意图选人用人的工作偏差，乡领导在台上向那些团代表们反复进行解释，他给我台阶下的良苦用心我心知肚明，也心存感激。

其实，我并不在乎这些，父亲更不在意我的失败，他知道此事后，不冷不热的话浇得我几近麻木：我早就说过的，官场如战场，你根本不是当官的料！

面对冷酷的父亲和残酷的现实，我无言以对。

大意失荆州的落选，一扫我当时在台上的风光，足以让我在人来人往的村里乡间丢尽面子，这不大不小的打击灼烧着我有些浮躁与自鸣得意的心，也让我第一次领教了官场有点“水深”的味道。

人，被功喜冲昏头脑，罪魁祸首往往是拥有按耐不住的那份躁动或张扬。

年轻，有时候往往不是资本，而是交学费的买卖，甚至是一种赌注，稍有不慎随时都会赔掉血本。

要在年轻的河里游泳，学会的不仅是水性，关键是悟性；倘若要在官海沉浮，掌握的不仅是技术，更是一种做人的技巧；如果，要在人生的江河迎风斗浪，拼得不仅是体力与耐力，而是常人不常有的人生信念！

我涉世未深，也不谙世故，我必须为自己初出茅庐的幼稚买单。

那方教书育人的天空并没有让我颓废，我的学生们都在期待我回到校园，我想那里仍然有我挥斥方遒的舞台。

娘，还是照样为我打气：东方不亮西方亮嘛，人不要吊死在一棵树上，当老师同样有出息啊！

我重新回到学校，开始反思父亲和娘的话，反思自己的言行，也反思那些对我表面笑呵呵背地里宰我一刀的那群“反对派们”。

其实，我也知道从头至尾半个月不到的团工作对我而言并不成熟，后面我也找到了绝大部分团干不选我的幕后原因，是因为我时不时流露的在学校说惯了普通话的所谓“官腔”刺激了他们，这至少说明我没有放下架子融入代表之中，所以，命运的安排就该如此。就像一棵刚开花的树，没有等到瓜熟蒂落的季节，怎能采摘到甘甜的果子呢？

《大学》里的“知止而后有定，定而后能静，静而后能安，安而后能虑，虑而后能得也。”让我深受启发，我不得不重新啄洗我凌乱的羽翼，等待下一次的飞翔。

校领导和同学们比以前更加热情地接纳着我，让我感动不已！我教的语文一直名列全年级第一，我教的歌曲《原来的我》等，也一直被学生们饭余课后传唱着，我平淡却略带感伤的日子就像歌中唱的那样：

给我一个空间/没有人走过/感觉那心灵的伤口/给我一段时间/勇敢地面对寂寞/再一次开始生活/早知如此/何必开始/欢笑以后代价就是冷漠 早知如此/何必开始/我还是原来的我……

就在我按部就班、沉浸在教书育人的快乐之中而心情渐渐平复的时候，校长突然把我叫到办公室，问我：你愿不愿意去团县委帮忙筹备县团代会？如果愿意的话，乡党委就推荐你去，团县委领导也看中你了，但只借你十天就回来。我当时都不相信自己的耳朵，心想：我连县城都没有去过，别说十天就是一天也行啊，而且是去比乡团委高个台阶的县团委，何乐不为呢？我对着校长连忙点头。

从校长留恋的眼神中不难发现，他从心底是不想失去一位哪怕在学校里只待了一个多学期的骨干老师，他知道我这一去，再回来的几率很小，但校长还是很支持我，并鼓励我去之后好好表现为学校争光。

我很快把这个自认为天上掉馅饼的好消息告诉父亲和娘，哪知道他们不但没有流露高兴的表情，反而忧心忡忡。

父亲敲着墙壁给我打了一个深刻比喻：你看看我们家这房子，地基不扎实怎么能往上盖楼房呢？你工作加起来都不到半年，在乡里都落选了，还要去县里，那不明摆着鸡蛋去碰石头吗？

“乡是乡，县是县，明显不同啊，再说人往高处走，水往低处流，人家做梦都不得去，我有这么好的机会不去把握，那不是白白浪费吗？”我开始与父亲辩驳起来。

“人家是人家，你是你，我们跟人家比不起，万丈高楼平地起，我们乡下人就是要一步一步走，才过得踏实啊。”固持己见的父亲看了看娘，继续着他的主张。

“反正我已经答应校长和乡里了，我只去十天，干得不行我会回来的，你们不要为我担心！”我的态度明显强硬起来。

娘这时只有从中帮我们父子解围：“尺有所短寸有所长，就让他去试试长处吧，反正十天也耽搁不了什么，年轻人也应该出去闯一闯，不闯也不知道天高地厚哇！他碰了一鼻子灰，也自然会像牛一样回头的啊！”

我越来越觉得父亲老跟我钻牛角尖，有种钻心的痛，当时我想，与其说意见不一，还不如说父子对立。娘倒是越来越通情、达理、开明，而不像父亲一根筋。

或许娘认为我长大了有自己的想法，父亲却仍把我当小孩。

娘的善解与包容对父亲而言难以企及，我越来越觉得我与娘之间有种母子连心的默契感。

娘对我的爱，就像涓涓溪流，没有激荡，也没有张扬，只有无声无息的渗透与融入，让我深深触摸到娘心扉那股炽热的脉动。

母爱如水，此时此刻我或许找到了一种最好的诠释。

三

八九年晚春的一天，我如约来到县团委。

我在满是香樟馥郁、荫翳弥漫的县委大院里，濡染着新鲜气息，也体会到人与人之间上与下、高与低的微妙变化。庄严而肃穆的深宅大院，让我不由得想起古代皇宫内形形色色的万千面孔，想起庙堂之高深莫测，想起机关干部前路之迢远。

每天那些点头哈腰、迎来送往甚至卑躬屈膝的影子总在我的眼前晃动，这些虽然与我基本无关，我对之还有些嗤之以鼻，在我耳濡目染，不知不觉的触碰中，我不得不接纳，毕竟我也算得上大院内的一分子，即便我是借调人员。

放下架子、学会融入，是我在乡里失败得来的教训之一。我不能麻痹也不能麻木，共青团干部活力活跃、灵气灵现的青春特质，基本成了我的强项。我很快学会了广结团友，学会了喝酒陪客，学会了忍辱负重也学会了关键时刻的恭维和吹拍，当然更学会了在紧要关头时的选举拉票，就是学不会每天猫腰躬身般的低调与深沉。

十天就像流云一样很快过去了，我经受住了上上下下的考验，也击败了不少竞争对手，最后组织上决定把我以团县委宣传部负责人的身份续借了下来，基本奠定了我步入仕途的第一步。

“卖药的事就别再干了，我已叮嘱你三姐夫接你的手，他家穷一些，人也勤快，钱是赚不尽的，做干部就要一心一意像做干部的样啊。”我佩服娘的贴心安排，暗暗发誓：我必须好好干，不干出点名堂，对不起我爹娘啊。

其实，我还有另一种迫切想法，就是要故意干给父亲看，我要渐渐打消他反对我做官的念头。

路漫漫其修远兮。五个春秋的煎熬让我难以“脱青”，有谁知这青春时光的久远让我一个有名无分的编外人员在那些趾高气扬的正式干部面前遍尝几多寄人篱下的涩果呢？

借调意味着什么？意味着我天天挂羊头卖狗肉，意味着提拔、评先、分房等单位诸多福利都将与我擦肩而过，也意味着我一不小心随时都有可能被人一脚踢回原籍。

蜀道难，难于上青天。我敢于入蜀道、上青天的勇气，来自于娘的那份期盼与鼓励。于是乎，我拼命地把自己本职工作力争做到无缝无漏，却忽略了应该削尖脑袋去靠近那些大大小小的官爷侯爷。

顺其者昌，逆其者亡。近其者强，离其者伤。这个浅显的人生哲理，我只有不懂装懂。

四

老夫子言：时也，命也。

九十年代初，我代表县团委带领一批团干部赴京学习，金秋的北京仍然一片盎然，一切对我来说都觉新鲜，但我无心去欣赏那些美景。

我趁着空档，悄悄地拜见了一位我心目中的女中豪杰。

年轻气盛的我，一套笔挺的白西装，打着领带，套在我青春焕发的姿体上，完全看不出我来自鄱阳湖乡下。我在京城左转右转、七拐八弯，终于见到了我的偶像——中国第一任女省委书记万绍芬女士。

她慈祥的面孔、轻柔的语调、福气坨坨的样子以及她亲手跟我削苹果的亲民姿态一下子慑服了我，她那对菩萨似的大耳垂更吸引着我惊异的目光，我立马想起娘也有一对她一样大的耳垂，我的心底不免掠过一丝惆怅：同为女人，同样大耳，娘与她的差别怎么如此之大呢？

不过，我受宠若惊的紧张情绪很快缓解下来，几分钟的交谈，对我来说，已经很满足了。

老人对家乡的深深怀念、对老乡的殷殷热情和对世事沧桑的油然感慨以及想为家乡教育事业尽献余热的澎湃情怀等真情流露，一并牵动着我的神经。

当时，我没好意思开口请她为我的事“出面”，也不是不敢，而是不忍心搅乱那种气氛以及打碎自己的那份清高。

多少年过去了，老骥伏枥的她，不知疲倦地奔波于家乡教育公益事业的前沿阵地，宛如一棵常青树，她的主心骨紧紧地缠绕着为家乡孩子圆梦的绵绵情愫。

正如这位女奇人所说：我八十多岁的人，七十岁的样子，六十岁的智慧，五十岁的记忆，四十岁的心态啊。

人，不需要高贵，心，却需要长青。

后来，我一直以一种平常心断断续续与其交往，我把她当女神一样爱戴着、尊崇着，祈愿她再活五百年，也希望能从她奇特的身世与身心中捕捉我娘的一些影子。

我喝鄱阳湖的水、吃泥巴田的米长大，五谷杂粮把我酿成了粗俗之人。我俗，我凡，我更烦；我痛，我苦，我也幸福。

我自诩自己不是“玩不转”（方言，笨头笨脑的意思）的“土包子”（方言，土气的人）。我趁着暮色左手提鸡右手提鸭而被领导夫人拒之门外的事也曾干过，我买点小烟小酒却被其当着假冒伪劣产品退回的事也曾发生，我就是没有干过真金白银“一传手”的事。

我总是把苦笑一遍遍遗落在碎梦里。

团县委要求调动我的报告也不知向县委打过N次了，团省、市委也没少帮腔，县头头“再等等，再等等吧”的客套回音我都听得差点耳背了，我很后悔自己苦于囊中羞涩而拿不出最俗也最地道的“杀手锏”，以至于常遇铁石心肠者。

有回好运与我擦肩而过。一位民主党派的副县长存心推荐我去给他当秘书，可就在晚上准备开办公会研究的时候，仅凭某头头一句“活脱的人不宜做秘书，何况他还在借用。”就把我PS在府门外。

那晚，失之交臂的我伤心得痛骂自己无能，骂自己的命不好，也骂那个“狗官”狗眼看人低。

我回到住处，连夜写了一封《心迹自诉》，誊抄了几份。第二天赶在县领导上班之前，悄悄地把信从其办公室的门缝里一封封塞了进去，也不管他们看与不看，至少我寻找到了阿Q的一丝快感。

我想“遍地开花”的这一招还真灵。几天之后，县委一头头把我叫去了办公室，他和颜悦色的态度一下子把我诚惶诚恐的心平复了下来：你的事我已经了解了，工作还是不错的，我们会尽快解决，但小伙子别着急，继续好好干啊！

我差点在他面前跪下，如果身边有小刀的话，我真的会割一块肉送给他吃，我擦着眼泪从其办公室出来，那晚我兴奋得喝了半斤莲塘高粱，烂醉如泥。

我如获至宝地怀抱领导的承诺，经常加班加点工作到深夜，擦桌子、拖地、烧开水我都抢着干，甚至我故意去打扫大院内厕所和场地卫生，总想在诸位领导的眼皮底下更好地表现一番，以提高其接纳认可、加速审批的指数。

哪知道我望眼欲穿，终不见黄河之水从天上滚落。此时团县委书记调离之变，也让我难以抑制的心开始浮躁甚至狂躁起来。我敢怒不敢言，我敢恨而不敢上前，心就像一盏断丝的灯泡。老书记多次找我安慰，他爱莫能助的表情告诉我两条路可供选择：要么继续耐心等待，要么干脆回乡教书。

我本来很听他的话，但这一次我没有“遵旨”，我既不再等待，五年多了我感觉自己已精疲力竭，但好马也不想吃回头草。

我怕娘的担心，更惧父亲的指责，我身边发生的很多事我都不敢告诉他们。我怕他们比我还苦痛。

我很难，我也很男。压力不是我的主菜，动力才是我的盘中餐。

我选择了静静地离开，去省会南昌奔赴另外一个人生舞台——青年报社。

手把青秧插满田，低头便见水中天，六根清净方为道（稻），退步原来是向前。布袋和尚这首《插秧诗》让我脑门豁然开窍：一个人不要拘泥于患得患失的现状，一次退步，一个转身，都是一种前行。

有道是：通则变，变则通。共青团生涯，酸涩与苦痛交织着，屈辱和孤独一并忍受着，犹存的梦想和人生角逐中带来的快乐，我必须坚守——

担当，往往是男人最珍贵的本钱，即便很微很薄；嬗迭，往往是男人最妙可的出路，哪怕弯弯曲曲！

涉世之初，初出茅庐，迎接我的有晴空，必有风雨，有萌动，也有懵懂，更有我对人生未来不变的憧憬和执着的探寻！

我认命，但绝不服从命运的安排，我仍然是我！因为，远方，那两双拴在窗台的眼眸一直在默默地守望那涉世未深、在宦海苦苦挣扎的儿啊！

青　春

一江春水
倾泻于青涩时光
弹奏的轻狂
在指缝里悄悄滑落
心思捆绑着慵懒
懵懵懂懂中碎成纷飞
好奇好胜也好高骛远的心扉
随激流拍岸
恨不得涤净满身的稚气
殊不知脚底的深浅
很多溺亡的影子漂浮于湍急的河流之上

涉世之初
没有免费的旅程
付出代价的那一刻
才是抖落世事尘埃的起点
青春 靓丽的一道隘口
没有终点
只有落脚点
青春没有返程的船票
只有背着梦想
一步步匍匐前行
远方才会划开一道旖旎的口子

父殇

父殇

父亲，没读过一本书，但他分明就是一本朴实的书，让我读了一辈子。我没有读懂父亲许多真正的细节，直到他溘然离去，直至今日。

或许，我与父亲之间的代沟有一道不可逾越的屏障，我与父亲若即若离迸溅的火星难以点燃彼此间些许念想，或许，我日益垒积的清傲与固执的禀性，把父亲渐渐推向了惨怛而沉寂的另一端，让他自我封闭得就像一方没有源头也无尽头的孤潭一样。

不管怎样，父亲自从大队退下来后，仍然以他惯有的流向，迂回在田埂、地头和家里组合的“三点式”生活环圈里，没有怨艾，没有停歇，也没有岁月长短，只有日出而作、日落而息的那份静默与淡定。

一

娘，仍然是屋里的“掌门人”，家里家外的大事小事父亲也懒得掺和，几乎是娘一锤定音，娘从小管事也管惯了，管起来遂心应手，如果要叫娘“卸任”，她还不一定舍得放手。

这个家，没有娘管，还真的难以成家了，当然，倘若没有父亲深明大义的顺从与包容，这个家，恐怕也难以维系。

风雨飘摇的老屋

父亲对娘的唯唯诺诺，简直比家里的那头老水牛还要实诚、服贴，水牛耕累了还会发出几声长长的嗥叫，而父亲，累也罢倦也罢，沉闷的脚步声代替了他那躬耕于田地之间的那份喘息。

我有时觉得非常奇怪，至少从我记事开始，我从没有看见父亲顶撞过娘半句，倒是有时候看到娘在父亲面前板起一张通红面孔指手划脚。父亲不抬头，也不对视，娘安排他去干啥就干啥，从没违抗过，一副“平常之心随缘来，坐对南窗待好风”的释然样子，也看不出父亲在娘的面前有何委屈与不满。常言道：狗急都会跳墙。而父亲作为一个男人，曾经也或多或少管过那么多的社员，怎在娘的面前就变成一只温顺的羔羊呢？

我觉得这也是一个家谜。

是惧娘？让娘？迁就娘？还是自己懦弱？不争？或是与生俱来的温顺和百炼千锤出来的极度涵养使然呢？我仍然在寻找着答案。

众所周知，父亲一直很胆小，简直就是一根鸡毛掉在头上都怕打破头的人。记得他从大队退下来后，在公社圩管会风里来雨里去做了几年巡堤的活，每次验堤量方的时候，他都特别认真，不差毫厘。一次，人家希望得到父亲关照，专门送来两瓶四特酒到家里，娘不明就里，就暂时接了下来，父亲回家知道后心一直打颤，一个晚上都没睡好，第二天一大早他就叫娘把那两瓶酒送还了人家。

父亲一生从不说谎，一就一，二就二，村里人甚至乡里人都喊他“老实坨子”，但他一辈子唯独为我做了一件违背良心的假事。那年把我户口转到子弟学校复读，娘叫父亲去操办，考虑到我复读了两年，岁数不小，且听人说把年龄改低的话，今后发展空间更大些，于是吩咐父亲去找大队和派出所说情，父亲执意不肯。娘急了，遭到她“大人不为儿为女，到世上枉来走一遭”一通数落后，父亲才不得不低下头，战战兢兢地拿着户口本出门了。父亲怕人发现不好，干脆把我名字也一起改了。后来，当别人问起我多大时，父亲就像做错事的孩子，脸唰地就红了，支支吾吾，不知如何回答才好，以至于在我新户口本和档案履历上，我的虚龄比实际年龄足足降低了两周岁。

这个弥天大谎，让我表面“年轻”两岁，连谈对象时都被捂得死死的，足足唠瑟了很多年，却让父亲内疚了一辈子。

我的父亲，就是这样一个宁可穿破鞋走路，也不愿换新装做客的人。

但不知为什么，父亲渐渐对我越来越淡漠，甚至到了让我寒心、令娘发指的地步。

那年正月，死爱面子的我不愿骑自行车而借了同学摩托车走亲戚，当时也没拿驾照，天寒地冻路滑，加之不熟练，转弯时我不小心摔了个倒栽葱，把整个嘴巴全磨烂了。回家的时候，娘看到我一副满下巴血肿的破相，十分心疼，而父亲连看都没看我一眼，嘴巴里不时挤出的“哼－哼”声，让我的心一片茫然也跌入谷底。他从头到尾一直没给我一句安慰，不由得让我用一大堆诸如冷冰冰、冷若冰霜、冷酷无情等冰冷的字眼来形容父亲那段时间对我的态度，仿佛觉得我不是他亲生的一样陌生。娘为此气极了，几次絮叨父亲，而父亲只轻声地回敬了娘一句：谁叫他好出风头啊。然后，用眼角瞟了我一下，继续干他的农活去了。

我隐隐约约觉得与父亲不是一条道上的人，从此对冷漠而固执的父亲叠加了些许“新仇旧恨”。

有一次，父亲的后颈脖上生过一个大疖疤，使他平日里微垂的头又低下几公分，钻心锯骨的疼痛让父亲那段日子备受煎熬，娘听村里医生说把野菊花晒干煮汤吃可以排毒。娘为了省钱，每天安排我一放学就给父亲去村东的花果山采摘野菊花，我不服气地采了几次就显不耐烦了，也没见父亲的病有所好转。

父亲知道我在“公报私仇”，也没作声，冷冷地看着执拗的我。这是父亲遇事一贯的做法，冷峻得我有些哆嗦！

只见他操起竹篮，撑着一把雨伞急冲冲也摇晃着去了村东的山上。夜色笼罩的时候，只见父亲一拐一瘸地挎着一篮子金黄的野菊花回来了，全身湿漉漉的，大块大块的泥浆点挂满他皱巴的外衣，手一直颤颤微微。

娘一看就知道父亲摔跤了，对着我劈头盖脑就是一通怨骂，也责怪父亲不该赌气去，而父亲苦笑了一下，轻轻地说出了一句我今生都难以忘记的话：儿女不知爹娘的苦，父母也不晓得儿女的心啊！

听得出来，父亲话里有话。我的脸色比猪肝都难看，头垂得比父亲的头还要低。后来，父亲背着我和娘独自去乡卫生院做了手术，也没有打麻药，颈脖上挖出了一个直径十公分左右的大洞，我看得极其心酸，且无法原谅自己，那个洞就像深深嵌在我的心窝一样，难以填充我对父亲的愧疚！

二

九三年上半年，我在地方青年报社屁股还没坐热，就被团省委某领导推荐给中国青年报驻赣记者站，当上了一名编外记者。我真没想到我那点晃荡晃荡的墨水竟然被国家级媒体相中，这是否就是常人所说的“上帝关上你一扇门的同时，也会打开你另外一扇窗”呢？而且还是一扇大窗，直通京城。

我恍然如梦。

父亲知道我心很野，居然“野”到如此汹涌的地步，他也就不再好意思

像从前那样对我加以微词了，即便我仍像团县委那样属于“编外来客”，但毕竟这个舞台对我来说，不算天大，也足以盖顶啊。

娘，还如从前一样，任我这匹萍踪不定的野马在荒原上随风纵横。

记者，无冕之王。我那时候吃香的喝辣的，走到哪个单位谁不毕恭毕敬？而且驻地记者都是地方不敢管也管不了的钦差大臣啊，大事办不了，小事跑不掉，那神气的风头出得我飘然欲仙啊。

父亲一直把我当着一个强扭的瓜，不仅未从我身上尝到半点甜头，反而日子一长，味道也就自然慢慢淡下去了。

父亲越来越瘦，体力渐渐不如从前了，耕种庄稼时的动作明显慢了半拍，一坐在电视机前或与人谈话没几分钟就打起盹来。我和娘都叫父亲去南昌医院检查一次，可他说：你们就是用轿子抬我也不去，我的病我清楚，我的事我做主。

固执，会把许多的温暖挡在门外，也会把许多的隐患藏匿心底。

后来，我们再也不提父亲去治病的事。相信：好人自有天福。

为了减少农村劳作对父亲身体的影响，我通过朋友把父亲介绍到城里一少年宫做后勤服务，虽然只有五十块钱一个月的工资，但一来父亲总比农村轻快些，二来父子在城里也可以相互照顾。我想，有个所谓城里上班的父亲，我脸上多少也有些光啊。

父亲当时不知是胆怯还是留恋乡下的生活而迟迟没有同意进城，我发动姐姐们和娘一起“围攻”父亲，才最终打消了他的顾虑。

父亲工作表现远远超过我在记者站的表现，少年宫几乎以每个月加十块钱奖赏的速度来犒劳这位乡下老农。而我呢，几个月的工资都被站长挂在账上，气得我嗷嗷直叫。我愤懑中居然把一篇团省委上报中青报刊发领导相片的稿子弄得牛头不对马嘴，领导哭笑不得，我却大惊失色！

我耷拉着脑袋，沮丧地走出了领导办公室，发烧的脸夹杂着惶恐，我预感到本来就不牢靠的位子也在摇晃。

我知道犯下了不可饶恕的错误。不管是不是总社编辑还是我的失误，毕竟张冠李戴的笑话让领导至少在全国共青团员面前颜面丢尽，于是我暗下决心，工作一定不能再马虎捅娄子，否则被人撵的日子指日可待。

祸不单行。父亲这边也出事了，他骑自行车回家的时候，不知头昏眼花，还是骑车人横冲直撞，突然间被撞倒了，满脸挂彩不算，关键是腰也被扭伤了，更可恶的是撞人者一看父亲一副乡下老农模样，没等父亲爬起来撒腿就跑了。

父亲既没喊也没追，他想即使追也追不上，不如放人一马。父亲一拐一瘸、满脸血迹回到家里，气得娘大骂那个城里人良心被狗吃了，自叹父亲马善被人骑，人善有人欺，也气得我咬牙切齿。

“算了，算了，我没撞成残废就是万幸啊。”父亲劝着娘和我，“出门在外，哪有不出一点意外的啊?”

父亲的包容，我一生都学不会。

我们担心父亲年龄大了怕再出意外，干脆叫他辞掉了那份恋恋不舍的擦桌子抹灰工作，他从半年不到的城里老爹转身又回到了乡下老头的原点。父亲这个短暂的人生轮回，让我心痛也叫我惋惜。

难路前尘如逝水，安闲来日似梦归。或许，这就是冥冥之中上天的安排。

三

父亲康复之后，身体看上去也没什么大碍，照常在老家做些轻微的体力活，但体内隐藏的杀手却令我们始料未及。

那天，父亲用篾刀削了一整天木椽子，他想把已住了十几年的屋子翻修一下，因为老屋已漏成了屋外下雨，屋内掉水的“水屋”了。每次滂沱大雨，两位老人就忙着用水桶、脸盆以及坛坛罐罐满屋子接漏，雨水漏湿了谷子、衣物和家里所有能用的东西，也漏透了父亲和娘的心，屋内滴滴答答甚至哗哗啦啦的漏雨声，早已盖过父亲和娘的喟然长叹！

尤其是娘，看到周边家家户户都盖起了楼房，我们还住在一幢漏屋里，来个亲戚朋友看到我们家如此破漏不堪的样子，她心里总会泛起阵阵酸涩。

娘看看这屋子，又想起在外一直孤身漂泊的我，心里一万个不安啊！

父老儿少的日子何时是尽头呢？娘越想越觉得这屋再不修缮的话无法住人了，于是跟父亲合计准备把屋面翻盖一下，以解燃眉之急。

父亲按照娘的意图，买来了十几根杉木，为省钱没有请木匠，而是他自己一根根用柴刀慢慢破开，削成细小一些的椽子。父亲从上午干到下午，削出了一大捆，他来不及休息，到了傍晚，父亲按常规准备去菜地里浇几担菜水。

正当父亲到屋外南垛取水桶的时候，脑袋嗡嗡直响，眼前一黑，突然晕倒在自家茅坑旁边，头耷拉着搁在桶沿上，人倒在了地上。娘在门口感觉不对劲，赶紧跑进厕所一看，被父亲口吐白沫的样子吓蒙了。娘发疯似的叫来了左邻右舍，把父亲抬了出来，这时父亲已支支吾吾说不清楚话了，大家只有手忙脚乱地把父亲送到了乡卫生院去抢救。

娘忙乱了好一阵子，心都快要跳出来，看到父亲奄奄一息的样子，她才想起叫亲友到处找我。因为那时候没有电话和手机，又是深更半夜，大家找了整整一晚上都没联系上我。父亲昏迷中却一直在盼望见我一面，不时吃力地伸动颈脖，眼睛半闭着想睁开却难以打开，大家只好不停地俯在父亲身边安慰他，甚至不停地哄骗父亲说我马上就到，请求父亲在我没来之前千万别“闭眼”，父亲吃力地坚挺着，下意识地轻摇着头。

院外一辆摩托车嘟嘟驶过，父亲以为我开着平时那辆轻便摩托赶回来了，脸上绷紧的肌肉忽然松弛了一下，几秒钟安静过后，父亲感觉不是我，嘴微微地抖动了一下，从喉咙底部挤出了一声轻叹后，就像一头倦睡的老牛，就再也没有醒来……

急性脑溢血凶猛地把父亲的生命夺走了，来不及让我这个唯一的儿子为他送终，飘荡的生活，也让我欠下了父亲一笔无法挽回也无法原谅的良心债。

幸好我腰上别的那个摩托罗拉BB机，帮了大忙，众亲友费尽九牛二虎之力，直到第二天清晨才转弯抹角call到我。如果没有它，可能我永远也见不上父亲最后一面，连父亲的葬礼都无法参加，那是何等的遗憾和罪过啊！

当我赶到家时，父亲冰冷的遗体在静静地等着我，眼睛还是跟在医院一样半开半闭地像在凝视着我，我跪倒在父亲的遗体旁，泪水哗啦直下——

娘，哭得天昏地暗，连声音都喑哑了。按当地风俗，悼念的亲友每一次过来，娘和姐姐们都要陪哭，我就陪跪，剧烈的头痛让娘无力站起，姐姐只好搀扶着陡然憔悴的娘履行完父亲葬礼上每一个礼节。

刚过花甲的父亲，沾着一身的泥土，带着曾经的伤痛，就这样无声无息地走了，没有留下一句遗言也没留下半句怨言，但从他死不瞑目的眼神里却明显遗下了对妻子和儿女们的眷恋，尤其对我这个不孝之子沦肌浃髓般的期盼！

想着父亲含辛茹苦、衔冤含屈的维艰岁月，也想着他与人不愠不火、于世不争不辩的处事态度，想着他不苟言笑、轻手轻脚出门进门时的肃穆神情，也想着他风来雨往、肩挑背扛时的佝偻背影，想起父亲一歇下来就呼呼昏睡以及把每一分钱都如数交给娘的可爱样子，更想起父亲平时对我虽显淡漠或刻薄实则鞭笞的言辞……殊不知他不冷不热的面孔，却蛰伏着男人一颗滚烫的心啊！

我觉得我一生亏欠了父亲太多太多！至少，我在家里从来没有跟父亲好好地交流，也没有给父亲一个好脸色，哪怕一句掏心掏肺的话都被我的孤傲所压制。父亲想要什么、想给什么，我全然不知。刚愎自用的儿子只顾自己自私、自负、自狂的做法，完全忽略了他做父亲的感受和一位乡村老人的存在。

最后，我连自己对父亲一分钟“养老尽孝”的责任也没尽到，而父亲最起码的“望儿送终”的愿望我都没有让其满足，我觉得我在父亲面前，是一个活生生的不孝之子，是一个赤裸裸的情感骗子，是一个显露无遗的冷血动物。我的独我与孤傲，我的自负和急躁，还有我虚空无根的生活，把父亲隔在家的另一头，给父亲背负着太多无形的压力，使他那扇本来很难敞开的心门面对唯一的儿子一直处于关闭状态，所以，我是真正掠夺、戗杀父亲情感的罪魁祸首。

*游尘掩虚座，孤帐覆空床；万事无不尽，徒令存者伤。*沈约这首悲戚的哀诗，也道出了我对父亲的无限哀思！青天悲吟声声泪，声声呼严父！纵使我千呼万唤，恐怕再也唤不回父亲九泉之下那颗邈远的魂灵啊！

四

刚过花甲的父亲撇下我们，的确走得太急太快也太早了，日子瞬间黯淡了许多，如屋上的房梁轰然坍塌，也似屋前那棵久经风霜的苦楝树，在那飘零的九月，落叶纷纷散尽，乌鸦不时立在干枯的枝头，嘶哑而粗劣的鸣啼声渐渐替代了喜鹊和燕雀的鸣唱，遗下些许孤愁与凄凉！

从祖屋到老屋，为一栖之地，倾注了父亲太多的心血。我想，如果不是为修缮它，父亲也许不会匆匆离逝，如果不是为帮衬我一把，父亲或许也不会这么快驾鹤西去，况且，父亲当时还没有看到我成家立业，也没有分享到我打拼的一丝丝成果啊。

我有时一个人倚靠窗前，呆呆地望着那弯冷月，苦思冥想：父亲一生没吃好穿好、住好用好，一辈子没骂人恨人、打人害人，也不信神疑鬼、不做一件坏事，却怎么早就走了？难道阴曹地府缺父亲这样的好人善人吗？

好花不常开，好人不常在。难道父亲真的印证了这句调侃人生的偈语吗？我忽然觉得“好人好报”这句因果佛语至少对我父亲而言苍白了许多。

值得慰藉的是，父亲在城里的时候总算看到了我女朋友（现在的爱人）一眼，我爱人也牢牢记住了父亲那憨厚的模样。

常言道：父不死儿不乖。我不得不重新审视自己的一些过往。

我考虑揭去那顶所谓“无冕之王”虚伪的帽子，我已经没有心思再苦守那个没有半点眉目的编制缺口，我也赫然感受到了漂泊在外的冷暖与游离带来的伤痛，我毅然离开了记者站。

娘用袖口擦着父亲的遗像，看看冷清肃穆的老屋，也望着六神无主的我，痛如针一样扎在她的心口，也扎进了我的太阳穴。

父亲那句“做人做事要脚踏实地啊！”的话，依稀在我耳旁回荡。

看着娘期许与渴盼的复杂表情，我沉思良久，终于点下了那颗自命清高的头颅：我决定打道回府。正好县委那边已研究我的编制调动问题，而且娘和所有的亲友都劝我回心转意。我想想，人，有时候真的要学会：“听人真心劝，回头才是岸”啊。

我不能抛下娘一个人不管啊，我提出要把娘接到县城一起去住，我的要求马上被娘拒绝了。娘说：等你的根基扎稳了，我再去不迟啊，娘这里你放一万个心，几个姐姐会轮流来看我的呀。

我还是不放心娘，为避免娘孤单，我向叔婶提出了到他们屋东边加间房子，让娘过去住，大家在一起对娘有个照应，娘也觉得这个折中的办法可行。

于是，娘才依依离开那幢破陋的老屋，再一次和叔婶住在同一屋檐下，尤其婶子在这关键时刻不计前嫌而表现出的大度，令娘意外，也令我感动！也让我那份挂念的心找到了暂时安顿、休整的地方，更让我在这人生冰点也最低谷的时刻感受到了亲情的最大温暖！

或许，这是冥冥之中父亲给我们所作的安排，此时此刻，父亲该好好安息了！

一生沉默寡言、任劳任怨的父亲走了，我做儿子的自然欠下了一笔重重的良心债，恐怕我这辈子也还不起啊。但父亲这本厚重的书一直在我心头敞亮着，每次打开有些冰冷的封面，每翻开一页都觉得温热而沉重——

父亲的泪

父亲没有故事
因为父亲默默的生活从没让我觉察到一点新鲜
父亲的故事
或许藏进他的坟墓后才觉得父亲一生都是故事
父亲只有眼泪
我却没有看见他流过
或许他的泪滴在病榻床沿那最后一刻
我才觉得父亲也有三寸柔肠

父亲什么都没有留下
遗下的是他从眼缝里最后挤出的那滴泪
那滴泪让我备受煎熬
我的轻妄我的自负还有我与父亲的若即若离
让我没有用心去读懂父亲
我的叛逆我的恣肆还有我对父亲不经意间的漠视
令我把父亲的温度抵挡在山海之外

父亲压根就没有瞑目
或许心都没有死
父亲送给我的那滴泪
已漫过我孤傲冷漠的堤坝
筑成镜子般的堰塞湖
沉淀于我忐忑的心底
我时不时把珍藏父亲的那滴泪翻卷出来
映照发烫的脸庞
透射忏悔的心扉

也渗入与父亲相处的日日夜夜
伴随自己的泪水暗夜里长流

让泪与泪对视
让心与心偶语
如果还有来生
我愿化作父亲的那滴泪
永远漾在我的胸前
聆听父亲来自天外的心声

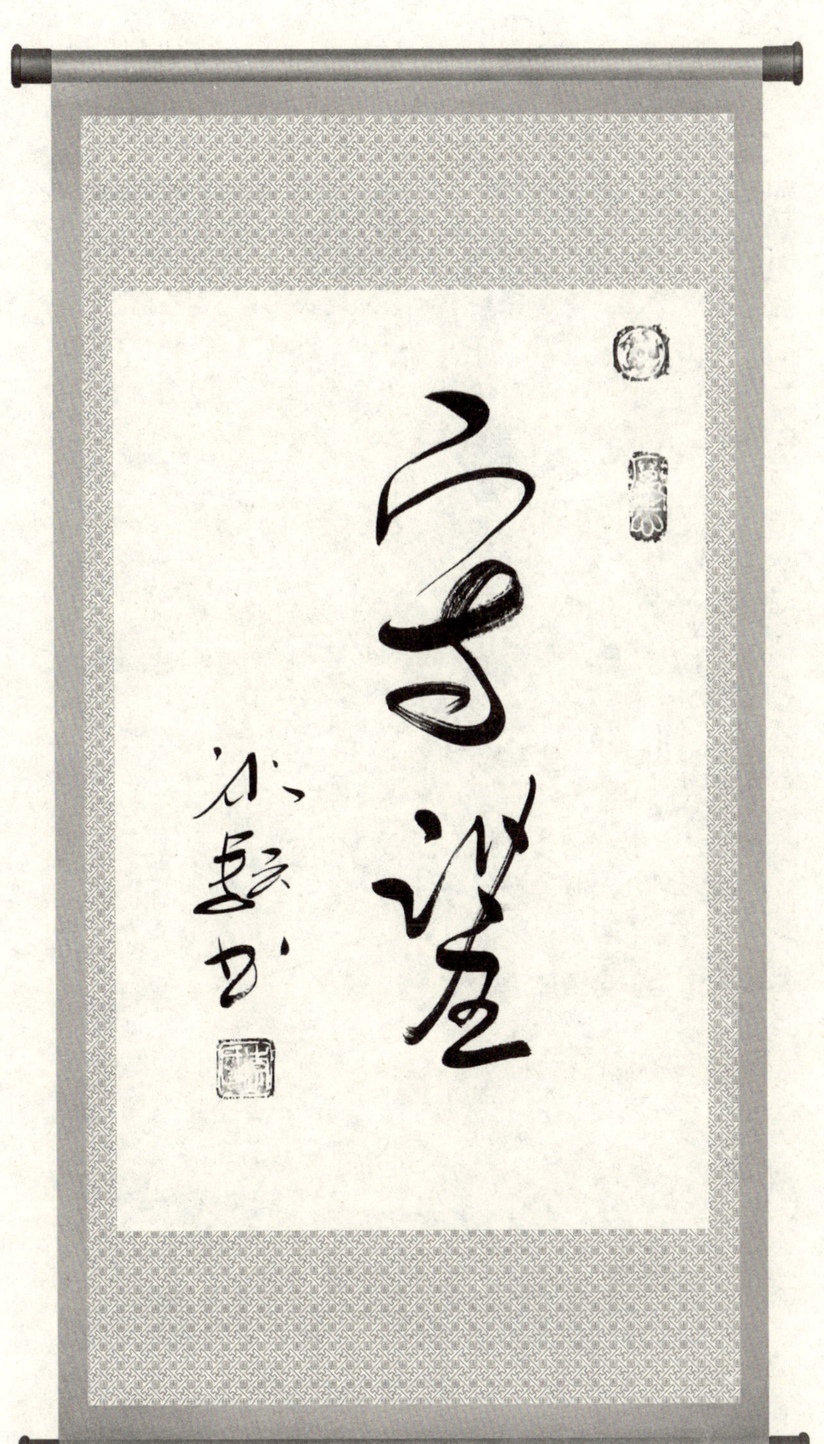
守望

守　望

十月的江南，本是金秋送爽、稻穗飘香的时节，村里人都在热切期待丰收的喜悦，而娘却独自望着墙角父亲遗下的一大堆犁铧铁锹、扁担锄头等农具黯然神伤。

娘，逡巡在父亲走过的田间地头，看看那些已经发黄、垂腰却无人收割的稻子，再看看一垄垄硕大滴翠的萝卜青菜，没有人来浇灌和采摘，不禁泪眼婆娑。

夕阳的余晖散落在娘的身上，渐渐拉长着一叶孤影，阵阵秋风袭来，不免让娘溢出悲瑟的寒意。

一

娘在我们极力劝说下，搬到了叔婶东屋边来住，但自己执意要另立锅灶，她是怕待久了影响叔和婶子，也怕婶子那张嘴，古人云：当家三年狗也嫌，何况是挨叔婶的屋子另搭的一间房，有种寄居的孤凉。其实娘想过一个人的自由，娘的脾气大家都很了解，她从不喜欢受人约束，从小到老，无论走到哪里。

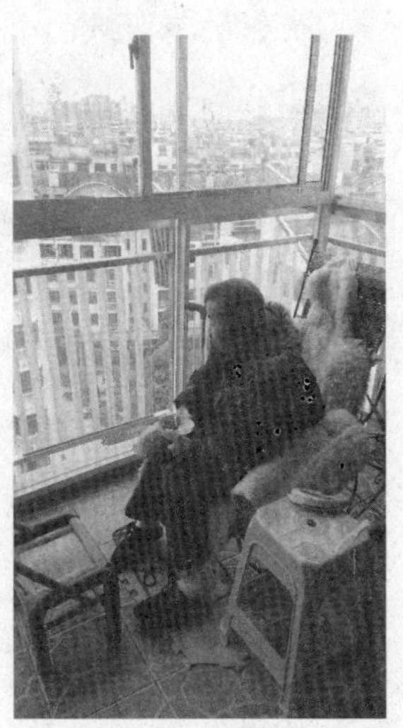

娘痴痴地守望

老屋，大门紧锁，静静地空躺在那里，屋面娘再也没有心情去翻盖了，任时光荏苒，就像一座没有菩萨的破庙，孤零零地伫立在村子里头，任其风剥雨蚀。

大有一种“屋空巢无燕，门冷愁煞人”的凄清！

娘有时候也会当“走家”一样去瞧瞧，独自看一看空荡荡的屋子，随手清理那些罩脸缠身的蜘蛛网，翻晒那些已经发霉的多余的桌椅板凳，或打开门窗透透气，摸摸冰凉的砖石，闻闻长出的野草，毕竟陪伴了父亲、娘和我们十几年啊。

左邻右舍看到娘来了，都像往常一样非常亲热地迎上前去与娘攀谈，甚至抢着拉住娘的手去她们家里吃饭。她们越热情，娘越觉得不好意思，娘谁也不得罪，跟大家客气地打个照面后，又回到她新的住处来，虽然路不长，但娘一路上都会用衣袖边走边擦着眼泪。

娘一个人在老家，最期盼的就是我周末回家，我如果没有特殊情况，几乎从不落下回家看娘的日子，即使不来，我都会想方设法寄话提前告诉娘，省得她痴痴地守望在门前或村口。

回家的头件事，我就是给娘挑好一缸满满的井水，然后去菜园子里浇水摘菜。父亲密密麻麻的脚印仿佛就在我足下，我故意学着踩着父亲步子的模样，希望多浮现一份念想。我一般都会静穆地面对父亲和娘种下的那些菜，呆呆地看上好长一段时间，朦胧中仿佛觉得父亲的影子仍在跟前，正蹲在地上扶起一蔸蔸秧苗，躬着身子浇着一勺勺粪水，笑眯眯地采摘一篮篮鲜绿的瓜果……

田里的稻子也慢慢熟了，一片金黄，低垂着，像在默念从前的主人。除了大姐夫蜻蜓点水般的光顾外，其他姐姐、姐夫们都争相来帮忙，大姐夫很少帮衬娘的原因恐怕谁也说不清，娘有时会自解自嘲：哎，少个郎，少份忙啊。

大姐夫不服软的个性与娘之间架起了一堵墙，谁都不愿放下架子拆卸它，堵得娘心纠也心慌。娘常常拿他说事，这堵墙越说越生硬越坚不可摧。有一次，娘当着大姐夫的面旁敲边击地说家里没有柴油点灯，他很不情愿地从他驾驶的手扶拖拉机上卸下了几斤柴油给娘，算是为丈母娘将功赎罪了一回，可打那以后，再也没有看到大姐夫松弛的笑脸。

其实，父亲走后，娘更希望大姐夫能主动打破前嫌，家里好多一个帮手，可他偏偏不跟着娘的节拍走，让娘很是失望。

那么多年，娘与大姐夫不冷不热的关系就一直那样闲搁着。

大家七手八脚把父亲种下的稻子全部收割了上来，娘叮嘱：这些稻谷就不卖了，留给城里的我和她自己慢慢吃。其实，我知道娘的另一层心思，就是希望多看几眼父亲曾经撒下的种子结出的果实，慢慢品尝，心里装满一种对丈夫更加思念的情愫。

娘，仍然是家里的主厨，我依旧最喜欢吃娘炒的菜，不仅因为多了一种怀念的味道。

尊前慈母在，浪子不觉寒。没了父亲，幸好娘在。

我在外面或许吃腻了那些好酒好菜，回家就喜欢换换娘的口味，吃她做的韭菜炒莲藕、茄子拌姜葱以及那些腌制的刀豆、萝卜干等，那个味道比起我在城里吃的任何一道菜，都要鲜美、悠长！

我长这么大了，娘还是跟从前一样，喜欢看着我吃饭，把筷子调头往我碗里夹菜，还不时弯下腰去拾捡我掉落的碎饭碎菜，弄得我很不好意思。娘说：你在外面我不管，你到了家里，在娘身边你还是娘的细伢子哦。

娘反复嘱咐我在县里要好好干，不能像以前那样脚不着地，像无头的苍蝇，乱碰乱撞，到头来一事无成。接着又提醒我老大不小了，也要多考虑成家立业的事，好有个安身之所，等安顿好了，娘答应跟我去住。

在娘面前，我只有不停地点头，我不能像以前在父亲面前动不动就顶撞，怕娘伤不起！

二

父亲走后，娘的身体大不如从前，头痛病经常发作，心慌心悸得很。有时候她几天都不出门，不是独自坐在竹椅上闭目养神，就是躺在床上休息，偶尔请村医给她开几包中药调理。

要强的娘，总不希望别人看到她脆弱的一面，哪怕自己最伤心难过的时候，见到家里来人，她就会赶紧背过脸转过身，慌忙用手背揩干眼眶的泪水，换上一张有些勉强的笑脸。

娘晚饭基本不吃，上街和去菜地的日子也少了很多，家里的二亩多口粮田也拿给叔婶去种了，娘吃的东西基本都是几个姐姐和叔婶或左邻右舍送来的，吃得娘有些不好意思。

想当年她自己种的东西绰绰有余，还要送给别人吃，而今天却要靠别人供养，心里很不是滋味。

娘住在叔婶那里看上去跟自家人一样，叔婶不时会过来问候，附近的邻居们也会主动过来跟娘聊聊天，越是这样娘越觉得有一种难为情的味道，未等夜幕降临娘就早早拉灯上床。

其实，她身子辗转反侧着，目不交睫，没有一点睡意，有时从床头换到床尾，有时爬起来干脆半躺着，或轻轻地打开热水瓶喝一口水，润一润常常发干冒火的咽喉，然后静静地看着窗外一片漆黑的夜，小心翼翼地折叠着她永远也折叠不完的心事。

冬天，是娘最怕也是娘最难熬的日子。娘或许早已习惯一个人独床而居的生活，但没有父亲的冬季却大为不同了，她感觉特别孤冷！

因为父亲不在身边，她连生煤炭火的兴趣都没有了，叔婶有时会叫娘到他们一起去烤火，娘明明冻得脸色发紫，身子发抖她都强撑着说：我不冷，我不冷哦。叔婶知道娘的脾气，不敢多劝，只好主随客便。

娘觉得再烤，即使烤热了她的身，也烤热不了她寒颤的心。她心想：再苦都熬过来了，难道失去顶梁柱的苦就熬不下去吗？她感觉实在扛不住的话，就一头躲进被窝里，把棉被裹得密不透风，独自与漫长的冬夜对话。

飘零的雪花，翻卷着娘的心事，也翻卷着对浮沉之我的一份牵挂。

我担心烧煤会呛坏娘本来就不好的身体，每年我都会提前在城里给娘买好木炭，托人或亲自送到娘的身边。娘总嫌贵，舍不得用，有时一个冬天都用不了几斤，我对娘的过度节省有时也会发发牢骚，娘不管我怎么说，她照样我行我素，在我面前“强词夺理”：你还没有成家，省一根是一根，省一分算一分，哪像你喜欢大手大脚的啊？

父亲走后，顶梁柱倒了，就像天塌了下来，家里的经济来源几乎烟消殆尽，娘越来越节省，她把节衣缩食的每一分钱都存了起来，娘说：等你结婚的时候用啊。

面对娘的认真，我彻底无语。

那个周三，正巧碰上我下乡检查工作，顺便回家看下娘。娘以为我中间日子肯定不会回家，于是偷偷把姐姐们给的鸡蛋拿到街上去卖。

我回到家看见房门紧锁，下意识地一路往街上赶，在人头攒动的菜市上找到了卖鸡蛋的娘。

我突然的出现把娘一下子怔住了，我二话没说，一把抢过娘地上的篮子，剩下的几个鸡蛋也被我倒进了旁边的下水沟。

娘气得发紫，一路说我的不是，我也一路责怪娘过分的拮据。

父亲走后，我们娘俩第一次面对面的争吵，让娘心酸不已，也令我寝食难安。

从那次后，我发誓要把娘赶紧接到城里去，唯恐她再做出一些儿子自翊为丢人现眼的事来，但娘死活不肯。

娘说：你在找女朋友，我不能影响你。再说，你还住在公家的一间房子里，叫我怎么去容身呢？还有你——

娘没有说完，快到嘴的话又咽回去了，怕说出来了我会生气，其实，我也知道娘想说什么，那就是我有些暴躁的脾气，娘说：牙齿和舌头在一起都会打架呢。娘的担忧儿最懂。

娘说得在情在理，我为自己的无能感到羞愧。我捶着自己窝囊的脑袋，想着自己走出去倒显气派、风光的样子，却连自己的娘都安置不了，我觉得自己很失败。

娘考虑问题思前想后，令我不及。娘常说：前半夜想自己，后半夜也要想想别人啊。

三

那段时间，基督教在农村很盛行，娘不知什么时候信奉上了救世主耶稣，每个礼拜天都会与乡下那些老太太相邀去教堂，盲从地跟在人家后面咿咿呀呀诵经吟唱，回来后就一个人端坐在门槛边捧着一本《圣经》，戴着一副老花镜，一个字一个字地温习起来，虔诚的样子简直就像一个学功课的小学生。

其实，娘一个字不识，完全靠做记号或硬背，要记住那些生僻甚至有些晦涩的字眼很难，她并不知道“主”为何物？“天堂”啥样？“上帝”何许人也？但娘一定知道，《圣经》是教人慈悲的，做好事的，所以娘才愿补学这门似懂非懂的迟来的老年课程。

娘很珍惜自己“老来读”的时光，不仅可以排遣老来的孤独，也可减轻远在县城工作儿子的一些挂念。

孔子曰：其为人也，发愤忘食，乐以忘忧，不知老之将至也。娘虽不知孔子何方神圣，但她却实实在在传承着孔夫子的“礼下庶人，学无常师”的儒家思想。

信仰，是一个人的权利，也是衡量一个人修养的重要标志。有的人读了一辈子书，称得上“学富五车”，但没有修养，而是因为其心中没有爱也无信仰；有的人，没有上一天的课，但懂得很多，颇有君子风度，心里一定有一种善念、良知和诚心在支撑着，那就是人生之道。

有道是：世事洞明皆学问，人情练达即文章。

如此浮躁的年代，人，最可怕的就是缺乏信仰！无论是宗教信仰、社会信仰还是党派或政治信仰。

那时，我很支持并钦佩娘信教的选择。因为，那样可以或多或少地填充一位农村老妪内心的焦渴！

娘，渐渐地在《圣经》里找到了些许老来的快乐，她徜徉在清心寡欲的世界里，消磨着她那渐渐走向垂暮的时光……

娘的开心，就是我最大的放心。

我在官场上跌跌撞撞一路走来，我并不想把我挣扎的半点苦痛带给娘，因为她已经承受了太多的痛楚，所以，我每次回家，尽量讲些高兴的事给她听，哪怕编些子乌虚有甚至天方夜谭的故事哄她开心。

四

我始终坚信：天无绝人之路。

折返县团委后，因为年龄问题，那里绝非我久留之地，我四处打听落脚的地方，正巧第二年碰上县委办招考秘书，我又一次被成功录取，我为自己能爬升到县委领导周边暗暗庆幸，遗憾的是县委没有一个领导选我这种活泼型人才做个人秘书，而安排我负责信息上报工作，这让我不免有些失落。

领导一般都喜欢那种看上去老实、沉稳、内敛型的人跟在身边，说一就一，说二就二，这种人靠得住，叫其办事总觉放心。而像我这种外向型一看上去就有点张扬抑或漂浮的感觉，领导担心拿捏不住，你文章写得再好也请靠边。

娘知道我调县委办后，不免为之高兴，但又忧心忡忡。她总是担心我的脾气不好容易得罪人。

常言道：大树底下好乘凉。娘想：那些“土皇帝”一旦得罪了，那既不会给我们遮风又不会帮我们挡雨，小苗没有大树罩着，一旦有个什么闪失那不成了人家的“下饭菜”吗？

不过，娘的担心不是没有道理的。人心隔肚皮，异心谁能知？何况高处不胜寒啊。

有时候我会对着镜子照照，情不自禁地埋怨起自己这张长得不含蓄、不深沉的脸，我想如果可以美容矫正的话，我会不惜一切代价以换回领导的垂青。

那时，我自认为那些天天跟在领导屁股后面哪怕端茶倒水提包开车门的生活秘书，都比我整天涂涂改改、勾勾划划且默默无闻的信息秘书风光多了。

虚荣，往往是失败的陷阱！面子，常常是溃败的外衣！

我为自己一直难以卸掉我的伪装常常苦恼不堪！

娘，在家里做祷告的时候，显然又多了份内容，诵经的调子明显高出了许多，目的就是请主保佑我在领导的眼皮底下好好干，不求官大，不求发财，也不求权力有多大，只要不出问题，平平安安就好。

我回家老跟娘开玩笑，说娘迷信，救世主救不了我，只有我自己才能救自己。

娘笑了，一边看着我，一边翻翻手中的那本经书，又望望门外蓝蓝的天空和门前飞来飞去的燕子，我感觉那时候的娘一点也不像留守中纯粹的孤寡老人，而是一位坚贞而虔诚的守望者！

我忽然想起一句禅语：拥有一念之慈，万物皆善；拥有一心之愿，万物皆喜！

娘，为儿女祈福，是人世间最幸福的源泉！

守 望

清冷的等待
从阴晴滚落成圆缺
孤独地远眺
从乡村横扫都市的角落
虔诚的期许
从年少熬过白头
静默地坚守
从心底穿越时空一切的壁垒

家 从此撇成两棵遥望的树
把相思凝结的赌注
压给了各自远方的枝头
风雨是最忠贞的见证
情并非一个人的赐予
爱也不是独自的付出
幸福与快乐总在彼此感触间穿梭来往

让一方为之背负痛苦地活着
无非是种背叛
自私 更是赤裸裸的沦丧
守望是场要求回报的买卖
结果虽然不一定如意
但至少成全了忧伤的美丽

情
别让守望成空无
爱
也别让守望变伤害

我的愛情

我的爱情

有首歌唱道：世上情为何物？人间情归何处？

一

娘，虽常犯头痛、头晕，但她的头脑确实惊人的清醒，小事有时装点糊涂，大是大非面前却毫不含糊。这，或许跟她几十年的管家生涯不无关系。

有句老话：嫁出去的女，泼出去的水。而娘，认为女儿是自己的心头肉，总爱掺乎进去。从给姐姐们找婆家到结婚生子、从其养家糊口到处理婆媳关系与矛盾等，娘都要插上一杆子，喜欢管一管，姐姐们个个俯首帖耳，既愿求教于娘也都顺从于娘，娘有时候为自己能独揽姐姐们的大权而自鸣得意。

娘对待我的婚事，却一点也不像对三个姐姐那样大包大揽。她深谙：儿女儿女，儿是儿，女是女，手掌手背还是不一样。

我的终身大事，娘虽有过祈盼、有过想法也有过伛伛的过问，但几乎放任我的自由，任我这只爱情鸟在浩瀚的天空，无拘无束地漫天飞渡。

无论从年少时的轻狂、贪玩甚至有些迷乱的心境，到读书时的叛逆、执着与坚持，还是到而立之年有过朦胧的向往与憧憬，以及人到中年时沉静般的追忆和浮想，我的骨子里始终有一种爱美加臭美的心潮在涌动。

小时候，娘每一次给我做的鞋与垫，缝的衣和裤，甚至我吃饭的碗和筷，还有我睡的竹床和棉被等，我都会以一种挑剔的目光审视它。一有不满意的地方，我就会嘟囔着嘴，有时候弄得家境窘迫的娘非常尴尬。

挑三拣四，有时南辕北辙，既成了我漫漫爱情路上的绊脚石，也导致我坠入爱情迷雾里买椟还珠的一大诟病。

我三十岁之前未娶进媳妇，在我们那个时候、那个地方不能不算男人的一大败笔。

我沉浸在生活以及所谓爱情的万花筒里，虚幻、眼花缭乱甚至有些迷醉的神情让自己纠结，也叫娘有些火急火燎。娘，不敢多插嘴，怕我说她多管闲事，也怕我烦，作为母亲只有隐忍着一颗惶恐不安的心。

初中时，爱情的种子在贫瘠荒芜的土壤里干枯，加之弥漫在老师苛刻与设置三八线的憋屈的空气里，种子甚至变成了稗子。中师的时光里，爱情独自游走在胡编乱造的爱情诗的沼泽地，孤芳自赏，甚至成为别的同学泛滥于春光乍现的爱河里的幕后枪手，而荒废了自己那片郁郁葱葱的莽原；走上社会的日子，爱情，像把利剑，每次都在迸发，每次都偏离轨道，甚至离靶心很远，无论左右寻觅，不管前后追逐，总被爱情那双火辣甚至熨烫的手甩得天高地远。

上至厅长外甥女、县长女儿，中至采茶剧团演员、大学生、教师和机关女干部，下至平民百姓的左亲右戚等，林林总总、各式各样的女孩我不知见过多少。

我高不成低不就甚而鸡蛋里面挑骨头的感觉就像箩里拣瓜，越挑越花，也像雾里看花，越瞧越不是她。

当时自恃年轻有为的革命本钱还能坚挺一些日子，活在牡丹下，做鬼也风流的不屑活法也一直侵袭着我发麻的头脑，于是，我高傲的目光一直在扫视着周遭，总觉得东方不亮西方亮。

经朋友介绍，我认识了那位厅长的外甥女，论身材长相或文采她肯定不是我的“对手”，她的名字比我娘的名字还要土几分，听起来简直有点呕心。接触的当天我们蹲在广场草坪上，我立马就给她列出了十几个好听的名字供她候选，她真的选中了一个梦幻般妍丽的名字，虽然与她的身材长相气质不相匹配，但她获得了从没有过的满足感，同时也让我意外嘚瑟了一阵。

考虑到女孩是国有企业的正式工人，又是显赫一方的厅长嫡亲，说不定对我未来成长有很大帮助，我此时不攀附更待何时呢？于是，我抱着试一试的想法硬着头皮接触起来，几个回合下来，我终于领教了寒酸败北、高攀不上的痛苦滋味。原来她要的远远不是我这碟出身贫寒的苦菜花，更不是我肚里晃荡晃荡的几滴墨水，她想要的是山珍海味、是珠光宝气一样活脱脱、赤裸裸的现实版“高富帅”。

当时我非常郁闷：有翅膀的，不一定是天使。

后来我回过头想想：女孩，一点也没有错，人家活得现实，而我依然活在童话里。

娘不知道这个女孩的事。我如果没有十拿九稳的把握，我再也不敢告诉娘，如果娘知道，肯定又会说我左挑右剔。我平时的确是个挑剔之人，须不知今天竟然碰上了一个公然挑衅我的人，我难以接受别人的鄙视，我也自知人家后台的坚硬唯恐难以抗衡，只好默默地草草收兵。

无奈花凋落，身败人犹在。我和娘一样，每次总是以缘分没到来自我化解心中的郁闷。娘面对老大不小的我，打又不能打，骂也不能骂，对我每一次的花开花谢，娘总是把心中的压抑，埋藏在枕头底下，托付于长夜和碎梦。

其实，娘也知道我的心情像打翻五味瓶一样，不管我经受多大打击，在我表面看来还一直坚挺着自己乐观、儒雅之貌，但我内心的焦灼、躁乱、甚至麻木得像黄蜂窝一样在折腾着我，我觉得对不起娘，对不起逝去的父亲，也对不起我自己，更对不起身边那些期待的目光。

那天，我百般无奈之中，借了一领导上海牌轿车，带着一个女孩去过一趟老家。心想：饥不择食，逮着一个算一个吧。

娘满心欢喜，房前灶后忙个不停，妹子长妹子短的叫个不止。那时候我虽然对女孩有点意思，但她嘻嘻哈哈的样子让我捉摸不到她的深浅。女孩长得头大耳大，丰满也不难看，白净的笑脸遮住了她一半的冷沉，虽然算不上秀外慧中，但女孩一看福气坨坨的样子，娘见了喜欢，老盯着她那对大耳垂左瞧右看，总希望我将来找一个有福气的人过上幸福的日子。我却没想那么多，只是先把娘哄过这一关，撑过这阵子再说。

女孩躬身地走进了我那低矮的老屋子，看着破旧得有些发霉的墙壁，又看看我，躲过众人的视线，在灶屋里不知跟娘嘀咕着什么？娘，一脸的愕然。

邻居听说我带“女朋友”来了，都像看灯看戏似的从前房后屋来了，围着轿车打转的，盯着妹子打转的，帮着娘左右打转的，那天把所有的人转晕了，女孩随意扒了几口娘精心做的饭菜就要走了，娘很敏感，自知好景不长却心存幻想地一个劲挽留姑娘多待会儿，女孩不时摇摇头，娘无奈，最后坚持跟在车屁股后面，把女孩一直送到村口，从此娘再也没有机会见到这个直肠子的姑娘了——

男怕入错行，女怕嫁错郎。后来，听说女孩的母亲非常反对，担心女儿嫁给一个穷鬼书生一生一世都难以翻身，从此，女孩再也没有在我的视线里出现。

二

爱情，如果过于执着的话，往往会在忙乱的节奏里欲速而不达，爱情如果太无所谓的话，也会在一了百了之中了无通衢的新站台。

爱情并不复杂，复杂的是人，爱情也不遥远，遥远的是心与心的距离。

的确，我们身边随时都有让我们麻木不仁、无动于衷的人和事发生，但也有让我们沉寂、冰封的心豁然开朗、怡然驿动的澎湃时刻。爱情，只不过人生的一次过往而已，用不着刻意激活也用不着执意湮灭，毋须大惊小怪、品头论足，有缘则来，无缘则去，相信自己也相信命运而不是相信爱情。

有个读英语的大学女孩在一次团县委举办的书画比赛上我们相识了。她长得很矜持，微浓缩的身材与其穿的长旗袍格格不入，我与她大学文凭和当机关干部父亲的背景形成的反差让我觉得有些对其仰视，尤其是她学的英语专业更让我称羡不已。我独自遐想她有朝一日说不定还可以带我漂洋过海呢。

我有时觉得自己“低配”功能明显不足，但爱情的张力和幻想症还是让我的欲望占了上风，我试探了好几个回合，但总是与其擦不出火花。

她家离我原来单位很近，她每周从学校回家都要经过我团县委办公室门口，她经过时穿高跟鞋故意摩擦地面的“咯噔、咯噔”声我听得非常熟悉而痴迷，有几个晚上她不知是否故意想洞察或挑拨我的敏感神经还是想声张、炫耀她那块清傲的大学生牌子。其诡秘的“咯噔”声和身影，犹如蟋蟀般时隐时现，时轻时重，撩拨得我痛痒难耐。

我终于抓住了一次去她家里的机会，她父母见了我，没有特别的反应，她在父母面前再三强调我们只是普通朋友。我倒是吃过她家两餐饭，一餐喝醉了，一餐吃得我肚子痛，几乎没有达到我预测的理想效果。她对我既不反感，也不热情，这种似冷非热的感受，成了我最难受也最难接受的感受。

我把爱情当杯酒，小心翼翼捧给她，她却撒了一地的水。

我们在这场拉锯战中，渐渐地彼此都失去了耐心，永远成了一锅夹生饭。最后气得我咬着牙叫朋友到她家把我专门为她写的书法《温良恭谦让》从她挂的墙上揭了下来，我回答她的理由是：你不配这五个字！其实，后来我也后悔做得有点绝情，我深知自己也徘徊在这句圣言之外。

那时候，这个女孩的故事我对娘一直守口如瓶，我不想让娘为我胡思乱想。

这么多年以来，娘一直这样，一有心事就很难入睡，何况我这“老大难”问题就像一块磐石，横亘在她的心底，有时候压得她难以喘息甚至抬不起头。娘为自己不能干预我的私生活而苦恼，有时会发动姐姐们或其他的亲友旁敲边击地督促我，甚至会故意抛出“身体不好，活一日算一日，做一天和尚撞一天钟”的威胁论来刺痛我。

比娘年长好几岁的堂大妈，是她常常派出的钦差大臣。堂妈在我们家族之中，算得上德高望重，说话也有分量，我一直很敬畏她，她也很喜欢我。

“我知道你在外东奔西闯不容易，我也晓得谈恋爱不像在菜园子里摘菜，我也知道你眼睛里不能吹进一粒沙子，但你不能总是一年拖一年，要知道，你拖一年你娘就老一年啊。”堂妈毕竟见过世面的人，她柔中带刚，绵里藏针的语技比娘要高出一筹：“你别一个人嘻哈着过日子，你身边就一个娘，娘就你一个崽，你是有孝心的儿子，就得为你娘考虑，好让你娘多活几年，早点带孙子啊！再说，父亲如娘亲，你看得起娘就对得起你过世早的父亲啊！”

“我知道你脾气，但你不看僧面也得看佛面，大妈如果说得对的话，就算听大妈一次好吗?”堂妈几近求情的话直击我要害，几乎击打得我粉身碎骨，毫无招架之力。

我在爱情的沼泽地跋涉，不知所措，与我平时精明的头脑完全不符，有时傲慢、冲动甚至倥侗、愚顽的言行，或许充当了爱情的掮客与杀手，险些把自己的青春葬送在人生的泥潭里。我缺乏担当的勇气，自命清高的狭隘和好高骛远的狂妄，牢牢地孤立着我自私的灵魂，我有时候真想去皈依佛门，寻一方净土，但又如何放得下这滚滚红尘和相依为命的娘啊?!

我自定的那些比较苛刻的择偶标准，归结起来就是一句话：不求门当户对，但求感觉到位。但感觉这东西奥妙得让人费解，也让不少抛出橄榄枝的女孩被我拒之门外，其中不乏很优秀的女孩，她们不谈金钱，不讲吃穿，不嫌我家贫，也不在乎我任何条件，甚至有的愿意主动送上门也难以撞开我那扇凛若冰霜、坚不可摧的心门。我有时晚上被她们缠得实在坚持不住就躲到堂妈家去住，骗堂妈说我那房子潮湿惹蚊子难受，大妈也信了，因此单位的老房子常常是被那些“蚊子”追得人去楼空。

人若有缘，绝不会擦肩而过；人若无缘，干柴也点不着火。

人，有时候贱如薄纸，不捅还好，一捅就破。其实，我顶多也就算一个半桶子水晃荡晃荡的机关工作人员，谈钱没钱，说房无房，论身材长相文采也潇洒不到唐伯虎那里去。有人近你，你却昂起头颅，吟风弄月，看着另一座虚无缥缈的海市蜃楼；有人弃你，你却偏要饮鸩止渴，拉起一条长长的苦恋线，独自虚脱在没有际宇的茫茫天涯。到头来，往往“孤灯不明思欲绝，卷帷望月空长叹”。

爱与不爱，往往一衣带水，也貌合神离。

年轻的我，贱卖的不仅是自己的青春，而是卑贱的灵魂。

三

直到父亲过世的前夕，我遇见一位“城中村”的女孩。

那时，父亲正在市里少年宫干杂活。

女孩对我一位乡下来的父亲，毕恭毕敬，且用心记住了，记住了他其貌不扬的容貌，记住了他转身离去的背影，也记住了我出租屋内父亲遗下的那股沧桑气息。

这个女孩，就是我后来的爱人。我认识她几乎是种巧遇。

九三年初春，女孩作为省团校毕业生来团县委实习，我那时已准备打包走人了，由于清理一些账目发票的事，我回到零乱的办公室，一眼瞅到了她，一股清纯的气息在我心底泛起涟漪，我摇曳的心扉从里到外燃起着一种从所未有的热度，我尽量压制住自己的怦然心跳，装着很平静的样子，时不时跟她闲扯几句以试探她的深浅。

女孩非常爱笑，有时羞涩低语，有时纵情的笑声几乎能把团委的凉台震得摇晃，脸上的红晕就像一朵赤霞镶嵌在几乎能挤出水的脸颊上，笑起来几乎看不到她狭长型的丹凤眼，但淑女般并不十分窈窕的外型，被那件整洁的牛仔衣和紧身裤衬托着，上下浸透着一副学生模样的青春魅力。

女孩最后拿着一摞我故意请她帮我报销的发票，却不知是我用心抛设的爱情圈套，一蹦一跳地把那个飘动的马尾辫甩在背后，消失在我明澈的视线里。

有了“发票”做纽带，我们开始尝试着隔三岔五式的爱情“发电”。我借助有些昏暗的灯光，掠夺到了她的初吻，她没有反抗，那个夜晚我送她到家门口，被她的老黄狗差点扑上来，如不是她眼明手快一把勒住，我准第一次尝到在女孩家门口脱皮掉肉的“下马威”。

黄狗狂叫的次数多了，自然会惊动她的父母，有时候她的父亲真把我当贼了，拿着铁铲冲出院子来差点把我的头削了，狼狈的我跑得比狗还快。

我从她不紧不慢的节奏里，也读懂了女孩些许难言之隐，我追问她，她就是一直咬着嘴唇。最后她竟然请出十来岁的弟弟来代言：我爸不同意！

我听了这个“替身”有些硬梆的话，在那个没有下雪的冬夜呆若木鸡，筛糠似的从头寒到脚，从身抖到心。

我想：我是不是又遇上了重蹈覆辙的悲催故事呢？常言道：事不过三，过三把门关。我越想越心慌！我虽然没有接触她的父亲，但几次从她的口吻中不难分辨未来老丈人发怒时那凶神恶煞的样子。

常言道：秀才遇到兵，有理说不清。我忽然想到毛泽东打天下时一个绝招——迂回战术，我开始琢磨我和她身边的人，请他们出山说不定会起到意想不到的效果。

这招果真灵验。我这人明显的优点就是喜欢动脑筋。我请动了一铁杆兄弟和她当村支书的大舅舅，几番攻势下来，终于把一心想将女儿嫁给公安局、银行等有权有钱部门的父亲勉强拿下了，我大大松了口气，但并不意味就江山铁定，后面的路，足够让我磨破嘴皮和脚皮了。

人生路漫漫，爱情路迢迢。

我不能再像以前那样，一遇到挫折就轻言放弃，兴许人家设计的就是一场过五关斩六将的爱情战术。

谁会轻易把一个女儿随随便便许配于一个不知根知底的男人？父母都希望自己的女儿过得好，这无可厚非。我痛定思痛，发誓即便是马拉松也要将“失之东隅收之桑榆”的爱情进行到底！

失之毫厘，谬以千里。我小心翼翼地珍惜着跟女孩的相处，虽然没有钱给她买珍贵的礼物，但我倾注了我为她家拆旧房盖新楼的全部心血，这种以劳力抵财力的突出表现，终于获取了她父母和其亲友的认同。

虽然我贫，人犹未寒；虽然我穷，人还未老。

在爱情的接力赛中，跑得快不一定最好，不掉队，才是最牛的。

四

娘见到这个女孩的时候，是娘已经被我执意接到城里来后的第一个春天。我特地在府前西路上租了一套一居室的小房子，我把正房让给娘住，娘却死活要住北面的凉台，她说凉台上光亮、透气，我其实很明白娘的心思，只好恭敬不如从命。

我们母子俩就这样相依在城市的一隅。

那时候，女孩下班回来不时会路过我们出租屋，顺便吃吃娘做的菜，她说我娘做的菜很干净很地道，很合她的口味，娘听得暖烘烘的，每一次做菜更细心了，生怕头发丝掉进女孩的碗里，端菜出来的时候总要低头弯腰，睁大眼睛检查几遍。

她们在一起的时候，虽然没有过多的语言交流，但女孩一点都不嫌弃我娘，有时候还会走进厨房帮忙洗刷碗筷，让娘觉得很踏实。

从此，我们游山玩水，花前月下，我们也卧枕缠绵，不离不弃。

我们一边恋爱，一边磨合，一边期待生米煮成熟饭的时刻，也等待着春暖花开的季节。

女孩春风十里般的柔情，独钓寒江雪的执着，宰相肚里能撑船的度量和她那“深知身在情长在，怅望江头江水声”的热切期盼，俘虏和孵化着我有些不知天高地厚的虚妄之心，也渐渐融化着我不食人间烟火的书生之气。

最终成为我糟糠之妻的小云姑娘，她“相寻梦里路，飞雨落花中”般的坚守，终于赢得了我“当时明月在，曾照彩云归”的美好结局。

我们结婚时，其父不愿把新盖楼房的一间给我们临时落脚，因买不起新房，考虑到娘又在身边，隐隐作痛之下，我们只好换租一套大点的房子权为新婚的安身立命之所。

那时候，我们的确囊中羞涩，就连我购的几张国库券和下乡给的几包烟、几桶油都拿去兑了。娘看到我们捉襟见肘的样子，决意把那座破陋不堪的老屋连同宅基地卖了三千多块钱。农村有句老话：卖田卖地不卖宅基地。卖掉宅基地说明你在乡下的根都拔了。为了我，娘却可以倾其所有。

我们的爱情就在这充满苦涩与甜蜜、寒风和暖阳的日子里慢慢蒸馏。

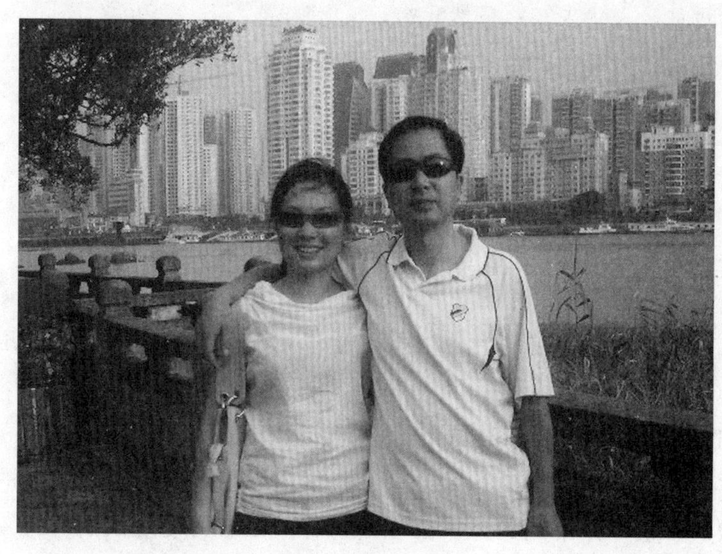

真爱，没有休止符

真爱，没有买卖，只有经营。

爱情，没有定义，也没有定律，更无定数。或许一杯甜液蜜汁，或许一碗清茶一壶老酒，或许一剂苦口涩心的良药。只要你慢慢咀嚼，定能品出它真正的味道来。

五

我们爱情结晶是一个漂亮、可爱的女儿。

都说属虎的性格比较刚烈，的确，小家伙在妈妈肚子里的时候就东一脚西一脚地乱蹬，急不可耐地想看看这个世界什么样子。

女儿刚出生的那阵子，娘犯过嘀咕：我想你们生个带把的，老天爷偏要你们生个长辫子的，哎，天命难违啊。然后，过来一段时间，娘又自我宽解：不过闺女也不错，好好带，好好教，说不定比儿子还强呢！

人生很多结，在想过来想过去的反复碰撞中，便心如花开。

其实，娘很通情达理，并没有乡下老人那种重男轻女“纯封建”气，孙女之于后人同等重要。

女儿的到来，带来了全家无穷无尽的快乐，也没有少把老娘折腾。

女儿那场“出痘”把爱人吓坏了，也把娘闹苦了。那年夏天，南方正值洪水泛滥的季节，女儿从头到脚密密麻麻的水痘也在泛滥，大大小小的疱疹溃烂得脓水外溢，一没洗干净就发出难闻的气味，头上除了骨碌碌转的眼睛外，全身上下没剩下几块光泽处。

当时家里临时请了小保姆，但跟不上娘的节拍，那些日子娘几乎很少合眼。一下给女儿热敷一下搽药，一下擦洗一下摇扇子，一下又帮她翻身，女儿不时痛得又哭又闹……娘刚想打个盹，又被小家伙吵醒了。就这样反反复复，正如当年鄱阳湖翻腾的洪水，无休无止。

大人痛苦，孩子其实也很痛苦！娘最有体会和发言权。

娘经常头晕头痛，但照顾起孙女来格外卖力有劲，几乎成了真正的老保姆。那段日子多亏了娘，娘明显地消瘦了许多，我和爱人可出奇地长了不少肉。

娘在一旁自言自语：好多年没有这样折腾了，我这么大岁数折腾一下也好，小孩子折腾一下也不要紧，吃了苦的孩子才有出息啊。

女儿果真很争气也很聪明，自从第一次死命不愿上幼儿园，被我凶狠打了一顿开始，她上小学直到考上大学几乎没让我们大人操什么心，每次考试时高时低，总能迂回前进，在每一场过关斩将，决定方向的非常时刻，总能让我和爱人看到她出其不意的亮点。

女儿慢慢长大，娘渐渐变老。娘逐渐淡出培育孙女的舞台，但娘并没放弃料理家务的担子。

娘说：我撑都要为你们撑到死哦，除非我瘫痪在床啊。

那段日子，美丽、怡人的澄碧湖常常倒映着婆孙俩手拉着手散步的身影——

女儿懂得感恩常常令我们惊悦不已。我与爱人同一天过生日的时候，无论她学习多紧张，都会收到女儿浓浓的祝福，她过生日，总会写出一段感恩父母、激励自己的话：感恩你们，我会努力成为你们的骄傲……

女儿心肠很软，当看到别人有困难时心生怜悯，有时会像我一样，走上前去，献上一份哪怕微薄的爱心。

家有小棉袄，是花是草都是宝啊。

只可惜，女儿考上大学的时候，娘却走了，永远不能分享孙女的那份喜悦。

女儿说话像我，微笑像她妈，走路的样子却像我娘，她的那份纯真，更像我父亲犁出的那片稻花，渗透着家乡那捧泥土的芬芳。

娘把爱传递给了我，我无条件要把爱传递给女儿，她长大了也应该将爱回馈于社会。

娘，妻子和女儿，三个女人三朵花，静静地开在我的身旁、心房和我的梦乡，开在我四季花香的人生旅途，我感恩今生的拥有。

因为：爱的力量，无与伦比！

谁为爱情买单

爱情曾一度流淌美丽
也漂溢浪漫
如今　爱情
在讨价还价中赢得任性
不必吆喝
但毋须为其贴上各种招牌而恶心

爱情曾经散发的迷雾
让多少人误入歧途
也被许多人践踏得无路可走
爱情有价或无价
唯恐　测试彼此分量是唯一的通道

爱情的信物不仅是沉甸甸的物
更是沉甸甸的信
爱情毋须宣言
爱情注定有缺有损有悲有伤
爱情需要如炒股一般经营
哪怕有一天一无所有
只要不欠下良心的债
何必为爱情去买单呢

浮沉

浮 沉

一

我不是当官的料，其实早就被我父亲一语成谶了。看来父母常说的“三岁看大，七岁看老”不无道理，父亲不善言辞，但眼力不凡。我小时候他跟我把了脉，下了“判决书”，我不得不服！

水能载舟亦能覆舟

当然，像我这种刀子嘴豆腐心的文弱书生，在官场上充其量也就是耍耍嘴皮子、摇摇笔杆子、挪挪小位子的功夫。平时不学无术，漫不经心，连那本最抢手的《厚黑学》也只浅尝辄止。

但我就是不服，不是不服父亲，而是不服输、不服气，也不服“书”里说的，不服自己，更不服命运！

我一路跌跌撞撞，终于从乡村教师、团干部一步一步像爬杆一样“扒到”县委机关秘书这个炙手可热的岗位。

娘进城后跟在我身边，不问政事的一贯作风，令我心安。

县委某办A主任是一个高而不胖、笑而不迷的老帅哥，他那把铁椅足足陪坐了好几任县委班子，足见他精明、圆滑和掐捏有度的为官之道。他虽然年纪偏大，但从没有糊涂过，大事小事都替领导整得有条不紊，领导向来对他褒扬有加。我打心眼里叹服他的大度与隐忍，他常挂在嘴角的那丝笑意，掩藏着几多神秘，换言之，他把为官之道演绎得如此精湛，我自愧不如。

笑容的力量，在于拉近人与人之间的距离。

然而，他对手下B主任却言听计从，唯唯诺诺，这种微妙的关系超乎人们的想象。

县委部门向来笼罩着一股严肃气氛，空气略显沉闷甚至有点窒息。尤其是我呆的信息办，一度被她盯得严严实实，有种密不透风的感觉。有时候伏案倦累了想放声吼几句，一听到她咯噔咯噔的脚步声，发痒的嗓子就立马卡住了。当然，其他秘书们如有风吹草动，也难逃她那双有些斜视的“法眼”。

她早就打听到我是一个有点文艺细胞的活跃分子，选我这种似乎不太安分的人居庙堂之高，或组织上的失察。她主张，进县委当秘书的人，能写是一方面，关键要老实巴交，不要花里胡哨，我在她眼里，无疑成了后面那种人。

B主任有时也为我“屈才”故装打抱不平，建议我去文化、文联和宣传部门更容易发挥我的特长，她带“驱赶式”的弦外之音，我不是听不明白，而是我故意不领她这份虚情假意。

她并不直接分管我，但不知为什么，她喜欢架设她的长枪短炮时不时“轰”我一下，有时像黄蜂一样，蛰得我无处可逃。

大爆发的那天，外面正下着大雨，雷雨声早已被B主任发出的河东狮吼而湮没。我也不甘示弱，气急了竟然捶起了那张属于我但唯独她有权不给配置玻璃台板的桌子。

“其他的秘书办公桌上都装了玻璃台板，为什么唯独就空掉我？你不是明摆着欺负人吗？”我对其不公平的斥责几乎戳进了她的脊梁骨，她几乎要跳到我的桌子上来，“我今天就不给你装配，怎么的呀？你还要吃人啊？”……

那一次我与她面对面的无畏交锋，虽然我的理帮我占了上风，但我的言行明显把自己拉进了劣势。

A主任找我谈话，只轻轻地吐出几个字：忍忍吧，你还年轻。我满脸不服气，但老帅哥这么一劝，我不得不强行收敛我的怒色。

何谓官员？答曰：管人的人。原来官的头上多一把鞭笞人的竹刀，时不时抽你一下，让你心惊肉跳，叫你尝尝其厉害，换言之：服管。中国文字的博大精深让我叹服。

怪不得有的官员，似乎得了一种好管人的“惯性症”，无论什么时间与空间，都喜欢摆出一副颐指气使、指手画脚的架势。是不是管人时舒服多了，不管人反倒出现一种病态呢？

她也不例外，巴不得每个秘书都必须循规蹈矩，服服帖帖，随叫随到。一旦没有找到人就东探西寻，或在走廊内大喊大叫，发起脾气来，堪如骂街。一遇不服管的人就两手一叉腰，摆出一副大人训小孩的架势，甚而有点抓狂。

我小时候听说过《西游记》里一手遮天的如来和玉皇大帝，却没有见过如此变着魔法的“神巫”，莫非他们近亲？

官场，勿论男女，谁有权谁任性，谁有权，谁老大。

当然，她并非一无是处，她关心手下来有时也会像超级奶妈一样问长问短，她高兴的时候，也会露出孩子般嗲声嗲气的可爱笑脸，泄洪开闸般的笑声差点冲破肃穆高堂的走廊和房梁。

我目无领导的帽子早被其打了铁扣，接下来的日子注定不好过。我隐隐察觉到自己有些不安的脚被人套上铁鞋了，很不合脚，我诚惶诚恐独自游走在憋气亦蹩足的风口浪尖。

我跟娘一样，向来服软不服硬，但用在官场，这一招恐怕就不灵验了。受人排挤，有时比下药都难受，但再苦，也得吞下，好在我身边还有一群为我点燃冬天里最后一把火的人。

我别无选择，只有埋头苦干。此时此刻应拥有娘那种“逆来顺受”的心态，把躁乱的心沉下去，静下来，把压力化作支撑我前行的动力，认真做好份内的事，工作中尽量不露破绽、不出差错。

娘，如果知道我在如此压抑的环境下工作，肯定会替我难受，但也会替我高兴，因为，我终于学会了忍受。

娘被我一直瞒着，每次下班我都会装着若无其事的样子，一进门，就把笑脸送给娘，娘也回笑着，装着什么都不知道的样子。其实，娘早就从左邻右舍那捕捉到我工作的些许不寻常动静，只是不想惊扰我，而静观其变，母子俩就这样心照不宣，用眼神传递彼此的心声。

县委并未听信B主任一席“谗言”，乡镇换届之际，我被下派去了离县城并不远的据说是曹雪芹故里的那个穷镇任副职，也算是对我在县委办五个春秋磕磕碰碰，没有功劳也有苦劳的一种回报。

我为自己“三十六计走为上计”的成功脱逃抑或华丽转身沾沾自喜了好一阵子。

后来，我仔细琢磨，觉得作为男人也心胸狭隘，只为计较区区小事而把自己困顿了几年，很悲哀！

人，总喜欢用尺子去量别人的短处，而往往忽略自己的尺寸。

当然，我也得由衷感激B主任赐予我逼迫感似的“栽培”，让我再一次历经洗礼，感受如履薄冰的官场一股麻辣烫的滋味。

命运往往如此，逆境中有浮有沉，人生就像一杯茶，经过时间的沉浸与冲泡后，释放的才是深蕴的脉脉幽香。

二

我对娘，一惯报喜不报忧。

娘听说我提拔当副镇长，笑得合不拢嘴，用小时候煎荷包蛋的方式犒赏我。

我从乡团委落选走到乡镇任职，整整用了十年的时间，有道是：十年磨一剑！我这一剑，实在磨得有些精疲力竭了。

来到曹雪芹故里，也来到了那位最初慧眼识我的团县委老书记身边，有种安全着陆感。他看上去比以前消瘦了，但他的精神并没有被缠身的病魔所摧垮，他就像一个不倒翁，顽强而沉稳地再次主政乡镇基层工作，令我肃然起敬！

娘听说我调到老领导身边，很是放心。我娘认识他的娘，两位老人经常会碰在一起拉家常。

娘总是在我面前夸他，不夸别的，就夸他脾气好、不张扬，其实，娘直指我的软肋。

但我并不担心娘会随意把我的“丑”外扬，娘说归说，做归做，娘处理问题拿捏有度，脉络分明，这或许就是娘的高明之处，我自叹不如。

可就在乡镇换届选举的那天，厄运如十年前一样如法炮制，我的选票仍然掉在半数以内。

我强忍着二度落选的憋屈，抽丝剥茧着自己的不足，也深挖着代表们的种种不是。

人，往往失败就在于十拿九稳之时，迷失在洋洋自得而功亏一篑的边缘。

人的失败，堆积一万个理由也不是理由，结果决定方向。

莫大的耻辱让我无疑又想到了金蝉脱壳——“走人”。这次我准备辞职下海，把那些虚苦劳神的浮名薄利、浑浊不清的盘根错节，统统葬身于海底。我觉得我真的不是当官的料，父亲那句一针见血的话一直在我脑子里盘旋，戳得我胸口隐隐作痛。

趁得还年轻，我应该去商海搏一搏，或去做一个默默无闻的文人墨客，即便赚不到钱，哪怕活活淹死也比这活活气死强。

颓废地回到家里，我避开娘和爱人的视线，拿起笔，噙着泪，愤然写起辞职报告……

三

人生转折，往往不以意志为转移。

我嗟叹于命运的负我与近我、折腾我又亲我，亦惊叹于人生的不变与万变。

一个月不到，或许阴差阳错，或许机缘巧合，谁也不会想到，快闷成僵尸的我突然借尸还魂，败走麦城的我又闪身调到了县委的“喇叭口”，坐上了第一副部长的高台。这个位置有点虚高，但在常人看来，没有十几年乡镇工作经历而望尘莫及。

有道是：来而不可失者，时也；蹈而不可失者，机也。我再一次向命运伸出了紧拽之手。

我所谓的跨级连跳，一时引起全县干部热议。猜测加推测、羡慕加嫉妒、瓜田李下的传言纷纷落至，我显得特别的平静和坦荡。

让谣传去飞一会儿，因为，我问心无愧！

曾经一位老团干，当上宣传部长后在关键时刻拉了我一把。县委同意我与其搭班子，因为谁都觉得我很适合干意识形态这行。

这份团干情结，一直温暖着我，它永远是我青春岁月里一道绿色音符。

在我人生关口，虽然我不是千里马，但总有伯乐相我、贵人助我，风雨来临之时，好比娘第一个为我送伞，撑开一片晴空！

人生路上，贵人不仅是他人，自己往往也是自己的贵人。

我已习惯跌宕起伏的生活，我把“宠辱不惊，闲看庭前花开花落，去留无意，漫随天外云卷云舒”写成书法贴进了我的书房，以示警悟。

宣传部虽说清水衙门，但凭着我一股子热情和一颗感恩之心，也干得顺风顺水。

我的“头头”为人厚道、低调，工作踏实、创新，常常被上级头头点名表扬，这也预示着他的仕途有着巨大的提升空间。

他多次到领导面前力荐我，虽然屡荐屡败，但我工作中投桃报李式的表现，让他欣慰。

懂得感恩，就懂得人生！

然而，现实版与虚拟版往往背道而驰。

那年，县长位置突然空缺。其实这跟我毫不相干，我做梦也爬不到那岌岌生威的高度。坊间的传闻铺天盖地而来，今天传张三明天传李四，一时间全县传得沸沸扬扬，给全县机关干部乃至老百姓多了一份茶余饭后的谈资。

官场每每遇到官员变动之前，往往会刮起一股“传说”之风，或空穴来风，或捕风捉影，或扑朔迷离，或有鼻子有眼，总之传来传去，神之又神，玄之又玄，一般八九不离十。

C领导，乃传闻中的人物之一。他有点像我，有种过于自信的老毛病，他自己觉得有种稳坐钓鱼台的感觉，无论从风向的角度还是从资历的层面，不管是从历史的惯例还是从大家对其为人处事的高度评价等，觉得县长那个宝座非他莫属。

喜欢拍马屁的人早早提前喊他“县长长县长短”，我见到他时，满脸红光悠然吸着香烟，让我也觉得他江山铁定了。

可是，天总有不测风云，何况瞬息万变的官场。

一夜之间，C领导唰地被PS了，他怎么也没想到半路杀出一位“程咬金”。

古人云：先下手为强，后下手遭殃。他苦思冥想了三天三夜，最后不得不自得结论：这可能就是宿命吧?!

那天我在路上碰到垂头丧气的他，他只摇了摇头，长叹了口气：这年头，防不胜防啊！

有道是：君不见黄河之水天上来，奔流到海不复回；君不见高堂明镜悲白发，朝如青丝暮成雪啊！水都快淹没自己白雪般的头颅，他都被蒙在鼓里，足见官场水之渊深、浪之湍急啊。

四

小时候，娘一直怕我跟人吵架、打骂，看到别人扭成一团的时候，娘就会从围观的人堆里一把扯着我走开。

我在官场的明争暗斗，娘即使知道，也无力且无法拉开我挣扎的手脚了。

我尽量不给娘透露我沉浮的半点蛛丝马迹，让一个老人去为之担忧，是对她莫名的伤害。

那位有点落寞的C领导，再也看不到他脸上的红光了，我偶尔也会悄悄到他办公室安慰几句，他关起门独自抽着闷烟，从前的人来人往也明显少了许多。

人，越想远离，就往往越难以逃避；人，越想挣脱藩篱，往往会逾越半步雷池，而百蔓缠身。

我本来都过着风平浪静的日子，女儿渐渐长大，娘一直在我身边，集资房也有了，虽谈不上有钱有权，但一家人倒也过得翛然自得，其乐融融。我也希望这种宁静的生活能持久下去。

进入二十一世纪初年，全国面临假药劣药泛滥的恶劣趋势，中央政府正在全国各地组建药监机构，这是一个全新的执法部门，而且是垂管。

我既没学过医也不懂得药，我压根都没有想到那位受挫的C领导自己都处在逆境之中，仍然会想到力荐我。

C领导一个电话打过来，我随即从外地培训班上驱车而回。

“这个部门，国家会越来越重视，我看你别犹豫，什么都是从不会到会的，谁天生就会呢？你整体素质还是不错的，去独挡一面吧。”他语重深长地望着我，眉头皱了一下，长吸了口烟，说：“但有一条你必须记住，在没有完全确定之前，千万别打草惊蛇，你任何人都不能告诉，否则，没你的戏了。”

他话中有话，我言听计从，使劲地点起了头。

就是这个最忠诚也最傻的“点头”，没想到把我二十几年处心积虑的“过山车”生涯彻底给点停了——

五

非典肆虐的那年，我走马上任。我夹着市药监局发放的一个公章、一纸任命书、一块牌子和一个缴纳罚款的银行账户这四件“宝贝”，开始招兵买马地干开了。

创建初期，我就像一个要饭的“主”，东讨西要。办公场所暂时借租，人员临时借调，办公设备是我四处拉来的赞助。

要钱没钱，要人没人，要物没物，上头压、中间挤、下面顶就像三座山一样压得我喘不过气来，我几乎压成了一块夹心烧饼。

我几番上门求爹爹拜奶奶之后，才向当地政府要到杯水车薪，我激动得差点掉进一窨井里，那天晚上我抱着受伤的腿在领导的家门口真想大哭一场。

娘看到我包扎伤口，欲言又止，我每次都以苦笑回避着娘：姆妈，我没事的。娘只好悻悻地走开，怕我心烦。

筚路蓝缕的我，只好竭力地坚挺着，老孟的这席千古绝唱“故天将降大任于斯人也，必先苦其心志，劳其筋骨，饿其体肤，空乏其身，行拂乱其所为，所以动心忍性，曾益其所不能。”也时刻激励并支撑着我的意志。

我没有退却，更没有妥协，我觉得我在做一件前无古人的开拓性工作，即便苦累和种种压力，只要尽力做出成绩来就值。

既怕刺激，也喜欢刺激，这或许就是我人生的挑战观。

我是一个不愿步别人后尘、也是一个不喜欢穿新鞋走老路的人。

当时，硅谷精神的缔造者、英特尔公司前总裁安迪格鲁夫在中国出版的畅销书《只有偏执狂才能生存》深深影响了我，我觉得虽达不到他用偏执狂的手段和理念在硅谷打造狼性文化的巅峰，但我至少可以在我管辖的地盘上义无反顾地铁腕般践行我的管理模式。

想想自己曾经做过药贩子，或许他们记忆模糊，或许他们暗地里喊我“药贩子局长”，自己有时也觉得滑稽可笑，但毕竟斗转星移，重任在肩，不拿出猛药去疴、壮士断腕的魄力与勇气，就遏制不住那些制假售劣者的嚣张气焰。

每次下乡检查，不少监管对象见了我们不躲就藏，有的马上电话通气，说“老猫下山”了，有的干脆关门歇业，深更半夜我们常常搞突然袭击，使之措手不及，就像猫抓老鼠一样，因此有的人背地里直喊我“李老猫”、“老虎李”的绰号。

娘有时会战战兢兢走到我跟前，小声提醒我：做事要有方寸，做人要有尺度，干什么都别过头，事要做，人要管，可别得罪太多的人啊。

我那时完全被赫赫政绩带来的兴奋冲昏头脑，娘的劝诫只当耳旁风，突击、重罚与曝光是我上任时期点的“三把火”

我真的得罪了不少被我“拆骨头割肉”的人，就连领导的三房六亲七姨八太我都没有轻易放过。有个厅级领导出面说情，遭我婉拒后很是生气，骂我不开窍。还有不少辱骂我、诬告我甚至恐吓我的人，我那时真像吃了豹子胆，因为我管的是人命关天的大事，绝非儿戏，相信老天会护佑我。

庆幸的是，五年的执法生涯，辖区内没有发生一起因药品问题导致的危害事故。

工作中我以所向披靡之势重拳出击，几乎赢得了当地老百姓的拍手称快，也带来了不少光环。

遗憾的是，螳螂捕蝉黄雀在后，我所谓的“偏执狂”个性却忽略了自己的一些言行和处理与某些头头的关系，加之我所谓的小聪明，以至于招来灭顶之灾。

顾此失彼，或许是失败的罪魁祸首；抱残守缺，往往是失败的催化剂。

爱人对我工作上的事基本不太过问，她相信自己男人的肩扛力。我每次深更半夜回来，她都呼呼睡了，而娘没睡，我轻轻开门的时候，娘装着起来小解，顺便跟我打声招呼，其实想偷窥我的脸色，看我喝没喝酒，或看我阴沉还是轻松的样子。

“姆妈，你去睡吧，我没事的。”我每次都这样宽慰娘，娘总会倒好一杯热茶放在桌子上后就不再说什么了，蹑手蹑脚地又躺回到床上去了——

我是男人，再难也不能把工作上的情绪带给家里的女人。女人犯难，男人就更难了。

遇上高兴的事，无遗地分享给老娘，这是我一贯的“伎俩”。你给老人一颗糖，老人往往回馈你满堂的甜蜜。

那年，当我拿到党校研究生的录取通知书，兴冲冲地告诉娘时，娘听得一头雾水：啊？这么大年纪，还读什么“烟酒生”？是不是边读书边抽烟喝酒的啊？

我越给娘解释，她越听得糊涂，娘不管三七二十一，最后告诫我：不管你读什么生，就是要少抽烟少喝酒少交一些酒肉朋友。

后来我竞选上了党建班班长，娘并没有显得十分惊喜，扔给了我一句老话：当干部做人一个样，活到老，学到老嘛！

娘说得我一脸羞红。

当初报考研究生，哪曾想那么多，说白就是跟风讨个文凭，跟同学相处吃吃喝喝，多交些朋友，望日后多条路。

娘的一针见血，令我坐立不安，娘把我的虚伪撕扯得粉碎。

遇上伤心的大事，我自然也瞒不过娘。“非典”肆虐的那年，肝癌无情地夺去了娘经常在我面前夸赞的那位一直关注我帮衬我的老领导悄然陨落的年轻生命，同时让我失去了一位感情至深至真至纯的好兄长、好伙伴、好领导，这位久经官场也酒浸沙场的恩人，积劳成疾亦最终积酒伤肝，好不容易角逐在卫生局长“近水楼台先得月”的位置上都没有挽住自己的宝贵华年，一如逝水，闪若轻风，抛下孤儿寡母，我为之扼腕叹息！

我看到娘第一次为非亲非故的人逝去而默默擦眼泪。从此，我每次出去应酬娘总会叮嘱我别喝酒，要么少喝，我每次喝了酒回家总会遭到娘不厌其烦地絮叨。

接下来的日子，楚歌频传。从前两位贵人一位名为上调实被请去喝清茶饮淡酒，另一位因陷入“短信敲诈门”事件被嘎然停职，成也萧何败也萧何的他们别无选择，只有“跟着感觉走”。

而娘，永远也读懂不了官场如履薄冰且波谲云诡的那一幕。

我仿佛觉得身后所谓的靠椅轰然坍塌，眼前只剩一片迷蒙的险潭。

生命，原来如此短暂；世事，原来如此无常；人与人、人与事之间却如此微妙和莫测。

望着繁茂星空，流星却在不经意间与我挥手。回首茫茫人海，“伊人”或在天边哭泣，逝者或在天堂难以瞑目。

想着世故沧桑，气场明显不足的我恍然间似乎看清也看淡了许多，不得不开始放松那双追名逐利、争强好胜的虚妄之手。

六

自古道：苍蝇不叮无缝的蛋。

那天，县委另一头头与我碰面，把我喊到一边，冷不丁撸了我一顿。我当时懵了，泼得我一头雾水。

“作为县管干部，你想到垂管单位来，都不给我报告？你想想，如果没有我的默许，你能有今天吗？”领导怒视着我，嘴唇有点发紫，接着训斥：“没有一点组织纪律，不讲规矩、不讲程序、不把我放在眼里，简直胡闹！”

我被其一箭双雕的言辞斥责得无地自容，有种大难临头之感。

我低头不语，不敢正视对方，也没有做出任何解释，因为领导说你行你就行，不行也行，领导说你不行，行也不行。我暗自嘀咕：原来那位好心帮我的C领导，对我的人事问题难道连组织上都没有通融报告吗？要是那样我就玩完了，注定完蛋了。

官场，看似风平浪静，或许漩涡就潜藏在你的脚跟和身后；官员，看似和颜悦色，其实神经异常敏感。

我唾骂自己：做人不圆滑，不如烂泥巴。

垂管，不等于地方不管，也不等于天高皇帝远。也许，我的不在意或不在乎，助长着我的无所顾忌；我的傲慢与无礼，也捆绑着我的夜郎自大；我的不成熟不老练，预示着我的败局——

那段日子里，我的确只顾工作，一直被蒙在鼓里的我有些知其然而不知所以然了，殊不知危机四伏。

终于有一天，东窗事发，我被一撸到底。

娘和爱人都惊呆了，她们苍白的脸，变得煞是难看，娘，那夜之间仿佛又老了许多。

隆冬时节，外面格外的冷，我的心瑟瑟发抖，像在泣血——

让帽子去飞一会儿

或许　几千年沉疴
顶一顶冕冠或戴一戴乌纱
兴许自慰或自疗那头顶饥渴很久的伤
光宗耀祖的影子紧随其后
罩住了吮痈舐痔罩住了俯首帖耳
也罩住了诸多来历不明的阴影
却没有罩住那颗由此娇宠的头颅

帽子底下　许多
看得见的与看不见的狼狈和狰狞在对峙
摸得着的与摸不着的血肉和厮杀在迸溅
一切的纷纷扰扰一切的生生死死
都缘由那顶热恋的帽子啊
揭开那层有些伪装的缠绕很紧的纱布多好
让眸子看得更远一些
让心更明快一些
可是　从来没有手敢举过头顶
因为帽子下面的面子严实地遮挡了一切

这年头
要不是风倏然横扫过来
谁舍得让来之不易的帽子轻易去飞呢
哪怕只飞一会儿

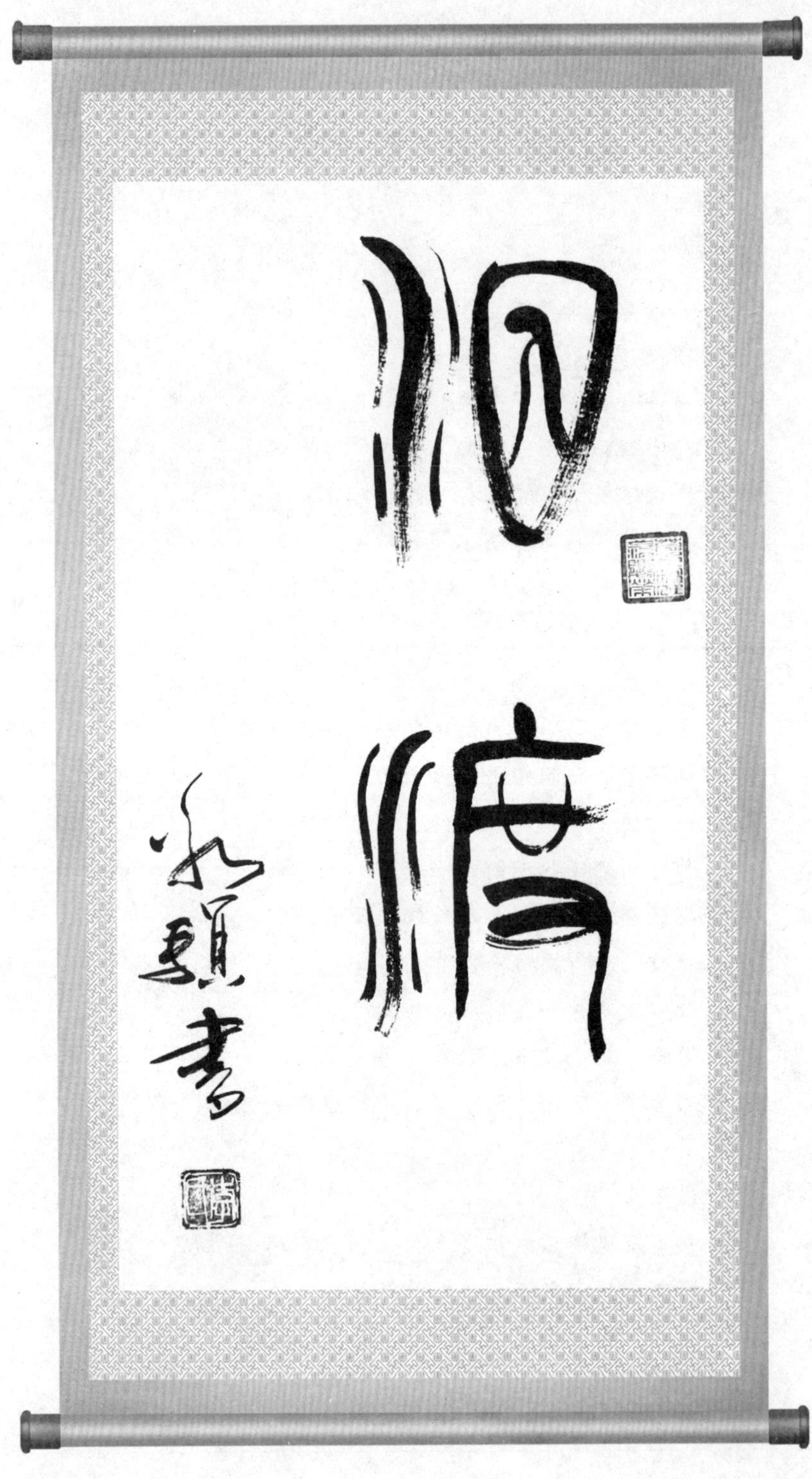

泗渡

泅 渡

法之门，一旦侥幸触碰，必将为无知埋单。

一

丙戌岁末，江南一直被大雾弥漫着，一向嗅觉很灵敏的犬在狗年的这个时候，都有些辨不清方向，昏昏沉沉的我也一样，总觉得雾霾遮顶的外面世界，充斥着不测的变数。

检察院找我的那天，我不在办公室，从他们打电话的语气中我预感到事情的不妙。

他们先行一步，把我三姐和三姐夫提前带走了，让我不免心慌。

放在我姐那的特殊“借条”，被检察院搜走了。就是那张有些诡秘的“条”，被我的自作聪明和欲盖弥彰，彻底葬送给万劫不复的深渊。

我犹豫了一阵，最终独自走进了反贪局。

初审我的时候，怕走漏风声，检察官把我带到了市内一家检察院的密封审讯室，那个夜晚不仅寒气逼人，检察官也有些盛气凌人，侥幸也一直让我在自欺欺人。

黯淡但有些刺眼的灯光下，我一直在为那张自以为天衣无缝的“条子”纠结，轮番质询的检察官同样也在为那张没有结果的“条子”绞尽脑汁，明摆着，我与检察官的交锋都冲着那张“条”。

那个条，其实就是一张看似简单而复杂的借据。是一个又矮又胖、巧舌如簧，精明得一塌糊涂的开发商，以给我好处费的名义直接打给我姐姐的。

我当时都觉得自己明修栈道暗度陈仓的做法有些可笑。

十年前，那位商人纯粹只是一个卖家具的店主。我经常帮他出些经营“点子”和写点新闻报道，让其小店添色不少。

我那次见到这位窝罐里（南昌方言，生意人），是十年后的一次偶遇。我以为他还在搞老本行，哪知道他早已摇身一变成房地产开发商了，我看到他大腹便便且有些财大气粗的样子，着实吓了一跳：真是十年河东十年河西啊。

我们的话题很快转到了房子买卖上，生意人不谈买卖那还是生意人吗？

他把我领到了大兴土木的建筑工地，我被眼前又高又大的楼房怔住了，也被其许久没见的热情迷住了。我看着他，而想着自己单位仍租借于别人施舍的狭窄房子里，有种瞌睡碰到枕头的感觉。

俗话说：踏破铁鞋无觅处，得来全不费工夫。我俩经过一番“磋商”，我把其售价稍稍抬高了一点，但总体价格比市场偏低，那多余的“一点”他答应就算给咱俩的好处费了，没想到的是，他个人竟然也没忘从中捞取一点点，因为公司是合伙经营。

我当时正处求金若渴之时，因为老家村里要做老年活动中心，那些早就打我“官帽”主意的村族老者们不止一次来找我“化缘”，用一大堆甜言蜜语哄得我善心大发。

那天，我趁着酒性夸下海口。醒酒后，我才有些后悔：我个人哪拿得出几万块钱呢？但一言既出驷马难追啊。

男人不易被对手打垮，却往往被面子萌发的“一言九鼎”重重压垮脊梁与心骨。

矮墩子不偏不倚的出现，真可谓来得早不如来得巧。我单位一口气连买他公司三套房，他对我感激涕零。

我当时考虑到村里建活动中心八字还没一撇，怕他们拿去挪用，我只好把与其私商的不到五万的好处费暂时寄存在矮墩子那，等村里开工的时候再拿过去不迟。

矮墩子的确很配合，在我面前信誓旦旦，哪怕剁头、死人或天塌下来都不会把我“卖”了，我第一次见到如此诚恳发毒誓的“兄弟”，不免有些感动。

中间他数次要把现金催着塞给我，遭我婉拒。他诚恳的“骚扰”的确叫我心烦，他越热情我越受不了，越主动我越觉得没底，我担心日后会有三长两短。

那日，我脑门一亮，灵光一现，终于想出两全其美的绝招，那就是请他打条。我唯恐惹火烧身，笔锋一转，那张欠我姐姐、姐夫的子虚乌有的“借据”就这样不声不响地出炉了。

哪知道，矮墩子在检察官面前最终还是把我给“豁出去”了，我无还手之力，坦白得一清二楚。

二

隆冬的江南，还没下雪，我心里早已霜雪彻骨。

我蜷缩于宜春但不宜人的一座荒山野岭的看守所一角，仿佛从天堂直坠地狱。我近距离地直视着一张张愚顽、怪诞甚至有些丑恶的脸孔，闻到了一股股发霉发臭也发酸的五陈杂味，如同噩梦一般。

领带和所有带硬度的东西都被狱警抛在门外，我提着被抽掉了皮带的裤子，拖着没有鞋带的鞋子，外套被我裹得很紧，却难抵挡冷风的侵袭，一副狼狈不堪的苦瓜相顷刻间显露无遗。

紧接着，狱头朝着我走过来，射出一道寒光。虽然看不出电影里那种凶神恶煞的画面，但其冷若冰霜而诡诞的蛮相还是让我有些发怵。

我以前听说过，入监的时候都要行皮肉之苦的“见面礼”，如果不来个下马威，你还不知道里面谁是老大呢。

我赶紧以餐费化作一份“礼包”，替换了雪上加霜的礼仪，我暗自庆幸。趁着狱警不在，我把倒立、拳术、鲤鱼打挺等功夫故意显摆一手，让他们不敢轻视，几个小时后，患难之交的猪朋狗友们居然混得头熟面亲。

狱警是一个看上去岁数不小的男人，进来的时候手里总是捏着一根不短的皮鞭，说心里话，我有点看不惯他。

他更不在乎我，找我笔录的时候总不让我多说，我觉得很憋屈，他最后给我下了通牒：在我们这里，你就是犯人，就不是什么狗屁局长了，懂吗？我狡辩着：我顶多就是一个嫌疑人，怎就一下子成犯人呢？

“嫌疑犯就是犯人，进看守所就是蹲监，别去跟我咬文嚼字，你知道不？等下磨纸的时候，你别给我偷懒了，完不成任务，同样我会治你的！”我惊呆着，被其凶巴巴的气势镇住了。

其实磨纸哪是简简单单磨一张黄草纸啊？那明明是做祭祀亡人的鬼钱。做鬼钱的时候，一天睡不到五六个小时，几乎不停轴地转，我想到了电影《农奴》与《根》。

我看到年轻一点的还能坚挺，年长的却一下顶腰一下捶背几乎要累得趴下，我也不例外。

“砰——”眼前一位老者，用手中磨纸的铁块冷不丁朝自己的头上猛敲了一下，顿时头破血出，鲜血把石床上的黄色鬼钱全染红了，差点溅到我身上，我吓得往后趔趄了几步。

狱警闻讯赶来，二话没说，一把把老人拉出去了，没过一个小时，他又颤颤巍巍地进来了，但头上多了一块血染过的白色绷带。

这种几近恐怖的场面，不止一次发生，让我不寒而栗。

我每天都在腰酸背痛中重复着同一件事情，弓着的腰需要缓冲好几分钟才能支起来，累倦了，眼睛直冒金星，眼皮也难撑开，收工后头还没有靠着床沿就昏睡了，晚上死一样的寂静，阴暗的灯光下，荒野和看守所里总会发出一些断断续续诡异的声音，加之北风呜呜地颤鸣，就是狗听了都会胆颤。白天大家边干活，边谈一些看守所里曾经发生的诸如狼狗见了女吊死鬼莫名其妙一阵嚎叫而猝死的故事，大家听得毛骨悚然，但日子似乎过得要快很多。

天天吃着那些发黄乏味的青白菜，全是鱼刺鱼骨头的鱼屑鱼冻，我自然而然想起迟志强唱的那首“手里捧着窝窝头，菜里没有一滴油”的《愁啊愁》，也会想起自己曾经吃香的喝辣的热闹劲和酒桌上推杯换盏时别人不绝于耳的恭维声，也想起娘经常做的那碟喷香的小葱拌豆腐，还会幻想如果有谁打包送来酒桌上哪怕些残羹冷炙该有多好……

在号子里，不管怎么吃，至少天天有人送进来，比起小时候娘没有着落的四处乞讨，比起父亲经常挨饿还是强很多哇。

星云在《舍得》里著称：忍耐，是世界上最强大的力量。忍耐的力量可以应付一切。

于是，我想着娘的忍，也记起父亲的耐，慢慢适应着那恶劣之境。

娘，那些日子一直没有合眼，急得直跺脚，不停地唉声叹气，焦灼地看着窗外发呆。每个夜晚，妻子照样认真地教女儿做作业，哄女儿睡后，她就四处寻觅，打探我的下落。

可是，谁都不知道我关押何方，唯有苍天。

三

十天过后，警车又把我押往赣东北的一个县看守所，它靠近鄱阳湖畔，一路却看不见湖。

那天，雾气笼罩着我视线，弥漫在心底，看不到一点点阳光，也分不清东南西北。

我的双手被铐得严严实实，两边的检察官故意挤得我很紧，生怕一不留神我会从车窗纵身跳下去。

我想，至少外面还有娘、妻子、女儿这三个可爱的女人在等着我啊！当然，我也想起了曾经受迫害时变得异常冷静、坚强的父亲。

入监后，我第一次尝到了剃光头的难堪，这种显著的标记，横扫了我仅存的一点锐气与尊严，窝囊、颓废的熊样令我寒心透骨。

“这个人你们不准动他哦，谁动了我就叫他关禁闭去。”我抬起头，悬空的走廊上一张看上去严肃而和蔼的脸突然朝我正对着，“天气太冷，被子不够的话，你们拿一床出来给他盖盖吧。”他对着下面那伙正在打牌的狱友交代了几句，就消失在我泪眼朦胧的视线里。

那一夜，我捂住别人给我有些破旧而发臭的被子流了很多的眼泪，但那股意外的暖流却一直在我心底回旋！

第二天，那张笑脸又与我不期而遇，他单独找我说了很多安慰的话，一脸善意的微笑与那拿鞭的凶相一比，简直判若两人。

我想：同是狱警，怎会有如此天壤之别呢?

“你是我到这工作以来文凭最高的人，你一看上去跟那些人不一样，你在我管的号子里就放心呆吧，没有人敢对你怎么样的。”我像个乖孩子痴痴地望着他说话，眼睛都没眨，心里陡然踏实了不少。“我们这里不像别的看守所，不需要干活的，有什么要求尽管跟我说，在不违反原则的情况下，我尽量满足啊。”

患难之中遇贵人！我以为白日做梦，使劲掐了掐手背，有点疼感。

身陷囹圄，良言一句三冬暖啊。

其实，我很想告诉家人尤其是娘：我遇到贵人了，请不要为我担心。

我最担心的就是娘：娘的孤愁、娘的失眠和娘火燎火烤的身心啊！她这么大年纪，还在撕心裂肺地为儿子承受苦痛与煎熬，我犯下何等罪孽啊!?

那天，心如刀绞的老娘再也坐不住了，她喊来了老叔，合计着去了检察院。一来打探儿子到底犯下什么罪？二来想倚老卖老，去求求情。两位老人拄着拐棍的到来令办案检察官意外，话到激情处老叔突然要从三楼的栏杆边跳下去，把检察官们吓蒙了，大家立马围过来七嘴八舌好言相劝，好不容易才把二老哄出了大楼。

大楼的正东就是城中湖了，娘彳亍在湖边，绝望的神情被老叔发觉了，娘想一头往湖里栽下去，被叔拽拉得紧紧地不敢松手，娘说活得没意思，叔不停地劝慰着满脸泪水的娘，两个怅惘的影子相互搀扶着，一颤一颤地走回家。

爱人除了正常上班外，一刻也没停歇，到处求爹爹拜奶奶。那段日子，隔岸观火的，趁火打劫的，落井下石的，当然也有不少问长问短的一涌而来，就连平时走得很近的亲友都打着“捞人”的幌子找上门来“狮子”大开口，让爱人难以招架。她偷偷地擦过无数次眼泪，尤其不敢在女儿面前露出半点悲伤的表情，担心幼小的心灵受到重击。

面对灾难，她逆来顺受；面对悲伤，她掩面而泣；面对难过亦难捱的日子，她慢慢变得坚强而习惯起来。她，知道这场突如其来的暴风雨，短时间内不会消遁。

在男人突遇风浪的时候，女人不慌不忙，不惊不乍，做好家的坚强后盾，筑牢后方的防线，把住自己前行的方向盘，竭力帮男人游过迷茫的隘口，才称得上一个真正的女人。

她，出奇地做到了！

四

“阿弥陀佛，善哉善哉！”我的号子里突然进来了一位身穿佛衣、双手合十、口念佛语的和尚，监室顿时热闹起来。

“打坐，打坐！”“念经，念经！”那些好奇的“小萝卜头”纷纷勒令着和尚摆着各式各样的参佛姿势，念着晦涩的经语，折腾了和尚半宿，他累得够呛，但从他神情自若的脸上丝毫没有看出他的怨懑之色。

和尚长得很秀气，矮得也很精神，细声细气、半男半女的脸相差点让我认为关进了个尼姑，我洞察到了他的不寻常，不仅因为他慈眉善目，而是他对我的第一句富有哲理的开场白打动了我：施主，我们身边百分之九十九都是好人，只有那百分之一是不好的，那百分之一就是我们自己。

我们自然成为无话不谈的忘年交，不仅因为我信佛。我们俩睡在他弟子送来的红色棉被里，每个晚上我都静静地听他传经送宝：行善之人，如春园之草，不见其长，却日有所增；作恶之人，如磨刀之石，不见其损，却日有所亏……听得我如痴如醉，心潮澎湃，也泪梦连连。

法师也不停地给我打气：鸡就是鸡，鹰就是鹰，鸡有飞蹿之时鹰也有飞低的时候，但最终飞上蓝天的还是鹰，而不是鸡，你想鸡飞蛋打还是想鹰击长空呢？

天地无私，神明监察；福祸无门，惟人自召。面对上苍与神灵，面对法师与牢笼，我深知犯下的罪业，也感知自己勇气犹存的分量，他欲抛给我的“绣球”，被我紧紧地拽在手心里，我独自盘算着做鸡或做鹰的选择。

法师告诉我，他的入监，只因推了那酒后上山纠缠闹事、敲诈建庙化缘钱财的村干部一巴掌，把他推得撞在山石上后脑勺缝了好几针。派出所很快来人了，很多村民都来为之求情，“我的罪过，我的业障，我祸我来消啊！”他不慌不忙地跟在民警的后面就进来了。

不要带着怨恨过日子。这是他在里面说得最多的一句话。

拜见狱友普弘法师

没几天，他很快就被放出去了，走的时候，除留下那床红被子送我外，不忘再送我一句经典的佛语：心不染尘埃，万物皆虚空，人不知罪业，何善诚奉行？

师傅走后，我很失落也很矛盾，我既愿继续听他的人生禅道，又不希望其在此久留。我从那窄小的窗缝里看着他离去的背影，仿佛觉得他就像我父亲和娘一样，轻柔的步子、微驼的样子渐行渐远。

不要带着无聊去煎熬，也不要带着奢望去等候。同是一片天地，同样可开出不同的花朵。我寻思着，再也坐立不安了。

我向狱警非常诚恳地要到了一支笔，向抽烟的狱友讨来几张烟盒纸，开始我狱中创作的漫漫历程——

我——
怨天怨地已没用
我——
怨人怨命终成空

精彩的世界远去如风
迷离天空的我日夜悲恸

我——
吼一千遍也没用
我——
喊一万次仍成空

既然来了
我就该荡涤灵魂跳出樊笼
既然错了
我就该刷新面容重新追逐好梦

这是我写下的第一首《荡涤灵魂》的歌词，那晚我哼了好几遍，哼着哼着眼泪就止不住滚落了下来，打湿了师傅送给我的红棉被。

我写着写着就难以停笔，灵感就像匡庐的飞瀑，倾流而泻。

后来，那狱警检查了我写的那些歌词不但没有“副作用”，反而充满忏悔、励志的正能量后，居然帮我拿到外面去打印。

“我怕你转监室的时候丢了，帮你打印了一份，存了底，等你出去后可来找我取哦。”他虽然年纪还没有我大，我真的想跪下去喊他一声“我的好大哥!”啊。

早上一爬起来，我就情不自禁地拿起笔为我高山仰止般的他写下了这么几行由衷的文字：

你的笑，你的安慰，

破解了尘封已久的冰；
你的真，你的教诲，
点亮了黑夜里的眼睛；
你的爱，你的正气，
撼动着浪子黯淡的灵魂……

我非常珍惜他赐给我的、监室一般人都不能触碰的两件宝贝——纸和笔，也感受着其分量与责任，更让我破天荒地在特殊环境下找到了心的回归，也寻觅到一条崭新的“狱中啼鸣”之路。

五

临近元旦，万物更迭，铁窗外已飘起雪花。我本来最喜欢白雪皑皑的日子、银装素裹的样子和万物宁静的时刻，但从铁窗外看雪，既看不到它的无垠，也看不出它的浪漫，仿佛如漫天紊乱的飞絮一般，影影绰绰、跌跌撞撞地飘落于我心底。

我顶着飞雪把一桶冷水从头到脚直浇下去，虽然刺骨，但全身上下洗个透也觉得痛快淋漓，宛若一场生命与灵魂的洗礼。

我虽达不到“昨夜西风凋碧树，独上高楼望尽天涯路”的那种忘我境界，但坚信会有“山重水复疑无路，柳岸花明又一村”曙光再现的那一刻。

我每天都在用笔、用歌词、用心来反思自己的人生过往。

夜深人静的时候，我就会想起自己平时坐着桑塔纳，鸣着警笛，威风八面地下乡执法，有时对着监管对象翻箱倒柜、不依不饶的样子，这种强烈的反差刺激着我的神经。

想起自己过去被人抬捧、被人邀约、被人视为“座上宾”，也被人当作利用工具的日子，我觉得自己纯粹是为面子而活、为别人而活、为失去灵魂的躯壳而活。

我还想起自己曾经乐不思蜀的时候，堆积万千借口哄骗家人时脸不改色心不跳的冥顽样子，一脸麻木，穿心透顶。男人的借口，就像湖里淘不尽的砂砾，塞住了岸上的人，却始终塞不住那颗虚妄、伪装的心啊！

当然，我也想起了自己关押在里面曲终人散，外面却一片哗然、众人交谪的噪音，而心乱如麻、锥心痛骨……

六

不知为何？没过多久，检察院又把我押往靠近省城的一个“县看”。

我坐在警车里，顺便把一大摞写好的歌词稿交给检察官过目审查，并请他们帮我带回家，他们没有拒绝，我有些受宠若惊。

又换陌生之地，我再没有从前的惊慌。我平静地像一滩死水一样，麻木地钻进了第四个潮湿、冰冷而阴暗的笼子，心里暗想：你们就是再把我转押到关塔那摩、别尔马尔什去，我还是原来的我。

一进去，我斗着气打了一架。我把那不识相的小子重重地擂了一顿，我知道他是狱头想给我来个“下马威”而派出的“先遣队员”，他竟然在我的被子里不知是洒了水还是拉了尿，搞得我第一个晚上湿漉漉黏糊糊的。我在前面笼子水泥墙上练就的“铁砂掌”终于派上了用场，也差点把自己打进了禁闭室。

我捍卫了外埠人不受本地人欺凌的地位后，我感恩又遇到了一批新的贵人！

世上，好人还是多啊！我几乎惊呼起来。

狱警们同样给了我创作的空间与机会，我越写越来劲，有时他们都熟睡了，我借着微弱的灯光，静静地一个人沉浸在苦思冥想、跌宕起伏的创作思潮中，难以自拔。

《诉衷肠》虽说翻版，却是我由衷的倾泻：

当初贪嗔痴慢，何惧天地纠？如今一无所有，骂声一片，吾家靠谁守？业未尽，心亦碎，帽已丢。我等愚辈，祸福因果，面壁反省，惟愿时光倒流！

我乘兴搜肠刮肚，一口气把五百字《药监三字经》写出雏形，也算是对自己五年药监生涯的总结、反思和彻底的交代。

白天，透过望风室的露天屋顶，可以直接看到围墙外的一棵几乎裸体的树，树枝上除了几片还悬空飘摆不定的叶片外，什么也看不见了。我问狱警，狱警说那是一棵梧桐，于是，我每天都会朝着那棵梧桐凝望、沉思一会儿，一直望到春暖花开时。

《诗经》早已记载：凤凰鸣矣，于彼高岗；梧桐生矣，于彼朝阳。千百年来，凤凰有无的公案谁也没破解，但梧桐犹在。我渐渐喜欢上了这棵离我很近也很远的树，因为，我既赶上了李煜笔下“风吹落叶，雨滴梧桐，凄清一片”的那种孤愁，也见证了从它光秃秃到长出嫩芽再到它枝繁叶茂的全过程，更让我体会到了其碧叶清幽、高擎参天、华净挺拔的高贵品质。

尤其是叽喳小鸟栖息它枝头的时候，我想起了老娘，想起了爱妻、爱女，想起了一双双拴在窗台上的眼睛，也想起了前秦王苻坚“坚以凤凰非梧桐不栖”的那种坚贞和元白先生“秋雨梧桐叶落时”的那种离情别绪，更平添了自己身陷囹圄的那份苍凉和颦蹙。

我不能奢望变为凤凰，但很想变成一只小鸟，从屋顶飞出去，自由自在地栖息在它的枝头或家的摇篮。

晚上，睡着冰冷的地板床，监室内人满为患很是热闹，大家挤睡在一起就像企鹅一样抱团取暖，我还是觉得很凄清，一种彻骨的寒流不时掠袭心头。睡觉前，我总会独自把头靠着墙，迷上眼睛静思一会儿。

我有时会忽然想起达摩，想起他东渡传扬佛法的离奇故事，想起他一苇过江的美丽传说，也想起他闭目面壁的那种执着和超然。

当然，我也想起了自己一些不堪回首的往事——

九十年代初，我带了一批团干部去青岛考察旅游。在那传说中的崂山脚下，日子因我一次不经意的“伸手”差点发生逆转。

那时，我自恃才过三斗，在下榻的酒店主动帮酒店经理写好了一篇其急需完成政治任务的诗歌，正当他不知如何感激我的时候，我帮其出了一个两全其美的“馊主意”。

因当时票源紧张，团队很久都没有搞定回程票，我称买不到那么多船票，能否帮买几张票给我们。他答应了，最终两张回程船票送到了我的手上。

这时，我们团队的票也恰好买到，于是我想把这来之不易的票去退。正当我步行到港口边的时候，很多人立马围了过来，争抢着要我的票。正当我犹豫不决的时候，只听旁边的人不停地加价，激动之余我爽快地以每张高出十元的价格闪亮出手了。

正当我把钱得意地塞进我那套白西装口袋嘚瑟离去的时候，突然感觉肩膀被四只粗壮有力的大手从后边擒住了，便衣大汉一直扭住我往港口派出所方向推拉，一扫我踔厉风发的气势，我低垂着头，就这样被他们乖乖地关进了临时拘留室……

我猥琐着，像条丧家犬，二个小时的囚禁，简直度秒如日。

幸运的是，我带队的团干部获悉后很快向当地团市委求助。在派出所确认我不是票贩子的前提下，在轮船启程前把我放了。

我捂住发红发烫的脸，一头栽进了船舱，钻进被窝，不愿见来安慰的队友，也不敢回首刚才那“伸手被捉”的一幕，任海浪拍打着船舷船窗，拍打着我愚钝的脑袋，也任我虚妄的心在海上颠簸着、泅渡着——

好在这囧事一直瞒着娘。娘看着我回家有些奇怪的脸色，一个劲地说我外面很累很辛苦，嘱咐我好好休息和静养，我更觉不安！

一分之利，既会难倒英雄汉，也会绊倒痴梦客。

打那以后，那场羞于启齿的事一直埋藏在我心底，绞得我隐隐地痛！

七

“为人子者，事富贵之父母易。事贫贱之父母难；事康健之父母易，事衰老之父母难；事具庆之父母易，事寡独之父母难……”这首《文昌帝君元旦劝孝文》，不仅道出了对父母尽孝不能等待的心语，也揭开着我不仅不能为娘尽孝，反让娘为我担惊受怕的伤疤，我觉得今生做儿子太失败、太无能。痛悔之余，我只有用创作来填平我良心的沟壑，来慰藉我内心的空白。

不是吃就是睡，俨然猪样的生活，日子说快也快，说慢也慢，昏昏沉沉、哼哼唧唧地等着自以为“宰割”的那一天。

那次，一个狱警给我专门送了半碗蛋炒饭，我一粒都没剩，比狗舔得还光不溜秋，吃得我浮想联翩，也泪水涟涟，满脑子娘在厨房的身影，满嘴巴打翻五味瓶的味道。

每个夜晚，等狱友们都上床的时候，我就会按照老和尚的旨意，用三支香烟当成佛香为自己为家人更为娘点燃，悄悄地立在监室门口，祭拜所谓的牢神，为全家平安祈福，出狱的幻想也随袅袅烟雾一起升腾。

监室里的空气异常沉闷，老鼠肆无忌惮地穿梭在裸露的茅坑周边，唯有在押人员的进进出出才会使几近凝固的空气流动或新鲜起来。

我对走廊里的脚步声和开铁门锁的声音特别敏感，只要一听到悉悉索索、哐哐当当的声音就自然紧张而兴奋起来，就像狗听到了主人准备喂食给它的搅拌声一样。这种心情持续不长，因为我只是里面人数的二十分之一左右，要轮到狱警给我放风或传讯的几率很小，但我每次都心存渴望，即使叫我沐浴一场狂风暴雨，呼吸一下新鲜空气都心满意足。因为，里面太枯燥乏味。

当然，大家对女声的好奇远远盖过这种情绪。有时从几间外的监室传来女人故意带挑逗的嘻嘻哈哈或几声怪叫，这种发泄式的奢侈叫声会把我们男号子搅得发痒，几个监友睡觉的时候常常会聚在一起明目张胆地拨弄自己的下体玩，第二天一早就会当着大家的面抖裤裆，大声嚷嚷“嘿，又射了，又射出子弹了哦——”每每引得大家一阵哄笑，打破了清晨死一般的寂静。

那天，一个小青年捂着肚子从别的监室撸了进来，一脸的苍白，一语不发，垂着头也不看着我们，一个小萝卜头想冲上前给他几下“见面礼”但被狱头拦了下来。

就在我们放风入宿的时候，小青年突然一头撞向了水泥做的洗刷池，血流了一地，他瘫倒着不省人事，狱头慌了，赶紧叫大家上前掐他的人中穴，等他苏醒过来后，没想到他想使劲咬舌头，几个大胆的狱友拼命扳开他的嘴，他也不吭声，就是一副非死不可的样子。

狱警来了，把他强行架了出去。

包扎后他又被扔了进来，狱警首先派我看护他，说我干过意识形态工作，好好发挥特长。我没有推诿。

我搜肠刮肚，把最驿动心弦的词汇一古脑堆积在他的耳旁，甚至把越王勾践、南非前总统曼德拉等中外名人哗啦啦地也搬了出来。我一边帮他揩着脸上余下的血渍，一边和风细雨般现身说法：我们都是上有老下有小的人，如果我们选择自杀，虽然解脱了，但把痛苦留给了家人，再说你还年轻，路还很长，一点都不值得啊……

嘿，这招还真灵，直到子夜时分，小伙子脸上那阴沉的天空终于渐渐绽出了丝丝云朵。

最后小伙子吞吞吐吐地告诉了我他的隐情。他根本没偷政府大院内的摩托车，他只窃了乡下水泵里的铜线圈，民警非要他承认偷了几辆不可，好向上级交代，他死活不承认而遭逼迫、毒打。

我无法验证他说的是真是假，但我相信，人，不到穷途末路，绝不会用结束自己生命的方式来发泄。

八

快过年了，我仍然没有“出去”的迹象。

从监室的电视里，看到一群群扛着大包小包回家过年的人们，尤其是那些有钱没钱回家过年的民工们喜悦的样子，我心里刀绞般的酸痛，伤感之余，灵感一闪，一首《我想过年》歌词跃然纸上。

我不由得回想每次过年，正月初一娘很早就会独自起床，按照乡俗，总要为我们炒上一碗青菜和烧上一碗豆腐。

娘说：不仅新的一年要清清白白，人的一生都要清清白白啊。

这么多年，我一直没去想青菜豆腐的寓意，直到这时候，我才真正明白娘为什么要恪守老祖宗遗袭下来的千年习俗？但不知娘今年正月初一还会不会照样给我做上那盘青菜豆腐等着我啊？

我的脸，像被火箸烫了一回——

娘听说我回家过年没戏的消息后，默默跑了十几家药店，凑齐了一大包安眠药，悄悄放在枕头底下。

儿子关进班房，做娘的觉得没脸过年了，她不安情绪被我爱人和姐姐们察觉了，她们把那些药翻了出来，扔进了下水道，在大家劝慰下，娘想寻短见的心才慢慢平复下来。

一贯坚强的娘怎么会这样啊？我想，她不到伤心欲绝是决不会做出如此极端行为的。我这次打击对她而言，实在是太大了！完全超越了她承受的底线。

后来，娘四处打听我的下落，见到熟人就问，但一点也不知道我关押在何方？更不知道他们把我当条丧家犬一样南辕北辙。后来娘听说我在里面还能够写东西，悬挂的心才算着了地。

爱人在家里给我写了一封长信，我没有收到。后来，她只告诉我最后一句："我们永远等你回家……"我听后，泪眼涟涟。

判决的日子临近，我一百多首歌词也已脱稿，我有些忐忑，但觉慰藉。律师约见我的时候，我当时对"非判不可"的结局基本有个底了，因为当时我从电视新闻里，看到正播出国家药监局"头头"的头被剁的消息后不寒而栗，我想我一个区区小头目肯定在劫难逃。

审判的那天，娘在众多亲友的搀扶下，颤颤巍巍地走进了庄严肃穆的审判大厅，娘找了一个角落的位置坐下，我远远地望了娘一眼，强作轻松的样子把一个十分勉强的苦笑抛给了娘。

娘一言不发，静静地就像一只发呆的木鸡，听着女审判长的慷慨陈词，其实她一句都听不懂，我不时回头，只见娘不停地用手帕擦着那行浑浊的老泪。

矮墩子同样站在被告席的右侧，昔日的风光和我一样荡然无存。他与我平行站着，假惺惺地递给我一张揩眼泪的手纸，我连看都没有看他一眼，我觉得眼前的一切似乎都已陌生。

随着审判长那声落槌，判我缓刑的结局，既结束了我两百多个日日夜夜的思念与伤痛，也结束了我近二十个春秋宦海泗渡的人生传奇。同时，我也烙下了一分钱现金没贪污到手而被判为“贪官”的人生黑色记录。

就这样，一个错误的人，在错误的时间里，出现在错误的地点，为自己错误的命运终于画上了一个令人懊丧而兴奋的惊叹号。

人心生一念，天地尽皆知啊！

现在回过头来，我真的很感激他们！也感恩生命中所有与我相遇相识的人！

佛曰：前世不相欠，今生怎相见？

谁给我苦痛，谁就给我顽强。谁给我刺激，谁就给我坚毅。痛苦归痛苦，但痛苦的背后或许蕴藏着一剂良药，时刻救治着我的灵魂。

人，可以带着痛楚走一阵子，自己的影子、脚下的路子和明天的日子会看得更清晰些。但不能背得太沉太久，因为，一直背负昨日伤痛，很难支撑今天之躯，也止不住明天灵魂的血。

我仿佛觉得自己很像饮尽鄱湖风雨、一路霜雪走来的娘——

我与娘在庭外的走廊边短暂地相拥而泣！娘仅用那只颤抖的右手，轻轻地在我后背拍了三下，娘的缄默不语，似乎让我明白了一切，在六月焦灼的阳光下，流下了复杂而悔恨的泪水。

面对一无所有，面对异样的目光，面对一片空白的未来，也面对“花儿都谢了”的自己，我冷静地思忖着、反刍着——

当我带着娘的那份坚强，走出看守所铁门，呼吸着清新空气的那一刻，我想到了那群仍羁押在高墙内的猥琐身影；当我自由漫步在大街小巷的时候，我想到了那些深一脚浅一脚的瘸子拐子们；当我放眼旖旎风景的时候，我想到了那些夜就是黑、黑就是夜的盲人们，回味着萧煌奇那首《你是我的眼》；当我吃着穿着用着分享着自己挣来的劳动果实时，我想到了那些破衣烂衫、低首下跪的乞丐们；当我还算健康的身躯依然直面风雨霜雪的时候，我想到了那些在病床上与死神博弈、垂死挣扎的病人患者；当我驻足于和平环境里悠然生活与工作的时候，我还想到了异国他乡那一群群饱经战火摧残的流离失所、无家可归的流亡难民……

所以，不幸中万幸的我，很满足也很知足！

经历黑暗，才配拥有霞光；历经磨难，才觉世界美好。

我奋力泅渡着，游过人生每一道关口，因为岸边始终有我那片自由的天空。

佛曰：放下挂碍，静空一切。吾曰：感恩斯者，浪子回首。

曾国藩《人生六戒》里提出“久利之事勿为，众争之地勿往”、“古今之庸人，皆以一惰字致败；天下之才人，皆以一傲字致败”的劝世谏言，对我亦震耳发聩。

我恍然顿悟：古今之平民，终以淡而长久；天下之官员，终以贪而泯灭。

唐代那位少年就成“白头翁”的香山居士，拜见自远禅师时，题赠给他的这首小小的《心悟诗》，也无疑是我最真实的人生写照：

宦途堪笑不胜悲，
昨日荣华今日衰。
转似秋蓬无定处，
长于春梦几多时……

煎熬的滋味

虎关进笼子
伤害没了
但失去了野性
鸟关进笼子
天空没了
但失去了被伤害
人　如果关进笼子
自由没了
还会有悲有痛有恨有悔
虽苦不堪言
但余味很长
甚至缭绕一辈子

进过笼子的人
味道闻腻了尝足了
就削尖脑袋欲跳出笼子
很想看看外面的天空
哪怕灰暗阴沉的
哪怕外面的空气还要难闻
他都想死命搂进怀里

没有进过笼子的人
大都驻足门外抖着脚
或偷窥或窃笑或指着笼子里的影子一顿叽喳
或许　有的压根不敢想象或张望
甚至在台上故意掩饰不可告人的惊悸

也不敢触碰笼子里一丝羽屑
俨然一副洁癖的模样

其实　很多斗胆的人
并不怕笼子
怕的是从笼子里弥漫的窒息的腥味
和笼子外刺眼的有色眼镜

因为
谁都不想花钱去买煎熬

人走茶凉

人走茶凉

人走茶凉空留恨，人情淡漠薄如纸。

人，可怕的不是风霜雪雨，不是尔虞我诈，也不是绊脚石，而是潜藏在心底的那层阴冷的霾。

一

娘在我被关进铁窗的时候，常常跟身边的亲人唉叹：他出来后肯定会变成一只老虎。

娘对我的习性了如指掌，但她这次失算了。

出笼后，我并没有像娘臆想的那样拿刀动枪，而是用手机对所谓“仇人”也好“恩人”也罢，发了一串“恩感”心语。

曾经的顶头上司，我客套地去了一趟，当然也是最后的晤面。并不是去求情，也不想解释什么，我觉得一切已没有意义。他明显没有以前端茶倒水递烟般的热情，不冷不热的官腔，让我陌生也心寒，我后悔不该走那一趟。

那晚，我趁着风高夜黑，把我办公室乱七八糟的“余物”用麻袋捆了回来。我狠狠地瞅了一眼那根不偏不倚悬在我办公桌正上面的横梁，我不能去责怪一根没血没肉的死东西，只叹息我的“受压”来自于心底身外。

“头上悬梁，压你无妨”。我不是不懂它的玄机，我自负得也没把风水先生放在眼里。当初我凭着气盛和傲强，就是不信那个邪，但没想到最终还是中邪了。

其实，点化的不是人与物，而是心与魂。

我赠送给原单位的那幅《雪梅图》，也被接我班的人从会议室墙上卸下来送还给了我，或许生怕沾上我的晦气。不由得让我替画上那正斗雪盛开的腊梅，绽露的傲劲与含香而惋惜、而忧伤。

人有错，而艺术品何罪之有？我不禁心寒。

不知是想安慰我还是想窥探我的心思，接我位子的人不久就约谈我，我本没有心情，但碍于情面我最终还是跟他们去了一个茶座，却始终不见有人给我倒上一杯茶。连曾经被我一手提拔的人也愣愣地站在旁边不知所措，或呆若木鸡，或目中无我，远没有从前吹须般的殷勤。我们都是站着客套地聊了几句，我就不耐烦了，边说边向门外移开了步子。

我想，那似乎不是我品茗论道的地方，也不是我曾经熟悉的面孔，我觉得大有一种“人走茶没”的感觉。

而娘总在我面前开导：出来比什么都好，别人不给你茶喝，家里有的是茶喝，娘给你倒啊！

那天，我去法院接那一纸休书，正巧在梯口碰见了矮墩子，我们闪电般打了一个照面，他低垂着脑袋，缄口不言，我们从此形同陌路。

二

我肠胃一直不好。在位时，去市医院做过数次胃镜，每次检查回来都发誓不再喝酒，但每次应酬都让我难以拒绝和招架，不仅喝得不舒服，那满桌杯盘狼藉的残羹剩饭，看得我也难受。

我是一个不嗜酒也不胜酒力的人，但在酒桌上“感情深一口闷，感情浅舔一舔”那豪爽的表现，往往被误认为我酒量没有八两也有半斤，常常醉醺醺回到家。娘见了我猴子屁股似的脸，总会嘟囔几句。别人见了我，肯定会说我又腐败了一回。因为，虽然没有啤酒肚，但我喝酒上脸的样子，不仅脸相难看，关键是难掩我劝酒时偶露的一些轻狂。

那时候，喝醉了酒，有时会被人请进娱乐场所消消酒气，抖抖酒疯，甚至飚几嗓子；酒醉心明时，身边的人工作不到位时也会被我冷不丁地借酒数落一顿；酒过三巡时，粗话、大话、气话有时也会借着酒劲脱口而出，浇得对方一头雾水……人家在背地里说我有点狂，不无道理。

一次，装酒疯的经历让我铭心刻骨。

那天，几个好友喝了一领导老丈人为庆祝我们车祸“大难不死必有后福”而特制的鸡尾酒，我酩酊大醉。

那场车祸，我个人赔钱不说，关键还受了别人一肚子窝囊气，真可谓：陪了夫人又折兵。

酒桌上，我爱人无意中为赔偿的事激将到我，我气不打一处来，对着我爱人唰地随手酒杯一砸。

酒杯碎了，爱人的心碎了，我与领导的关系也随之差点碎了。

幸亏领导当时不在现场，但这次莽撞足以让我在他心里的分量大打折扣，也让我苦心经营的攀附关系出现了微妙裂痕，或许，这无疑成了他日后甩手抑或拿我“说事”的话柄。

其实，我砸的并不完全是我爱人，而是想借酒出那口怨气，可惜酒后乱性发脾气发错了地方。爱人不明就里，酒桌上对我净说些“吃亏是福”的大道理反而激怒了我，因此让她蒙受了委屈。

娘常常提醒我：忍得一时之气，解得百日之忧。

娘有时也埋怨我：喝那么多酒有什么好处啊？伤心弄骨还伤和气。我装着很无奈的样子：人在江湖，身不由己啊！

难道酒比命还珍贵吗？酒甚至比毒药还要毒三分。爱人有时会在旁边跟娘帮腔。

我每次醉酒回来，往往脸不抹、脚不洗的一头倒在沙发或床上就呼呼大睡，有时娘和爱人还要端起脸盆为我接呕吐物，爱干净的女人是最讨厌这种邋遢男人的，而她们无可奈何，又怕我着凉，还会轻柔地给我盖上被子，任打雷似的呼噜声震颤屋子。

说不定第二天一大早，我不得不像赶场子一样，去鱼塘陪领导“钓研钓研”了。

单陪领导只是我的一项工作而已，有时候还得陪领导的七大姨八大姑，一个都不能得罪，令我精疲力竭、困顿不堪。正所谓：基层干部，要想进步，就得“三陪”（陪吃喝、陪游玩、陪笑脸）铺路，让领导舒服。

那位领导的老丈人特别喜欢钓鱼。我仿佛抓到了一根“往上蹿”的金光闪闪的爬杆。

于是，我投其所好，陪他钓鱼自然成了我举足轻重的事情。不时跟着他后面屁颠屁颠的——

那次车祸，让我领教了什么叫命悬一线？什么叫不幸中万幸？老人并没有错。幸好他们不在车上，否则后果不堪设想。

我当时想：他们命真大，我能攀上这种有福之人也是前生修来的福份啊！

可就在我徜徉在自我陶醉的幸福河流时，没想到自己猝不及防地挨了致命一棒——

我犯案之初，爱人哭丧着脸去找他们，奢求二老能说服女婿出个面，哪知道一见到他们，脸陡然同时阴沉下去，或许生怕惹火烧身，或忽然记起我曾经在他家的那次醉酒发飙，他们一边搪塞，进而避而不见，让我爱人的心从头凉到了脚——

其实，像这样怕惹是生非抑或多一事不如少一事的人远不止他们。

想起平日里对我客客气气、我对他们也恭恭敬敬的领导，听说我爱人找上门，一个个都躲得老远，衙门紧闭，转瞬间都变得异常的冷漠，那种被人拒之门外的悲凉感无法描绘。当然，这些冷漠者比起那些火上浇油，趁机大肆渲染我、歪曲我、诬陷我、诋毁我、践踏我或宰割我的人还是不失尊容。

我扪心自问：在我的心里，人家有错吗？

错就错在自己。人生悲剧，往往自编自导自演。

山雨欲来风满楼。我被关进笼子的那天起，各种谣传漫天飞舞，乌云密布的感觉我在里面都能体会到，后来在外面也隐约听闻。除了没有说我去偷去抢去杀外，满城除了飞溅的唾沫还是唾沫。

更离奇的是，有人竟然说我在外面有私生子，说小三抱着私生子去了我家，当面找我爱人讨要生活抚养费，说得有鼻子有眼儿。我后来戏问我爱人：有这么回事吗？爱人笑了笑，说：至今我还没有见着哩。

甚至有的领导竟然跟风说我贪污了几十万。听得我胆颤心寒：领导，我有那个狗胆吗？

官员的脸孔大都像一扇虚掩的门，即便走进去，也让旁人难以看清门里的世界。

可笑可悲的是，我娘在湖边、小区散步的时候，也听到了一些关于我的传闻，娘听在心里，却一直没敢告诉我，怕我去找人家麻烦。

那段时间，我蜷缩在家里，像条胆怯的猫，咪着迷蒙双眼，任楚歌四面围剿。

娘有时替我唉叹：人，做得千场好，却做不得一场坏啊。

是啊，我深知从前的一切努力付之东流，所有的付出也烟消云散，我的心一片空白。

人言并不可畏，众人交谪也不可怕，可怕的是人心和己心。娘也说：不要怕别人损你，就怕别人不理你。

习惯这种“冷遇”后，我想着“人在江湖飘，哪能不挨刀”的人生过往，再也不把那些四处翻滚的流言蜚语当一回事。你越在乎它，想着它，它就会像梦魇一样越纠缠着你，像利剑一样击穿你，让你裹足不前，让你心力交瘁，最后让你气若游丝甚至一命呜呼栽进谣言的坟墓里。

风声鹤唳之下，让一切自生自灭、放任飘飞。

身陷囹圄，虽然冰火两重天，但倒也让一颗浮躁、杂乱的心，清净了许多。堆积的文山会海没有了，迎来接往、陪吃陪喝的应酬没有了，见了领导一副点头哈腰、溜须拍马的虚伪样子以及见了手下一副趾高气扬、指手画脚的造作派头也没了，身心也自然轻松起来了；纷扰没有了，烦闷也就消失了；取悦别人没有了，别人来巴结我的也就不复存在了；官方交往没了，权利也就失去了，欲望之门也就闭上了。真可谓，七情六欲，四大皆空，“关”为上策也。

遭到冷遇的同时，我卸下所有的伪装与重负，告别任何的脸色和口气，也彻底获得了一种松绑的愉悦和天高云淡的穿越感。

从此，凉茶、谣传、官腔、面子、脸色以及靠山和虚妄的自己，还有混迹于官场、江湖所有的权名利之争，统统给我滚蛋吧！

为避免碰撞曾经那些不必要的视线，我干脆打出了“非诚勿扰”的招牌，把自己捆绑在自以为清宁的角落，以免穿新鞋走老路。

娘有时候也会逗我开心：你反正信佛，干脆躲到山上哪座寺庙里去，那里谁也管不了你啊。我调侃娘：现在庙里也不得安静哦，再说，我去做和尚的话，谁给你续香火呢？

娘扑哧地笑了。

从囚笼出来后，我什么也没干，而去了一个朋友的农场跟着养猪养鸭了，哪知屋漏偏遭连夜雨，由于市场行情和管理的原因，亏得一塌糊涂。我苦思着：拿笔杆的却干起了扛袋的活，我是这块与猪鸭共舞的料吗？最后我不得不快刀斩乱麻，放弃了那碟不属于我的菜，第一次体味到一个无业游民的酸涩。

接下来的日子注定难熬，我只有重操旧业，不得不拿起笔，涂鸦我的生活。

我自以为我已经远离了觥筹交错的餐桌，也没有欠下别人的账单，可以放下酒杯颐养残胃了。哪想到，跟我算账甚至要“餐费”的来了，来的人不是别人，正是我曾经的学生，我已记不起他的名字了，我承认教他的时候对其没有任何印象，后来他终于攀附上了我，给我“富在深山有远亲”的感觉。他那副总想算计别人的面孔和眨巴眨巴深藏不露的小眼睛以及不善言笑的拘谨神情我依稀记得。

他和他一合作伙伴，手里捏着一张褶皱的纸来找我，料想不到的是他们竟来秋后算账。皱巴的纸条一摊开，我被眼前密密麻麻的文字与数字惊呆了：某年某月某日某时、某人某事某物某元，吃了一餐饭、喝了一瓶饮料，抽了一包烟，甚至送了我娘过年过节小红包、我女儿生日蛋糕、奶粉多少钱等噼里啪啦都一笔笔死死地记上账了，比当年生产队会计记工分一样不差分毫。

“老师，你别见怪，亲兄弟明算账，我们也没有办法哦。”未等我开口他先发话，貌似乞求的语气里夹着一袭寒流：“我们向你借的那两万块钱，除去这些开支，还结余两千多块，我们会给你。”

那晚，我像在做恶梦。我觉得眼前这个学生，简直就是我的先生。我愤愤地丢下了一句话摔门而出：那两千多块钱我也不要了，就当老师向学生交的学费吧。

回到家里，我反思了很久。那两万块钱，是我和爱人当时出于好心，鼓励他们创业才答应借给他们的呀，莫非当初他们要借钱的目的早有预谋？天下竟然还有这种连老师都算计的学生吗？是我的师德有问题，还是他的人品有问题呢？

真如赵本山戏说：这年头，猫给耗子当伴娘，太不可思议了！

我差点气得吐血，不停地捶沙发和玻璃茶几，爱人赶忙上前安慰我：算了，我们大钱都花了，就算被人偷被人骗了吧。看穿一个人就行了，我们就当学乖买了一场教训吧。

娘，躺在自己房里，不敢出来，或许在静静地听着我们对话，不时发出的叹息，令我焦灼不安！房间里隐约传出娘发出的“门前拴上高头马，不是亲来也是亲；门口放根讨饭棍，就是六亲也不认”的嘟囔声。

我一个曾经风靡一时的药监局长，居然被一个平日里看似很不起眼却很有心眼地跟着我屁股后面打转的薄情寡义之徒所“药倒”，悲哀啊，太悲哀了！

宁可伴虎，也不要与狐狸为伍。我嗟叹着人世间难测的人心。

后来，我决定原谅他，毕竟是我教出来的学生，虽然有些不近人情，但日子很可能过得也不尽人意。

当别人需要你高抬贵手的时候，你何必紧紧扯住他的衣角不放呢？

师者，师表也。

那几晚，我无眠，但觉心安。我仿佛觉得：被人掏空的感觉，爽！

三

“树倒猢狲散，众叛亦亲离”，以此形容我当时的处境与心境，差不了分厘。

跟着我鞍前马后、推杯换盏甚至吮痈舐痔的狐朋狗友几乎消失殆尽；转弯抹角的七大姑八大姨也似乎回归了遥远天外；连我视如兄弟姐妹，甚至一手栽培过的那帮手下们也大都眼前蒸发，像躲瘟神似的开溜了；那些我自认为巴结得还不错的领导上司，也渐行渐远……

娘在一旁也轻声唉叹：当官栽了，狗也会嫌哦。

这场噩梦，正如星云大师所言：以金相交，金耗则忘；以利相交，利尽则散；以势相交，势去则倾；以权相交，权失则弃；以情相交，情逝人伤；唯心相交，静行致远。

这人，不知为什么？总觉得走着走着就淡了，也散了，就像流水一般，流着流着就干了、蒸发了，也一去不复返了。

我大有一种昨日人面桃花，如今穷山尽水的凄戚。

我对着寂寥的夜空，大声吼起了崔健的那首《一无所有》：我真的一无所有……

这结局，我没有显得十分的沮丧，总觉得自己好像得了一场“大麻风”病，这场恶疾让别人远离，也令自己痛定思痛。

我也不很稀罕，遗憾的是平时走得很浓的亲戚，都明显淡漠起来。

一堂姐的儿子很早就在北京，据说混得也不错。2007 年年底我刚来北京人生地不熟的，我这个死要面子的舅舅并没有找外甥歇脚的意思。那次急着回家过年，我带来的一些东西实在很沉，就想暂时寄存到他那里，但我没有他电话。我想到了堂姐夫，哪成想他在牌桌上不紧不慢的态度让我有些反感，不知他有意还是无意，最后他报了儿子的一个空号给我，气得我直哆嗦。

这么多年，那个外甥至今一直没有跟我联系过，我这个倒霉的舅舅倒是希望能得到外甥哪怕一丁点就算是双方误会的解释或歉意也心满意足了。

我想了好久，都没有想通这事，也许，他们可能怕沾我身上的“晦气”，或把我视为一般的亲戚无所谓罢了。

我忽然有种“贫居闹市无人问”的惆怅！

三姐夫虽说是个老实巴交的人，对我娘的确算是很尊重，他曾几次用自行车载着娘来三十公里外的城里看我。

娘一直很看好这个吃苦耐劳的小女婿，我进城后，卖药的业务按娘的意思全交给他去做，他也没少挣钱，后来两口子在我和娘的力挺之下，从鄱阳湖边也一跃到城里来了。

姐夫白天卖药晚上就拉黄包车，三姐不会做生意，白天也做起了拉车载客的活，两口子风里来雨里去很是辛苦。娘打心眼里疼他们，老在我面前夸耀他们吃苦耐劳的精神，并希望我这当干部的弟弟多帮帮。后来我就介绍他们在城里干起了炸鸡买卖，在我极力扶持下，经过十几年打拼，他们生意越做越好，成了县城一道独一无二且家喻户晓的美食。

说实话，我刚从笼子钻出来很想跟他们一起干，也想把它做大做强，争创一个品牌出来。一来打发我空虚、失落的日子；二来弥补“男人腰里无钱，女人到老也嫌”的缺憾；三来顺便管管那个不怎么争气的小外甥。

可是，我雄心勃勃的构想被无动于衷的姐姐姐夫彻底瓦解了，我们大吵了一架，我把眼前忘恩负义的他们数落得不像人。他们理由只有一条：树大怕招风，猪肥怕发膘。

不想让我参与进来的目的很清楚，一怕我做砸，二怕我心眼大慢慢把他们挤掉。我有那个野心吗？其实，还有一条重要原因他虽然没说，但我非常敏感：今非昔比啊！

人，只有受挫以后，才会静下心，回忆那些不堪回首的人情面目，想起那些不堪入目的行尸走肉，念叨那些不堪挂齿的闲言碎语——

后来，娘总是想劝和我与三姐、三姐夫的关系，我就是不愿听，让娘夹在中间很为难。娘常常一个人唉声叹气。

为了来北京寻找“避风港”，我到处向亲友东借西凑，不少人不是婉拒就是两手一摊，甚至躲得老远。

那时，我真的有种渴求天上掉饼的幻想。人在堕入低谷、孤立无援的时候，更希望有朋友来坐坐，哪怕给我浅浅的一笑也觉心慰。而我的天空，布满阴霾，我的左右，仿佛晃动着薄情寡义的影子，让我模糊不清。

那时，当然也有不少亲友一如春风送来问候与安慰，感动得我恨不得割身上的肉给他们吃。

村里有些曾经对我高山仰止、对我交口称赞的长老们，觉得我以前信誓旦旦许诺他们的那些差点到手的赞助款已打水漂，抑或觉得我风光不再，别说来安抚我，就连照面都没打一个，我觉得有种倒春寒的感觉。提起这件事，娘的脸色就会变得有些铁青，娘也不说什么，外面看上去平静的内心世界似乎在翻江倒海。

其实，村里还有一件很龌龊的事我一直没敢告诉娘，我怕娘气炸。前两年，村里竟然有人像当年“文革”对待我，父亲那样贴我的“大字报”，从村里贴到村外再到镇上，满街的水泥杆几乎都贴了。

原来，是有人故意栽赃我，说我2014年得了县里下拨村里舞板凳龙的奖励经费十万元中的两万。我找到村镇和派出所的领导，请他们务必调查清楚以还我清白。后来，调查结果很快就出来了，完全子虚乌有。村委会和派出所领导为此专门召集村代表开会，不仅澄清了此事，而且肯定了我为村里争得“非遗”荣誉、争取活动资金等所作的贡献，对那一小撮别有用心诽谤我的人进行了旁敲边击的法制教育，使这场风波终于得以平息。

我想：刁民何在？个别人混杂其中，就像一粒老鼠屎，打掉一锅羹，不仅毁坏我个人名声，且败坏全村李氏家族千百年来众心维护的淳朴民风，可恶至极！

后来娘隐隐约约打听到一点皮毛，有些埋怨我多管村里的闲事：猫没抓到鱼，惹一身的腥。我苦笑着，跟娘解释：不怪他们，就当那些人没素养呗。谁人背后无人说，谁人背后不说人呢？这不是你告诉我的吗？呵呵——

只见娘苦笑着摇了摇头：这年头人情似纸张张薄啊。

“我们过我们的日子，纠那个结、揪那份心干嘛？清者自清，浊者自浊，何况什么人都有，这年头蚂蚁会跳舞，母猪还会爬树呢。”爱人看破人情世故的大度使得我和娘欲言而止，让我豁然开朗。

人在江湖身不由己，人不是活在真空里，人活世间，烦恼自生，但以宽恕、豁达之心，低眉以对，烦恼就烟消云散。

要想茶不凉，请别离开茶身旁；要想茶不凉，一饮而尽到心房。

四

李嘉诚说过，世界上最难的事，就是：借钱。

这些年，我不仅领教了世态炎凉，也尝尽了借钱的烦恼。

我在位时，为获取一点利息差，从银行贷款转手借给一个朋友解燃眉之急。我位崩后，他觉得我已没多大利用价值了，想还款的闸门迅速关闭了，整天像缩头乌龟一样躲着不见我。一晃十多年过去了，他至今没有还清我的钱。我催多了，他就像打了鸡血，更像产生特殊“免疫力”一样，有时显得比我还烦。

娘知道这事也很生气，在一边挖苦我：你再没钱也不该贪人家给点利息的小便宜，借钱容易还钱难你又不是不知道？台上台下不一样，借钱还钱也不一样啊。

我苦笑着回答娘：姆妈说得对，人为财死鸟为食亡嘛，如今落井下石、过河拆桥的人都多如牛毛，何况借钱不还呢。

娘说要不是她晕车，早过去帮我要了。

“借钱是爷，接钱是孙子”当今这句最流行语在我人生最低谷也需要别人帮助的时候得到了充分验证。

其实，我很想告诉那位老赖：你不仅欠钱，还欠别人一笔信任，要知道，透支信誉的人，终将会待到人格破产的那一天。

我捂着发凉的胸口，不得不对天发誓：谁都甭想从我这里再借到一分钱。

娘站在一旁，轻声轻气地嘀咕着：以后做什么事，交什么朋友都要慎重，下次别“打油打到水，交友交到鬼”哟。娘的比喻虽有点夸张，但我没有一点底气回答她。

大姐是第一个碰上我发狠誓的人。

她在乡下做房子，知道我在北京赚了点钱，按常理论血缘关系，怎么得借些钱给她解燃眉之急吧，但我为信守我撂下的“宁可多送，不可借出”的铮铮承诺，包了个不算薄的厚礼给他们以示补偿。她和大姐夫还是不悦，他们当面没说，背地里却直咕噜：说我瞧不起他们，怕他们还不起。大姐夫甚至怀疑娘在一旁煽风点火。否则他事后怎么会逼迫大姐把我送的“房礼”硬要退回来呢，我知道他硬梆梆的脾气，或许就是故意做给我和娘看的。

大姐、大姐夫这次始料未及的“退礼”行为未免有些过重，也让我揪心不已啊！

其实，前车之鉴的我，也怕姐弟之间今后为借钱还钱的事伤和气，我因噎废食的做法的确不近人情。我自己都觉得有些荒唐可笑！娘在一旁，装着蒙在鼓里的样子，最后忍不住蹦出一句：你发誓又不是什么金口玉言，难道就不能改口的吗？

我脸涨得通红，低头不语，心存愧疚也哇凉哇凉的。我叹息着：好心当作驴肝肺啊。这年头做人太难太难了！

为打开心结，我专程去了一趟华严寺，拜会到了那位曾经与我牢笼共枕的老和尚。他虽算不上高僧大德，庙也谈不上那种千年古刹，但那里的香火却还算旺盛。那座安落在荒山野坡上的小庙，就普弘大师一个人孤守着，他盘膝端坐在大雄宝殿之下，手捻佛珠，耳听晨钟暮鼓，眼看轻烟袅袅，日夜陪伴在袒露胸膛的佛像身旁，让心与木鱼、祈祷一起渲染，享受着清规戒律所赐予的幽静与安然。

他见我来了，一改平时的严穆，显得很是惊喜。我与师傅畅谈了很久，直到夕阳西下，临别时他送我下山，送到路口时，他送了我一句禅诗：笑看花开快意稠，愁思花落欢乐稀，看淡是与非，方为人上人啊！

有道是：晨钟暮鼓惊醒世间名利客，经声佛号唤回苦海迷路人，我不虚此行，大彻大悟！

原来，人走茶凉，如此平常！既然如此，浮生如茶的我又为何不去拥有一颗禅茶一味的平常心呢?!

五

物是人非事事休，斗转星移日日明。

一千多年前，唐代两位贫贱之交的“和合二仙”老和尚寒山与拾得的那段精妙绝伦的对话，我不得不原文记录下来：

一日，寒山问拾得：“世间有人谤我、欺我、辱我、笑我、轻我、贱我、恶我、骗我，该如何处之乎?”

拾得答曰：“只需忍他、让他、由他、避他、耐他、敬他、不要理他、再待几年，你且看他。”

寒山接着问道：你如何见得呢？

拾得以一串打油诗的韵律打趣地回答：老拙穿衲袄，淡饭腹中饱，补破好遮寒，万事随缘了；

有人骂老拙，老拙只说好；有人打老拙，老拙自睡倒；

涕唾在面上，随它自干了，我也省气力，他也无烦恼。这样波罗密，便是妙中宝。若知这消息，何愁道不了？

人弱心不弱，人贫道不贫，一心要修行，常在道中办。世人爱荣华，我不争场面；名利总成空，贪心无足厌。金银积如山，难买无常限；

子贡他能言，周公有神算，孔明大智谋，樊哙救主难，韩信功劳大，临死只一剑，古今多少人，哪个活几千？

这个逞英雄，那个做好汉，看看两鬓白，年年容颜变。日月穿梭织，光阴如射箭，不久病来侵，低头暗嗟叹。自想年少时，不把修行办，得病想回头，阎王无转限，三寸气断了，拿只哪个办？

也不论是非，也不把家办，也不争人我，也不做好汉。骂著也不言，问著如哑汉，打著也不理，推著浑身转。也不怕人笑，也不做脸面，儿女哭啼啼，再也不得见；

好个争名利，转眼荒郊伴。我看世上人，都是精扯谈，劝君即回头，单把修行干，做个大丈夫，一刀截两断。跳出红火坑，做个清凉汉，悟得长生理，日月为邻伴。

我拷问自己：我是凡人，我能做到高人如此心境吗？但不管怎么说，这千年古训犹如母亲河的水，哺育了多少代人的思想与灵魂，时至今日，仍像娘未干的乳汁，乳香飘溢，令我们吮吸、回味与滋养。

娘常说：后人不学古，后生会离谱。我觉得自己在古人面前太匮乏、太虚无、太苍白无颜了。

那段情绪低落、天气闷热的日子，娘一直陪在我身边，看到我迷迷糊糊睡在沙发上，就会走过来帮我轻轻摇着扇子；吃饭的时候总是给我提前盛好饭、夹好菜，放在桌上等我一起来吃；有时还主动过来帮我掏掏耳朵，搓搓后背，我就像从前小时候那样，一动不动地卧在娘膝盖上，惬意地感受着人在落魄时娘最温暖的那双手。

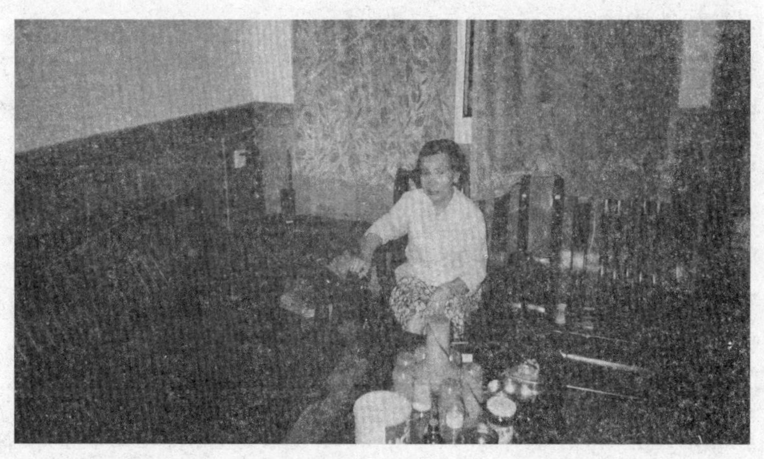

人走茶凉，母爱不凉

后来，我想想那些人走茶凉的人和事，也没什么。人走了，茶自然会凉，如果还是热的，反而不正常，人都已经走了，为什么还要计较茶在不在，凉不凉呢？

其实，给我点“人走茶凉”的感觉，又何尝不好？悲凉之下，人心测一测量一量，至少让我懂得了何谓痛苦？何谓刺激？何谓人间沧桑？

否则，娘又会说我，像许多人一样，好了伤疤忘了痛。

于是乎，我又想：给我一阵刺激的人，必还我一份坚强，送我一叠斗志，也赐予我一串磨砺中的快乐；我苦煞着煎熬着，也必将苏醒着、冷静着和强悍着！

逆风而行的人，往往懂得支撑自己！

云走了，天空照蓝；夕阳走了，星星会闪烁；人走了，茶的清芬还在心底依然荡漾。

患得患失，没有放下挂碍的人，一定活得很累。

南非黑人领袖曼德拉，在罗宾岛监狱度过了二十七个春秋的日夜折磨。他微笑着走出监狱大门，一边与曾经看押他的狱警以道谢的口吻辞别，一边鼓励狱警放下心结，继续好好工作。他出狱后当选了南非第一任黑人总统，就职典礼那天，他做出了一个出乎所有人意外的决定，专门邀请了三位曾经看押他甚至为难过他的狱警参加其就职典礼。这不仅令狱警感激涕零，更让所有与会者肃然起敬！看着年迈的曼德拉缓缓站起身来，恭敬地向三个曾看押他的看守致敬，在场的所有的来宾以至于整个世界都为之静下来了。

大家静静地聆听到了这么一段惊艳群座的话语：

我年轻时性子很急，脾气暴躁，正是在狱中学会了控制情绪才活了下来。我的牢狱岁月给了我时间与激励，使我学会了如何处理自己遭遇苦难的痛苦。感恩与宽容经常是源自痛苦与磨难的，必须以极大的毅力来训练。当我走出囚室、迈过通往自由的监狱大门时，我已经清楚，自己若不能把悲痛与怨恨留在身后，那么我其实仍在狱中……

世界只有一个曼德拉，我与之很遥远，但他的精神却每时每刻都在影响着我，震撼着我的灵魂。正如他在世界杯歌曲《希望》中填词写道：

你不必忧伤/当你站起/我将做你的翅膀/穿越一切　飞翔于你的梦想/当你想要重新开始/当你的精神想要升华/我将做你的翅膀/困难被抛在脑后/总有一些事情需要奋斗/没有什么可以哭泣/当失望渐起/眼泪长流/向你的内心寻找/你会发现希望……

让茶凉一凉，让心静一静。曼德拉做到了，而我呢？

佛曰：清净自在人心。众曰：凡人皆为路人甲。

芸芸众生，教浮躁之我学会了“把茶冷眼看红尘，离茶静心度春秋”，也让我懂得：人走茶凉，母爱永远不凉！

醒来

我曾经躺在自高自大的床上
一遍遍呻吟过去的是与非　得与失
迷迷糊糊中恍然入梦
梦里的我　繁花似锦
或逍遥或吟唱或吹嘘
招惹的蜂蝶
堵塞着灵魂的通道
听不到身外半点谏言
于是乎
没有受到刺激的胴体
发出刺眼的光
似乎也忘记了黎明的存在

只有一阵电闪雷鸣过后
划过麻木而有些醉意的大脑
才睁开惺忪之眼
醒来之时却已面目全非
红尘流逝
云烟消散
烦嚣殆尽
有一种死过之后放空的感觉
孟婆汤的酸涩犹存
奈何桥前菩提花开
我呼吸着生命焕发的清净
芳华的世界
教我脱胎换骨

醒来
原本如此美好

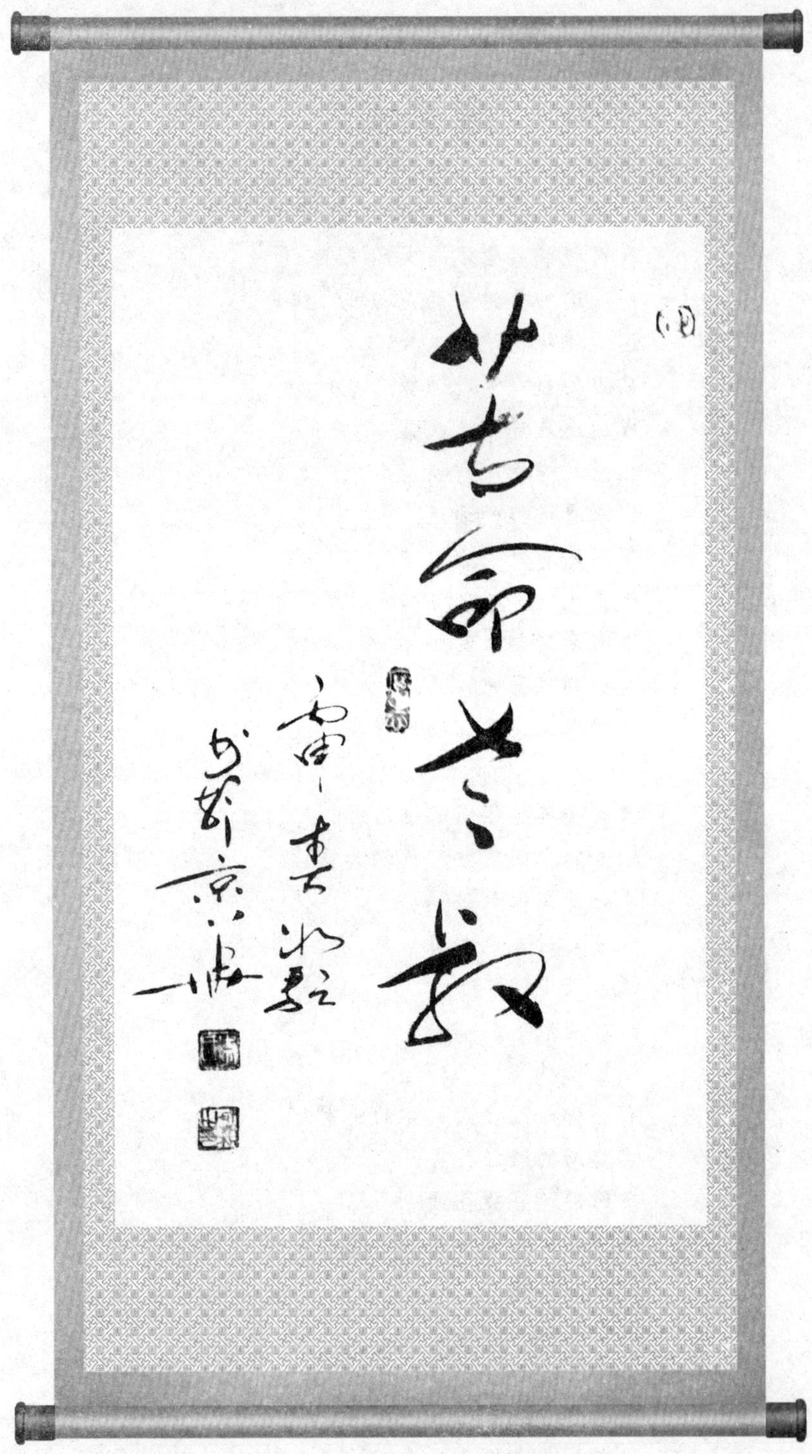

苦命老叔

苦命老叔

老叔，以他蹒跚的步履终于走完了七十七个春秋的人生旅程，在一片沉闷而低婉的哀乐声中、在一片悲恸而嘈杂的哭喊声中、在一片震耳欲聋、此起彼伏的鞭炮声中……他带着一生的缺憾，带着一世的悲苦，也带着一辈子的坚强，走了，静静地走了！

一

那时候，据说祖母生了四男一女，由于饥饿和疾病，父亲上面和叔下面的一兄一弟都相继夭折，姑母很小就被抱走，只剩下父亲、和我叔叔。

越苦的兄弟，越苦的日子，越是骨头连着筋，血肉连着皮。

艰难的岁月里，父亲和叔，还有我娘，血浓于水的关系，就像三驾马车一样，碾着一路的辛酸与悲戚！

祖母对叔一贯大大咧咧，但我娘却不一样，带他玩也好，乞讨也罢，住一幢祖屋也好，后来分家分开住也罢，娘都一直很关照他，有什么好吃的东西总会叫上叔。

叔对姐一样的嫂子一直毕恭毕敬，见了面就姐姐长姐姐短地喊个不停，叔在弥留之际，也不停地喃喃地唤着“姐姐、姐姐”，他好想见“姐”最后一面 。

老叔病重期间，娘不顾年迈晕车，还是去乡下专门看望了叔几次，老叔临终的那天，年近八旬的老娘哭得天昏地暗。

娘总是对我说：你叔命好苦哇，做了一辈子的苦事，喝了一辈子的苦水啊！你得好好记住啊。

在娘的记忆中，叔青春年少的往事很是心酸。

按照当时农村风俗，贫苦家庭为减轻家里负担，男孩一般从小都会讨童养媳，那样既不花钱也多个人手帮做事，父亲不例外，叔也不例外。

当时祖母就在邻近的汤家物色了一个五六岁的女孩过继到我们李家，实际上就是想给叔当童媳妇，可是来了不到两年，女孩无缘无故得了一场重病撒手人寰，叔所谓“第一个女人”就这样无端地终结了。

后来遇上乞讨而来一个叫“猛子”的女人，也是昙花一现，她“带肚而来”的儿子出生几个月后猝死在叔的床上，不久后也消失得无影无踪。

祖母无奈，请人跟叔算过一卦，说他：猪命猪相无猪福，丧儿丧子无人哭。但祖母一直没敢告诉叔，偷偷地告诉了我娘，叔不信这个，所以娘一直瞒着他。

“青年失子”对叔而言必是一种打击，即便不是自己亲生的，但毕竟在自己的身边，对全家或许是一种不祥之兆。

在村子里，女人如果遇到子女不乖，或破财亡人等伤心事时，找不到更好的释放途径，只有上祖坟大哭一阵子，祖母也是如此。娘于是扶着祖母，小脚一掂一掂地去祖父的坟头，凄厉的哭诉声断断续续回荡在满是坟茔的荒野中：我麻里的命好苦啊……

二

天无绝人之路。叔叔的勤劳、憨厚与硬直终于在他几近而立之年，赢得了当初黄花闺女婶子的芳心。两个不同性格的人，因同样的困苦命运而走到了一起。

可是，屋漏偏遭连夜雨。在叔四十出头那年，他很会干活却遭婶子唾骂的大儿子因一场急性脑膜炎而一夜间突然命归黄泉了，令叔措手不及，也叫叔伤心不已！婶子哭成了泪人儿，娘的眼泪也很久都没擦干。

此时此刻，中年失子之痛，乃切肤之痛啊，谁能体会他做父亲的心境呢？唯恐苍天。

叔看着刚刚起步的家，望着儿子留下的扁担箩筐，听着村里人的流言蜚语以及回忆着自己一幕幕辛苦的往事，他彻底无语了。

这个时候，叔第二个亲生的幼子幸好在身边，还有几个女儿，但老大毕竟是家里一根桩啊，怎么说没就没了呢？家里失去一个劳动力等于失去了一根顶梁柱、也失去了家的半壁江山啊！

叔表面上克制着、坚挺着，其实心底却用一种信念支撑着自己：大儿子没了，我不能倒下，家更不能倒，我必须要撑起这个苦家！叔经常借酒消愁，也不吃饭，大碗大碗的烧酒直接从喉咙到肚，一直烫到他心底。

从他几近呆滞和肃穆的表情里不难看出，一个男人一个父亲正在经受一场灭顶之灾。叔用“死做活干”来打发悲切的日子，他用沉默不语来平复恓惶的心情，用时间来渐渐遗忘那不堪的记忆。

喜欢诅咒人，不知是婶子的天性，还是她进李家门以来的一大诟病，叔对她的咒骂声习以为常，抑或麻木，平时气急了恨不得送上几巴掌。过段日子，婶子仿佛又本性难移，老病复发，一遇不顺心，她就从上到下、从老到小、从屋内到门外等都像过堂似地喋喋不休骂个遍，儿女们几乎成了她的“下饭菜”，甚至连祖母、我娘和小时候的我都没有逃脱她的骂口。

咒骂人，仿佛成了婶子的一项专利。

娘后来告诉我，我刚出生的几天，婶子就抱着他的大儿子一屁股坐在门槛上，对着娘怀中的我詈骂不停，把对祖母和全家的怨恨全发泄到一个无辜的婴儿身上，气得娘瑟瑟发抖。

其实，叔有时也很想狠狠地去抽婶子那张一遇上心烦就露出凌厉而犀利的乌鸦嘴，他知道，祸从嘴出不是没有道理，骂死人的事也不是没有，他想，家有泼妇，屋无宁日啊！

看着婶子一副悲怜相，叔却没有动她一根手指头，也没敢伤她半根毫发，他努力克制着自己，思前想后，但也不能完全怪她，只是对着婶子提醒了一句：以后你要少咒骂人哦，否则会遭到报应的！

叔想，可怜之人必有可恨之处，但好不容易娶上这样的媳妇，不能说离就离、说散就散了，有媳妇总比没有要强。叔只好在无数次的忍让中迁就着婶子。

小儿子的到来倒是让叔心安了不少。当时农村男人的想法非常简单，娶媳妇只要能续续香火也就行了。于是，破碎的心伤在他艰苦消磨的日子里慢慢愈合，也在他自我安慰中渐渐释怀。

男人之所以成为男人，自己的结，借女人的心来解，女人的结，用男人的心去解。

三

大生产队那阵子，由于叔厚道和吃苦能干等良好禀性，叔被推选当上了一段时间的生产队长，当上干部的他，那种极端负责的言行让我记忆犹新，也叫我耿耿于怀。

我那时候干起农活来很利索，在生产队里口碑也不错，但有时也会偷懒耍点滑头。没想到我的软肋被叔紧紧地盯上了，每次上工，叔总是对着我先吹起口哨来，叔的那枚口哨简直成了我眼中的“催命鬼”，直吹得我心烦意乱。

心想：哪有这样老跟在侄子屁股后面催魂的叔啊？专催自家的人上工，太不通人情了。

娘看着我气嘟嘟的样子，笑着连忙解围：你叔呀，希望你当先进，你当上先进了，别人就会跟你一样，你叔才更有威信哦。再说，管人先管自家人，打铁先要腰板硬啊。

叔一贯少言，没有向我做任何的解释。娘的话，我也一只耳朵进一只耳朵出。

我还是不能理解，总觉得叔故意跟我过意不去，处处拿我为难，弄得我真想撂担走人。

果然那次累得也气得我撂扁担的时候，叔很不客气，他扛着那把铁锹，从村头追到村尾，又从田里追到岸边，我一边跑一边抹眼泪一边骂骂咧咧。叔就在我的身后追，他气急了不时摔锹做出铲我后脚跟的假动作来，吓得我屁滚尿流，也气得我恨不得马上与其“一刀两断”。

最后娘这颗救星的出现，让我在危机时刻仿佛拽到了一根救命稻草。娘从中的调和最终化解了这场叔侄危机。

我倔强脾气，叔不是不了解，叔的硬直甚至刻板，我也很清楚，有时与我父亲如出一辙。后来娘悄悄告诉我，叔既是故意做给我看的，也是做给社员看的，我恍然大悟。

虽然叔侄俩以“冰刀雪剑”亮相也最后以“干戈化玉帛”收场，叔也落下了不近人情也不徇私情的名声，但生产队的工作，从此总走在全大队的前列，让叔心慰不已！

我也没记叔这个“仇”，反而觉得叔在我心目中高大了许多。

当了几年生产队长，叔没有沾村里半点便宜，一直任劳任怨，缩衣节食，社员们有目共睹。退下来后，日子过得同样拮据，叔也不会做生意，完全靠几亩田和几分地，含辛茹苦地撑起一个六七口之家。

我的印象里，从没有看过叔穿一件新衣服，即使寒冬，他那件破旧的棉袄总是披在肩上，一根褪了色的红腰带总是紧紧地系在腰间，那顶早已露出棉絮的毡帽总算能半遮住已经生着冻疮的耳朵，鼻孔和嘴巴呼出的热气就像一团白雾一样，翻卷在他眼前，也萦绕在他焦渴的冬梦中。整个湿冷的冬天他基本不烤火，他说，火这东西，越烤越不能离，一离开就觉得更冷啊。叔说的是真话，叔为省钱，就没好意思说出来。

娘每次做了红烧肉等好吃的菜，或逢年过节或有客人到家的时候，总要吩咐我把叔从他家里喊来吃饭喝酒，娘一个劲往叔碗里夹菜，叔总是把那些精肉轻轻退回菜盘里，专夹那些肥肉吃和没什么肉的骨头啃，叔一边狼吞虎咽，憨实的吃相让人动容：这个好吃哦。

我看着娘在一旁几次不好意思扭过了头，而我也劝叔多吃好点的菜，叔执意不肯，仍津津有味地啃着那些难啃的骨头包和拣着满是鱼刺的鱼屑吃，边嘿嘿地笑着，轻轻地抹着嘴，边喝着娘酿的水酒……

开春的日子，也是叔最忙的时候。为养家糊口，增加些收入，叔在鄱阳湖边上接了不少别人的田耕种，几个小孩读书的读书，打工的打工，农田的活几乎靠叔和婶子。

我印象最深刻的一次是在鄱阳湖边种田。犁田的时候，叔的脚板被一个裂开的玻璃瓶割开了一道近十公分长的口子，血流不止，我们赶紧把他扶上田埂，叫他去敷药打针，以免得破伤风，他笑了笑，说：不用了，我有办法。只见他顺手扯了一把田边嫩草，使劲地搓碎，敷在伤口上，然后从田里捣了一把稀泥，“啪嗒”一声就敷上去了，等血慢慢地止住。过了不久，只见他打着牛、犁着铧，继续在稻田里忙乎起来……

车水，是解放前很盛行的一种给农田灌溉的人工方式。那时没有电力设备，要想把低洼处的水灌到高处的田里，几乎全靠人踩“风车”（过去农村一种水轱辘做成的人力汲水设备），体力和技巧要相得益彰，水会源源不断地从低处朝高处流进干枯的稻田，踩得不好的话水很难汲上来，也很容易崴脚。

那天，叔跟舅公打长工踩风车的时候，由于长时间的体力透支，一不小心小腿被风车的木轮卷了下去，倏地揭掉了一层皮，血汩汩地流，流水的稻田瞬间被血染成红褐色，叔咬着牙，也是顺手扯了一把马耿草拧碎后往上敷，怎么敷都止不住，气得叔从稻田里掏了一把糊泥“啪”地盖了上去，他也知道这是心劳日拙的愚蠢土办法，在那种情况下，实属无奈，殊不知，最后眼前一黑，差点晕倒在轱辘边上，任鲜血染红大片稻田……

我叔，就是这样一个蛮而不野、穷而不困、潦而不倒的男人。

四

接下来的日子，老叔就这样在淡淡遗忘和不懈奋起中度过。

本以为恶魔就此打住，哪知道新世纪一开始，厄运以无可防备、难以招架之势，以无与伦比的杀伤力向一户命运多舛的家庭致再次突袭而来。

2000 年，我堂弟（叔的小儿子）放弃了不少条件较好的创业机会，几经周折，最后经他丈母娘介绍，选择在上海宝山做着一份“杀牛放血”的苦差事。

那天，本来两个从家乡同来的伙伴平时都好好的，却为一桩小事吵了起来，双方越吵越凶，对方一时性起，操起平时那把宰牛刀就捅向了堂弟。

他猝不及防，腰眼连中两刀，在抢救无效的情况下，结束了年仅二十八岁的生命 。

二十八个春秋，作为男人，那正值血气方刚之年华！作为家人，那是根极其宝贵的顶梁柱啊！二十八年来，父母为他长大、为他读书、为他转城市户口、为他找工作、为他成家立业，为他生儿育女等含辛茹苦，倾注了所有，父母一生盼他挣钱养家、望子成龙甚而养老送终，他却葬送在一把无情的明晃晃的屠刀之下，多么令人揪心！

堂弟平时跟我一样也怕见血，为了生计竟敢干出血淋淋的杀生之事呢？我一时很难理解我这位眉清目秀、心肠慈善的堂弟。莫非他走火入魔，犯了杀戒？

我忽然想起佛经《地藏菩萨》中的“杀生者，宿殃短命报，后坠地狱，动经劫数，无有出期”的戒语，难道其遭了屠宰牛的“杀生之报应”吗？

人，闯祸，有时就一念之差，或一瞬间。

人，选择路，走错路，也往往转眼之间。

有首佛歌《醒来》，靡靡之音中或许道出了人与人之间的微妙：

从生到死有多远
呼吸之间
从迷到悟有多远
一念之间
从爱到恨有多远
无常之间
从古到今有多远
笑谈之间
从你到我有多远
善解之间
从心到心有多远

天地之间

……

当晚噩耗传来，娘、我和我的爱人都不敢相信是真的，大家无法接受如此残酷的事实。我们都哭了，哭得很伤心！娘，一晚都在叨念着堂弟的名字，第二天，红肿的双眼像灯笼似的。

我赶到上海宝安殡仪馆的时候，看着堂弟带伤口的冰冷尸骨从柜子里抽出来，我不敢大叫但我差点疯了。在派出所里，我看着他那张被血染的面带笑容的身份证，看着那几张已皱褶得不成样子的十几块钱，看着那包没有抽完但已发霉的香烟，也看着他那套混杂牛血和人血的旧衣裤，我眼前一黑，天旋地转差点晕倒。

婶子整日以泪洗面，时而嚎啕大哭，时而睃睁无神，鬅松的头发散乱着，结成丝网状，遮住了大半个脸，一身邋遢的样子就像一个疯子。叔并没有哭，表现得异常镇静，还不时劝慰婶子：不要太难过，白发人送黑发人，这是命啊……

凶手审判的那天，叔也赶去了，他没哭，也没闹，在审判长宣读判决书的时候，他突然从座位上蹦了起来，在大厅里突然声嘶力竭地发出了他那叩阍无门的高呼声：法官要为我儿伸冤、共产党要为我们全家做主啊！凄厉的呐喊震动着法庭的每一个角落，让法官们不知所措。

因为叔很早就是党员，也当过生产队长，所以他最信仰的还是共产党。当叔颤颤微微接过那纸不尽人意的判决书后，他老泪纵横，一切在他衔冤含屈般痛苦表情与模糊的视线中变得苍白无力了。

本来一条命至少可以换取一定的赔偿金，以慰藉受害家庭尤其是两位老人老年失子的极度悲伤，而倒霉的是，凶手家里却一贫如洗，当时只象征性给予了一点点赔偿，剩余的赔偿款竟由凶手的哥哥替着打了欠条，没想到的是，凶手的哥哥嫂子先后病故，让这张欠条永远成为了一纸白条。

叔婶欲哭无泪，也束手无策。

常言道：人生最大的悲剧是老年丧子。这种巨大的悲痛，给二老身体和精神再次造成重创，叔从此更沉默寡言，见到我的时候，难得的笑容透过他绷紧的肃穆表情，隐隐约约才可折射到我们言少寡谈之中来。

从上海回到家，我奋笔疾书，写了一首长篇组诗《我的堂弟》，以寄托我深深的哀思：

老弟

如都市里栖息的野鸟

趔趄的身影

经不起海风的凋零

面对野兽的跋扈

你无力挣扎

怆然叩倒在繁华的荒漠

世上本无伤害

只因心之野蛮

人与人本无恩怨

只因心之狭隘

生也痛苦

死也苦痛的老弟

你异乡漂泊的冤魂

何时能停靠在故乡的栈道啊……

五

逝者远去，生者还得继续。

丧子的阴影，许久笼罩在那座低矮、冷清的屋子里，也很久紧缠绕在叔和婶绞痛的心底。

叔告诉我：你婶子都要疯了，白天不吃不喝的，夜里一会儿哭一会儿叫，你来劝劝她吧。

我见到婶子，眼前的她让我仿佛想起了鲁迅笔下万念俱灰的祥林嫂。心里总在一阵阵打鼓：这就是我曾经骄横跋扈的婶子吗？这就是与我叔生死相依的婶子吗？

我不敢相信自己的眼睛，也不敢多看蓬头垢面的婶子几眼，我再也没有听到婶子以往虎咆狮哮般的咒骂声了，听到的只是婶子不断重复着她那“我这辈子造了什哩恶哦？我到底犯了什哩罪孽啊？”等一片片哀惋的自责声。我劝慰着婶子，她把头倚靠在大门边上，慢慢地闭上了那双红肿的眼睛，断断续续的抽泣伴随着轻微的摇头，像在思忖着什么……

虽然堂弟的被杀与婶子没有直接的关系，但我总觉得婶子好像犯下了不可宽恕的“滔天之罪”，左丘明《国语·国语下》里的“从善如登，从恶如崩”总在绞痛着我的心绪，否则她怎么会沦落到这份田地啊？

我的婶子，她的前生后世到底欠下了什么冤孽，让我叔也跟着她一起如此受苦受难呢？对他们而言，我觉得老天未免太残酷了，抑或有种惨绝人寰的味道。

我偏执、自私的想法，的确有些强加于可怜的婶子。我把孽债全算到一个没有文化的普通农村女人头上，有失公平。我开始反思我自己、我身边的人还有我的老祖宗从前种下的因，难道是我的祖父、祖父的祖父曾犯下不可饶恕的罪业，让后辈替其来顶罪、还债？

古语云：种瓜得瓜种豆得豆，莫非此间大有玄机？

人世间没有对错，只有因果。佛曰：善恶因果，如影随形。佛陀高明之处，不仅在于其慈悲为怀，播种福田，更在于其无量的智慧和禅悟。

净空法师赫然亲题的“万法皆空，因果不空”以及古人“祸福无门，惟人自招”的警世禅语，也一遍遍在我心底荡涤出清心明目的一线微澜。

堂弟走后，叔仍然把守着自己的一亩三分地，照样强装笑颜，帮村子里闹矛盾的家庭调解纠纷，婶子却带着三岁大的孙女，面对眼前的唯一寄托和媳妇改嫁的抉择，显得非常的无助和无奈。

我想着二老在乡下的孤寂，于是把他们介绍到县城药厂里做看门工，以缓解他们在家里睹物思人的悲戚。他们的身体开始每况愈下，婶子也莫名其妙地发过一次“狂躁症”，如果不是我及时护送抢救的话，她那条苦命也早了结了。

高血压、糖尿病、心脏病以及肝病、血吸虫病等犹如万箭穿心一般朝叔一并袭来，还好他守的是个药厂，好心的员工都会主动送一些保健药给他吃，勉强维系着他孱弱的身体和相形见绌的暮年生活。

重重的困扰并未完全折磨倒这位心力交瘁的老人，他在药厂认真负责的态度常常受到厂领导的表扬和奖励。庆幸的是，有大家的关心劝慰和他一贯乐观心态的支撑，我的老叔奇迹般地踉踉跄跄走过了古稀之年。

那天，端午节临近的日子，远在北京的我突然接到婶子的电话，说叔肝腹水已经不行了，想放弃治疗，甚至不想喂食给他。婶子说那样会拖得叔反而难受，言下之意就是让叔早走早安。我当时听了火冒三丈，一边跺脚，一边训斥婶子，我趁机把对婶子窝着的一肚子怨气和火气都一股脑地发泄了出来。

最后我对着话筒重重地丢了一句话：只要叔没有断气，你塞都要给我塞进叔的嘴里去，让他过完这个端午节再说！

然后“哐当”一声我摔了电话，电话的那头婶子想必在嚎啕大哭——

叔，一过完端午就静静地走了。

我十分纠结！我不敢对这个可气的婶子妄加指责。她已经不堪重负了。

后来，婶子见了我或见了亲戚的小孩都很亲热地一个劲喊“崽呀崽呀”，听得我亲切也听得我有点心惊肉跳。

为此，我不止一次求问过八卦，他们都说婶子命里没有崽的份，她喊谁谁就会倒霉遭殃，我不寒而栗！

我或许怕死，不止一次当面劝婶子别喊我叫崽，叫什么都行。她当面答应得很爽快，可下次见面时她又一个劲地喊我“崽呀崽呀”，我对婶子的反常有些反感，告诉了娘，娘委婉地说了婶子。后来，婶子见了我就直喊我的乳名了。

或许，婶子真的想弥补她从前的过错，抑或找寻她曾经缺失的那份母子情感？这一点，婶子一点错也没有，如果她真的是想发自内心改变，即使晚了些，我也觉得很欣慰和珍贵！

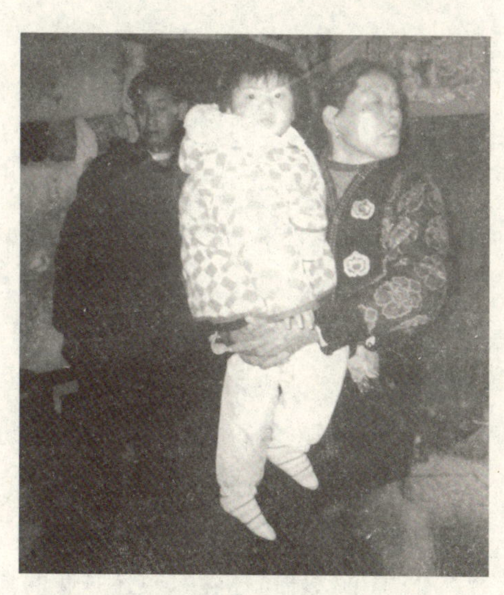
叔婶相依为命一家子

毕竟，命运多舛的婶子，这么大年纪磕磕碰碰一路趔趄着走来，也委实不易啊。

佛教提出的“五戒十善”，其中就有不两舌、不恶口、不绮语等三善之说，《贤愚经》中描述一比丘曾“恶口”侮辱得道罗汉，五百世中轮回做狗的故事，也警示后人：恶口之报，岂可不悟？

我觉得，生活中“恶语伤人，谗言气人，毒口杀人”势必有其道理。

老叔生前跟我解释说：“你婶子没有读过书，脾气也不好，那张不饶人的嘴巴也吃了很多亏，你要多谅解她啊。我走后，你要像对待我一样照顾你婶子哦……”

看在叔几近求情的份上，我默默点着头——

六

叔是个十足的文盲，但他的善解人意、通情达理令我折服。

他常常对我说：我苦归苦，但人能活着就是福啊！人要朝好的方面想，遇到挫折一定要学会抗，不要怕，要乐观。我不是这样的话能活到今天吗？我能活到这么大岁数我已经心满意足了。

树要剥皮骨抽筋，人要归西灯不明，天要下雨，娘要嫁人嘛。这是无法抗拒的，有时候，你不服命不行啊！娘也这样告诉我。

后来，我也一直在想：苦，如果含在嘴里的时候，越咀嚼越苦；如果吞进肚里的时候，越回味越苦；如果捆绑在自己左右的时候，越行走越苦；如果把苦镶嵌在微笑的眼角的时候，苦水或许淡化成一泓甘泉了。

苦而不苦的老叔，不就是把苦一直镶嵌在自己眼角而面带微笑活下去的人吗？

他一生没有一句豪言壮语，也没有惊天动地的壮举，但他在平凡中、在痛苦中创造了坚强、坚韧与坚守，一如黄山那棵不倒松！

这，既是老叔生活的朴实写照，更是对我们后人最好的启迪。

老叔出殡的那天，亲朋好友以及村里村外闻讯的人排着长队都来为他送行。天气出奇的好，本来是梅雨季节，白天既没有太阳晒，也没有雷雨浇，不冷不热十分凉爽，既适合农村土葬习俗，更顺应了前来悼念的人的心愿，或许，这说明老叔积的那份阴德，那份悲苦打动了上苍。

惊奇的是等老叔下葬后，当晚电闪雷鸣，暴雨滂沱好像老天也在为他作最后的送别。

叔走了，婶子还在；叔还是我的那个叔，婶子还是我的那个婶子。

生，是父母的赐予 ；命，是上天的安排；活，是众生的选择 ；死，是身与心的湮灭。

有道是：天上人间善为先，花开花落任天然。

我祈祷：苦命的老叔，天堂不再受苦！苦难的婶子，人间也不再吃苦！

我更希望远逝的老叔，能寻觅到儿孙满堂的快乐天堂！

苦乐年华

大凡有生命的物体
都曾哀过悲过也喜过乐过
只是表达的方式不同而已
时间是最好的证人

忆苦思甜或叫苦不迭
甚至怕苦要命恨苦入骨的人
肯定活得很苦
因为 苦对其而言
是套在脖子上的绳索
也是嵌在脸上的标签

其实　苦不是味道
而是生命长河里的结晶体
或砂砾或浮尘或根节
毋须去反刍
苦　也不是活得艰难的理由
活得委屈甚至憋屈
是因为活着的标准不一样

富翁也苦乞丐亦乐
神仙亦怒妖魔也笑
名家也好凡人也罢
高低贵贱
是非褒贬
爱恨得失

成败生死——

都在苦乐年华里浮浮沉沉

感恩活着

只需一瓣心香

佛缘

心　事

一

娘，是一个喜欢清静的人，或许，父亲走后，她过惯了清心寡欲的日子。

我成家后不久，分到一套两居室的县委机关集资房，我们专门安排了一间给娘住，娘住着住着就觉得不自在了，我问娘：你哪里住得不舒服啊？她话中有话：我哪里都不舒服。

吃穿住不用愁，看风景就下楼，孙女有保姆带，楼上楼下电灯电话，舒适敞亮多自在。难道如此美好的日子娘都不知足吗？非要我们搬出去不成？我当时越想越觉得娘不对劲，她肯定有什么隐情。

后来，我终于发现了娘不愿跟我们住一起的真正秘密。

娘为打发日子，很早就信奉了基督教，她虽学得似懂非懂，但的确给她带来了不少快乐时光。进城以后，娘又接触了一大批“信主”的老太太，除了星期天上午去教堂做“礼拜”之外，有事没事就会邀集一些老太太来家里诵经吟歌，老人们在一起其乐融融，很快一天就过去了。我当时见着也不反对，爱人也持中立，我还替娘这么大年纪能读书念字、唱歌交朋友感到特别的惊喜呢。

谁知“无心常被有心害”？来我们家的老太太其中有一位眼睛很尖，嘴也很毒，发现了我挂在房间一个小小的带镜框观音像，就惊叫起来：这还了得，你们家还有“迷信”的人啊？喔喔喔，不同道，不同修，不能为伴啊。

她这一叫唤不要紧，把别的老太太和娘的心都咯噔咯噔搅动起来了，娘本不认为我们相冲相斗，我们相处这么久也好像没有什么大伤大碍，被她这么一惊一乍，娘看到大家都起身纷纷离去，顿时陷入了矛盾之中。

因为我从小画过观音，描过弥勒，也随心随缘。那天我正出门的时候，一自称云台山的出家人，遇见我直说我有佛缘，非要送个观音像给我结个缘，我也没想那么多就接了下来，随手放在我房间里。

娘信娘的，我信我的，我爱人属于无神论者，三足鼎立，我觉得井水不犯河水，大家在一起没有牵绊，各自过得悠然。

可娘自从被那老太太一折腾，就始终对菩萨像敏感和警觉起来，越过越紧张，心里总挂着一个疙瘩，总担心家里出个什么事我们会怪罪她。

人的负累，其实都是心惹的麻烦。

娘越看到观音像越觉得受不了，住一段时间就“转转纠纠”（方言，不耐烦的意思）想搬到姐姐家去住。可在二姐、三姐家没住几天又搬回来了。姐姐告诉我：娘听别人说，崽有房不住，跑到女儿家住不好听，要么婆媳不和，要么儿子不孝，她怕你背黑锅就不想住下去了，我们留也留不住她。

娘，就是一个瞻前顾后的人，她有时为顾全大局，抑或顾及我做儿子的面子和感受而委曲求全，这点真的让我感动！但娘有时很任性，就像一个淘气的孩子，说来就来说走就走。

二

我并没有把那尊娘看不上眼的菩萨像藏起来或扔掉。“既然请进门，就得尊奉神”，这，或许就是我与佛一直没有离舍的心缘。

娘看到我无动于衷的样子，也不敢多说什么，怕闹出矛盾来，我见了娘去教堂，也不干预，觉得只要娘有了寄托，我心里也踏实，日子就这么一天天捱着过。

那天晚上，我喝了酒玩牌玩到凌晨才回家，我刚进门正在脱鞋子，就听娘的房间传来不同寻常的声音：你呀，就晓得打牌，打牌的人有几个好的啊？赌就是屠，四个人一桌就是四把刀一架，自相残杀，十个赌九个输。

娘劈头盖脑的一顿，我没有反驳。她以为我没有听到，接着把嗓门拉高了八度：你这么晚回来，你去玩倒有劲，但你知道娘的苦衷吗？你一夜不归我一夜没睡，生怕你输，也担心你出事啊，再说熬夜也伤身体啊，亏你还是个干部呢。

“不关你的事，你睡你的觉不就行了吗？你少管闲事！”我终于不耐烦回击了一句，这一喊把娘气得从床上跳了起来，声音刺耳且句句入骨，堪似我小时候被骂的样子：你是娘的崽，我不管你谁管你啊？你现在日子好了，骨头就硬了？就胆大包天就无法无天了？就嫌老娘是不是？你现在有本事了就不要娘了……

女儿也被娘的厉声斥责吓醒了，爱人哄着孩子，也不敢做声，轻轻地关起房门，静听着我们母子俩的唇枪舌战——

次日，娘就叫离得最近的三姐把她接走了，她并没说我们吵架了，她跟姐说很闷。

其实，我知道娘是真心关心我，也是在借题发挥。

娘既被我气饱，也被我气跑，好在她一个人没有跑到鄱阳湖边的乡下老家去，否则我的事就摊大了，那全村的人都会说我闲话。我知道，娘不管如何生气，还是会给我这个不太争气也沉不住气，过上逍遥日子就有点醉的儿子遮一把羞。

在娘眼里，我似乎还未脱离儿时的玩性。那时候，我只是个普通干部，也比较清闲，一杯茶、一支烟、一张报纸看半天的日子的确悠哉，因此想借玩牌消遣百无聊赖的空虚日子，也不伤皮肉。

但娘不这样认为，她说：玩牌的人都是从小玩到大赌，日子久了就上瘾，玩大玩小、输多输少，眼睛熬得像条狗。人输不起了就会想到去偷、去抢、去贪、去想法子赢回来，赢的人想赢得更多，输的人又想扳本，你说这样有“了日”吗？

娘说的不无道理，但我觉得没那么严重，所以总会跟娘辩驳。

娘说：贪玩的人，跟人偷情没有什么两样，人家一招呼，心痒痒地自然就去了。

娘说得有些邪乎，我不以为然，总是借万千托词劝娘别瞎操那份闲心，娘总是不干，过不了几天就找我点茬又撩我几句，弄得想往地缝里钻。

有道是：儿心不改母生忧啊！

的确，玩牌的时候想赢的心理普遍存在，玩起瘾的时候什么都不想干了，而且我心态也不好，背气的时候恨不得把牌也扔了，我也知道这样玩下去，影响不好，毕竟自己是机关工作人员。

狗，就是很难改掉吃屎的毛病。

娘，担忧的不止那些，最担心的是我一直处于亚健康的身体。她总是对我现身说法，没完没了的唠叨：你爷爷不就是变成赌鬼被人打成痨病而死的吗？你父亲得脑溢血不就是平时没有注意身体而走的吗？儿啊儿……娘的“杀手锏”如鞭笞我，令我束手就擒。虽然有时当耳旁风，让娘很失望，但对我而言，仍具一定的杀伤力。

娘随着岁数增大，愈加啰嗦不休。随着日子的安逸，娘明显看出我比以前更懒惰和贪玩了，仅凭我不干家务活这一点，娘对我就隐忍很久。

娘，最怕儿子回到从前，也担心日子回归原点。

娘一般不说，一旦惹急了她，她就会倒豆子似地数落得我一败涂地。在她眼里，现在的年轻人，大都喜新厌旧，追求刺激，无法与她们那个年代的人相比，有种“身在福中不知福”的傲慢与惰性。

我身上的痼疾被娘一览无遗。她对我包容式的诊治，委实让我惭愧不已！

过了几天我就把娘从姐那接回来了，娘进门的第一句质询话就是：你没去打牌吧？

我为了不再把娘“逼出宫”，我抽烟、喝酒、打牌的频率明显降了很多，偶尔“露“峥嵘”的时候也尽量不让娘发现。

同时，我正筹划着在湖西再买一套房，把这套留给娘，或许隔着湖，母子眼不见心不烦，距离产生平静，也可以满足一位乡下老人在城里独自拥有的那份宁静。

三

2004 年，那次搬家，把娘气得铁青。

搬家前，为图吉利，我专门请教了风水先生。他告诫我，搬家的时候与我不同修、不相谋的人无论是谁都别让其掺和，我立马想到了娘。

那天一大早，我趁着娘去湖边晨练的空档赶紧搬家，仓促之下连放挂鞭炮都忘记了。

娘回到住处，发现人去楼空，拿起家里的那挂鞭炮就气冲冲地一路小跑从湖东追到了湖西，我听到新房楼下噼里啪啦的鞭炮声，看到了一张被烟雾缭绕，有些怒气未消的脸，顿时觉得脑袋嗡地一声像爆炸一样。娘上楼后当时并没有发作，我只感觉娘的脸色不对劲，娘指桑骂槐地丢了一句：“搬家背着娘先走，养崽不如养条狗！”就悻悻下楼了。

望着娘离去的背影，想必母子间两种复杂的情绪交错着，难以言表。

就这样，娘一个人住湖东，我一家子住湖西。我们隔湖相望，有时她来我往，似乎过着相安无事的日子。

距离，往往是拉开挂念的腰带。虽然离得不远，但有时会让我提心吊胆，生怕一个老人出点意外。

一位古稀老人，独居在五楼“鸽子笼”里，爬上扒下足以让其喘气不止，娘自己还要买菜做饭洗衣，委实不易。我、爱人和姐姐们虽会帮衬一些，但很难顺其心，满其意。

有段时间，“跳梁小丑”几次光顾那几幢既无物业也没保安的干部宿舍楼，把我吓坏了，也把娘吓晕了。小偷总以为住干部楼的人肯定有钱，哪知道住的全是一帮年轻的穷光蛋。

娘躲在楼上几天都没敢下来，即使安装了防盗门，她睡觉之前都要拿几把凳子把它挤拢，窗户捂得严严实实，灯泡换了小瓦数。我进门看到这样，劝娘不要太紧张，娘说：这不是我们乡下呀，万一贼进来了我一个老太婆怎么办啊？城里就这点不好，贼多，住得没有乡下踏实。

我劝娘：别怕，如果一旦贼进来了，他要什么你只管给他好了，只要他不伤害到你就行，实在不安心的话，就搬到我一起去住。

娘摇了摇头，一脸颦蹙。

我有时候真的产生了为娘找个老伴的想法，但怕一生厮守传统礼规的娘反感，娘也可能会猜疑我把其往外推，在这个节点上岂不是火上浇油吗？

对守寡已成习惯的娘而言，重要的并非老来伴，或许就是心底的那份虔诚与祈望。

天下的娘，有几个成心想与儿女对着干的呢？老人活得小心翼翼，也过得战战兢兢，又有几个子女懂得的呢？

娘独守空荡荡的楼房，默默地折叠着心事，看看电视，看看夜色，听听屋外的动静，也听听墙上挂钟的嘀嗒声，想着自己走过的岁月，又想着儿女明天的日子，尤其是想到没抱上孙子的事，娘更是愁眉蹙额，辗转难眠。

每次对着我想开口欲言又止，怕我搪塞也怕我烦，家里来客的时候，娘就会借机扯出话来叨几句，说我们家的情况不一样，叔婶没生孙子有情可原，我们不能没有呀，否则李家香火怎么传下去呢？

钱多不如人多，没有人脉哪有钱脉？娘薪火相传的想法很传统也很现实，但我每次总会避开娘的视线转移话题，让娘很是失望。实在回避不了，就硬梆梆抛出一句：生儿生女，都是命中注定。

我无奈，娘更无奈。娘不再说什么了，背着我，虚掩着房门，轻轻地擦拭着眼眶里溢出的泪花。

四

我与娘先锋对决的那次，是我从囚笼里出来的第一个夏末。

小外甥酒后驾车把人撞飞了一百多米，人撞死了，折腾了很久，赔了不少的钱。我从海南散心回来后，把从看守所出来的败家子打了一顿，三姐、三姐夫也被我劈头盖脑骂了一通。

我本想带这小子去人家的坟头偷偷去祭奠一下，这既是对逝者的赔罪，也是对生者的安抚，更是对自己犯下罪孽的忏悔，哪知他们一万个不同意，理由是赔了钱就一了百了了。

人家一条活生生的命，就这样被他毁了，一个完整的家就这样被他摧垮了，自己连悔过赎罪的表现都没有，良心何在呢？

娘那天也被三姐接了过来，娘夹在儿女之间左右为难。

娘自从信奉基督教以来，把人的生死看得跟我们常人不一样，她常说：人死如灯灭，两眼一抹黑，啥也不晓得。

娘指着一旁发愣的外甥说：这血的教训你要好好吸取啊，这个“节”过去了就算了，以后一定要多学乖哦。

算了？这么大的事就这样算了？他就是你们这些人惯的宠的，否则不会出这么大的事。娘不开口还好，一开口把我给激怒了：你天天信耶稣主有什么用嘛？你怎不请你的主保佑他不撞死人、保佑我不出事不坐牢呢？娘听到我借“主”说事，辱骂她心中最信仰、最崇拜的上帝“耶和华”，愀然不悦，也借着话题，开始了母子俩新一轮的唇舌之战。

你这个“迷信头”，你自己做错了就该找自己的原因，不要疑神疑鬼，你不是说种什么因结什么果吗？你被人家摘了帽子、掉了位子，你说你受了冤枉，怎么偏偏冤枉、陷害的就是你呢？至少说明你有问题嘛……娘像倒豆子一样十分苛责地数落着我。

他这个愣头青，跟你一样，他喝酒不开车，开车不喝酒会撞死人吗？他平时任性，有时胡作非为，你们做父母的，你这个做舅舅的难道没有一点管教责任吗……娘不时指向一旁不敢做声的外甥、三姐和三姐夫，还有怨怒未消的我，说得我们一个个垂眉低首。

你们的事，跟老娘八竿子都打不着边。善有善报恶有恶报，这才叫因果报应哩，亏你还信佛——

娘反唇相讥，我几乎无还嘴之力。

我刚想抬头争辩，立马被娘高压枪似的气焰压下去了，娘连珠炮般的发泄让我又怒又羞。

娘数落到最后，我实在站不住了，不得不掏出我的底牌：我错了，我们都错了行吗？不管怎样，以后你也不要再信什么主了，主也不会帮你的。这么大年纪好好在家待着，我给你什么都行，就是不准信主！

没门！除非你让我不活。娘据理力争，只见她颈脖上的青筋闪电般搏动着，喘息不止，心也快跳出来。

你是你，我是我，我毕竟是你娘。你说说，我信主哪里碍着你呢？是你教了我唱还是你帮了我念呢？我信我的主，我老了就不可以自己做主吗？水不平要流，理不平要说，你说说你的理给老娘听听？你呀一不顺心总是赖坟赖屋，还亏你读那么多年的书啊……

娘剑走偏锋，寸步不让——

老人不斥子，子女更无理。最后娘看到我们一个个垂头丧气，语气才慢慢缓和下来。

那天，我们僵持到很晚，天气十分闷热，屋子里的空气似乎凝固起来。

三姐把气嘟嘟的娘搀扶走后，我开始了前前后后席卷式的反思。

从祖父祖母的不堪离逝到父亲的突遭身亡，从叔婶的断子绝孙到姐姐们的周折不顺，从堂兄弟的伤残夭折到小外甥的玩世不恭，忤逆不孝，我的官运多舛、锒铛入狱到娘早年守寡甚至与我“背道而驰”，还有从祖屋的离奇衰落到老屋的破漏不堪等林林总总，我把家族看似一败涂地的景象统统搜罗了一遍，希望能从中找到这些天灾人祸源头的蛛丝马迹。坦白地说，也希望与娘信教扯上点关系。

清早，我抱着“亲娘好打崽，亲崽好顶娘”的心态单独去了娘的住处，她还以为我是来给其道歉的，哪知道我是来“反攻倒算”，我劝她偃旗息鼓，娘气哭了，呼天喊地，寻死寻活，要不是我眼明手快拉住娘的衣襟，紧紧抱住她，娘的头差点撞到墙上去了。

娘的刚烈，大有我老祖宗抗金英雄李若水，喋血骂贼，至死不屈的气概。忠愍公的那首就义诗“每事恐遗千古笑，此身甘为众人违，恨难重有君亲念，血泪斑斑染客衣。”的悲壮情怀，仿佛与娘此时此刻的心情非常吻合，我真的有点像暴戾的金贼，裹挟着逼娘就范，这像一个有良心崽该做的事吗？

那天，我跟娘争执了很长时间，从那开始，我与娘的关系处在一种不冷不热的微妙状态。

我开始发动身边所有的亲友轮番做娘的工作，劝娘必须放下和放弃。大有不是东风压倒西风就是西风压倒东风之势。所谓的大道理讲了一箩筐：一家不能二派，母子不能对立，否则就会人亡家败。但娘根本不吃这一套，仍然我行我素，反来质问我：你不是有良心吗？你为什么不放弃呢？老娘不偷不抢不诈不骗，我就是信个主，我有什么罪呢？

我与娘的矛盾开始升级，甚至到了白热化。

这次，娘明显不给我面子，她想到了另租房子，想到了离城出走，想到了与我断绝母子关系，还想到了要去跳湖——唯独不想放弃她信奉了几十年的耶和华真主了。

真如《圣经》所言：

谁能使我们与基督受隔绝呢？难道是患难吗？是困苦吗？是饥饿吗？是赤身露体吗？是危险吗？是刀剑吗……

那段日子，娘每天蹙额愁眉，不愿见到我。连远房的一位最能说会道且娘一直很尊重的姑母大人，被我多次请来给娘“洗脑”也无济于事。

我陷入了极度痛苦的泥淖。

人，一旦坠入痴迷不悟的境地，就难以自拔。

有时候我恨命运的不公，恨老天的愚弄，恨自己的不争气，也恨娘的固执，恨那些故意把佛教与基督教两派之争的火点燃的信徒们。

其实，最应该恨的，是我的愚蠢和自私，狭隘与偏见。

因为，我“绑架”了娘，绑架了她的身心和灵魂，我无法原谅自己。

那段日子，很想见到娘，但又怕碰到她，有时也怨娘，更恨自己，矛盾的复杂心理一直折磨得我不堪重负，难分黑白，固执与自私就像虫子满身心地在爬，像在盘剥、蚕食我不孝的灵魂。

修复自己，有时需要付出绞痛一生的代价。

后来，不知什么原因，突然间娘不去教堂了，好久也没有听到她诵经吟唱了，那些经书也不知她放哪里去了？这，既让我喜出望外，也令我忧心忡忡。我常常看到打掉牙往肚子里吞的娘孤零零的影子慢幽幽地在湖边晃动，无精打采地过着清淡如水、寂寞如愁的日子。

有时候娘的行踪看起来也觉诡秘，她下楼的时候也故意不告诉我们去哪里。娘越这样，我越不放心也越不死心。有时我们竟然悄悄跟在娘的身后，甚至偷偷去过娘经常去的教堂，看娘有没有真正放弃，我们几次都扑了空。

我觉得自己疑神疑鬼的行为很可笑也很荒唐。

娘，就是这样一个服软不服硬的人。她的心事，别人永远猜不透。

儿女有儿女的想法，娘有娘的心事，就像两条不同区域的河流，各自汩汩地流淌着，即使交汇在一起，也会泛起不同的颜色。

世界上最遥远的距离，莫过于心与心隔着薄薄的一层皮。

蹁跹岁月，给大人幸福时光留白，给自己苦乐年华写生；茫茫人生路，别忘了回转身，送人一颗开心糖，给己一粒救心丸。

娘的放弃绝对不是胆怯，不是懦弱，不是退让，更不是败北，她一定有她的道理。

母爱如山

娘之所以为娘，因为她心底装载着诸多心事，一如季风，一年四季守候在某个关口，有时行云如水，有时守口如瓶，有时期待花期的到来。

或许，我们做儿女的，永远不懂娘那份云雪飘飞的心事啊！

我蜷缩在娘的精神世界里，落荒而逃——

娘的心事

折叠的心事
娘用棉袄裹着了好些季节
紧紧地
她压根不想让儿女拆卸
娘觉得心事是唠叨的最佳替代品

漫长的夜
是娘与心事对语的时段
她不希望有人打扰
哪怕饮尽孤忧
她觉得夜是最可靠的伴侣
儿女们虽然长大成人
但她觉得儿女疲于奔命
抑或疏忽大意
一如不懂夜的黑

娘　渴望心事
能在某个春天盛开
可是　她守望了无数个日夜
全托付给了喃喃的梦呓
娘的心事
潜藏着几分执拗
也饱含几丝淡淡的哀怨
但娘从不敢触碰膝下的底线
就像一个小囡
紧紧搂着她孩提时的百宝盒

不许任何人来开启
娘祈求儿女给予她埋藏的权利
她想带着那个属于自己的盒子
共枕长眠

娘
之所以为娘
儿女毋须猜忌或牢骚
更用不着与娘较劲
只要把娘那个字　轻轻掰开
把女人的心　慢慢揉开
娘到底有多好
就历历在目了

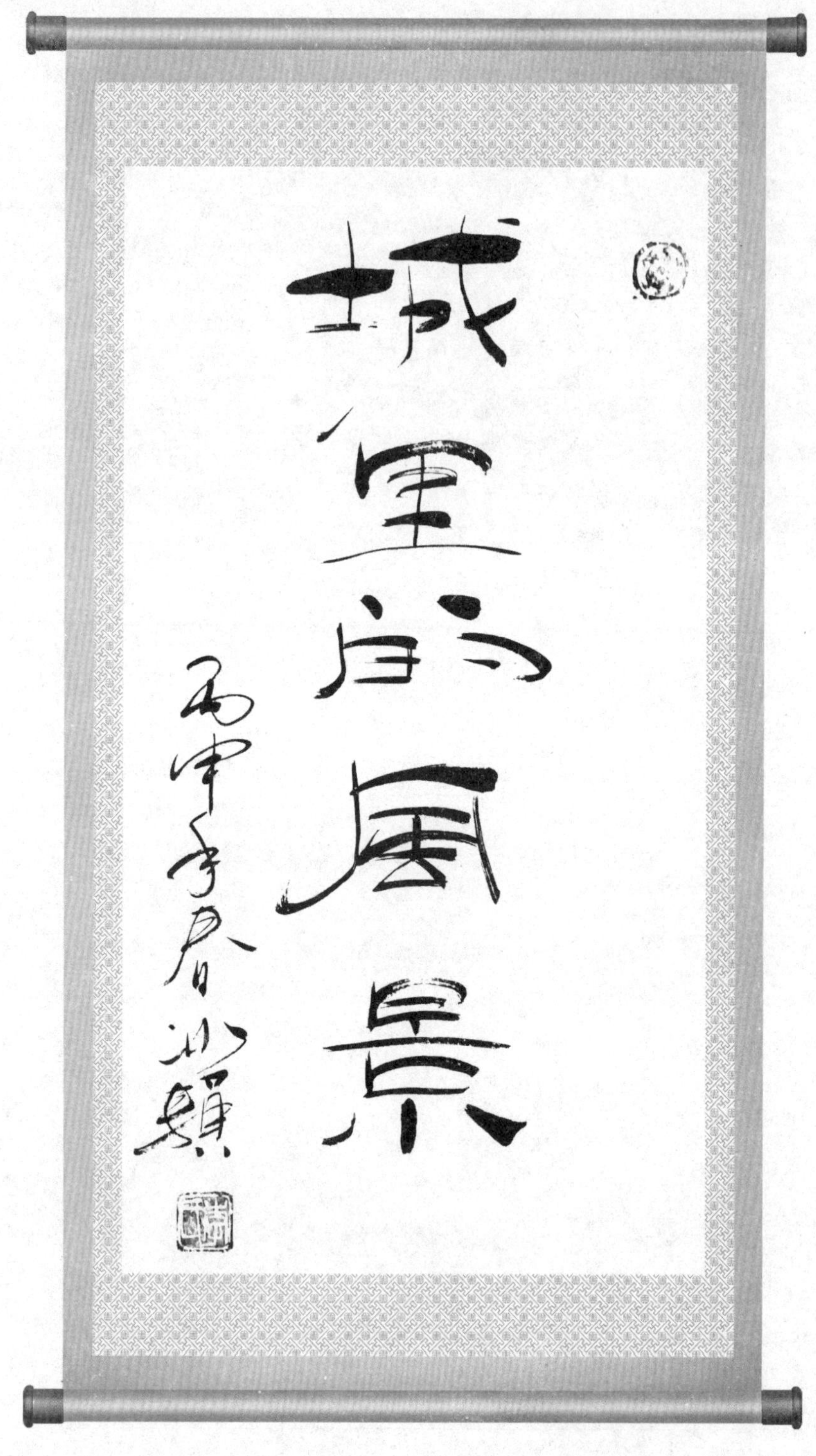
城里的风景

城里的风景

那首《城里的月光》唱出了城市的万千变幻，唱出了心的淡淡忧伤，也唱出了娘在城里的彷徨、期待以及徐徐而来的迟暮时光。

娘，跟着我在城里二十年来的生活，让她收获了也失去了，让她懂得很多也见证不少，让她喜过怒过、笑过泣过，也让娘在陌生的城市和年轻的面孔里渐渐老矣。

一

澄碧湖公园坐落在县城莲塘的中心地段，没有开发之前曾经是一大片养鱼塘和湖草蕿蕿的水域，有些浑浊的水沟里偶尔冒出几朵红白相间的莲花，与这座古老的县城和其富有乡土气息的城名交相辉映。自从被开发商整体开发以后，再也没有见到那出淤泥而不染的碧叶鲜莲了，看到的只是被安放在水上公园南苑腹地的那座莲花钢架造型。

这座多功能生态公园，很大也很美。竹苞松茂，亭台轩榭，清澈碧绿的活性湖水流动着城市的韵律，也流淌着市民悦动的心弦，湖心岛上人影绰绰，中心广场歌舞升平，杨堤柳岸湖风轻飏，星月当空华灯初上，俨然成为市民休闲娱乐的最佳栖息地。

娘，不仅是这座公园的常客，而且成了公园里那帮黑客的猎物。

娘每天清晨和傍晚都会雷打不动地去公园散步和锻炼。晨练完后回到家的第一件事就是轻推我的房门，笑着慢慢靠近我的床沿，低声说：你还不起床啊，日头都晒屁股啦。我有时装没有听见，仍然蒙着头，但娘总是不厌其烦地重复她声声叫唤，一如我小时候。

那天我特地陪着娘一起来到运动场，惊讶地发现，娘的腿比我翘得还要高，玩那些体育器材比我还灵活，她锻炼时的专注和利索劲，完全看不出是一位农村来的百病缠身的老人，这不由得让我自叹不如啊。

湖的周边开发的楼盘，鳞次栉比。晚上，湖岸楼房的霓虹灯在湖水的映衬下，如梦如幻，美轮美奂。

娘听说湖东湖西两边的房子涨到了上万一平米，啧啧咂舌，想想以前的老屋整幢连地基都只卖了区区的几千元，不由心生惋叹。娘说：城里和我们乡下就是不一样哦！

鄱阳湖还是那汪湖，沙洲草仍是那堆草，那方水土好像永远也走不出乡村的栅栏，赶不上城里的脚步。

娘很享受公园的生活，也享受这座城市给她带来的新鲜活力。

娘每次入园，穿得都很整洁，稍微褶皱的衣角她都会用手轻轻厘清，脚上有一点泥巴她就会小心翼翼地到湖边沾点水洗干净，她希望别人看不出她来自乡下。

然而，娘永远改不了的乡音，还是被那些天天游走在湖边，专门瞄准乡下老人下手的饕餮者发现了。那个傍晚，他们瞅准娘离群的时刻，拿出早已准备好的“迷魂药”暗自喷洒，把娘身上所有值钱的东西洗劫一空。他们并没就此罢休，仍哄着被熏得迷迷糊糊的娘，去家里把仅存的二千多块钱如数地奉送给了那帮家伙。

等娘清醒过来的时候，他们早已逃之夭夭。

娘气得大哭了一场。她一直不敢告诉我，后来三姐才偷偷说给我听。我叮嘱娘：千万不要再跟陌生人说话啊！

娘记住了，再去公园的时候特别小心，走路总低着头，尽量跟伴很少掉单，裤兜除了那串钥匙外只有几块零钱，见着问路、搭讪的人她也学会了装聋作哑。

其实，娘在城里活得并不比农村轻松，处处设防，让她很拘谨。

娘，就像城市上空一只孤鸟，有时悄然无痕、喑哑无声，有时艰难发出几声倦鸣。

二

城市给娘的无形压力，让她有时觉得寸步难行，她担心每走一步，都是一个陷阱。也担心，当她摔倒的时候，没有人把她扶起来。车子如果撞倒了她，会像撞父亲的那个人一样撒腿就跑。所以，她出门的时间越来越少，生怕“走多了夜路碰上鬼”。

娘不去散步的日子，公园里照样人头攒动，舞曲喧天。城市的节奏越来越快，娘的日子却越来越单调，仿佛被光怪陆离的城市甩在一边。

娘的身体每况愈下，经常头晕头痛、心慌心颤得厉害，行走的步子越来越小也越来越慢，虽然我们极大地满足娘在物质生活的一切需求，但她仍然觉得全身乏力、枯燥无味。尤其是上五楼越来越艰难，每到一个楼层她都要喘着气歇上好几分钟。

我担心娘出意外，就把娘从湖东接到了湖西，跟我们又住在一起，那套旧房子就出租给别人，每月的租金由娘去领取，我想让她有一种城里退休职工月月领退休金的感觉，娘乐此不疲。

娘接到租金，也舍不得用，她把“大头钞”一张张叫我爱人帮她存起来。娘喜欢到外面捡一些塑料瓶子带回家好换钱，把凉台塞得一片狼藉，我有时说她，一篮子茄子当不得一只冬瓜，一个月换的钱还不够我抽的一包香烟呢。娘反驳我：小河有水大河满，小路不走大路哪能行得远？我无理争辩了。

娘不舒服的时候，故意趁着我们不在家，就一个人去附近诊所吊针，娘行走在“吊瓶森林”里已经很多年了，她不愿去大医院看病，怕繁琐也嫌药太贵，说公家的医院不是在治病，是在专门卖药，我几次把娘带去看病，娘都偷偷溜回来了。娘去私人诊所也不要人陪，满是针孔的手连护士见了都心疼得下不了手，据说有几次药水都吊不进血管了，但娘为了解除一时病痛，没有其它的招，只有这最实惠的权宜之计。

护士问娘：你这么大年纪，怎么不叫你家里人来陪啊？娘当着护士的面帮我们打起了“圆场”：我儿子在北京，儿媳工作又忙，来不了的呵。

娘吊针回来如被我知道了，就会嗔怪她：你去吊针为什么不告诉我们一声呢？我可以用车送你去呀。娘苦笑着连忙解释：我走得动就走，走一走药性散得快一些，人也舒服些，你们不要担心哦。

我听得有些脸红泪湿。

人口密集的广场、集市或居民区，常常是那些打着为老年人健康保驾护航幌子的人的用武之地，他们巧舌如簧、口若悬河地专向老人大肆推销所谓的保健产品。娘也常常被这帮“游击队员”鼓动得难以自拔，把一袋袋所谓的保健药拿回家，我剥开胶囊给娘看，用手指一搓，全是面粉加工的粉末，娘顿时傻眼了。

我提醒娘：你以为这是在我们乡下啊？人家在城里靠什么吃饭啊？不骗你们还骗谁呢？想吃什么我都会买给你吃，以后别相信那些鬼东西了。

“城里的人，为什哩这样啊？”听得到娘躺在床上发出的唏嘘。

我有时候也会跟娘开开玩笑，哄她开心一下：人家说外国的月亮比中国要圆，那你觉得城里的月亮和我们乡下的月亮哪个更圆呢?

娘没有回答，只顾抿嘴笑着。

我又接着哄她：这城里的月亮比起我们乡下的月亮哪个要亮呢?

娘张开嘴，嘿嘿一笑：别逗我没有文化的人哦。圆不圆亮不亮，都是你们年轻人的事，跟我老太婆搭不上架哦。

其实，娘的幽默，就像石头缝里的水，一经流出来，就会显露出它固有的清柔与明澈。

三

就在娘即将步入耄耋之年的时候，我做了一件令我意外也让娘惊诧的事，我们左哄右哄地把娘哄到了我重新创业的“天子脚下”。

乡下有句老话叫“七十不离家，八十不留宿”。说实话，娘是很不情愿来北京的，她说自己年龄大身体也不好，担心晕车，也怕在外面出问题，其实，娘也舍不得多花我的钱，怕给我添麻烦。

我每次提及接她来北京，她都直摇头，她自我打趣地说：你有这份好心，但我没有这个好福哦。要说娘一点不想来北京看看那也不真实，她每次从电视里看到雄伟的天安门时不免心潮起伏。

夏末初秋，清爽宜人。“刘姥姥”进京的时候，我租住在宋庄的农家小院里，太阳花正开得火红鲜艳，好像在迎接娘的到来。种下的丝瓜、葫芦虽然长势不好，但引起了娘的注意，她顾不上休息就蹲下身子帮我拨土、浇水和剪枝等，忙得不亦乐乎，娘仿佛找到了当年乡下种菜的感觉。

娘不远千里，专门给我带来了她亲手做的酒糟鱼，鱼腥香的味道飘满了整个小院。娘亲自下厨，给我烧了几个儿时最喜欢吃的菜。她觉得做得不过瘾，顺手从院子角落的地上扯了几把马齿苋，给我做起了我很爱吃的马齿苋米糊菜来，我在异乡大口大口吃着娘亲手做的饭菜，那种味道简直无法形容，让我有种“回味唐朝”的新鲜感!

娘虽然老了，但娘的手艺依旧没有老，娘的心依然没有老!

晚上睡觉，由于床位不够，我在厅堂打了地铺。就在我渐入梦乡的时候，如水的月光透过窗台射了进来，朦胧中只觉得有个人影慢慢地走到我身边，双手轻轻地给我盖上被子，然后借着月光蹑手蹑脚地走进了里屋，早上我醒来的时候，身上果然多了一床薄被，那一定是娘怕我着凉给我盖上的呀。我想：我在他乡还能零距离地触摸到娘的那份温暖，该是多么的幸福啊！

登长城，本来是娘最遥不可及的事，但她凭借顽强的毅力，故意不要我们搀扶，做足了一次“长城好汉”，且慢慢地爬得很高很远。娘站在巍峨的长城之巅，手扶城砖，喘着粗气，停顿片刻，目光凝滞，不知是远眺蜿蜒龙脉，还是近看人流涌动？不知是在遥想当年不知啥模样的一代秦皇，还是在侧耳倾听萧萧风响？不知是在感叹这京城山外的绝美风光，还是在忆想当年自己的凄苦身世——

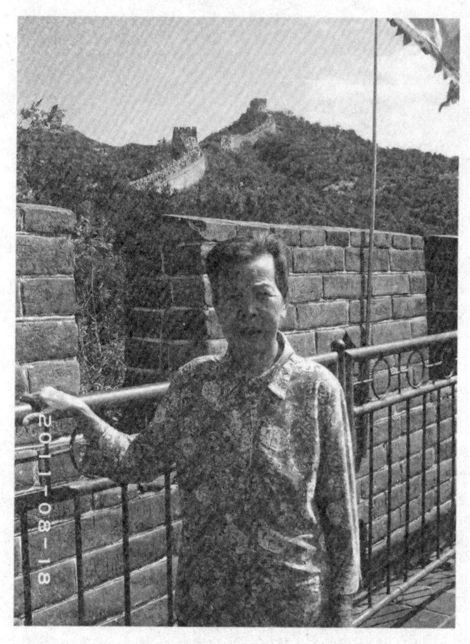

娘破天荒做了回长城“好汉”

夕阳照在百感交集的娘的脸上，把她那对大耳垂映得通红，也映衬出了她洋溢而复杂的心绪。但无论怎样，从娘蹒跚而上、悦动而下的步子中，我不难发现她打心眼里有潇洒走一回的满足。

我趁着娘的兴致，带她去了鸟巢、天安门，带她逛了西单、王府井，游了动物园，坐了地铁，尝了北京小吃，北京的一切对娘来说都是那么的新鲜、好奇，听着一句也听不懂的南腔北调，看着眼前左右晃动的花女绿男，仰视着从没见过的摩天大楼，心底泛起五味杂陈，娘真的像当年进大观园的刘姥姥一样骀荡不已。

晚上我们聚在院子里乘凉，望着头顶上的月亮，我又跟娘开起了玩笑来：北京的月亮比鄱阳湖的月亮要好看些吧？娘没有回答，只是抿着嘴笑。

遗憾的是，娘没玩几天，或游玩得劳累或水土不服，就又拉又吐，病倒在我的出租屋，我正准备送她去市里医院时，哪知道她一个人偷偷地溜进了村旁的诊所挂起了吊瓶，让我们惊诧不已。

娘反过来哄我说：“我知道你在外面赚钱辛苦，我的病是老病，不要紧的。已来好几天了，家里的窗户我没有关好，怕打雨，你抓紧送我回去就行啦！”

娘执意要走，内心无疑是纠杂的！

我知道，娘一旦拿定主意，我再挽留也是徒劳，只好顺着她。临上火车时，我恨不得一把抓住娘的衣襟。娘不时回过头，对我千叮咛万嘱咐：你看看娘这么差的身体，有这个命也没那个福啊。你出门在外，一定要注意好自己的身体！在外赚千赚万，不如在家喝粥泡饭，好风好景还是不如好手好脚好心情啊……

望着娘离去的背影，我有些酸涩，眼睛湿润而模糊了，一种莫名的惆怅和失落顿时涌上我的心头——

四

娘北京之行，我给她拍了很多照片，娘挑了些带回了家。娘见人就拿出来，大都市旖旎风景下的娘，特写的镜头尤为抢眼。楼下的老太太们都羡慕娘，说娘有福气，有个好儿子，夸得她那段日子整天乐滋滋的。

其实，我内心对娘的亏欠与缺憾，只有自己明白。

娘这么大年纪，我不能把娘带在身边好好照顾，娘反过来还为我操心、顾面子抑或为我遮羞，我非常难受！我只是做了一件很微不足道的事，娘就如此满足。娘越这样，我做儿子的，越觉得亏欠娘的太多太多！

那次，我回家探望娘的时候，又萌生一个愿望，想带娘和婶子破天荒坐一趟飞机去上海游玩，让两个风烛残年的老人在有生之年好好领略一下国际大都市的风景。

我左磨右泡，娘才微微点头。我趁火打铁把机票很快就订好了。

可就在出发的头两天凌晨，娘房间异样的响动惊醒了我，我下意识地跑进娘的房间，只见她人事不省地倒卧在床沿边上，呕吐了一地，一股刺鼻的酒精药味弥漫着整个屋子，我赶紧叫来救护车把娘送进了附近县医院抢救。

医生被我催得手忙脚乱，抢救了五个多小时，娘终于从死神边上夺了回来，她吃力地睁开着惺忪的眼睛，扫了我们一圈又无神而诡秘地闭上了。

我觉得有些蹊跷。

娘出院后，终于把这里面的隐情悄悄告诉了姐姐们：娘左思右想，想到了我的堂弟在上海被杀的厄运，想起了电视里飞机连连失事等心就砰砰直跳，更想到了去趟上海至少得花几千上万的，所以她中途变卦了。娘觉得当时勉强答应了我去上海，后来又不好意思回绝，只好想到了用醉倒自己的怪招来婉拒我的一番好意，可万万没想到自己喝猛了，差点送了命。

我这次没有半点责怪娘，装着一点也不知道，怕捅破那张纸后她脸上挂不住。

娘，有时候把面子看得比谁都重。

这，到底是城里风景惹的祸，还是娘自作聪明的好心惹的祸，究竟还是我的一片诚意惹的祸呢？

城里的风景，固然美好；风景下的人，却不一定个个完好。你如此，他也如此；娘，如此，我也如此！

因为，风景，只罩住了城市的外表，如同人的外衣罩住了人心一样。外在的风景，永远罩不住城市里的光鲜与暗流，也罩不住城市里人心莫测的浮躁与驿动。

正如我在诗中写道：

陌生的城市 就像一堵墙 娘独守这个城市 如守一个世纪 任窗外的屋檐雨淅沥而下 让窗台的蚂蚁 悄悄爬进心窝 风景对娘而言 只是一种牵强的借口 娘就是一簇城里城外的风景……

风　景

风景　美得撩人
甚至诱掖着很多贪婪的眼睛
人们大都喜欢站在风景的制高点
俨然把自己变成风中另一道景观
光天化日下去侵占别人的眼球

从乡村到都市
从塞上江南到塞外北国
从台前到幕后
从日月光芒到雨雾阴晦
风景并非大自然的专利
而已成看客们邀功请赏的一张名片
许多人都扯着风景的大旗
招摇过市：风景这边独好
也有不少没有成为风景的人
或张狂或暗地里
践踏着脚底下异类的风景
于是　风景
往往成为觊觎的牺牲品

其实　风景无处不在
每个人每个生命都是一处风景
心境不一样
风景就各不相同
而最美的风景
就潜藏在自己心底

试想：如果有一天
诱人的风没了
景还会是原来的景吗
如果风景失去灵魂
风景依然是那道风景吗

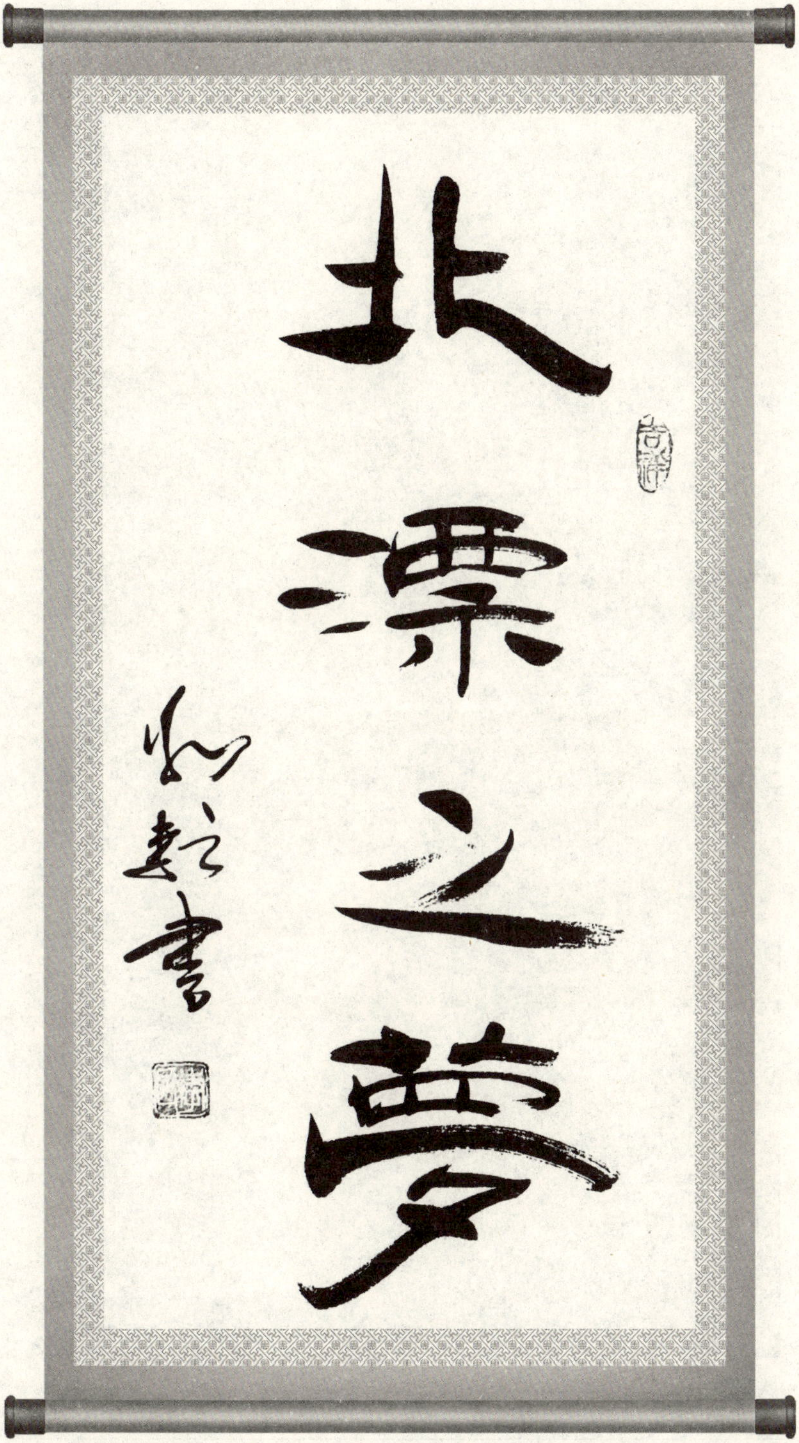

北漂之夢

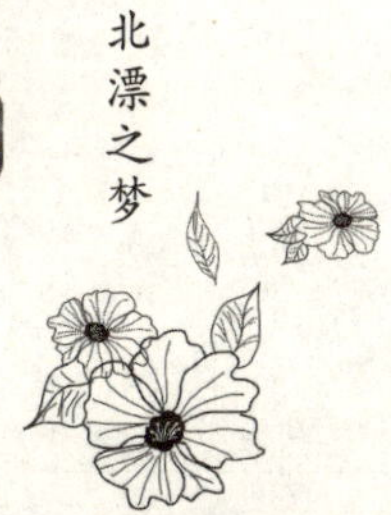

丙申

北漂之梦

选择京城，不是因为它的高大上，选择北漂，也不是因为我的穷困潦倒，在选择与不选择之间，我选择了选择，因为，我别无选择！

刘欢那首为下岗工人唱的《从头再来》，勾起我多少苦涩回忆，也震荡着我的灵魂，更唤起我重新站立的那股勇气。

我从官场彻底谢幕了，一路向北，漂移着，云泥入海。

一

2007 年岁末，迎接北京奥运仍在如火如荼地进行。我怀揣着在“笼子里”创作的歌词《平安心愿》，第一次以获奖者的身份来到了首都。见到了那些耳熟能详的革命歌曲诸如《映山红》、《 红星照我去战斗》、《在那桃花盛开的地方》和《我的祖国》等词曲作者，这些平时难得一见的老腕儿，那和蔼、谦卑的热心肠把我心中濒临熄灭的火焰重新点燃。

因为执着，北京不仅成了其施展才艺的舞台，且成了他们安营扎寨的家。他们个个满头银丝，创作的热情丝毫没减退，我如此年轻，为什么就不可以循着他们的人生轨迹也到此踏雪寻梅呢？

行者无疆

那时候北京天气虽然很干冷，但满腔的热血自此一直在我胸口涌动，整个京城我寻了个遍，直到我在最富盛名的古玩市场——琉璃厂找到了一处门面房落脚后，落英般的缤纷思绪才算慢慢安顿下来。

娘，舍不得我走这么远，她说有好手好脚，哪里都可以赚钱过日子，为什么非得跑到千里之外的北京去啊？我没有向娘过多解释，因为，我怕我越说，娘越糊涂越心酸越舍不得我离开，我只轻描淡写地说了一句：南昌不是我呆的地方哦。

娘和爱人知道我的脾气，后来没有阻拦，娘只叹了叹气，说：实在要去北京闯闯也可以，兔子不吃窝边草，好马也不吃回头草，闷驴可要知道回头的路啊。

对于娘的话中话，我回答道：放心吧，我会经常回来的！心里却暗暗扑腾：如果我撬不动地球，就让地球背着我走。

一过完年我就迫不及待地只身来到琉璃厂，东借西挪欠下了一屁股债，搞起了艺术品多种经营。我以为当初至少会抓住奥运商机，掏一掏老外那鼓鼓囊囊腰包发笔小财，哪知道老外比鬼都精，还起价来半折以后还要折三折，折得你直流鼻涕，临走时还不忘慢条斯理丢下一句蹩脚的挖苦人的汉语：你们好厉害！

北京的水，如此之深，让我目瞪口呆，也让我度日如年，有时候比关在笼子里还要难受，因为杂品店几个月都没有开张，差点把我溺死。

干这行的有句行话：三年不开张，开张吃三年。如果要我去如此煎熬三年的话，恐怕早成皮包骨抑或骨头散架了。说心里话，我很佩服身边那些同行们松梅傲雪般的耐力：他们长年累月是如何熬过来的啊？

暑假，爱人携女儿来看我，我装着忙里忙外的样子，上蹿下跳，其实就想躲开她们的视线，以免心生酸涩与尴尬。借钱的朋友在催债，而店里又没有任何收益，急得我成了热锅上蚂蚁，我不仅没有带她们出去旅游的心情，反而有时女儿不听话就把气撒在她身上。

“啪——”那巴掌打得很重也很响。说好了带她去参加葫芦丝考级的，她突然说不去，因为惧怕。我怒吼着，像头发疯的狮子，就给了她一巴掌：都十岁的人了，这有什么好怕的啊？爸爸都四十多岁的人，如果也怕的话敢来北京吗？我边说边用我的经历给她壮胆，其实也在给自己打气，“今天你非得去考，不去的话就给我滚回家去。”

“你不顺心就把气撒在女儿身上，你还是男人吗？”爱人本来很少对我发脾气的，这次她显然看不下去了。

我没做声，我没理由也没底气再咆哮了。

女儿吓得也不敢再哭了，被爱人牵着手，乖乖地拿着葫芦丝照相和考试去了。考级结束，那本合格的考级证书，不仅留下了中国艺术考级委员会字样的大红章印，相片上也留下了女儿脸上那道许久都没有褪去的巴掌印，更留下了我对女儿的歉疚。

战胜怯懦，不仅要有战胜自我的勇气，还要敢于接受别人的鞭笞。

二

娘在南方煎熬中踽踽独居，我在北方困顿里挣扎度日，母子都在思念的地平线上期盼着晨光熹微的时刻。越是思念，夜越拉得漫长，夜越漫长，碎梦就越缠绕心间。

其实，娘好想知道我在北京的一呼一吸，即使不好的消息娘知道后也会在劝慰中找到一点点心安，我和爱人对娘进行了全面封锁。我们越是缄口，娘越觉得心慌，娘从我说不了几句就撩掉电话的情绪里早已捕捉到我肯定混得不怎么样，所以娘不敢再过问我的事了，几次想拿起电话不由得怯怯地又放下，每天都在寡言少语中度过。

如坐针毡的我，面对货架上蒙尘藏污、库房里堆积的陶瓷和墙上挂满的各种字画、苏绣，就像面对王屋、太行一样沉重，郁闷的愁绪淤积在胸口，没有任何食欲，所有的味道都被挡在心外。

我不是达摩，我是凡人，也是最烦的人。我在心底发出歇斯底里的叫嚣——

有时候我借着从老家托运来的赣南苦瓜酒独饮消愁，哪知道越喝越苦，越苦越愁，越想把眼前的酒连同心中的愁苦一饮而尽。

醉了，恍惚中我举望空酒瓶，对着它就是一顿讥讽：酒厂为什么取这么难听而晦气的名字呢？为什么不叫金瓜酒银瓜酒玉瓜酒呢？江西老表怎么土得一点文化品位都没有啊？如此难听晦气的名字谁买、谁喝、谁送得出手呢？

骂空瓶，如同骂空无的自己，我比空瓶还要空乏、比取酒名的人还要愚蠢。我现在连个酒瓶都不如，酒瓶至少还有容下一条鲜活苦瓜体量的价值，而我空无一切，什么也没有容下，连一点经商的基础和从事艺术的素养都荡然无存。

我从“苦”入手，开始琢磨苦瓜酒的盛衰历史。我仿佛觉得它的荣辱经历跟我相似，我想到了漫山遍野一只只苦瓜芯从小就被塞进瓶子里垂吊生长的一步步艰辛历程，想到了曾经一度辉煌后来黯淡无色的长得酷似江青的那个董事长，想到了苦瓜酒虽被苦瓜浸泡得口感微苦却苦中有甜的特别滋味，也想到了自己一路跌跌撞撞，几度沉浮、人生无常的弯弯轨迹……

难道自己就像一只被命运浸泡、漂浮于维艰岁月里的苦瓜吗？

我开始打起苦瓜酒的主意，我不能独享其味，我要让身边每天都在我眼前晃晃悠悠的艺术家，共同来分享它独一无二的滋味。

游走于京城的书画家似乎都是一个模子出来的：头发卷卷，辫子长长，胡须垂满腮帮；一身邋遢，头颅高昂，奇装异服吊坠挂满胸膛；唾沫飞溅，水墨飞扬，活得逍遥也过得牵强；酒过三巡，惊座四方，牛皮吹破一张，半斤不够还得八两……

这些所谓“疯子们”被我的苦瓜酒常常灌得酩酊大醉，手脚有些癫狂，开始在我店里肆无忌惮地挥毫泼墨或挥笔涂鸦，酒味和墨香、骂声与笑语掺杂在一起，搅得我的艺术会馆热闹非凡。当然，也不乏附庸风雅的闲人逸士、文人骚客、商贾老板们，这样酒气聚积人气，人气集聚财气，我的小店开始焕发新的朝气。

这帮大大咧咧甚至桀骜不驯的另类们，在京城也许容易被人忽略，如果帮他们浓妆淡抹“刮刮瓷”，折返到地方去或许就是一块稀缺的好料。我对其情有独钟，于是萌动了带他们走出京城“曲线救国”去大干一场的想法。

思路决定出路，出路决定胜数；眼光构筑前方，前方决胜远方。

我有选择性地把这些游兵散将自愿地集结起来，首创演艺书画院，我瞄准了当时最火爆的娱乐夜场，把书画艺术以团队的形式搬上了演艺舞台，大胆地与舞美、音乐、表演等有机融合起来，既给观众奉献了一段阳春白雪般的综艺节目，也给艺术家、剧院老板和我自己带来了比较可观的收入。

为驱眠也为驱寒更为驱贫，我扛着几十公斤甚至上百斤大包小包的画轴画袋等，辗转于南方发达城市的娱乐夜场，让疲劳没有驿站，让汗臭随风飞扬，让心贴近酸涩与苦累。为节省开支，挤公交钻地铁打摩的，是我奔波在外的家常便饭，长途大巴就是我昏昏欲睡的床，一觉醒来又折返几里路悻悻而归，常常被黄牛甩得不知东南西北，也哭笑不得。

风餐露宿乃我南北穿梭不变的旋律。一瓶水、一根玉米、一个茶蛋或一块烧饼、一碗盒饭就是充饥当饱的快餐。小旅馆里，一台随身携带的笔记本电脑就是我打发时间的最好陪伴，一开一关一天就过去了，磨得发亮的和里面装满乱七八糟用品的旅行箱，成了支撑我从这个城市走向另一个城市的必备百宝箱。

想当初在位时，电脑上一个字都不会打，连 QQ 也不会上，什么都指挥别人去做，过着“衣来伸手饭来张口”的抖脚日子。记得读研那段时光，经常看到同学用U盘上台去拷老师的讲课资料，我几乎傻眼了：U盘为何物？我也不懂复制，还讶异盛饭菜用的“小盘子”怎么能装那些东西呢，差点在班上闹成笑话，简直“电脑残”一个。

而现在，没有依靠，被命运逼着，也被自己胁迫着，电脑写作和上网成了我生活中不可或缺的内容。

原来，残废是自己治好的，美妙也是逼出来的，命运往往都是自我用心修复而改变的。

出门的那些年，鞋子跑烂了多少双唯恐娘知道，因为娘每次看到我皮鞋破了就会悄悄帮我拿到街上去补，补回来后怯怯地看我好一阵子，怕我不喜欢也怕我说她老土，娘常常自言自语：哎，娘老了，再也不能帮你做布鞋了。为了不让娘失望，我把娘做的鞋垫，当着娘的面，轻轻地塞进了我的旅行箱，娘会心地笑了。

而大大小小的旅行箱拉坏了多少个，只有爱人知道，有几次都是扛回家的，爱人每次都给我换新的换好的，说：男人出外，样子很重要，否则别人瞧不起的。

两个女人一段温情的话，我听得百感交集！

有时候，我暗自钦佩自己“能上厅堂、能下厨房、能入百行、能吃肉也能喝汤”的大丈夫天分。

我把自己曾经显赫一时、呼风唤雨的特殊身份全抛于脑后，我忘记了一切有过的荣耀，我横扫过去的清高、傲慢的脸孔，就像揭一块失效的创可贴一样，重新回到了自己最真实的原点上来。

虽然业务带有一定商业取向，但我觉得在我腰包渐渐微鼓的同时，能把一幅幅写满《宁静致远》、《厚德载物》、《家和万事兴》，画满傲雪红梅、娇艳牡丹、飞驰奔马等代表老祖宗文化的墨宝传递给老百姓，让现代娱乐的舞台掺杂几千年文化的“中国味”，很是慰藉。

晚上我去助阵观摩，白天就游山玩水，穿行碑林寺庙，拜谒高僧大德，随心结缘，回到旅馆就静下心来看书、赋诗、写歌，倒也乐在其中，似乎忘记了过去一切烦忧。

我跑遍了全国一百多个城市，大有“东方欲晓，莫道君行早，踏遍青山人未老，风景这边独好”的惬意。

走遍神州，我随风而流。

我像个打工仔，也似背包客，亦如苦行僧，更酷似逍遥仙。我付出了一叠叠苦累，也收获着一场场惊喜。

三

我忙于生计，有时很难顾及娘。

外面的一切我也不愿告诉娘，电话那头不时传来娘陈言老调式的问候。娘，被我隔在千里之外，我奔波于天南地北，只有让季风来传递彼此心声。

我披着传播老祖宗文化的外衣，跻身于淘金者的嘈杂队伍里，穿梭在夜幕笼罩下的城市街道，每天都呼吸着汽车的尾气、人汗味和铜板的腥臭味。

娘总是叨念“赚不尽的钱，过不尽的年”，叫我把钱看得淡一些，把身体看得重一些，不是我听不进娘的话，是我此时此刻很难走进娘的世界。

出门在外，有时一分钱都会难倒英雄汉啊。

我不是不懂《庄子》“鹪鹩巢于深林，不过一枝；堰鼠饮河，不过满腹”的道理，只是人在江湖身不由己。

钱，往往会堵住人的心，也容易让人患健忘症。

娘，有时被我淡忘在故乡的一隅，好些日子都接不到我的电话。

爱人说，娘现在有些爱理不理的，边看电视边打瞌睡，吃饭也有时唉声叹气，在凉台上晒太阳好像也没心思，浇花的时候经常把水撒在地上，一副愁眉苦脸、无精打采的样子。

爱人想带娘去商场挑件新衣服，娘摆摆手：旧的还没破呀，洗洗就跟新的一样。

女儿有时候会走过去跟奶奶捶捶背，问她：你哪里不舒服呀？娘抖索着身子，硬梆梆回答孙女：我哪里都不舒服。说得孙女一头雾水，无所适从。

姐姐们每次都会买些好菜来看娘，娘顿着筷子：吃什么都没有味道啊！

最后我电话里问娘：姆妈，你到底需要什么呢？只要能买到的我都跟你买回去啊。娘回答得很干脆：我什么都不需要，只要你每天来一个电话，哪怕你电话里不说什么都行。

我恍然顿悟！原来我给予娘的东西太少了，娘却依然惦记着千里之外的我。

娘，不是符号，不是雕塑，也不是附庸品，更不是想问就问，不想问就高高挂起的匆匆过客。娘，是菩提，是精灵，是上帝派出的使者，是掉下我那块肉的生命与精神的缔造者。

有道是：儿行千里母担忧！即使我能飞越千山万壑，飞渡惊涛骇浪，飞得再高再远，我永远都是娘心目中的一只雏鸟。

我的固执，背离着娘的视线，我的独己，无视着娘的顾盼，抑或我的狂妄，漠视着娘内心的存在，这是一种极端的自私与悲哀！

正因为我零零碎碎的这些垢病，让我艰难地跋涉于世俗与偏见、名利与梦幻、博弈与争夺的困惑与撞击之中。

为故弄玄虚，每每倒弄三寸不烂之舌；为争夺场子的经营权，我使尽浑身解数，不到黄河心不死——

人的生存，有时讲原则，不讲法则；有时谈规矩，不谈人情；有时拼技巧，不拼力气；有时只看结果，而不看过程。

我看着舞台上那些貌似仙风道骨的一代高僧，身披袈裟，在所谓武僧徒儿的搀拥下，慢条斯理地写出一个个诸如“佛”、“禅”、“忍”等字样的榜书，经过一番装模作样的“开光”后，被台下那些不明就里的观众抢拍得头破血出，我很是眼馋。

那次回京，我也调兵遣将，布局摆阵，琢磨出一套别出心裁的展演模式。可万万没想到，一开始就以败北而告终。

我苦思冥想：为什么别人做得那么顺畅，我就偏偏卡壳呢？

后来一高人给我讲了战国时期孟子弃齐国之财而受宋国和薛国之金的“君子爱财，取之有道”的故事，让我大彻大悟！

佛，一不打妄语、二不行假事，三不贪钱财。我是信佛之人，藉佛名义敛财，必将遭之报应！

正如星云大师所言：贪婪，是一种深入骨髓的顽疾。有信仰的人，要体会它的危害，要从中赚取心安、赚取慈悲，这是内心的法财。

真是一语点破梦中人啊！打那以后，我再也不敢心存非分之想了，老老实实做起了货真价实的买卖来。

四

人追财，财撒腿；财追人，人就擒。我一直在琢磨人与财两者的辩证关系。

财，对我来说，的确很重要。不像当干部那阵子，一听说别人恭喜我升官发财就故装嗤之以鼻的虚伪样子。

当时，由于北京的房价在秒涨，为减轻负担，我不得不从琉璃厂搬到了号称全球第一大艺术村部落——宋庄。这里虽然偏僻，但打的是中国牌，一个曾经名不见正传的小小村落谁敢冠以“中国”之名？唯恐只有它。宋庄曾以画家与当地农民打房产权官司一夜成名，也以各类艺术家众多而位居世界艺术部落之榜首。

想当年，栗宪庭、方力钧和岳敏君等第一批油画家从圆明园投奔到宋庄小堡村后，以开山鼻祖的身份，以离经叛道、自生自灭的自由心态，燃起了原创艺术的火种，把一个远离城市光鲜的村落搅活得五彩斑斓。这里虽然交通不便，但各类艺术家或艺术工匠的相继涌入给中国的原创艺术和默默无闻的乡村带来了勃勃生机，且创下了一幅作品在香港拍卖七千万天价的成交记录，名噪一时的宋庄因此吸引了英国、印度、美国、韩国和俄罗斯等大批外籍艺人的进驻，随之而来的书画、雕塑、陶瓷、音乐、文学等各种派系、门类的艺术以及怪诞猎奇的行为艺术粉墨登场，相互交融，给其带来了前所未有的繁荣。

这里房价当时也的确便宜，一年一万多就能租个二百平米左右的农家小院，浓烈的艺术气息，既适合我在这里韬光养晦、养精蓄锐，也适宜在此安营扎寨，将来有一天云龙出海。

别看画家村小，跟城里一样鱼龙混杂，良莠不齐，艺术家简直比当地的村民还多，有点大杂烩之味。但这里藏龙卧虎，不乏各类天才、鬼才、奇才、怪才，真可谓群英荟萃，才才聚首。这里远离了城市的喧嚣、闹腾，很显安静，尤其对我来说，有种回到老家乡村的归宿感和新鲜感。

这里既环绕着“画笔舞动原创，翰墨蘸开苍茫，纤指捏出岁月短长，琴歌悠荡在村中央”的氛围，也掩藏着“月光下无声碰撞，青丝悄悄凝成霜，傲骨支撑几多痴狂，漫漫心路历尽神伤神往”的气息。

这里同样空气干燥，水源短缺，就连京冀相隔的潮白河、温榆河也常年断流枯竭，风沙、雾霾以及漫天飘飞的杨柳絮更是叫人心烦意燥。而农民都在乐此不疲地拼命抢盖房子，开工时嗵嗵冲天的焰火此起彼伏，足以标榜建房者的喜悦，据说一遇到政府拆迁瞬间就可摇身一变成超级大款，这年头谁不大兴土木谁就是大傻瓜哩。在这里用脚随便一踢，随手就可捡起一个千万甚至亿万富翁。据说村里一位曾经穷困潦倒的男人拿到巨额拆迁款后在城区洗浴桑拿中心足足住了一个多月，满脸的堆笑：爽啊，这辈子的憋屈总算彻底泡掉了。

在北京，我们辛辛苦苦每赚一点点，房价一不留神就往高蹿一大步，我们每伸手欲摘取葡萄的时候，斜风一吹，葡萄弹得老高，不仅没摘到，反而被其外溢的酸汁砸得酸涩难耐。北漂“房奴们”的日子就像乌龟追兔子，追逐的始终是一条歪歪斜斜的白白长影。

怪不得众人戏言：出门在外累断肠，不如倒腾一套房，辛辛苦苦一辈子，换不到区区几平米。

有一个三年级的学生写了一篇作文《鱼》，老师看后给了他满分，内容大致这样：

今天我在路边看见了一条鱼，到底是捡还是不捡呢？

捡吧，捡起来一看还是条活鱼，回家油炸可好吃了，可想了想，炸鱼还要油，还要厨房，还要找个媳妇来做，媳妇一定有娘，这不又多了个丈母娘！？要娶她姑娘的话一定得开条件：房呀车呀钱呀什么的……

我恍然大悟，赶紧把鱼扔了。我想现在房价涨得这么凶，肯定是开发商扔的！

我的妈，差点上当！

虽然这是一篇短短的幽默作文，却透过纯粹的童心道出了现代人几多纠结与无奈。

当别人问起我这么多年有没有在京城买房的时候，我总会厚着脸皮，罗列一大堆牵强的理由为自己的尴尬打圆场。

怪不得很多北漂艺人和我一样，有事没事喜欢蹲在地上“画房充渴”。

北京尘土飞扬、遮天蔽日的日子司空见惯。我从来不戴口罩，尽管有时会口干舌苦甚至渗点鼻血，我觉得戴口罩的人有种神秘兮兮隔着一堵墙或装模作样贴着一块膏药的怪诞，让人难以看清模样。

有个房东，蓝天白云的日子也口罩不离脸，始终让我看不清他长什么样。那天来我这接房租，我不慎把一张百元钞飘落地上，他立马去捡，口罩随即掉落，他一脸的“八九十”，满下巴的斑驳黑痘终于在我面前“麻光乍现”了，吓我一跳。

后来我跟口罩不离脸的“京人”（当然职业工作者除外）一律贴上了脸相可能“不咋滴”的标签。空气不好时戴口罩，其实无可厚非，但有的人平日里都把自己故意罩得严严实实，一副死作的样子，令人咋舌。

宋庄有个常戴口罩的“女奇人”，几个月也卖不出一张画，饭都吃不饱，委实蹭饭的代表人物。当初她裙子一罩拖到了脚跟，我没有看出她的异样来，字写得歪歪斜斜，画的画也没啥品位，但左右开弓书画的样子，颇有几分奇特，笑起来略带几分姿色，我觉得包装这种奇才或许能在我的圈子里增加一点卖相。

我们起初合作时，大家出于礼貌都相处得平安无事，后来她发现自己“两下子”功夫在演艺舞台竟然派上用场，心理越来越不平衡。她也不顾协议上白纸黑字签了一大箩筐，偷偷避开我单干起来。

她过河拆桥、不讲诚信的做法被我发现后，我们在电话里甚至我的院子里大吵过。她终于揭开面纱，露出庐山真面目，罗列了一大堆气壮山河的理由对我反唇相讥：你呀，还是爷们，天大地大，我为什么就要吊死在你一棵树上？合同顶个屁用，那不就是一张纸吗？这年头诚信能值几个钱呢？人活着不都是为钱吗？难道你想做神仙？

她骂得不过瘾时，还翘眉翻眼、手舞足蹈起来，抓狂的样子无法形容，就是差点没把我吞了。

女奇人狠狠踢了一下我院子的铁门愤然而去，我瘫坐在沙发上，心里像打翻了五味瓶：可怜之妇必有可嫌之处啊。

当初，我确实也恨那副始终遮挡住她真正面孔与嘴脸的口罩。后来，我慢慢想通了，觉得与一个女人计较，是男人的无能。

有道是：铁打的营盘，流水的兵。天高任鸟飞，随她去吧。

我第一次感受到：有艺，也任性。

其实，在我眼前，云集着诸多可怜也可嫌、可信也可弃、可来不可往、可敬不可亲、可圈且可点、可歌又可泣的五光十色北漂艺人。

他们为生存抑或梦想，或寻找心灵的栖息地，跻身于艺术、献身于艺术甚至葬送于艺术的沼泽地。有的被人冠以“狂人”、“疯子”、“痞子”、“下三滥”、“流浪艺人”、“流氓画家”等林林总总惨遭贬斥的绰号。有的蜷缩在几平米、没有暖气只有几个窝窝头的冷棚里，整天涂鸦，总想“熬到山花烂漫时，媳妇熬成婆，我在丛中笑”的那一天。哪知道通往神圣殿堂，布满鲜花与掌声的路是如此的漫长、遥远而艰辛呢？

画家村无疑是个大染缸，林子大什么鸟都有。把自己作品吹破皮、吹上天的大有人在。如今书画市场，没有口若悬河、直喷唾沫的黄婆之人，艺术家也好经纪人也罢都难以维系生存。

这年头，见怪不怪，酒香也怕巷子深啊。

而宋庄的工笔画家子强先生，却是我接触艺术家当中较为低调的一位，他虽然生长在东北，细腻内敛之心却隐藏于画里，每一笔都那样一丝不苟，恰到好处，一如其静稳的性格。

受老家重托，要给村里子德公、天福公和篪公三位老祖宗画相，我在画家村左挑右拣，最终他成了最佳选择的对象，不仅因为他也是李家后人，而且他答应无偿恭绘，这行当里竟然还有“免费的午餐”？令我大惊大喜。

三帧逼真、传神、大气的巨幅画像如期完成，大家观之雀跃，欲敲锣打鼓迎驾。万万没想到的是，头天风暴雨大作，李先生却专程斗雨且千里迢迢突然来南昌看年事已高的舅舅、舅母，我当时以为他给我开玩笑，也从来没有听说南昌还有他的至亲，我想就是请他他也不一定有空来呀，何况他选择的时机如此奇巧。我打趣地说：莫非老祖宗发愿显灵，专门召唤你而来？他笑笑而语：我也不知道为什么。

迎驾当天，一片晴好，我陪同子强先生一直护送老祖宗画像到村子里，村民簇拥着他，赞其有先功，希望他上台说几句，他羞答答像个姑娘，没有上台，只轻轻跟我耳语了一下：都是一家人，没什么好说的啊。

我想：上天安排，有时你不得不信；万物有灵，有时你不得不服；善念结善果，有时候你也不得不接受冥冥之中生发的缘分啊。

当然，与艺术家接触，还有更不可思议的事发生。黎明中先生，竟然为艺术悄无声息地消失在苍穹。

他是我老乡，曾有过北漂的一段经历，为官之时，骨子里流淌着文人那种清傲的浓情血脉，卸官之后，墨海云游，独耕方寸之地。哪曾想自己为弘扬国粹，当然也想名利双收，竟然在马航 MH370 归途上奇迹般销声匿迹了。我的画室至今留着他馈赠给我的两幅墨宝、一大摞画册以及弥存着他与人间蒸发绝不相称也绝不可想象的音容笑貌。

这年头，人，真怪，走着走着就没了，就像喝茶一样，喝着喝着就凉了，也像用钱一样，用着用着就空了。人，好像每天都在追着钱跑，追着追着钱没有追到手，人却丢了。

我告诉娘，娘也不相信。娘说：人死见尸，人没死见人啊。娘接着跟我开起玩笑来：钱是八条腿，人只有两只脚，人追钱怎么追得上呢？钱来追人就好啊——

娘转身叮嘱我：你呀，以后少坐飞机，机票又贵，飞机又危险。赚钱莫去赶，慢慢来，别着急啊。我点了点头。

说实话，不知为什么，我每次坐飞机都有一种不着地的漂浮之感，忐忑过后每次又会硬着头皮去坐。心想：人家那么多有钱有权的人都敢坐，我一介平民算啥呢？死活还不是上天注定的吗？

人生就好比过独木桥一样，明明知道无常或恐惧，但还是要走下去啊！

独木桥上，挤的往往不是人，而是一群痴情的怪物。

我跟艺术家在一起结缘，他们的酸甜苦辣我感同身受，不仅因为我也是一个半路出家的“和尚”。我觉得我有责任、有义务为快要沦陷的老祖宗文化呐喊！终于，一首原生态且不失时尚的《中华墨宝》在我强烈灵感的驱使下喷薄而出：

千年奇葩，
天地造化，
魏晋风，汉唐韵，
碑中留刻，壁上藏画。
老祖宗把文明留下，
炎黄子孙传承着她，
文房四宝，字画一家，
挥毫泼墨装点春夏！

书海纵横，
画坛叱咤，
精气神，赛龙马，
风靡世界，谁不惊讶？
方块字大写民族精华，
魂牵梦绕离不开她，
水墨丹青，风起烟霞，
翰墨香飘我大中华！

中国字，中国画，
中华墨宝，艺术无价；
中国字，中国画，
中华墨宝，笑傲天下。

这首歌，我几易其稿，为适合年轻人口味，另加了一段 RAP（摇滚说唱），做成了激情版和抒情版，发到了网上。

虽然几番推它没有完全打水漂，但又有多少人来“搭理”这干瘪而岌岌可危的老祖宗文化呢？现在不是咿咿呀呀的《爱情买卖》，就是听不懂词的《忐忑》、《江南 STYLE》，还有动感加性感且风靡一时的《小苹果》等占据着流行歌曲排行榜，连三岁小朋友都会旁若无人大声哼唱“对面的女孩看过来”、“亲爱的，你慢慢飞”等一曲曲煽情的歌。

我彻底无语！为我在“老祖宗”和“小祖宗”们面前的肤浅、无能与笨拙而深深苦恼！

在这样一个嬗迭的年代，人都非静态，也不能静观之。有时隐藏得深，有时隐藏得浅而已。物欲横流，阴阳交错，往往意味着时代的变迁；利益驱使，精神裂变，往往是人内心躁动的原动力。没有利益，就没有竞技也没有博弈，更没有掠夺，就像“没有买卖，就没有杀戮”一样。

五

我无法跟娘如实谈起这些老一辈人永远看不懂的新玩艺，我唯独用我的诗文、我的书画来诠释身边发生的一切。

一寸道九寸魔，三分欲望入娑婆。

在我的骨子里，不想坠入那万千沟壑的娑婆世界，也不想做一个纯粹的商人。我血管里永远流淌的渗透着我守护中华文化的那份浓情的血脉，我要慢慢回归到本真、本善的本我上来。

娘说得一点也没错：甘蔗没有两头甜，世上没有赚得尽的钱。

佛曰：为钱而困，为事而累，为人而恨，都是今生的业障所致。

凡尘的一切纠缠，无论深浅、冷暖、难易、贫富，都如同烟云转瞬即逝，只有内心的本我才是最真实的存在。

音乐，是我一生的随行，也是我毕生的梦想。

我从小爱听爱唱，无论在哪个行业，我都没有停滞写歌的脚步，就连囚禁的岁月，我也写出了一本厚厚的歌词集《梦中啼鸣》。到了北京之后，工作之余就是创作歌词，拿去发表、参评、谱曲、制作、传播等，不管有没有听众，至少自己收获了快乐。

我没有倾情那些海誓山盟的爱情歌篇，也没有萌发那些铿锵激昂的口号进行曲，我抒发的只是普通百姓一呼一吸的小情小调，以及我身边点点滴滴

的酸甜苦辣。

毋须置疑，草根之所以为草根，因为其土生土长。草根文化，往往是最接地气的文化；草根艺术，有可能是最受欢迎的大众艺术。

江西卫视的金牌栏目《金牌调解》一直很受全国观众青睐，我几乎逢播必看，我觉得那里面的每一个故事都发生在我们身边。我想到了为其创作一首主题歌曲《心随花开》，可万万没想到的是，我找遍了很多相关人，不是说忙就是说台里没有先例，不是推诿就是婉拒节目不好用，一怒之下，我一把火把原稿烧了，不过我仍然可以记得其中的几句：

生活就像一座舞台，
夫妻婆媳和着不同节拍，
兄弟姐妹邻里乡亲一起来，
和风细雨演绎一片精彩。
恩怨情仇都抛开，
活就活一个痛痛快快，
是非磕绊虽说无奈，
心香一瓣自会引得百花开。

心随花开，
悠然天地外，
无限释怀，
关得满园芳馨在。
心随花开，
寒冬也不败，
即使有不该，
有情有爱一辈子不分开！

生活，有时无奈；愿望，同样无奈。

没有谁，会按照别人的节拍去走，唯独自己，才会走出自我脚步的韵律。

为创作交通安全公益组歌，我做了全国七大城市的市场问卷调查，遍访了各路相关人士，广东音乐公司为我作品做出了不少小样，词坛泰斗乔羽欣然为我题词《一路平安》。不管我如何求爹爹拜奶奶，至今都没有一家公司或老板愿意站出来助我一臂之力，更有甚者，还以为我打着交通安全的名义来骗钱。

有些汽车制造商、销售商们，只顾埋头把马路堵塞起来，而对每天发生惨痛的交通事故置若罔闻，哪怕他们用一辆车的成本来支持我的“义举”我也无话可说了。要知道，全国每年以五十万左右死伤者的高昂代价来换取人们生活的快捷与舒适，车轮底下如此之多的牺牲品难道不让人怵目惊心吗?

而有的交管部门，整天只顾打着醒目的旗号和喊着动听的口号，要么就是靠重罚、重典治乱来标榜各自的业绩而忽略了路人不断变化的交通观念。当然，也有不少人喜欢打开手机、电脑、电视机和广播专门收看收听那些惨烈而刺激的交通事故新闻来消遣幸灾乐祸的时光，而远远没有想到为交通安全“我该做点什么?”

更有甚者，路人对交通规则和安全事故几乎抱着一种侥幸、毫不相干抑或置若罔闻的心态，你死你的人，我走我的路——

所以，我走到哪不是吃闭门羹就是碰一鼻子灰，他们关注的往往是名与利，或市场利润的最大化，往往忽略了民众的出行安全、财产利益和生命代价。

我遭遇的失败，就像被烤焦的羊肉串，虽黑但蛮有味道。我想：在失败的页面上，千万别让脆弱置顶。于是，我又硬着头皮迎接着下一次的火烤火燎。

《中国梦想秀》本是我很喜欢看的一档节目，我想通过这个大众舞台实现我交通安全歌曲传播的梦想，我做了一番精心策划，我想歌中两位主人公一定会打动所有的观众和助梦人而圆我梦的，因为这两位主人公的故事足以感动世界。

“半截人”彭水林，2004 年在深圳的一次意外车祸中，他被疾驶而来的货车紧紧地推在水泥墩上，从此他整个躯体被一分为二，位于腹部下面的下半截不翼而飞了，上帝留存给他的是二分之一的上身还有裹着他一颗永远跳动的心脏。从此，病痛的折磨、肉体的摧残、睡眠的困扰、精神的消磨以及生存的压力、生活的打击、生命的抗争与挣扎统统在侵袭着他。

或许上帝的考验，十多年来，他艰难而坚强地挺过来了，用极端的毅力、凭借常人难以想象的忍耐力以及靠家人与社会关爱凝聚的动力，创造了世界第一个半截身体支撑生命的伟大奇迹！他似乎并没有满足生命和躯体的存在，为了给家里和社会减轻负担，挑战一个极度残废者的生存本能，在社区和家人的支持下，他异想天开地在自己居住的小区内竟然开起来一家便利店，起名“半截人便利店”，一位行动极不方便的人却想着去方便别人。这是一种何等崇高的境界啊！

雁荡山女孩戚露丹，三岁的时候，妈妈在一场车祸中失去了生命，六岁的时候，爸爸又命丧车轮，双亲的相继离去给当时那幼小的心灵致命的打击。然而，生活的磨难并没有压倒她，她以十分顽强的毅力与恶运抗争，在忍受生活艰辛悲苦的同时，她学习成绩不但没有撂下反而出人意料地稳步上升，还担起了照料年迈的爷爷奶奶和弟弟，当好一名好班干部的责任。

尤为感人的是她写了一篇作文《两个心愿》被温州乐清市交通广播电台请去朗诵直播后，再通过全国媒体一转播，引起了社会极大反响。我当时就是在看守所里看到新闻后，才写出了那首《平安心愿》，获奖后几经曲折才找到她。

当我兴致勃勃找到《梦想秀》节目组编导递送报名提纲表的时候，他不屑一顾的冷漠，把我的心唰地凉透了。

我自叹曲高和寡，英雄无用武之地，深谙“肉不可冰冻太长，才华也不能冰冻太久，否则，都不吃香”的道理，但无可奈何。

要想让别人心服口服，首先折服自己，让不安的心服帖起来。

人生，充满变数与无常，谁都不以谁的意志为转移，任何无常的表象，都是由无常的心决定。

抵御无常，只有靠自己异常的平常之心。毋须求全责备，但求稍安勿躁，哪怕遥遥无期。

普希金说：一切都是暂时的，转瞬即逝。

不知谁说，人生最重要的便是：活在当下！而娘说：人，怎么活都行，就是不要去强求别人，而为难自己。

正如娘给我做了布鞋，我偏偏喜欢穿皮鞋，娘纳了鞋垫，我却塞进旅行箱一样。

但愿，我的那些夹生饭似的歌不要成为“烂尾歌”。

六

京城漂泊生涯，忙忙碌碌、浮浮沉沉、得得失失转眼十来年，虽然自由自在，来去如风，收获了不少，也难免心荡不安，毕竟单枪匹马，如倦鸟一样无休无止甚而无头无脑地飞渡，委实找不到家的感觉。

《明心宝鉴》里“心安茅屋稳，性定草根香；世事静方见，人情淡始长”的开示，无不勾起我对家和家乡的缕缕愁思啊！

这些年，我离家乡而来，头上已缀起不少银丝，我用银丝换银两的做法令我喜忧参半。我让女儿数白发，女儿说数不清，我让女儿拔银丝，女儿不敢拔。我只好独自在异乡的窗外把这些白发对着镜子一根根拔下扎起来，寄到故乡去，寄到那些只看到我表面风光却不知我在异乡内心冷暖的人的手心里去。

我累了好想回家休憩一段日子，总想找回“有家”的感觉。可是，我每每回去，家乡都在发生翻天覆地的变化。我觉得，有一种改造叫破坏，有一种发展叫撕裂，有一种拆迁叫掠夺，还有一种希望叫迷失……从前的青瓦白墙、从前驻足欢颜的儿时田园、从前愈久弥香的乡间年味，还有从前敞开式的走亲访友等“中国味”渐渐稀薄，一并痉挛在故乡的角落。又有谁知我们的老祖宗在遥远的一旁黯然神伤，掩面啜泣呢？

进而代之的，是不是那些所谓“去乡土化”、“去中国化”、“去老祖宗文化”的冷冰冰的水泥高墙式盲从的现代东方文明呢？当有一天，我们的子孙逡巡在门锁扎堆的乡外，躲在豪华的车内哭泣，徘徊于钢筋、水泥、混凝土铸就的栅栏里，目睹繁华落幕的时候，他们是否会大声地呐喊、痛恨地诅咒我们这些不近仁慈礼信，只顾赶尽杀绝的先辈呢？

乡愁，是我永远的痛，也是我永远解不开的心结！

这些年出门在外，点点滴滴的血汗凝聚起来，饱暖自己也灌足了好几任房东。我们这些北漂人好像这辈子就欠人家似的，不但听不到一句感恩戴德之言，有的房东只顾天天嚷着涨房租，没几个好脸色，不少背包客常常被房东赶得像打游击、挖地道一样狼狈。

有位北漂艺人，由于书画市场近几年陡走下坡路，他的作品很难卖出去，交不起房租，被房东追得东躲西藏，后来狭路相逢，终于被房东撞见了，不仅遭到了辱骂，还把房子里的东西全扔到大街上，弄得其苦不堪言，最后不得不放弃厮守，悻悻打道回府了。

身边的一位老藏家也因经营不景气，欠房东和左邻右舍一屁股债，被迫无奈，把自己一辈子辛辛苦苦积攒心血的古玩字画、根雕玉石等一大堆藏品一锅端地抵给了债主，一夜间变得一无所有，净身出户的他佝偻着背，慢吞吞地收拾着债主遗弃下的烂纸碎屑等，不禁老泪纵横！债主也愔然无语，他要的是“银子”而不是那些乱七八糟难以变现的玩艺儿。

我和不少围观者愣愣地站在一旁，爱莫能助，心生几多痛惜！想必这年头没有钱的世界，如此苍白也寸步难行，现实如此骨感亦残酷无情！

在北京很多的艺术园区，像这样匆匆来匆匆去、债来债往的故事，每天都在上演。

宋庄也不例外，从每年一届走马观花、过套似的艺术节上，不难窥探出艺术的冬天行将卷土重来，或面临重新洗牌的生死攸关时刻。

如今，艺人艺术家也好，画商经纪人也罢，三三两两碰到一块不是垂头丧气就是借酒消愁，不是谈天说地就是怨声载道，画室沾灰蒙尘，画院空空荡荡，画廊关门歇业，画市也门可罗雀，俨然霜打的茄子，一片萧瑟萧条，远看不到从前那潇潇洒洒热热闹闹，挥毫泼墨挥斥方遒的豪迈与万丈豪情跃然纸上、笔走龙蛇大放异彩的风光。只见琉璃厂街头、潘家园跳蚤市场等那些一个劲缠着来客叫嚷“高仿，名家高仿需要吗?”的商贩们以及北京798、高碑店、宋庄等艺术园区和艺术工厂内一些急功近利的画匠们制造一批批行货的忙碌身影仍在苟延残喘地晃动着、坚挺着。

这些人，大都是来淘金的北漂族，千里寻梦无非就是赤裸裸的两个字：名和利。不然的话，躺在家里的摇椅上，晃动着悠哉的岁月，尽情地享受天伦之乐，多美妙啊。

出门在外，没有生活来源的人生，哪怕自命清高，都是行尸走肉；不能解决温饱的艺术，不管说得天花乱坠，终将烂成一堆腐朽垃圾。

而真正的北京人大凡用不着为生存而如此殚精竭虑。

他们有的斜躺在祖业的巢穴里，只管把牛吹上天，唠嗑、斗嘴、神侃，乃至比谁家的皇亲六戚多，一天都数不过来，这似乎成了他们家常便饭，如果外人一不留神，肯定成为被其忽悠的“瓮中之鳖”。

谁叫人家命好哇，一投胎就投到了皇城根下，光祖宗留下的房产祖业就够几代人啃的，虽然我压根瞧不起那些嗷嗷“啃祖之辈”，但转念一想，老天还是公平的。

北京缺水干燥、风沙雾霾不断，四季不分明，交通拥堵，噪音灌耳，尾气袭人，职业病蔓延，角逐竞争性强等，因此受生存环境的影响，北京人虽然穿着时髦，人高马大，但心随境转，相随心生，大都长相远不如南方人红润秀气，身材也不如其婀娜窈窕，脾气亦比不上其和蔼温婉。北京跟山清水秀、田园旖旎、气候宜人的梦里老家或江南水乡一比，委实难为宜居之地啊。

的确，京城也有其难咽的苦水。据悉，目前城区人口密度每平方公里接近万人，或许赶超了伦敦和日本，机动车的保有量也远超600万辆，位于世界之首，由此足以说明北京即使地铁以120%的承载量每天输送千万次的客流量，看上去生机盎然一片，却仍然饱受着一个城市拥堵的巨大压力与交通不堪重负等都市诟病所带来的深深痛楚。

北京不缺官不缺钱不缺侃爷，也不缺忽悠大师的那张嘴，北京不缺沙不缺霾不缺堵，更不缺明星模特的那条腿。

游子们与北京相依共存，以极大的忍耐力宽容着这个现代文明的大都市，但不知这个似乎有点像黑洞的活脱城市在吸引我们的同时也会包容我们这些背亲离故的游子吗？

前几年在老家买了辆赣牌车，一口气开进了京城，我自以为能逍遥一阵子，哪知道没潇洒多久就被限牌了，一环环紧逼，终于逼在六环外了，去城里办事就像夜里的贼一样，躲避着摄像头和交警犀利的眼睛，也像一个无家可归、被人抱养、被隔离的私生子，怯生生地看着那些“异胞兄弟姐妹”在路上自由穿梭的热闹劲，不禁黯然神伤。

有人跟我调侃：兄弟你慢慢等着北京开通十环吧。我一脸茫然。

我开着它有时超车，就会冷不丁地换回一顿京腔京韵式的辱骂：嘿，我操你大爷的！当然我被别人“斜超”、“横插”的次数，远远大于我冲撞别人，我伸头一看这些有路怒症的人，都是那些挂着亮闪闪京牌气势汹汹的“老炮小炮儿”，吓得我放松油门赶紧让道。

最“喷粪”的那次，是被一位开着京牌宝马的女司机追尾。我停在十字路口正等红灯，她冷不丁撞上来“吻”我还不算，竟然贼喊抓贼，她下车一看我一副外地牌，摘掉眼镜看清了还是革命老区的破车，立马放下斯文，竟然数落起我来：老表，你这破车怎么停的？我反问她：你怎么开的？她头一昂，辫子一甩：我刹不住呀。我接着追问：你刹车失灵都敢上路？你不吃了豹子胆吗？那你追我尾得负全责呀。她恼羞成怒：哼，姑奶奶胆大着呢，你不就是要钱吗？我赔得起！

我——呸！我今天就不要你那几个臭钱！我强作镇定和大度，看着“眼镜子”消失在我愤怒的视线中……

没想到，北京不仅水深，岸路也难行啊！

我平时很看不惯那些艺术家在酒桌上杯盘狼藉的样子，总是提醒大家打包，没人响应的时候我就亲自动手，也不管有没有鄙夷的眼神，总觉得有一双眸子在远远地盯视着我，那就是娘的眼。

这些年漂泊在外，赚钱越来越难，我已慢慢养成这种节俭的习惯，不仅仅因为娘。

我常常提着塑料袋去菜市场买菜，南方人固有的“讨价还价”习性总是免不了，哪怕一兜葱一个茄子几毛钱都喜欢还价，往往会遭到北方菜主一顿漫不经心的呵斥：大男人别磨磨叽叽的，不买拉倒！

我自讨没趣，去了另一家，遭遇几乎复制，他们不给面子不打折扣的做法总让我有种上当受骗的感觉，不服气的心理，困扰着也折磨着我，打那以后我干脆泡方便面或叫盒饭了。

南方人的委婉、爱面子甚至精打细算，北方人的冲、豪爽硬直甚至说一不二的秉性显露无疑，地域文化和个性差异，交融着也碰撞着，擦出火花是常有的事，这或许就叫南北有别。

娘在电话那头常常告诫我：在家千般好，出门一朝难哦，遇事让一让，你让我让，不就海阔天空了吗？遇事别去争，你争他也争，不就伤着和气了吗？

虽然觉得娘的话意蕴深长，但做起来却有些力不从心。——

在有些混沌的北京，在有点清高、轻狂的京人面前，我们是不是略显卑微呢？我想，北京如果没有这些虔诚、痴情而厚着脸皮蒙受苦涩和耻辱、忍受孤独与饥渴仍在此游离打拼的人，北京还是北京吗？北京还有现在的北京吗——

当然，首都毕竟首都，北京很地道、很友善、很讲义气也很接地气的纯爷们不少，我忽然觉得“爱国、创新、包容、厚德”这北京精神里头总缺少点什么。

七

近几年，夜场演艺同样萧条起来，不仅因为大家都看腻了那些老调重弹的节目，关键是官员临渊羡鱼，老板退而结网，生意人不入，生意谈何火爆，冷清的演艺市场也遭遇了有史以来“寒冬”的考验，关门、歇业、转产的比比皆是。

明者因时而变，知者因事而制。

激流勇退，见好就收，永远是赢家。我也开始慢慢放弃演艺书画。

在外颠簸的时间明显少了，我回家的日子也多起来了。娘看到我经常回家，紧锁的眉头就像百合花一样张开，娘每次都亲自下厨，给我做最喜欢吃的饭菜，希望我在家多留些日子。娘说：你空手回家我都高兴啊！就像当年外婆，有时看到外公即使鱼篓无鱼能平安回家也没有半点怨言一样。

我每次回家，全家人自然欢喜。我爱人却很讨厌我老不洗脸洗脚就上床的陋习，几次被她赶得难堪：别把北京的乌烟瘴气带回家哦。我说在北京习惯了。然后气得她抱起枕头跟女儿一起睡去了。孩子也故意为她妈妈袒护：爸爸身上真的很难闻哦。

习惯流浪的我，无言以对。

我喜欢放生。每次回家，我都会到菜市场买一些鱼虾龟蛙的小动物随意放到澄碧湖里去，希望我叶落归根，在湖边散步时，还能够见到那些我曾经放它一条生路的小精灵的影子。

我也喜欢有事没事去寺庙转转，或为其做点什么，去听听晨钟暮鼓，去看看青灯黄卷，寻觅六根清净之地，为家人随意敬上三支祈福的香，享用一餐斋饭，然后静静地离去。

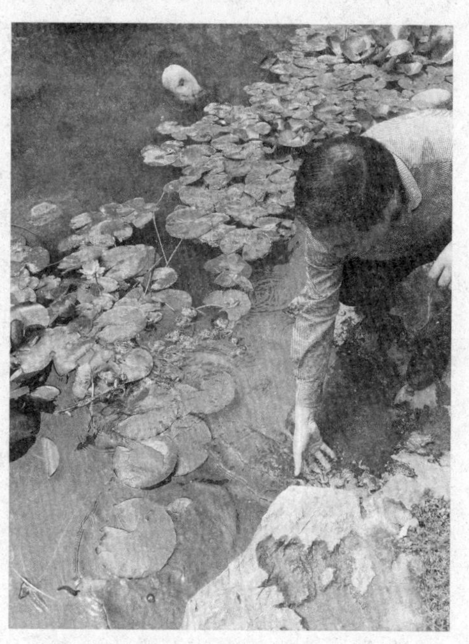

放生，救赎心灵

我也愿去敬老院送点老人吃用的东西，给太阳村的孩子送去几件衣物，给老家祠堂、寺庙边栽上几棵树，希望找到父亲从前那种“前人栽树，后人乘凉”的感觉，有时还会带上村里的老者们去看看外面的世界，做过了，总觉得有种身心俱轻，善念长留之感。

人心发愿，紫气东来；人心慈悲，灿若夏花啊。

娘有时候也会心疼我：你呀，身在北京，都快瘦成猴子精了，少操一份心，就少伤一根筋啊。

我懂娘的画外音。告诉娘：我尽自己的能力为家乡做一点小事吧！你不是说了吗？亲不亲，家乡人，甜不甜，家乡水啊！

娘，笑了，笑得像个小孩——

前路迢迢，心路遥遥，明天还得暮暮朝朝。

我回到北京，继续我的创作，当然也继续我的生计、我的梦想，还有我未了的些许情结。

我想，现在连“帝王将相们”退下来后都在搞一些诸如玩弄笔墨、整理脚本、笔录追忆等所谓文艺创作的东西，以修心养性，颐养天年，连我的本家岚清先生也说出“你只有爱好文艺以后，才会有创新思维”如此推心置腹的话，我还有什么理由不继续我的创作呢？

岁月的风镐下，我唯有让黑字铸成缕缕白发，令乡愁爬满叠叠心墙。

我想：这些年我在“水深火燎”的京都，没有饿死，没有撑死，也没有淹死和烤死，这是我最大的幸运。我为追梦而来，绝非为圆梦而去。即使梦想未圆，我也追寻到了追梦过程中的节节快乐。

我北漂的动力来源于自己的梦想，也来源于老娘、妻女以及亲友们对我的理解、包容、期盼等构成善意的爱，我感恩她们！尤其是善解我意、相濡以沫的爱人，正如《周易·系辞上》所言：二人同心，其利断金；同心之言，其臭如兰。我心若兰香的爱人，以其于世人无争、于名利无争而清幽脱俗的低调品格，一直独守着一个普通女人“岁月静好，浅笑安然”的那片宁静。

男人就像一把沙，女人要用心托住他，只要拽在手心毋须慌张，但不能用力过猛也不宜太紧，有的放矢，否则他就会从指缝间悄悄滑落。

我就是爱人手心里的那把有些松散的沙，她抓住我，我也黏住她。

疲惫之余，我就会想起唐代诗人李涉的那首《题鹤林寺壁》：“终日错错碎梦间，忽闻春尽强登山，因过竹院逢僧话，偷得浮生半日闲”的诗句，就很想回家，回到娘曾经那垄滴翠溢香的田园，撒下草籽，栽些太阳花，种上红辣椒白萝卜和金色的玉米等，听其拱土拔节的脆音，然后养上一群鸡鸭鹅狗，看其无忧无虑嬉戏的样子，回归于陶公那诗书画乐“世外桃源”般的纯净岁月里，让“一花一世界，一草一天堂；一方一净土，一念一清宁”的那抹粉红色回忆再度重燃。

只惋叹那种梦幻般的影子在现实的骨感中渐渐褪化为泡影或虚无。

当然，我并不迂腐。我不是“潮男”，也非“宅男”，我更不是“iPhone6”，我从没有被微信、微博、微商、微电影等“形微神不微”的微生活所绑架，但我乐于接受一切新鲜事物，我既不落魄也不落伍，我觉得时代在前进自己也在进步。夜深人静得寂寞难耐的时候，我也会点开微信“扫一扫、摇一摇”，找找“附近的人”，捞捞漂流瓶，打开浏览器，尽情浏览火烧火燎的辣妹子性感得要死的样子，我也会搜罗网上那些乌七八糟、稀奇古怪的逸闻趣事来打发这虚寥的时光，让游牧的男人一度“休克”的原始野性得以释放。

当把一大堆惰男习惯“积压”的脏衣服一口气洗尽的时候，酣畅淋漓之余，也会打开新闻频道，沏上一杯茶，叼上一支烟，漫不经心地瞅上几眼老调重弹的新闻旧事。甚至，我还会在小房间、在厕所、在大马路、在酒桌上发神经似的扯上发痒的几嗓子，自我标榜，自我欣赏。

我更庆幸自己还没有沦落到廉颇垂垂老矣、焉然饭否的地步，这吃得饱、睡得香、过得安稳的日子，远比那如履薄冰的岁月美妙极了。

我和许多男人一样，由衷感谢这春华秋月亦风花雪月的好时代、感激太平盛世亦国泰民欢的大好形势，也感恩追求艺术、追求美好、追求新生活的自己。我喜欢这自由宽泛、无拘无束的日子，就是闭眼瞑目亦犹荣犹足。

有时候，我一个人特想去大街上或集市、商场和地铁口溜达转悠，希望发现年轻异性群里一张张白皙透亮的脸蛋、一副副婀娜多姿的身材或一汩汩流溪般的含情目光，当然也会顺便斜视几眼女性露胸翘臀的性感样子，闻一闻那迷人且有点毒的香水气味，而产生丝丝的麻酥或心跳感，饱饱眼福与鼻福罢了。

我时而驻足，时而回首，时而忘我，也时而自陶自醉。我想，这并非我的错，也并非男人的错，更不是常年出门在外这些“单身狗”的错。我相信天底下一半以上的男人，尤其是诗人歌者，跟我一样有爱美、爱新奇、爱浪漫的天性，希望异性散发的青春气息与魅力能多少濡染一点到我们这种老男人身上，以满足我们渴望年少美丽也渴望岁月留步的虚荣心，乃至于萌发所谓创作的灵感，跟王菲呼唤的《传奇》那样：只因为在人群中多看了你一眼 再也没能忘掉你的容颜 梦想着偶然能有一天再相见 从此我开始孤单地思念……

但，我也绝不像汪峰那悲情哀调：我在这里活着 也在这死去 我在这里祈祷 我在这里迷惘 我在这里寻找 也在这失去 北京 北京……有种埋骨他乡的“死皮赖脸”之苍凉。

欣慰的是，刘欢那余音绕梁的歌声倒是唤起了我的强烈共鸣：昨天所有的荣誉 已变成遥远的回忆 辛辛苦苦已度过半生 今夜重又走进风雨 我不能随波浮沉 为了我挚爱的亲人 再苦再难也要坚强 只为那些期待眼神 心若在 梦就在 天地之间还有真爱 看成败 人生豪迈 只不过是从头再来……

北漂不会白漂，北漂飘洒的永远是我心中的梦想。梦在路上，我俯首赶路，如果失败，我还会继续从头再来——

无论北京人还是北京的人咋样，也不管北京是个彩球还是一个迷宫，大至国，小至民；大至道，小至理；大至艺，小至技；大至魂，小至心……我皆感恩于她！因为没有她，大千世界、万丈渊流也不会凝成我这块坚硬的冰，浩瀚天空、茫茫寰宇也不会飘逸我这朵随遇而安的云，更没有我追逐大海蓝天、耕耘大地的梦想，当然，我更描绘不出北漂梦里千枝百叶了。

行　者

人都喜欢以各自的方式
行走江湖
或昂首或屈膝
或被人拴着鼻孔
或故意把路踩得嘎嘎直响
或驮负或托举或捆绑着一己的向往

行走的时候
只顾盯住前方
不回首
不停歇
甚至忘却了起点和回去的路
他已累得不知什么是累
也不知道路有多长
一生疲于奔命或被流放
而失去了行走时的快乐

而有的人
一步也没有移动
或端坐或面壁或礼佛或韬光养晦
他把行修进了心
他把浮躁修成了清净
他把丑恶修炼出了慈悲
老子孔子孟子还有佛陀耶稣达摩
随日月旋转
每时每刻都在传道授业解惑

岂不是行者
因此他们也不觉得什么是苦
即便他被唾弃为惰为懦或无为
最终了无空无
他也觉得普度众生的旅程灿若夏花

行者不一定行
不行者不一定不行

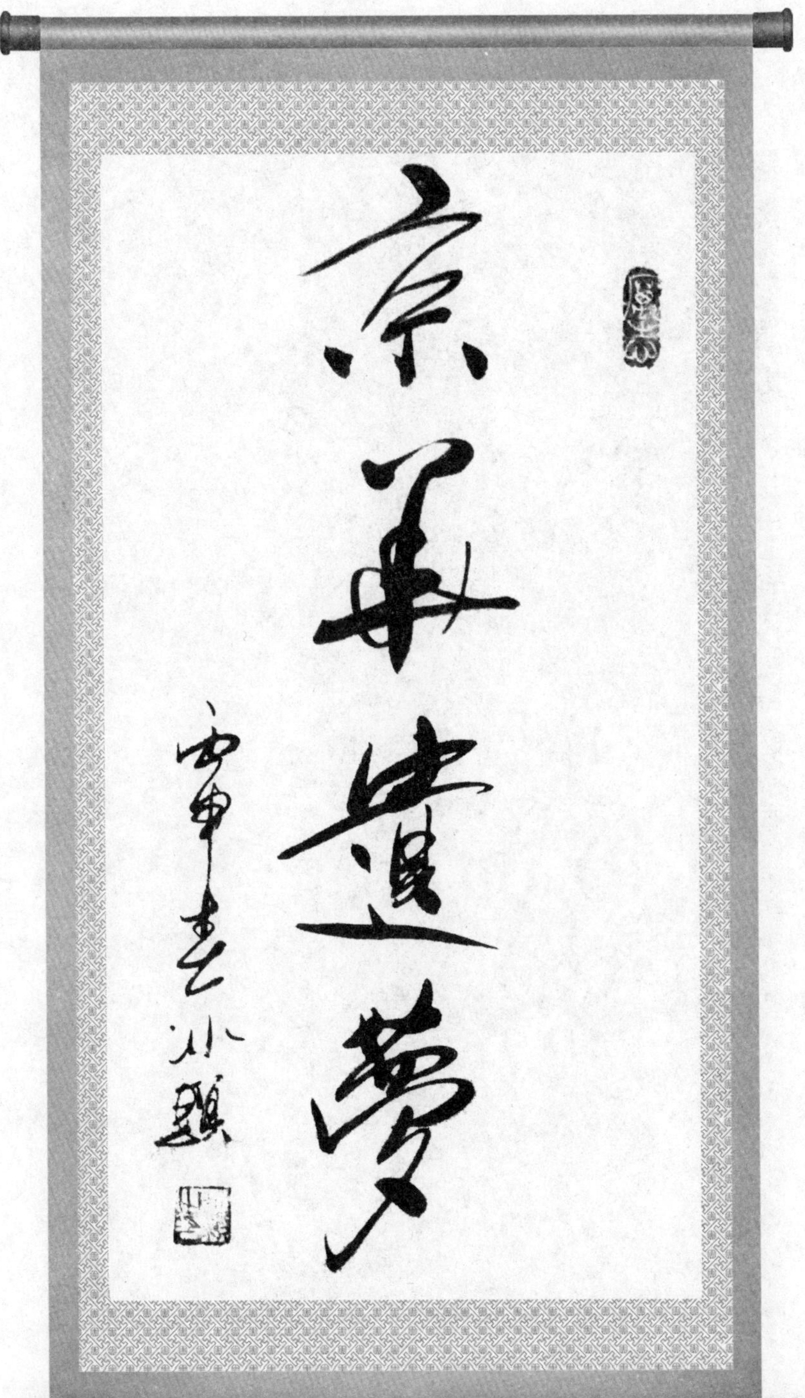
京華遺夢

京华遗梦

一

北京很美，越美越让人窒息。北京很堵，越堵越叫人蜂拥而至。

京城打拼者，夹杂在浑浊的空气里和生硬的水泥森林中，大凡捆绑着五光十色的梦想。

我一样，她，也一样。

认识这位秀外慧中的姑娘，要从我的精打细算开始。

我在画家村租了一个农家小院。别看小院小，但阳光充裕，接地气。闲暇的时候，我喜欢在院子里种花种草还种点小菜，看其破土出苗、观其自由绽放、闻其花香四溢，也听其鸟鸣虫嚷。

金秋时节，院内的那棵老槐树挂满了往上攀爬的葫芦藤，大小不等的双节型葫芦就像北斗星一样垂吊着，仿佛闪烁着老子当年出关时道泽天下的万千豪情。那棵银杏虽然不大，但枝干上也缠满了丝丝缕缕、细细长长的丝瓜藤，那些丝瓜长起来一天一个样，有时吃都吃不完，成了一些书画家争相采摘的抢手货。其它茄子、西红柿等瓜果青蔬也点缀着绿色小院，一派生机盎然，使人垂涎欲滴。

巴掌大的那块菜地，就像一张宣纸，一年四季任我在上面涂抹，远没有娘以前种地时那么规整，但仿佛回到了娘从前的农家岁月。

娘听说我在寸土寸金的地方还能种菜，高兴极了，不忘嘱咐我：以后少到外面乱吃了，自已种的菜多抓抓虫，多用些农家肥，吃起来放心。

我敷衍着答应娘，娘却不知巴掌大的地，是种着好玩的。为证实其存在的价值，每次回家我都拍一些院子里的照片带给娘看，娘笑眯眯地看很久。

春来秋去，我自由自在徜徉在农家小院里消受着闲情逸趣的时光。练练书画、看看书、打打球；时不时叫上几个书画家来喝喝酒唱唱歌，吹吹牛打打球，然后舞文弄墨一番，小日子倒也过得惬意！

A 老师就是这些常来小院写生赏景和“凑热闹”艺术家中的一位。在北京，我们对所有的艺术家尊称为“老师”，一来亲切，二来文明，三来谦虚。

A 老师不露锋芒的性格，处处透露出为人处世中的低调、耿直和随和，与人交谈时总流露出一副慈善的略带微笑的脸孔，就像院子里尽情斗放的太阳花，小小的一朵，灿烂无遗，真实依然。

只可惜，他的书画作品初来宋庄时全摆在艺术工厂区的地摊上，要知道，来买字画的人眼睛都很毒，再好的作品摆在地上都被视为地摊货，很少有人问津。

他凭着山东人那股韧劲楞是在宋庄坚持了下来，而且还带着他相濡以沫的结发妻子，做他坚强的后盾。

人，可贵就在于不仅拥有梦想的翅膀，更拥有飞翔的勇气与底气。

A 老师年近花甲，放弃老家安稳工作，为圆艺术梦想，也为全家生计来京城闯荡，难能可贵。

一路走来，他们肩上的担子并不轻松，因为孩子足足有伸开巴掌那么多：两儿三女。可以想象，把五个孩子一个个养大成人，要付出多大的艰辛啊！

她，就是其中的一个，排行老四。

二

娘教会了我坚守，也教会了我机变，更教会了我做事决胜于运筹帷幄之中。

我觉得娘的头脑比我高出一筹，她当年把有些多余的田地租给别人去种，既节省了劳力和开支，又没有失去收入和田地，实在高明。我学娘“异曲同工”的做法，那年夏天，就把小院多余空间转租给了 A 老师使用，开源节流，资源共享，我们一拍即合，乐此不疲。

你情我愿，往往建立在双方共同利益之上；相互利用，往往是节源开流的致胜法宝。

人，别怕利用，就怕没用。

A 老师搬家的那天，她来帮忙。她意外的出现，惊愕了我的视线，也使我眼前一亮。她对我友好而大方甚至有些故意谦卑的那一笑，使宁静的小院开始泛起层层涟漪。

她，长得很白。看上去有种“偷来梨蕊三分白，借得梅花一缕魂”的感觉，我的目光立马与院子里正在绽放的白海棠、白玫瑰对视了一番，她比它们丝毫不逊色。她身上散发的淡淡香味，很清醇也很迷人。那条花白相间的长裙，把她修长、偏瘦的身材剪裁得婀娜得体，充满青春活力。她谈不上很漂亮，却秀秀气气，看上去有点骨感，尤其左右两颊的颧骨微凸，失掉了几枚形象分，笑的时候却有浅浅的酒窝作帮衬，透过如水般的眼神，不难窥探出她仍残留着大学校园时的那份纯真与稚气，宛如天空那朵淡淡的白云，漂浮在我的眼前。

我口口声声喊她“美女”，她应接不暇，或许心旌荡漾。

她，在兄弟姐妹中学历最高，东北一所师范学院毕业，而且学的是令人羡慕的音乐专业。她父母在与别人介绍的时候，常常引以为荣，喜形于色。

大学毕业时，她举办了一场个人演唱会。倾心的付出，好像并没有带来多丰盛的回报。看上去还是很乐观，笑眯眯地把整场演唱会的影像资料复制给了我。

我装着很懂的样子，先是赞美了一番，接着直指她的软肋，戳得她好像每一根神经都在扑扑直跳，脸明显潮红，但不服气的侧面还是没能逃过我有些刁钻的“锐眼”。

她民美的唱法由于气息不足略显生硬，声带发颤，有种“夹生饭”的味道，我对此实在不敢恭维。

实话实说！既是我的优点，也是我的毛病，这个老毛病一直困扰着我多年乃至一生，让我深恶痛绝，也让别人心生厌烦。

我与她真正接触，从音乐这个神圣的“魔鬼”开始。

三

我从小也是一个音乐迷。虽然乱哼瞎唱，但天生的好嗓音给我带来了不少怡心怡情的时光。

娘总是提起小时候我去报考南昌采茶剧团的那件囧事，说我唱歌好听但胆子很小，到了剧团门口都不敢进去，那次饿着肚子空手回家，娘骂我没有出息，我没有作声。

后来我爱人常常夸我，也为我惋叹：如果你投胎到城里人家的话，说不定早就成明星、歌唱家了，我说不定是你的粉丝哩。我厚着脸皮笑着点头。

别看我年近半百，我这个鸿鹄之士却一直没有放弃写歌的梦想。

我当时选择北京，就是冲着有朝一日能像乔羽、阎肃和庄奴“泰斗式”词作家那样，写的歌将流芳百世。

娘老说我心比天高。我回答娘：不想当将军的士兵不是好士兵，不想当泰斗的音乐家不是好音乐家。娘接着说：人怕出名猪怕壮哦，还是低调些好啊。我幽娘一默：梦想梦想，梦想就是先做梦再去想，不梦不想，放屁都不响哦。

娘听了半天，似懂非懂的样子非常好笑。

殊不知，梦想与现实隔着一堵墙，而且是一道坚不可摧的铜墙铁壁。谁能超越，谁就是强者、胜者、王者。

明知难以穿越，仍然像跳水“扎猛子”一样，不入黄河心不死，抑或不见棺材不落泪，我拼的就是这样一股蛮劲。

说起音乐梦想，有的人不用吹灰之力，一夜成名，万人追捧，接着腰缠亿贯，有种坐直升机甚至火箭的感觉；有的无论一生拼死拼活，到头来还是“众里寻她千百度，蓦然回首，那人却在，依稀泡影中”；还有人为了看似伟大的人生超级梦想，不择手段，玩弄各种招数乃至美人计、苦肉计、离间计等，宁可扭曲自己的灵魂，唱破嗓门也要“斗争到底”！当然，也不乏有人顺其自然，不成龙也不成虫，不成名却要成人，把音乐梦想看着人生的一大乐趣而已——

姑娘告诉我，她也是为梦想而来。我们围绕梦想的话题，畅谈了很久，谈到了她找工作，也谈到了她寻觅爱情，自信的笑容，不时掠过她微红的脸颊。

她告诉我，曾经跟老家一暖男有过一段恋爱史，她把他们在一起的相片给我看，小伙子长得人高马大，看上去帅呆的那种。或许他们没有共同的志趣和梦想，抑或因她常偷看他手机信息，窥探他小秘密的缘故，两人经常吵，爱情进行曲没几个月就告吹了。

我故意追探：东边不亮西边亮呗，你自身条件蛮不错的，怎没与其他校男续上一段浪漫情缘呢？她轻轻地哼了一下，傲慢的眼神从我期许答案的目光中慢慢移开。

我一下就读懂了她，她不是一盘随便烹制的“小鲜肉”啊。

我看看天空看看她，她却不看着我，心里或许在想着自己的另一片天空。

姑娘自谦打趣地说，今年二十五，今生好落伍。她告诉我，好想有个家，属于自己的家，且属于北京真正的家。我立马回敬她：美女，心急吃不了热豆腐啊！她突然朝我手腕上狠命地掐了一下，一道红色的指痕一直印在那里。

我不得不对其“现身说法”：我来北京拼搏了这么多年，连自己的一片瓦一块砖一撮水泥地都没有，你初来乍到就想在北京安家落户，癞蛤蟆想吃天鹅肉，未免太疯狂了吧？

我激将的话让她很不安！她狠狠瞪了我一眼。

她马上反击我，说男人不会说好话，睁着眼净说瞎话，喜欢拿女孩开涮、取乐，真烦人……

我怕她生气，不忘补充一句：好听的话别当真，难听的话别较真哦。

得了，得了，我说不过你那张抹了油的嘴啊。她做出了两手抱拳，甘拜下风的手势。

女孩的个性我基本摸得有棱有角，我本想再送她“欲速则不达”这五个字，又怕她冷不丁给我一组重拳，然后扭头消失在我的视野。

我开始转移她的视线。我提出教她练车，正好英雄无用武之地，也想过一把“师傅瘾”。她欣然应允。

哪知道，她一端方向盘，一驱油门，车子猛地呼呼而驰起来，吓得我直冒汗，她一点也不像文弱女子，更不像没有上过路的生手，我嫌她有些急躁，赶紧喊停。她朝我做了一下鬼脸，得意地说：冰老师，别怕，我可是有“本”的哦——

我趁着停车休息的空隙，继续与其攀谈，磨合。渐渐觉得身边女孩，跟有些不谙世事的大学生一样，充满天真幻想，也盛满浮躁，现实的大门似乎被其自负与自恃所关闭着。

我很想帮这个辫子长见识短的姑娘打开这扇坚不可摧的大门。

女孩性格看上去还算开朗，属于传统与现代的结合型，她谈起唱歌来眉飞色舞，张口就来，她不时哼出的小调，发出爽朗的笑声，驱除了我夏日的郁闷与躁热，仿佛一丝清凉、透气的风轻轻从我空虚的心底拂过。

突如其来的际遇就像天边飘来的一抹色彩斑斓的云霞，令人心驰神往……

四

谁都明白，北京越来越不好混。其实，女孩心里比谁都清楚，她爸爸就是最好的参照物。刚来宋庄那阵子，她爸妈卖的字画只够日常开支，生活十分拮据。

我娘也觉得我东奔西跑很累，一年到头没有着落，就像天上的云无头无尾，叫我早点打铺回家算了。娘说，路走不完，钱赚不尽，老家才是你靠的岸。娘说归说，我听归听，而我就是不甘心，我想只要锲而不舍地坚守，梦想会越来越近。

越不好混，越要混下去，混个明白，你知道吗？北京为什么就不可以有我们一席之地呢？我佩服她的钉子精神，但不欣赏徒弟反过来给师傅冠冕堂皇“上一课”。

她父母本想叫她回老家参加县里教师招聘，找一份安稳工作。她不屑一顾。她坦率地告诉我：好马不吃回头草。我刁钻地补充了一句：你是怕那匹昔日老马又来吃你这棵老草吧，哈哈——

啪！我的肩膀重重地挨了多余的一巴掌。她最讨厌别人揭她伤疤！

我这人就是有些犯贱，人家是多一事不如少一事，我却恰恰相反：少一事不如多一事。

盛夏的北京，白天炎热晚上凉爽，晚风袭来，阵阵祛除着打拼者白天的疲惫与燥热，艺术家开始借着阴凉拼命地涂鸦创作，村子里的人也藉着暮色争抢着堆砌着各自的砖瓦房，马路上那些流动的“铁”也在趁着夜色繁忙地穿梭——

于是乎，我甘愿成了她牵着的一头老毛驴，有空的时候就开着我那辆喘气的“老别克”，北京城里城外、京郊镇上镇下转悠，热心协助她解决“找饭碗”的问题。

我乐意在女孩面前献殷勤，烧掉我的油不算，有时还要主动请客，大热天又闷又晒，加上堵车，我开得很慢，巴不得越堵越好，越慢越好，反正有美女陪伴我一点也不觉得苦累，不觉得时间长，也不觉得夜的黑。

打开车窗，让她的歌随晚风一起飘荡起来，她平时有些压抑的心里话也会随之透露出来，我听得认真，即使闲言细语百无聊赖，我想至少可为我今后写《北漂记》积累不少新鲜的素材。

冰老师，你写吧，好好写吧，为我们北漂人一起呐喊！她轻拍着方向盘，大声鼓励我也在激将我。

接下来的日子，我陪她去参加红歌会的选拔赛，有时陪她垂钓、K歌、吃小吃，去附近的菜园摘西瓜，甚至我帮她引荐对象，我还带她去拜见一些音乐艺术界老师，希望她得到名师指点，为她音乐飞翔的梦想添翼助力……

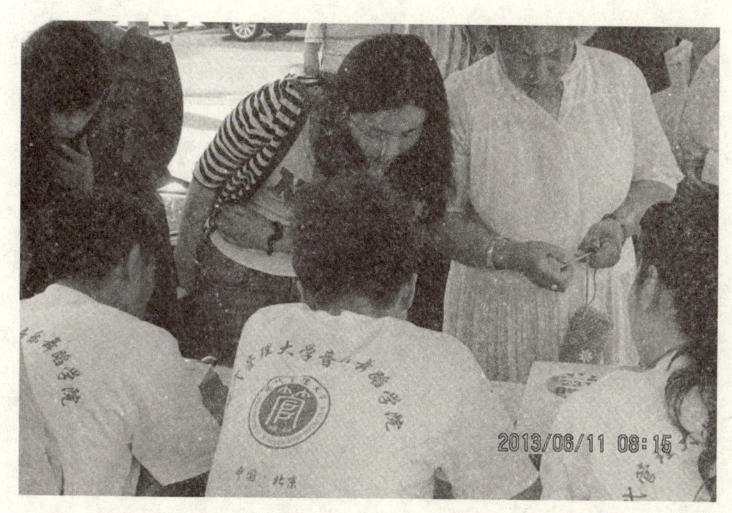

云姑娘报考“红歌会”

她既单纯，也很卖力，她巴望尽快在北京找到一席之地。

我在宋庄请客的时候，每次不忘叫上她。一来希望她多接触些人，多一些机缘巧合；二来请她来飙歌助兴，营造气氛，同时给我这个死要脸的男人撑撑门面。她字正腔圆的演绎，每每博得满堂喝彩，宋祖英唱的那首《望月》是她必选曲目，声情并茂的演唱，唱得我好想回家，想我的娘，想我的妻儿，也唱得酒桌上的人如痴如醉，有道是：酒不醉人，歌醉人啊。

记得那个秋夜，我为她专门请来了著名军旅词作家王晓岭夫妇。那次她发挥得相当出色，一曲深情的《妈妈，您快留步》深深打动了老词人，也感动了在场所有的人。悠扬的歌声回荡在小院的上空，也回荡在人们的心底。王老师对她赞美有加，并当场表示会好好举荐她，激动得姑娘的声音有些震颤、急促，心痒痒也心麻麻的，一连鞠了好几个躬。

快散席的时候，我借着酒性，沐浴着如水的月色，动情地朗诵我创作的诗歌，她用电子钢琴伴奏，那段配合默契的《月光曲》，深深地融进了柔和的月色，也印进了我澎湃的心海。

我们甚至有了出《云之歌》专辑的计划。我写歌词，她说她谱曲兼演唱，希望“不鸣则已一鸣惊人”的幸运之星垂青到我们头上，彼此为各自构筑的音乐梦想拧在一起而轻飏。

我开始没日没夜地写歌，不仅是为她，更是为自己。

这么多年，我从没有写过情歌，我开始尝试着从她身上捕捉朦胧而遒劲的灵感——

自从你走进身边
渐渐占据我心间
我本想用铿锵誓言
拴住一个男人的爱恋
可是你
就像过往云烟
手还没相牵
我傻傻地望着那片云朵
悄悄化成冰冷的雨点

也许你没有发现
你开始成为半边天
每一次徜徉的梦里
都幻起你纯真的笑靥
可是你
就像过往云烟
更像天涯雨燕
我痴痴地望着遥远天边
静静淹没在潮湿的地平线……

这首《过往云烟》是我打算写给她谱曲演唱的第一首歌词，满是虚构，她抿着嘴笑微微的，也看出来了。我顺势把云朵的《云朵》放给她视听，她听得入迷，也有些面颊潮红。其实云朵的颜值一点不高，甚至还不如她，云朵拼的完全是实力，我也希望她像云朵那样，下苦功夫做一个实力派唱将，将来也有“爆棚”的那一天。她当时也答应得很痛快，但不知什么原因，我后来一直没看到下文。

人的成功，有时单靠脸蛋、颜值是远远不够的，实力，才是战胜别人和自己最给力的法宝，发射实力波，人生不可阻挡。

五

A老师和其爱人再三嘱托我，要把她当自己的妹妹样看待，多帮帮，多引导，我点头称是。我在家排行老幺，我真的希望她能填补我没有亲妹妹的人生缺憾。

天上竟然掉下个“云妹妹”，我不亦乐乎。她虽然有哥哥，但她的确很乐意做我的妹妹。我想把与她结拜哥妹的事告诉娘，但又怕娘误会，一直放在心底。

娘看到我家里家外地忙活，常常有些自责：你上无兄嫂，下无弟妹，姐姐嫁出去的女，就像泼出去的水，上上下下全靠你自己，我想你这辈子也活得不轻松啊！为娘要是身体好的话，给你多生个“手下”哪怕妹妹也好啊。

其实，我已经很感激娘了，娘身患多病拼命都要生下我，如果没有娘的这份责任，我还不知道往哪投胎呢。

为了小妹早日成功，我做大哥的真没少给力，连她父母都看在眼里记在心上。

她有时眼高手低、好高骛远甚至有些急功近利的想法与做法，令我这个做哥的束手无策也黔驴技穷。但她毕竟小我近一半的岁数啊，年轻就是资本，我想“北京精神”里面都有包容二字，我这个做大哥的更应“海量”小妹的瑕疵。

不管怎样，我们像一条船上携手与共的合作伙伴，也像一对无话不说的同胞兄妹，哪怕她旧毛病发作，有时也会偷看我手机里的短信。我会嗔怪她过于敏感的神经与长着鸡肠一般的小心眼，我开着玩笑说：我还好不是你男朋友啊，否则你的命运又要重蹈覆辙。她的脸一下子像雾霾密布的天空陡然阴沉下来——

六

梦想，就像网络世界，注入了很多虚拟的成分。有时深不见底，高不可攀；有时飘忽不定，稍纵即逝；有时叫人缠绵悱恻，痛哭流涕。即便这样，离开了它，又很空乏、无味，一如浮萍，漂移着无根亦无源的心影。

其实，我在宋庄与她见面的机会并不多。为了生计，我带着书画家全国到处跑场子，且常回老家，因为耄耋之娘还需要我常去探望。

她很羡慕我这种自由自在的飘荡生活，她说：你游山玩水又能赚钱，一举两得多好啊！有机会我跟你一起去走演艺哦。

我表面点头称是，心里却打起鼓来，我怕她当真，也怕别人猜疑。

她说我是一朵飘来飘去、来去无踪的云。的确，我的名字与我的生活一样，飘逸的心和着漂泊的脚步一起四海云游！

后来，我与她兄妹间的“这些事”终于告诉了我娘，娘很开心。娘提醒我在外面一定要注意影响和分寸，我请娘放一万个心。

宋庄是一个相对自由开放的国际性艺术部落，许多单身艺术家无论男女，三三两两你来我往，为了艺术不分彼此走在一起，谁也不管谁，谁也不拖累谁，充分体现了当代艺术家与艺术的包容性和散漫度。

我与云姑娘接触，有点“私心”却没掺和半点“杂念”，我也担心一不留神，会被人无端地冠以沾花惹草或寻花问柳等毋须有的罪名。

男人，做人难，做好人更难啊。

一个人常年在外，有时无聊、孤独甚至落寞这很正常，但想起我娘守寡几十年一个人都走过来了，我即便偶尔萌动的心也会像院子里的夜来香一样，悄悄开过之后默默地自然关闭，岂敢有非分之想？更不敢越雷池半步。

美好的东西，学会欣赏，别去奢望。

因此，我尽量与云姑娘保持一定距离。若隐若现，或许发现朦胧之美。

A老师很尊重我，对待我，就像对自己的亲兄弟一样，有问必答，有求必应。他写的书法，字如其人，干干净净，清清爽爽；他画的画，没有多余的笔墨，没有半点矫揉造作；他待人接物，真诚坦荡，没有半点虚情假意。

有道是：作品如人品。

打乒乓球是我们的共同爱好，每天都要玩上几局，既消磨时光，更锻炼身体，尤其是为创作增添了不少活力与气韵。

云姑娘去不少单位面试，但总是高不成低不就，令其沮丧。她好不容易在京郊找到了一份幼儿园的工作，按她身份来说，她心理很不平衡也很不服气，但苦于当前窘况，她不得不委曲求全。

她曾经向我郑重许诺，领到第一个月的工资，一定犒劳我，请我吃顿大餐，我左睇右盼，却一直没有等到那顿盛馔。

她在幼儿园附近租了房子，终于拥有自己的小空间。我试探她，想去看看她布置的闺房，她死活不肯。有一次我送她到小区门口，都没有让我进去喝杯茶，让我扫兴而归。

我对她不近人情的做法颇有微词，但也对其注意小节的行为，暗自钦佩。

接下来的日子，大家都忙于生计，我们间的接触也日渐稀疏起来，就像阴雨绵绵的天空，看不到那层薄薄的云翳，一如“篱畔秋酣一觉清，和云伴月不分明”之感。

云姑娘偶尔回家的时候，常常碰到我与她爸在院子里打球，她也不说什么，只是一笑而过。她跟她妈妈说完几句客套话后，就独自离开，也不轻易惊扰我。

我从她妈妈的口吻里听出她在谈男朋友，而且还拜了一位当红歌星的妈妈为师学声乐，我打心眼里替她高兴，我希望她宁静的生活不被任何人打扰，宛如院子角落里的那抹清莲，静静地绽放。

我每次藉着捡球的空隙，透过玻璃窗，偶尔会斜视到她局部面容没有以前的亮泽，也没有从前的活脱，有时还挂着一脸的疲惫。以前她会情不自禁地在院子里哼上几嗓子的，后来几乎鸦雀无声。

我猜测，她是不是遇到不顺心的事？

后来，她父母告诉我，她是一个很好强、很要面子和追求完美的人，也很想出人头地，她选择找工作和择偶一样左挑右剔，音乐之路走得很倦怠，也不那么顺畅，为此常常独自烦忧！

七

云姑娘的妈妈，我一直喊师母。师母这个人，典型的山东大妈形象，看上去并不土气，微胖的身材透出她一些富贵气。我们合用一个灶同吃一锅米，就像一家人一样。师母做得一手山东好菜，山东煎饼做得非常地道，连红枣黑豆稀饭都做得有滋有味，我仿佛闻到了我娘身上那股浓浓的柴灶味。

师母年龄不算很大，但特别能吃苦，每天起早贪黑地干，风雨无阻，酷暑难耐的天，她总是戴着一顶太阳帽，天寒地冻的时候，就裹着厚厚的花围巾，在艺术工厂区水泥路旁叫卖字画。好几次风沙席卷的时候，把地摊上的字画吹得满街飞舞，令其措手不及，但每次宋庄艺术节，经她出手的作品卖得出奇的好，不仅因为货真价实，更在于她的人缘好。

我仿佛看到了当年我娘在集市上卖菜的影子，不需吆喝，来买的人都围得满满的。

师母常常在艺术家们面前，得意地介绍她养儿育女的荣耀经历，换回的褒扬声令其陶醉不已。唯独美中不足的就是身边这个“秋风摇曳，花落谁家”的大姑娘，今后不知何去何从？

我真的很希望她尽快找到如意郎君，最好是京城有房有车的，以安顿和满足她虚空的思绪，我这个做哥的也就少一份牵挂。我也不止一次地给她灌输心灵鸡汤，传递一大堆正能量的人生哲理，她表面答应得很好，但到底听没听进去我就不得而知了。

她的心事一般不告诉人，有时隐藏很深，让人捉摸不透，有时表现得独我，叫人难以靠近，有时就像南方的雨季，说来就来，说去就去。

云姑娘回到院子里的身影日渐稀疏。我觉得她渐渐在变，变得有些孤僻、清高，也有些冷漠，甚至有些波谲云诡，我与她之间的距离也随着时光的流逝越拉越长。

秋日的小院，没有往日的翠绿了，花叶也在秋风里瑟瑟凋落，漫天飞卷的风沙不时拍打着铁门和玻璃窗哕哕直响，人有时都会半夜惊醒，有种“闲苔院落门空掩，斜日栏杆人自凭”的稀疏与怅惘。

八

2014 马年，真可谓天马行空，不测萍踪，这注定是个躁乱的年份。

光棍节前夕，我从外面转了一大圈回到宋庄，邀集了不少老乡、单身艺人聚晚餐。我忽然想起了云姑娘，希望她多一次认识的机会。电话一打过去，没想到她答应爽快，声音却显低沉，当时我根本没在意。

她赴约时，比平时至少慢了半个小时，大家还是很热情地欢迎她的到来。落座时，怯怯地扫视了一下酒桌上的每一个人，目光惊恐无神，看人的时候鬼祟怪诞，我不禁怔住了。她象征性地动了一下筷子，马上就以接听电话为由下桌了，而且招呼都没打一声就撤了，我出去找她，店外连个人影都没有。

夜，显得格外漆黑、奇异。

她这种不寻常的举动让我大吃一惊，也让我有些担忧。

次日，我连发了几条短信，她没有回，后来，她关机了。

我找 A 老师和师母说了她有些反常的事，希望引起注意，他们也显出无可奈何的样子，说她脾气从小就这样，叫我别往心里去。

第三天，我又打她电话，仍然没打通。上午十点左右，师母突然接到一个电话，叫他们两口子赶紧去派出所一趟。

一种不祥的征兆在我脑子里盘旋。

他们一去，不愿看到的一幕出现了：云姑娘跳楼了！这一天，正好是双十一："11.11"。

我脑子一片空白，觉得恍惚在做梦。我感觉我的天空刹那间乌云密布，阴晦不堪。

她的父母悲恸欲绝，如天塌一般。谁也没有想到她竟然会选择这个特殊日子，来终结自己如花的生命！

十几层楼，多么恐怖的高度啊。一般常人是没有这个胆量和勇气跳下去的呀。她到底受了什么不可忍受的压抑与委屈，苦痛和折磨呢？

民警立即通过天眼监控镜头、通话记录和调查她平时的活动轨迹等进行分析比对，很快找到了答案：排除他杀，云姑娘患抑郁症急性发作！

抑郁症！竟然有如此恐怖的杀伤力吗？我大惑不解！连她所有的亲友都不敢相信！

我查阅了有关资料，说急性抑郁症是抑郁症的一种发作形式，以情感低落、思维迟缓、以及言语动作减少、迟缓为典型症状。抑郁症严重困扰患者的生活和工作，给家庭和社会带来沉重的负担，约15%的抑郁症患者死于自杀。世界卫生组织等一项联合研究表明，抑郁症已经成为全球第二大职业疾病。

原来，抑郁症是一个潜藏在人的精神世界里的头号杀手！

怪不得京郊那个曾经名不见经传的小镇，近些年陡然增加百万人口，大批的北京人和外地人蜂拥而至，嘎然摇身一变成了名副其实的大都市。人与城市一样不堪重负，人们生活在一座如此密集、拥堵而有些膨胀无序、杂乱无章的地方，怎不心慌意乱、郁闷丛生呢？

有道是：冰冻三尺非一日之寒。云姑娘的病或已潜藏于她心底很久了，只是没有人发现而已，发病来势凶猛，唯恐谁也始料未及。

云姑娘没有留下任何遗言，只发现在她的日记本上，歪歪斜斜地写上了这么一行短短的有些诗意却凄美、泣血的文字：飞吧，鸽子！我要像鸽子一样飞翔——

一颗不堪打拼重负而绝望的心，就这样在繁华的京都边缘以超常的方式释放，怪哉！悲哉！惜哉！

一个曾经荡漾歌声、笑声的姑娘，就这样香消玉碎、无声无息地走了。

一座充满生机的小院，转瞬间变得死气沉沉。

寒秋里，院子里的花瓣全掉光了，槐树与银杏的叶子散落一地，满院子枯枝烂叶，冷风一吹，飞卷的叶片、沙土以及对面烧锅炉的烟尘把院子搅得乌烟瘴气，一片萧瑟、阴森。半夜里，院子里那扇经常紧闭的铁门也被风吹得哐当哐当直响，听起来毛骨悚然。

初冬的暖阳，即使照进院内，也显得格外清冷。

面对哀鸿遍“院”的样子，我不敢独自在那住了，与其说我胆小，不如说我不敢面对她曾经洒满歌声笑声的院落和院子里其斑驳的身影与脚印，不敢面对她日夜极度悲伤、垂头丧气的父母，也不敢面对这残酷的噩梦般的事实。

我们索性挪地方了，怕触景伤情。我跟他们一样，已不记得第几次搬家了，其实，我也想在北京找个安定居所，正如漂泊者戏唱：我想有个家，一个不需要搬来搬去的地方。可是，命运让你当“游击队员”，你无法卸任啊。

她父母“望女成凤”的梦也随之破碎了，破碎在没有任何设防的心底与心外。

我恨那个制造“光棍节”的始作俑者，如果没有这个舶来品的节日，也许她不会选择这个特殊日子红消香断。

后来，我与他们一家从她瘗玉埋香的阴影中渐渐走了出来，我与其善解人意、宽慈厚道的父母仍然保持那种往来亲密的关系，每每提及此事，仍残留些许感伤！

我偶尔把宋祖英那首云姑娘经常唱得如泣如诉的《望月》放出来听，心生几多惜怀：我常常望着月亮 那溶溶的月色 就像你的脸庞 月亮抚慰 抚慰着我的心 我的泪水 浸湿了月光 月亮在天上 我在地上 就像你在海角 我在天涯 月亮升的再高 也高不过天 你走的多么远 也走不出我的思念……

我也常常想起《红楼梦》里的那曲悲惋、缱绻的《葬花吟》，以寄托对云姑娘的些许哀思：花谢花飞花满天，红消香断有谁怜？游丝软系飘春榭，落絮轻沾扑绣帘——

九

生与死，只在一呼一吸之间。

云姑娘化作一缕青烟，随风飘飞了。飘在世人惋惜的笑谈里，飘在蹉跎岁月的尘埃里。她把梦想遗落在京城的边缘地带，把独我的生命遗落在梦魔的手掌，也把懊悔与沉痛遗落给了家人、亲友还有我，也遗下了诸多值得沉思的话题。

梦想，固然重要。人，背着梦想行走的时候，要看清脚下的路，看清前方的灯，看清自己的那颗心啊！

当梦想幻化成虚拟、累赘乃至重压的时候，背负着它去行走有何意义呢？慢慢卸下，靠近平常心，或许走得更快、更远。

当梦想不再成为梦想的时候，还有什么东西比生命更可贵吗？

淡下执我，可峰回路转；放下执念，亦心随花开。

内心的淡泊、平静、自然、放下与忘却是摒弃并战胜心底尘念、执妄的灵丹妙药，否则会活得很烦、很累、很迷、很伤、很痛、很碎甚至很假、很空、很无。

平凡而优雅地转身，比什么都美！

清淡地活着，本身就是一种梦想！

后来，我娘和爱人都知道这件事，为之惋惜的同时，也为我失去了一位音乐道路上的妹妹而难过！

逝去的人，且安且息；活着的人，且行且惜！

云卷云舒

折一叠云彩
以纯粹姿态　从天籁走来
抹一缕淡霞
悄然告白　把心思撩开
卸下一路倦怠
从南挽到北　从冬漫到夏
装一双慧眼
把人世间看个明明白白

云的心底
藏有浅浅的无奈
云的颜容
有过薄薄的阴霾
云的梦里
任雨水打湿温暖的怀
云的世界
随风的歌谣嘹亮未来

云卷云舒
曾是心呼吸的痛
云卷云舒
亦是玫瑰牵绊的红

云卷云舒
是心缠绕的重逢
云卷云舒
乃天地间最美的初衷……

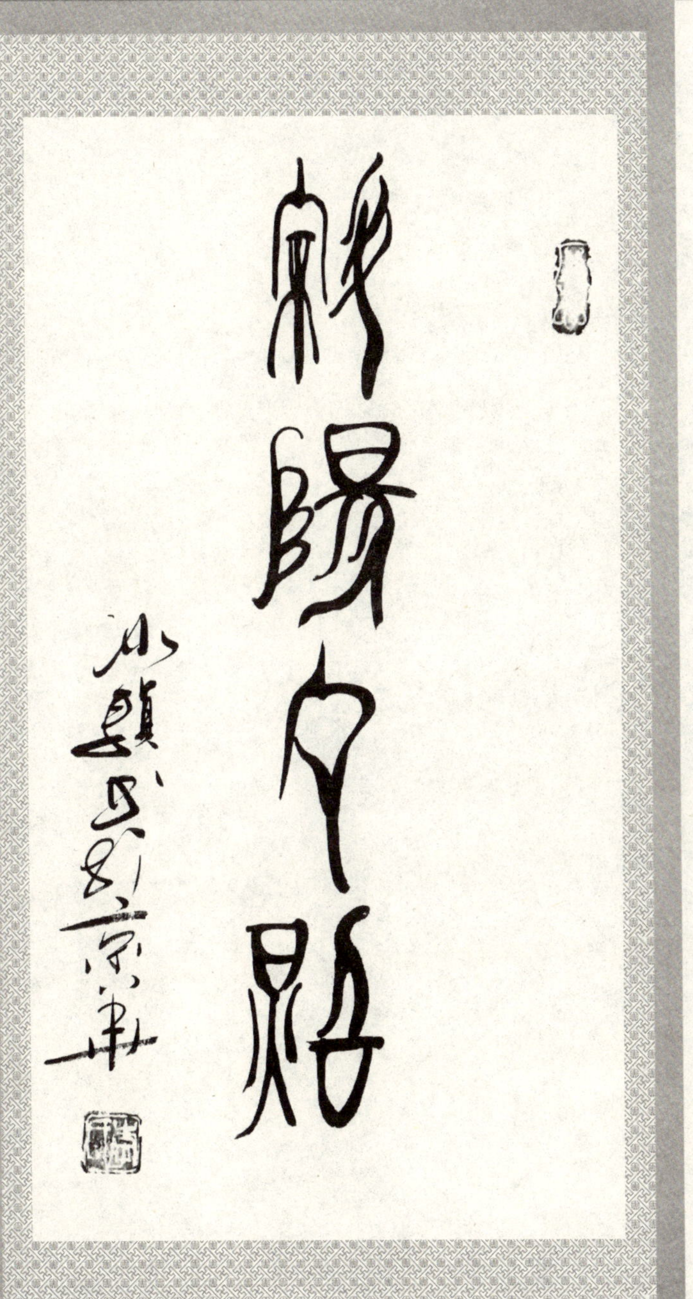

斜阳夕照

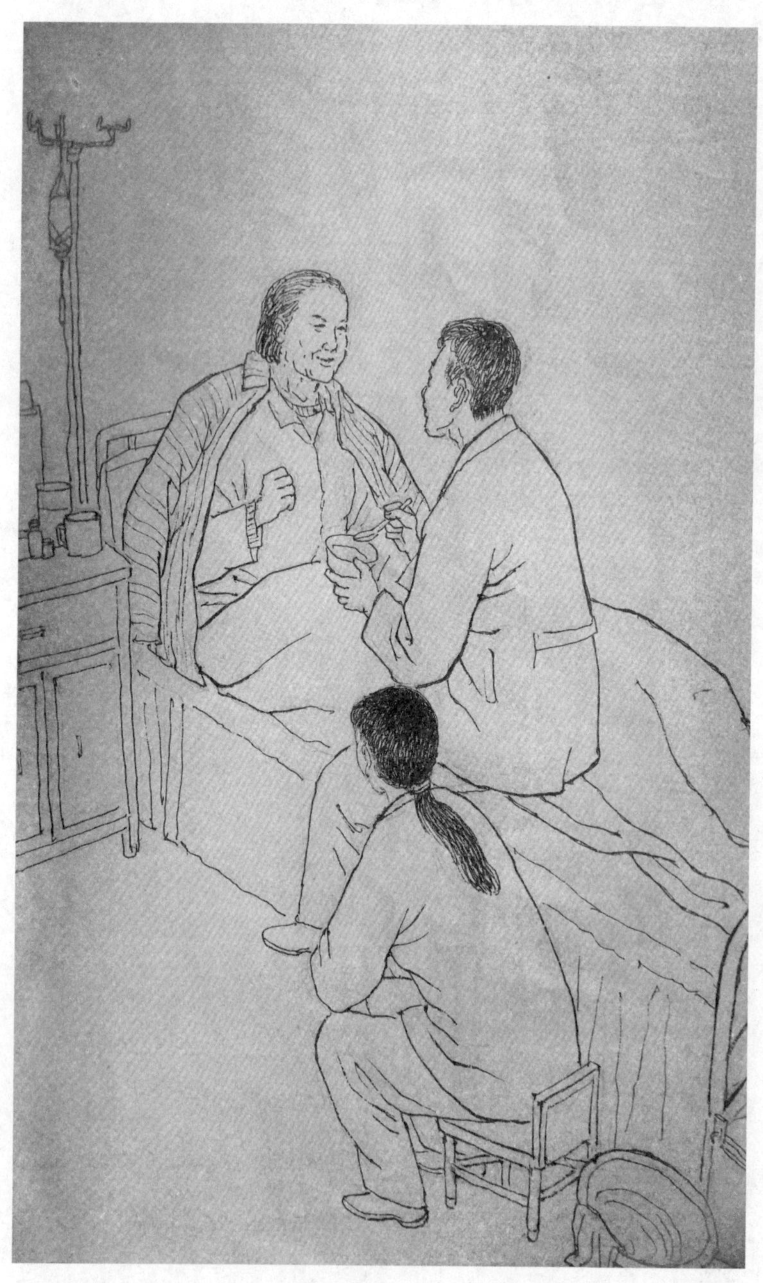

斜阳夕照

最美不过夕阳红，
温馨又从容。
夕阳是晚开的花，
夕阳是沉年的酒，
夕阳是迟到的爱，
夕阳是未了的情，
多少情爱，
化作一片夕阳红……

这曲深情浑厚的《夕阳红》，唱出了老年人日落熔金般的壮美，也抒发了老年人对暮年生活的依恋和挚爱。

如果每个老人都拥有晚霞绮梦般的美丽与炽热情怀，那世界多么美妙啊！

一

娘，尽管八十出头，似乎想强撑着与别的老人不一样，年轻时候不服输、老的时候不服老的心态仍然在她的垂暮之年足见一斑。

娘并不想拣那些陈芝麻烂谷子的往事来絮叨，也不想无穷无尽地与人拉家常到黄昏雨后，她也不太主动跟我们年轻一辈动不动忆苦思甜一番。她知道这些隔了一茬又一茬的下辈们听多了这些话耳朵肯定会起茧。

有些话，娘不说出来也难过，有些事，她不管管也不舒服。哪怕没有人听，她也会一个人自言自语。

尤其是我。我越来越把娘对我所谓的“唠叨之门”当成了多管闲事而紧闭门外。我夹杂了不想让娘劳神弄骨的成分，但也把娘的很多心里话排斥在千里之遥。这，往往让娘很失望！

娘常常自叹：唉，人老了，就是不能多开口啊，也不中用啊！

我也弄不明白，不知哪根筋被塞住了，娘只要多开几句口我就会心烦意躁，哪怕是在娘最想说的时候。

“你别再说了，我知道，我知道啦!”这样的话在娘的面前不知重复了多少遍，但娘从来没有生气，没有抱怨，没有反击，娘欲言又止的样子，令我悄然心酸!

拒绝老人说话，也许是种罪过，因为，我们扼杀了她的话语权，也相当于剥夺了她的生存权利，是对老人的不尊不敬不孝!

其实，学会聆听老人倾诉，是一种快乐，因为她释放了才快乐，老人快乐了我们做儿女的也就快乐。

但我明明知道这个道理，就是很难做到。有时候我为打断娘的话抑或封堵娘的嘴也常常后悔。

娘压根就是一个不喜欢浪费口舌的人，或许她尝过口舌之苦，深谙言多有误的道理，娘不是一个不通情达理的人，她越老越活得出言谨慎、做事小心，生怕不小心伤害着大家。同时，娘也怕我们伤害着她，如果我们说了她的不是，她也会露出不解与不悦的样子。

有时候我为娘小心翼翼地经营老年时光而忐忑，我害怕有一天会突然失去她，我更惧怕其压抑的心情会像山洪一样爆发。

但娘始终没有我想象得那么恐怖。她每天都努力着与我们和谐相处，尽量展示和颜悦色的一面。

娘经常看江西卫视的《金牌调解》节目，她有时看着看着就睡着了，节目里吵架或争执时会把娘吵醒，她就会发出几句感叹：吵什哩争什哩？这辈子是亲，下辈子就不一定是啊。然后，又慢慢地奋拉着脑袋进入微睡状态。

娘老了，对我们几乎没有半点居高临下的干预与挑剔，尤其对儿媳哪怕其从未给自己洗过一件衣服她都毫无怨言，常常以“两耳不闻儿媳事”的平和姿态淡然处之，时不时还会在众人面前褒扬儿媳脾气好、处事细、待人诚等一大摞优点，捧得她暖烘烘的。

两个女人之间没有很多语言上的交流，至少避免了很多口舌上的摩擦所带来的误会或矛盾。要说婆媳间一点微词都没有，那也不现实，彼此开只眼闭只眼罢了，以免祸从口出、心生事端。她们相互做到拿捏有度、心照不宣真的不容易，毕竟之间没有那层血缘关系。

这么多年来，娘和我爱人之间从未闹过嘴、红过脸，我真的为她们把持得如此微妙而恰当的婆媳关系而啧啧惊叹和感激！同时，也为她们间没有更多的心灵融通而抱憾！

婆媳关系是家庭最难处理的关系，婆媳矛盾是家庭最易裂变的矛盾。但娘把最难的事轻松地做到了，对一位没有文化的乡下媪妪来说，不能不算是一种超高的学问。

娘慢慢老矣，但娘的听力仍然灵敏，思维依然很清晰，虽然有时说话说着说着就忘了前面说的是什么，但从来不语无伦次，一点老年痴呆的症状都没有，这得益于她平时对身体的格外保养。

娘常说：我身体难，就为你们多添烦，我身体好，就给你们存了宝，老人身体棒，就好给你们年轻人多做点样。娘，一路坚挺着熬过来，真的为我们减轻了不少负担，这让我们很是惊讶，也很感激！

但娘有点不好，我们夫妻说话的时候总让我俩有种“隔墙有耳”的感觉。我每次打电话或跟人说话，娘就像当年的八路军打探鬼子消息一样竖起耳朵静静“窃听”，等我一说完，她就会笑嘻嘻地走到我跟前问这问那，一点也不怕我烦她。

“别啰啰嗦嗦，我又没说你，也不关你的事哟。”我每次都会以这种拒绝的口吻把娘的敏感推向一边，让其缄口、沉默。

我在想：如果有一天我老矣，也这样好奇好问抑或多心多疑，不知子女何种感觉？我会何种结局？

二

我觉得，娘跟我“婆婆妈妈”的日子越来越多，似乎总有说不尽的千言万语，并不因我离家的日子越来越长，娘早已觉察到自己没话找话给我带来的烦恼，或觉得自己的日子越来越短。

但无论我走多远，我多忙，我多烦，娘如果两三天没有接到我的电话，她就会给我主动打来电话。

我常年不在家，真的不知道娘什么时候学会的打电话，这让我很奇怪：八十多岁的乡下老太婆一字不识，竟然学会打那么一串长数字的手机电话，这不能不算是一个奇迹啊。我第一次接到娘打来的长途电话我真的不敢相信自己的耳朵，我问娘：身边谁在教你呀？娘笑着回答：就我呢，看这电话能打通啵？嘿，还真打通了，听你说话就像你在身边一样。

我回家的时候看到娘那本自制的电话本画满了颜色各异的大小记号，名字和数字叫人写得特别大，娘每次打电话时都会戴着那副已变形的老花镜，一边小心对着号码一边慢慢按号拨打，一打通娘就会露出得意的神情来。她有时候也会为经常拨错或拨不通而苦恼，她总是自责自己没文化，记忆力差，嫌自己笨手笨脚，难赶上潮流，但我觉得娘已经很了不起了！

看她坐在沙发上打接电话慢条斯理的样子，就像一个刚入学的孩子，洋溢着少有的兴奋与满足。

娘自从会打电话的那一天起，自然多了一份对我远在他乡的嘘寒问暖，这种温情连线，让我倍感亲切与亲近！

真可谓：尊前慈母在，浪子不觉寒啊！

老人往往有一种好强心态，不想让年轻人把她当着老年人看待，老人最怕子女说其老，这就是所谓老来的年轻心态。别看老人一副老态龙钟的样子，其实她每天都在努力改变自己，巴望自己不要老得那么快，老得无用，恨不得抓住光阴的手，竭尽所能为大家做点什么，而儿女们没有察觉而已。

娘有时很幽默：你们千万不要把我当鄱阳湖的蓬蒿，草老了，烧成灰才可以沤田哦。我们马上反应过来：姆妈耳不聋眼不花，你没老啊。说得娘嘿嘿地笑起来。

南方雨水偏多，我每次出门，娘总会把一把雨伞放在门口提醒我带上；我出去应酬饭局，她也会劝告我：多吃菜少喝酒，喝酒之后要吃饭喝茶，压压肚子养养胃；我每次出远门回到家，娘总会迎上前来忙着帮我卸下背包，眼睁睁地盯我一阵子，看看我瘦了还是胖了……

无论天荒地老路有多远，娘系着的那份牵挂，始终萦绕在我的心上。这份牵挂，让爱升温，叫情永驻，令我一辈子难忘！

娘清净的时候有时希望大家来热闹一下，人来多了又嫌太吵，巴不得大家赶紧走开；孤独时希望有人马上陪在身边，说说话聊聊天，说多了又怕听得耳背，心烦意燥；电视声音放大一丁点又嫌刺耳，放小了又说听得吃力……这或许就是人们常说的老小孩心态，反复无常地难以捉摸。

就连大姐专程从乡下来服侍娘的那段日子，娘不耐烦十有八九，当面指点大姐的不是，还拿别人女儿来作比较，弄得大姐很委屈也很尴尬。我劝娘别这样责怪大姐，她抛家不顾专程从乡下来服侍你，已经很不容易了，娘听了凸显一脸的愧色，她喟叹：人老了就是不依心啊。

老人有话要说，很难憋住，就像小时候的我们常常尿裤子一个样。

把老人看着无常，其实我们也在无常；说老人唠叨，其实我们更唠叨。

如果我们懂她，就视其为常态，如果我们不懂她，就视其为反常。

态度往往决定人的高度。年轻人在老人面前，只有恪守尽孝的态度，才会有人生的高度？即使你再高也高不过老人的肩膀，即便你钱再厚，也厚不过老人那份心啊。

娘满身是病，她还是坚持自理。就连那次痛风发作，关节疼痛得要命，她都不肯上医院，叫老家的村医来看过几次，实在下不了地，才叫三姐接过去住了一段日子，她再三叮嘱姐姐别告诉我。疼痛好一点后，娘把拐杖一扔，仍然不希望有人在身边照料，她还是喜欢过那种一个人想吃就吃、想睡就睡的日子。娘嘴里没说，但她心里想着什么，我们做儿女的还是多少能揣摩些出来。

娘跟我们在湖西住了一段时间想换房间，我们立马就给她调换；她觉得一个人住还是自在，我们只得又搬出来，让其独享一个人的世界；娘听别人说泡脚有利于老年养生，我就为她买来自动泡脚盆；她说眼睛有点蒙，我就带她去市医院做白内障手术……我总希望她过得舒坦些，更希望她健康长寿。只要娘提出的任何物质条件，我只有一个念头：在娘有生之年，尽一切可能满足她。

而娘，不知为什么，还是有满腹牢骚的时候，让我不知所措。

老人，一定有不满足、不知足的时候，因为，我们也存在很多不足之处。

风风雨雨之中，我与娘砥砺前行，渐渐悟出了“树欲静，而风不止；子欲孝，而亲不待”的深邃内涵。

人，渐老之时，往往是心事堆积之时，也是郁闷淤积之时，这种累积的痛苦，唯恐只有老人心里明白。年轻人为什么难以走进老人的心底？不仅由于每代人都有各自不同的感受，而往往因为我们没有好好用心。这，或许就是所谓的代沟！

代沟，其实并不可怕，可怕的是，我们缺乏填充代沟的土壤和桥梁所拥有的那颗真心、那股勇气和那份责任。

世上的亲娘只有一个，如果不多给老娘的机会，我们这辈子恐怕给自己的机会就微乎其微了。

三

娘独守在水泥森林里的一套电梯房里，房间全实木地板，南北通透，依城傍湖，十分宽敞舒适，但一个老人住，显得很空荡，也很冷清。

一个人的世界，有种“花开心自知，深水静自流”的闲逸，但作为老人，也不免有种“月烛空房前，遗梦孤枕边”的寂惧。

娘每次上下电梯都有些紧张，不仅因为电视里经常播放一些电梯“吃人”的新闻，而且她老是按错键钮，忽上忽下、忽走忽停的运行把娘常常转得晕晕乎乎也担惊受怕。

一次，突遇停电，娘被关在电梯里不知所措，心慌不已，脸色苍白，幸好维修人员及时赶到，否则有心脏病的娘真的会晕倒在里面。

娘有时跟我们模仿电视里的那句广告词开玩笑说：电梯虽好，但不能老坐啊。后来娘下楼出门的日子越来越少。

出门的时候，娘会经常忘带钥匙，一个人去买菜的时候有时忘了带钱，弄得很是尴尬。我们劝她还是请个保姆吧，她说什么也不同意，娘咬着牙说：除非我瘫在床上不能动了。

娘，这种牛脾气，有时也把我们的想法拒之于门外。

她绝大部分时间一个人躺在阳台的摇椅上闭目养神，身子有时会抽搐几下，手有时候轻揉着太阳穴，两只脚慢慢地不停转动着脚底按摩器，偶尔伸出头朝楼底下那些打牌不时发出嘻嘻哈哈声的中老年人瞥几眼。她推开窗户，然后又轻轻合拢，再慢慢开启又关上，一天有时会重复很多次。有时探出头远眺那发蓝的湖水，发绿的树，或抬起头看那片白云绽放的天空。娘说，就是不喜欢听马路上发疯似的汽车轰轰隆隆的尖叫声。

其实，娘最不愿听到的是我跟三姐和三姐夫之间的争吵。我曾经借过他们几万块钱，三姐当时看到我处在很落魄的境地就很爽快地答应不要我还了，我感激涕零！万万没想到的是，他们看到我在北京打拼赚了点钱后又开始催我还钱，我对他们这种出尔反尔的行为非常恼火！几次为还钱的事差点闹翻天。

三姐动不动就到娘的面前哭诉，让娘夹在中间左右为难，这让我更是气愤。就在我们姐弟间越闹越僵的时候，娘做出了一个令人吃惊的举动，她瞒着我偷偷地把她平时仅存的几万块钱给了他们，我知道后对娘大发雷霆，指责娘不应该掺和进来，不应该多管闲事，更不应该擅自做主把自己苦苦积攒的那点养老钱瞒着我给他们。

等我发完火后，娘噙着泪，把我好好地教训了一顿：“借钱还钱，天经地义！就算当时姐姐不要你还钱，但她也没有说一辈子不让你还呀。你现在有钱就该还她，有借有还再借不难嘛。钱可以分开，你们姐弟情撇得开吗？我是你们的娘，娘在生一日，就要多管一日你们之间的事，就要看到你们和睦，我才过得安稳啊。”

娘擦了擦眼泪，接着又说，“再说我替你还钱，也不是为你们日后好吗？我这钱生不带来，死不带去的有什么用啊？娘自己做主的权利都没有吗？你呀，一点男人的胸怀为什哩都没有啊？”

我虽然还是有些闷闷不乐，但娘的这番话说得我几乎哑口无言，我沉默了很久、很久——

娘，就是这样一个爱管儿女“闲事”的老人！我难以看懂她，或许，是因为我没有看懂自己。

四

南方的冬季偏于湿冷，临近冬至，寒风更加刺骨，年轻人都受不了，老人冻得开裂的皮肤更像松树皮一样。

而没想到这个时候，娘突然提出，要我带她去她的娘家和我的老家去看看，从娘兴奋的眼神里不难窥探出她少有的悸动，我说：这么冷，你不怕吗？再说你晕车啊。娘拍了拍袖口，说：“冷归冷，晕车归晕车，我就是好想去转转哦。”

娘的执意我多次领教过。我只好选择了乡下喝冬至酒的特殊日子。

那天，地上铺满了霜，水面上也结了一层薄薄的冰，我忙给娘披上厚厚的棉衣，戴上了棉帽，把保温杯的热开水装好，晕车药也买好，我要确保娘的这次老家之行不出任何意外，也许这就是娘最后一次“回家”的生命之旅了。

我故意分散娘的注意力，一路上无缘无故地跟她吵起嘴来，没想到这招还真灵，娘一改往日里见车就晕、上车就吐的常态，路上一点晕车的感觉都没有。

哪知道车子刚驶进外婆那个村口，娘一下车，就蹲在地上呕吐得不行，我感觉到了地动山摇，娘连血丝都咳出来了，脸色苍白得就像一张白纸，她颤微微地用手巾擦着那张苍老的脸，我轻拍着娘的背，娘在爱人的搀扶下慢慢站起来，很黯哑地发出了一句自我调侃的声音：没想到隔这么多年，娘家的门还是这么难进啊！

见到九十多岁老舅母，虽有些囚首垢面、萎缩得几乎难以认出的样子，娘还是挤出了一点辛酸的笑容。她用梳子跟老舅母慢慢整理着发白发卷的发丝，用耳勺帮她掏结满耳屎的耳朵，用毛巾擦着那张松树皮似的满是冻疮与血痕的脸。

我觉得很是奇怪，老舅母的脸上怎么会出现一条条新鲜被抓的指痕呢？我问舅母怎么回事？只见她哆嗦着身子，不停地摇头，什么也不肯说，我不敢再问了，我下意识地觉察到不远处有双鹰似的眼睛在盯着她。

可怜的老舅母，婆媳间的那些事由来已久，但村里人都多一事不如少一事，敢怒不敢言，背地里有人偷偷告诉我和娘：老人家过得好苦哇……

我明白了，不敢再听下去了。

老舅母几近呆滞的表情与娘轻抚她的温情交集在一起，泛出的久违而复杂的情绪，溢出的几滴难以抑制的老泪，永远定格在我视线里，我用相机记录下了两位历经沧桑的老人难得一见的动容一幕。

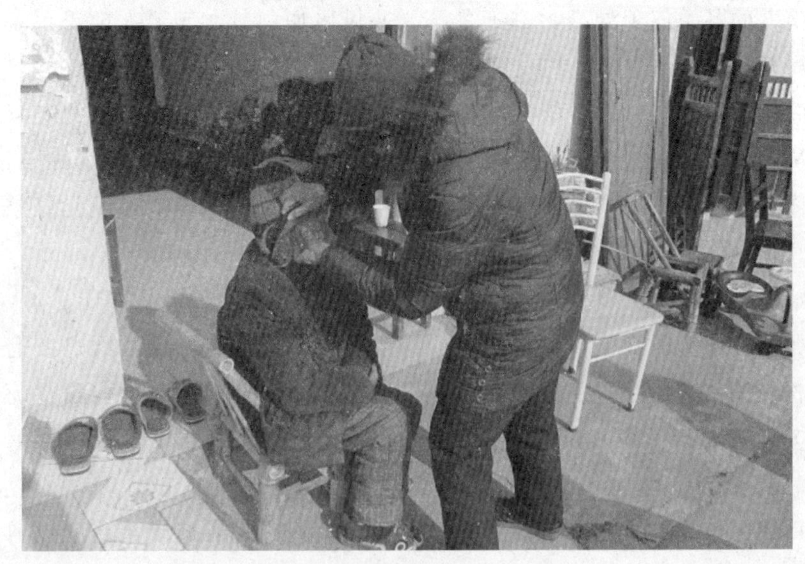

娘为老舅母捋白发

可惜，没过多久老舅母就溘然离世，我和娘听后歔欷了很久——

那次，娘从刘家出来还是坚持去了李家，她见到了很多许久没有谋面的左邻右舍，娘强作精神与每一位打招呼的村里人缓缓地寒暄起来。

娘从酒桌上一下来，就要我们带她去祖坟山看看。按当地风俗，冬至日是给祖坟添土烧纸钱的日子，我怕娘触景伤情，反而影响她的身体，劝娘还是别去，但娘非去不可，爱人只好搀扶着娘，披着冬日的暮霭，蹒跚着脚步，行走在纸灰飞卷、烟岚缭绕的坟山上，让其最后一次了却了尽孝的祭祀心愿。

常言道：人越老越怕死。而娘说：有生有死，有死有生，生生死死有什么可怕的呀？

我从心底里佩服娘，她把亲情、乡情看得那么重，而把生死看得如此轻淡，似乎达到了一种超然境界。

也许，娘生来就是一个不怕死的人，没有被淹死、饿死、冻死、累死与苦死，也没有被咒死、气死、痛死和病死，死对她而言，简直就是一种符号，根本吓不倒她，因为支撑她灵魂的是：活着的勇气与满足！

五

娘活到八十多岁，从未尝过生日的滋味，我们每次想给她过生日都被她一一婉拒了，娘说：浪费那钱干什么？我不过生日不也活到了这么大岁数吗？

马年生日是娘主动提出来的，她再三交代不准张扬、不准送礼、不准铺张浪费，如此“清廉”之举让我们很意外也很惊喜。

一束鲜花、一个寿糕、一餐团圆饭，一串祝福，一张合影……这个非常简朴的寿诞让娘过得异常开心满足。

老人就这样，很知足，你给她一个微笑，她会还你一片晴空，你给她一个拥抱，她会还你整个暖阳。

我以为这次做寿可以为其“冲喜”，没想到的是，这个生日，既是娘的第一个生日，也成了娘最后一个生日。

生日过完，娘的身体每况愈下，小腿也在浮肿，眼睛有些浑浊，说话的声音明显沙哑低沉，走起路来显得迟缓吃力，甚至有时候上气不接下气，仿佛变了一个人似的，把大家吓了一跳。

我忽然想起娘在生日桌上对着大家“别有用心”说的那句话：你们根是根，筋是筋，血是血，肉是肉，揉在一起是一家人，拧在一起就是一根绳，以后大家要团结，多来往，多牵带啊！

我恍然大悟，原来老人果然有先见之明，她或许已预感到将要发生什么了。

我赶紧把娘强行送进了医院。娘在医院里待了近一个月，什么检查也做了，也没查出主要病因，医生给娘做骨穿的时候，麻药都没打，没有听到娘哼一声痛。医生什么药也用了，娘还是低烧不止，呼吸短促，心律不齐甚至有衰竭的迹象，连主治大夫都一脸茫然。

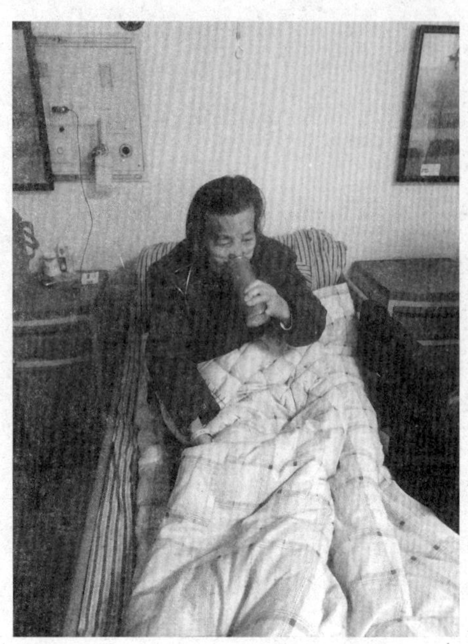

病榻上的娘

我提出转院，娘死活不肯，娘把我叫到跟前，喃喃地对我说：我的病是老病，不要紧张，就像田里的稻子到了该割的时候了，去哪里都治不好的。再说住一天院，药又贵，得花多少钱啊？你还是让我回去慢慢调养吧，在家里我更安心些。

我看着娘几近央求的表情，很纠心，也左右为难！

“你不要纠结，娘不会怪你的，你们都已经尽力了。”娘一眼看出我的顾虑，不停地催促我办出院手续。

医生也觉无奈，建议娘出院观察，我恭敬不如从命。

如果说生老病死，是一个人的必经之路，那生离死别，却是两个人走向痛苦的极端过程。

看到娘一天天消瘦和无精打采的样子，我内心的痛难以言状。但我还是没有放弃对娘的治疗，我觉得只要娘有一息尚存的机会我都要尽百分百的努力去挽留。我请来了做医生的老朋友，瞒着娘吊最好的药，我还从外地弄来不少祖传偏方，希望奇迹出现。

饮食一贯清淡的娘，那几天突然提出好想吃荤食，如甲鱼、鸡鸭甚至零食等，我觉得不可思议。娘平时都不沾这些东西的，怎么在这个节点上什么都想吃呢？我担心娘会消化不良，娘却说：不怕，我死都不怕，还怕消化不了吗？我只得遵命。暗想：别说这些，就是天上飞的，地下钻的，娘想吃的话我都要满足啊。我当时看到娘狼吞虎咽的样子很高兴，以为娘的病情会有所好转。

医学上解释，这是老人由于临近死亡，胃肠功能紊乱与失控产生短暂食欲的一种特异现象。

民间却传说，老人最后几餐吃好吃多，好赶赴黄泉路。我却理解老人吃的不是味道，而表现一种对尘世和亲人的强烈眷恋。佛教里称：殁前索食，死后无憾。

我觉得我这辈子亏欠娘太多了，有一种紧迫感在促使我要为娘赶紧做些什么。

我问这问那，娘每次总摇着头，也不说什么，耷拉着脑袋，颈脖上的青筋明显地一阵阵抽搐，那对硕大的耳垂也有些发蔫发白，看上去没有一点弹性和血色，手握紧着拳头不停地发抖，眼睛看人也没什么神，我知道死神在一步步逼近娘，她也在跟死神一天天较量。

我考虑服侍娘的特殊性，专门请来了保姆。娘不是嫌人家动作慢就是说人家不细心，要么猜疑保姆会拿走家里的东西等等，家里一连换了好几个保姆，换得家政公司都烦了，换得娘也有些不好意思，甚至有些愤怒。

这么多年，我从来没有听过娘咒骂人，这回骂得有些难听。有个叽叽呱呱的新手保姆服侍我娘不到半个月隔阂就产生了，娘最后怎么看她都不顺眼，动不动就数落几句，保姆自感委屈，在我们面前哭诉，我听后对着娘也发怒了：你这个老人怎这样难侍候呢？保姆也是人啊，你要知道现在请保姆多不容易，而且现在的保姆跟以前不一样，不是你想说就说、想骂就骂的呀。

娘不甘示弱，被我和保姆同时激怒了：你赶紧叫她走，我不需要！娘气嘟嘟的样子，弄得大家很难堪，空气都快凝固了。

老来难缠，老来无常，越老越难依心，看来真的不无道理。这，或许就是人们常说的“人老了，喜欢横挑鼻子竖挑眼”吧？我越想越觉得娘的心态在裂变。

娘给我最后下着通牒：不要再花钱请保姆了，请了我都要轰她走的，你们有空就自己来服侍我，没有时间我就一个人这样捱下去。

我了解娘说一不二的个性，我也知道她真正的用心。但在这节骨眼上，我们总希望多一个人照料多一份放心，哪知道娘的想法与我偏偏背道而驰呢？

忙，不完全是我们的借口，关键是我们很难为老人做到无微不至，有时把尽孝当着完成任务，把陪伴当成走过场，把老人当着可有可无的应付工具，殊不知老人在垂暮时光最需要儿女做什么？

冬去春来，娘渐渐病入膏肓，但她的头脑一直没有糊涂，意识惊人的清楚，语言也有条不紊，所有身后的事她几乎都安排得妥妥帖帖。

我在想：这是不是人们常说的回光返照呢？

来看望娘的人该来的都来了，特别是几年没有进我家门的大姐夫也主动来了，他连娘上次抢救和生日都没来看娘，娘心底像块石头压着，而大姐夫出人意料地特地从乡下赶来，让娘很是惊喜！

打开心结有时不需要语言，一个眼神一次握手就够了，看得出，娘把大姐夫迎进门的时候扔掉了拐杖，也不要人搀扶，两双手紧紧地握在一起，彼此低沉的脸上终于泛露出一丝丝难得一碰的笑容。

这，或许就是亲情的力量！

六

四月的江南，处处生机盎然，气温也非常宜人。

那段日子，我几乎不敢久离娘的身边，生怕意外发生。但娘每天都能进食，我感受到娘在春天里活着的希望。

娘找了不少理由，几次叮嘱放弃吊针，我坚决不同意，我知道娘怕多花钱，就跟娘开开玩笑：钱算什么？钱是一张纸，活人不用，后悔一辈子。你就尽管用呗，会赚的就会花，会花的就会去赚。

娘很勉强地抖动了一下嘴唇，轻声轻气地说：我都这个样子了，还大手大脚的做什么哟？

“我知道你忙，你有事抓紧去办，我一下子死不了的哦。”娘看出我坐立不安的样子，催促我有事可以外出。

关于为全球太阳能飞机“阳光动力二号”歌曲合作的事，我抓紧去了一趟广州，两天后就匆匆赶回来了。一到家突然感觉全身不舒服，大腿也无缘无故地胀痛，特别是躺下的时候疼痛难忍，耳朵也莫名其妙地嗡鸣起来，有一种直通天外或地狱的感觉。

我立即去医院检查，也没查出什么毛病，我就顺便告诉娘，娘一听，慢吞吞地说：我耳朵、腿早就跟你一样的啊。我顿觉惊诧：这难道是人们常说的母子感应吗？

第二天，娘叫三姐给她洗个澡，上上下下、里里外外帮她擦洗得干干净净，三姐知道娘非常爱洁净，也没想那么多只好照办。哪知道，娘把澡一洗完，就感觉特别难受。

当天傍晚，娘拄着拐杖坚持把二姐勉强送到了门口，二姐一走，娘就说要上床睡觉，什么也不想吃，也很不舒服。

后来我才知道老人临终前会净肠洁身，以示干净来洁净走。

娘坐躺不安的样子有点可怕。我连忙给她轻轻捶背、捏肩、揉脚，都无济于事。娘开始阵阵叫唤，声音越来越大，娘越叫唤我心里越慌，撕心裂肺的喊叫声划破夜空，有些凄厉。

我第一次看到娘痛得在床上打滚翻转，我的心也像刀绞一样。我想送娘去医院急救，娘朝我摆了下手，我准备打电话叫姐姐们都过来，也被娘拦住了，我想把娘送到乡下凤成堂哥（我一房的兄弟）家去同样遭到拒绝，娘挣扎着说：这深更半夜的，不要麻烦大家，我一下子死不了的，你去睡会儿吧。

娘如此挣扎，我没有心思睡觉，我试着躺下，大腿就无名地剧烈疼痛起来，伸腿屈腿都受不了，我从没有这样难受过，我一从床上爬起来疼痛感就莫名其妙地消失了，我干脆站起来一直陪着娘，我似乎悟出了生离死别之时，儿不能离开娘床边的“天道玄机”。

我想陪娘说说话，转移她的注意力，以减少她的疼痛感，但还是被娘无休无止的呻吟与叫唤打断了，我已预感到娘今晚的不寻常。我暗自庆幸出差赶回家了，奇巧的是次日南京方面接受采访的计划也延迟，我退了票回来，一直不敢离开娘半步，否则后果不堪设想。

子夜一过，我不得不独自作出了送娘去乡下堂哥家的决定。

为防颠簸，救护车载着娘缓缓驶进了高速公路的夜幕中，零星的小雨拍打着车窗，平添着我的愁绪。

我紧紧地握着娘的手不敢松开，娘静静地斜躺在担架上被三姐夫抱着，护士把氧气包轻轻插进娘的鼻孔，我望着娘，娘也不时吃力地望着我，绝望而留恋的神情溢于言表，娘坚挺着断断续续与我对一二句话，不时轻摇着头，缓声缓气地说：我好痛啊！娘有些浑浊呆滞的眼神扫过了我惊恐的眼眸，那眼神渗透着多少无奈和痛楚啊！我知道娘一生从没有喊过一句痛，这时候喊出来说明到了天命难违之时。救护车快进村的时候，娘从她十分干瘪的嘴里，急促的呼吸声中，艰难地发出了最后一句很慢很弱却很有分量的声音：我——走——后，千万要——注意——身体——别——乱花钱——啊！

然后，娘紧闭着双眼，脸上没有一丝表情，我看得很难过听得也很心酸。

路上下完一场雨后很快就停了，三十公里的路程走了一个多小时，终于到了堂哥家，大姐等亲友早已在门口等候，我们把娘轻轻地抬进屋，放在早已准备好的床上。

娘，再没有半点挣扎、没有任何呻吟，也没有睁开眼睛，一阵急促而虚弱的抽搐、喘息过后，躺在床上半小时不到，娘赶在黎明之前，就这样平静而走、从容而逝了——

娘宛如坠落的一抹斜阳！此生的余晖虽已散尽，但我仿佛仍可触摸到娘没有褪尽的余温，娘的心脏甚至仍在闪烁暂不湮灭的光芒，因为，她的那束爱之光今生今世永远照进了我的心窗。

我心中的这枚太阳，永远没有坠落！

生命如此无常，母子从此阴阳相隔！我仿佛觉得失去娘好像失去了世界上最宝贵的东西，失去了念叨也失去了牵挂，失去了赡养也失去了停靠，失去了爱也失去了被爱，唯独没有失去的是对娘无限的沉痛哀思和绵绵不绝的怀念！

送我一枚夕阳

打开一坛陈酒的香
让我醉在您的身旁
您珍藏的时光
也许比我的生命还绵长
我闻着久违的芬芳
无论代价多么高昂
我都要拌起心底的五谷杂粮
与您一起酝酿

送我一枚夕阳
让我赶在黑夜前
拽住您哪怕那束微弱的光
将清冷的心透亮
我卸掉所有的伪装
朝觐的脚步不再彷徨
我要借您那温煦的热量
寄存给修行的远方

请送我那枚夕阳
让我徜徉在禅心的世界里
轮回品尝
您的大千苍茫

後事之謎

后事之谜

一

娘，安详地躺在冰棺里，脸被一块红布遮住了，看不清娘任何表情，麻油灯在冰棺外一闪一闪地跳着清冷的火焰，大门外的蜡烛吱吱的燃开，就像我的心在灼烧一样，哀乐不停地渲染忧伤与悲戚，我感到天塌下来的茫然！

我虽从农村走出去，但乡下风俗一点都不懂。听说现在的葬礼没以前那么简单，尤其在乡村，白事（指葬礼之事）当红事办，谁家里办得热热闹闹谁就体面，换言之：谁有钱谁就任性。一股攀比之风似乎在农村蔓延，怪不得有人唉叹：如今人死都死不起啊！

娘临终那句“别浪费钱”的话仍在我耳旁回旋，面对冗繁的乡风村俗，我嘘叹着：人，活着难，死，也难啊！

我想：反正娘闭目了也不知道，同时我想起了父亲当年那场寒酸的葬礼，娘在我身边也没享多少清福，我深感亏欠！我当着众亲友的面表态：入乡随俗吧！想必我把那句“常将有日思无日，莫待无时思有时”的古话抛之脑后了。

我是一个很爱面子的人，娘对我这一点了如指掌。平时用钱有时会打打小算盘，但在娘用钱的问题上，我不会吝啬。

但有一条我必须坚持：合理利用，不能浪费，吃不完可以打包。只有这样做，面对还未入土的娘，我才会心安。

“地仙”（相当于民间的巫师）被我请来了，他掐指一算：按你娘的命根八字，她二号圆福（方言，离逝之意），八号才能入土为安。

我觉得时间过长，但又找不到反对的理由，只有听便。地仙看出了我为难的情绪，连忙解释：这样好啊，老人尸骨在家里时间放得越长，说明老人越有福气，儿女们越有孝心啊。

我懒得想那么多，只顾点头。

悼念娘的亲友、邻居从四面八方陆续而来，每来一个拜祭的人我都要低头陪跪，姐姐们就会象征性地边哭边伏在冰棺上告知娘他们的到来，并请娘保佑。

这是一种乡仪礼节，既是对客人的尊重也是对娘的尊重，尽管做起来有些机械，但必须不折不扣地完成。

我跟娘默默“面对面”的机会自然多了很多，不知娘冥冥之中是否感受到儿子平时对娘有些忽略、怠慢而此时泪流满面生发对她的忏思与哀念？

大凡人都有一种心理，在跟前不懂珍惜，一旦失去才觉后悔。我也一样，娘在世的时候，借着忙碌等各种理由，与其交流甚少，娘甚至一开口我就嫌老人唠叨和啰嗦。她现在走了，就觉得很多话没有跟娘说完，殊不知一切已晚矣！

当晚，我的冲动还是冒犯了“娘”，即便娘躺在那里一动不动。

我正在陪客喝酒的时候，三姐夫端着饭碗边吃边从另一桌走到我这桌来了。我正好招呼大家谈娘后事安排，当我提出每个姐姐每天都要过来陪在娘身边的时候，三姐夫立马提出了反对意见：“我要开店，店里不能离人，我们只能隔一天派一个人来。”

我爱人在一旁接过话茬：“老娘走，比天大，大家什么事都得放下，你实在要开店这几天就叫人帮替一下，或贴一张告示，这样并不影响你今后的生意呀。”

“那不行，那我的生意不要完蛋吗？”三姐夫低头喝着酒，丝毫听不进劝告。

我再忍不住了，厉声呵斥道：“是老娘重要还是你的店重要啊？是人重要还是钱重要啊？大家都天天来，你们就想另搞一套，脑子里就是钱啊钱，你们钻到钱眼里去了吗？”

“啪！”只见三姐夫把手中的筷子猛地往桌上一拍，很不服气地拂袖下桌了。

他这一拍不要紧，把我彻底惹火了，我借着酒劲要冲过去，被旁边的亲友拦住了。

我当时想，他这种把钱看得比什么都重的思想以及在我娘面前的放肆，是对娘的极大不尊，也是对我的极大侮辱。

如果不是爱人把我紧紧抱住，亲友及时过来劝阻，否则后果难料。

我想了很多：回想起当初我“出笼”窘迫之时他们死活不让我一起开店，

他们不讲诚信逼得娘替我还钱等等，一股无名之火在胸中哧哧燃烧。

等大家都慢慢平静下来的时候，我跪在娘的面前，为自己酒后的鲁莽向娘深深鞠躬请罪！

娘生前老说我的脾气暴躁，最担心的就是我冲动的性格。我就是这种看不惯就会直说甚至一触即发的人，从不遮遮掩掩，因此也得罪了不少人。娘生前给我半开玩笑敲打着说：你呀，要是做事能沉得住气，早当大官了。

常言道：江山易改，禀性难移。

我尚不知自己几斤几两，我直筒子的性格、火药味的脾气的确让自己吃了不少苦头、摔了不少跟头。娘曾看在眼里，也痛在心里，但不知怎的我就是听不进娘的劝告，有时候口头应付，或当面拒绝、顶撞，所以才有官场不堪的结局。

人有三六九，万物事事有。当我们用一个手指指向别人的同时，必定有三个手指是对着自己的，我们在纠结别人的同时，也是在跟自己过意不去。

我现在即使跪在娘面前“忏之前愆，悔之后过”一千次，这种拘泥形式的做法也无益于改变自己的过错。《地藏经》里有一句话很值得我深思寻味：

罪从心起，忏也从心，心若灭时，何罪之有？一念清静，地狱即空也！

二

我当晚做了一个梦，梦见娘掐着我的耳朵，把我吓醒了，一身的冷汗，娘的托梦让我不寒而栗，也令我恍然三省。

三姐和三姐夫理亏的想法一夜之间似乎发生了逆转，第二天全家齐刷刷都来了，这让我有些意外也有所触动。

娘的后事很快恢复了平静，我也觉心慰，我把昨天发生的囧事权作娘葬礼上一个小插曲，求娘宽恕！

我忽然想起了南京推迟在四号召开的太阳能飞机穿越太平洋的新闻发布会，其它时间都安排得满满当当，唯独四号有些空闲。三号晚上，我把大家召集起来征求意见，没想到大家一致同意我去南京，大家的理解与支持让我感激涕零！

我一查航班，四号上午去，当天傍晚就可回，活动时间正好是下午，而且活动现场就在禄口机场，不需拐弯转道，这简直太巧了。

活动非常顺利，云集了很多中外记者，我不仅见到了环球穿越的著名飞行员安德烈·波许博格及其瑞士飞行团队，接受了媒体采访，现场还教了他几笔中国书法，并向他们赠送了创作团队专门为其录制的歌曲《动力阳光》MV小样以及我的书法作品。安德烈当即答应把我们这首歌在他横穿太平洋时放出来听，以消除飞行途中的劳累。

当获悉我娘的特殊情况后，安德烈夫妇非常感动！他们特意送给我两件他们夫妻俩的飞行工作服给我和爱人留作纪念，让我十分兴奋！

我想：这份特殊的礼物，既是对我创作歌曲所付出劳动的肯定，也是海外飞行家对中国孝道文化的赞许，更是对一位中国老人的尊重和敬仰！

自古道：忠孝两难全！但我不虚此行。因为我被安德烈·波许博格和贝特朗·皮卡尔两位飞行勇士为传播环保公益梦想，无私无畏的奉献精神所打动。所以，我在歌词中这样写道：

飞越的神鹰
巨翼透射金色光芒
朝着追日的方向
把绿色使命
驻守在蓝天白云之上
飞天的勇士
携手清洁未来梦想
无论遥远或苍茫
播撒美妙的交响
荡漾在青山绿水旁
……
只要心中有动力有阳光
你我都会到达圆梦的地方——

这首歌出炉后，迅速在相关网站热播。我记得当时从广州回来后，我把MV小样放给娘看了一段，娘抿着嘴笑了笑，指着那太阳能飞机轻声地说：咯飞机好大哦。转身又问我：你花了好多钱吧？我没有直接回答娘，只是告诉娘：做自己喜欢做的事就值啊。

遗憾的是，娘没有分享到我与他们面对面交流的这份难得的喜悦和收获，但娘却成全了我去南京了却心愿的机会，我流着泪走到“娘”的身旁轻声说：

姆妈，我回来了，多谢您老人家冥冥之中的安排啊！

我想，娘在生的时候点化我，死后依然在帮衬着我，这种母子情深的心结，牵引着我的痛，也连着我的眷恋。

三

为了把娘的后事办得热闹、体面，我特地从市里请来了南昌采茶戏班子，当地老百姓最喜欢看这个地方剧种，在李家祠堂一口气连演四场，让村民过足了看戏的瘾。

七号晚上，在堂哥的门前，等封棺（亡者入柩）之后，专门请了一些有才艺的朋友来捧场，专业乐队、腰鼓队等也前来助阵，大家唱呀跳呀，还有模仿秀以及配乐诗朗诵等，不亚于一台小型乡村晚会，尤其是现在农村最流行的哭丧等打趣节目，民间艺人幽默而专业的喝彩表演，把大家逗乐得前俯后仰，让我几乎忘记了这是娘的葬礼。

我不敢妄加评论这种乡俗文化的对与错，有一点可以肯定，农村风俗与乡情文化的多元性，已经渗透到了老百姓的日常生活，并影响到了村民消费观念。这种农村新型生活方式的改变，在精神文明与物质文明双管齐下的当今社会，是否有利于农村社会文明的进步，还值得探究。

娘，如果九泉之下得知的话，我想她既会为多花钱而心痛，也会为迎合大家的口味而宽慰。

娘生前曾经叮嘱过我，度人先度己，度己先度心，赚钱了帮人不要只施他钱财，钱花完了什么都没有了，要给人心的教化。我也一直努力按娘生前“授人以鱼不如授人以渔”的意愿去做。

或许因为我的性格、我的所作所为，所以经常一个人去寺庙静心、思过、忏悔以及感受那弥弥梵音的点染。

对于自己土生土长的家乡，我尽量做点力所能及的事，并乐此不疲。

记得那年春节，我把我们村传承下来的“千年板凳龙”推荐给了县政府，让我们后李村的父老兄弟把飞舞龙灯的风采，作为难得一见的春节文化大餐奉献给了县城市民，一展乡村“非遗”巨大的艺术魅力和当代农民崭新的精神风貌。

正月初九的那天，澄碧湖的夜空，霓虹闪烁，锣鼓喧天，鞭炮齐鸣，升腾的烟火划破夜空，绽放着簇簇斑斓，喝彩声此起彼伏，一浪高过一浪，一条由四百多人和四百多条板凳组成的大型“板凳龙”宛若一条金光闪亮的巨龙，蜿蜒盘旋在城市中央，倒映在美丽的澄碧湖心，市民对他们左右前后穿花的精湛演技不时报以热烈的掌声和吆喝声。娘虽然不方便出去看，但我把摄录的视频放给她看了，看得老人家眼睛都没眨，夸我为村里做了一件大好事。

我这些年虽然没有多大成就，但至少也给娘留下了一段段心慰的往事。娘常说：人，什么事都可以忘记，就是不能忘祖忘宗忘自己的根；人，什么事都可以记住，就是不要记仇记恨记自己的得失。

娘有时候也会夸夸我，说我脾气不好，嘴巴硬，但心肠软，人善良，会做一些善事，不愧为她的儿子。

我也会回敬娘：我是你脐带掉下的一坨肉，肯定遗传了你的基因啰。于是，娘把惬意的笑送还了我。

可惜，我现在再也看不到娘的笑容，听不到娘的夸奖与批评甚至唠叨了，我愁肠百结！

娘疾患缠身，跌跌撞撞这么多年活到了八十三，也算高寿，一路走来，鬼门关都闯过几回了，但娘一定也带走了她很多未了的人生遗憾，恐怕只有娘心里最明白。

娘生前很后悔便宜卖掉了那幢破旧的老屋，她经常在我面前絮叨，要不是当初我结婚时那么穷的话，老家至少还有一块地，一片瓦，还有点祖业的见证，也用不着日后麻烦堂哥了。

为满足娘百年之后叶落归根的心愿，以免娘过世时安放在堂亲屋里影响人家，我好不容易在老家申请了块新地，乡、村一级都研究过给我，绝大部分村民和众亲友都支持我在老家建房，好让我娘百年之后有自己的房名正言顺地安放，我带娘也去看过那块地，娘很满意。

可就在我准备动工的时候，半路却杀出个程咬金。由于村里一户人家仗着兄弟多，也看中那块好地欲鹊巢鸠占，百般阻扰之下，让我无法如期动工。

真可谓：秀才遇到兵，有理说不清。

娘知道我脾气不好，怕出事，对我叹气，几乎妥协：算了吧，强龙也斗不过地头蛇啊，你再有本事一个人单枪匹马是斗不过人家多兄多弟的，我走后你就把我放到你堂哥屋里算了。

后来我觉得娘言之有理。回想农村因为不懂法或依仗强横之势，经常为争田夺地相互厮杀甚至家破人亡，或许，一根稻草都会燃成一片火海。

的确，现在的农村与以往随处可建的时候大不相同，由于政府用地管控越来越严，宅基地也变得跟城里一样寸土寸金。因此，农户争要的不仅是块地，而且是活脱脱的利益。

娘说：让人不为孬，强横不算勇。为息事宁人，我只好听从娘的劝诫，把那建房的事撂在那，等组织上协调好了再说。

但没想到娘走得这么快，我为自己没有能力完成老人这一夙愿而深深责疚！

恶不能止恶，善方能扬善。祸害往往来源于人为一己之利的争执或争斗，只有让时间慢慢去淡化那份心纠吧——

四

八号，是娘安葬的日子。也是葬礼最紧张也最关键的时刻。

早上的天气看上去有点晴朗，几朵淡淡的云悬浮在半空中。

按照乡俗，娘安葬前，亲戚朋友和李氏三房六支的长辈们都要参加一系列祭祀仪式，以示对娘的悼念和尊崇！

可就在大家一一参拜的时候，突然大雨滂沱而下，淋得所有的亲友们个个抱头掩面，全身湿透了。

我跪在娘的灵柩前不知所措，暗想：尽管雨季，娘躺下的这几天都没碰上雨，偏偏节骨眼上却大雨如注呢？难道是我娘的功德不给力还是老天对我们的惩罚？

我非常担心雨再不休停的话，会影响大家送葬的心情和对娘的入土安葬，一种不吉利的可怕想法缠绕着我。

这时只听得主持人拿着高音大喇叭一阵打趣的高喊：这是老人家感动了老天，是老天在为老人流泪送行啊，请大家不要担心，也不要走散，雨马上会停下来的……

他这一打圆场，还真给我和在场的所有亲友鼓了劲，化解了疑虑，虽然雨落纷纷，但葬礼有序进行，我的泪水与雨水交织在一起，模糊了我的视线，却让我见证了雨中的肃穆，一种恩感之情，充盈着我几近冰冷而顿觉沸腾的心扉！

惊奇的是，葬礼一结束，正当“八仙”（方言，村里抬亡者去安葬的人）抬着娘灵柩出村的时候，雨就像娃娃变脸一样陡然没了踪影，一阵阵清凉的风迎面袭来，伴随着不绝于耳的鞭炮声、八仙的吆喝声以及送葬亲友的默默祈祷，众亲友护送着娘的灵柩一路向祖坟山缓缓前行……

在农村，土葬沿袭着一种古老的殡葬模式，乡下老人大都讲究“入土为安”，我娘也不例外。

国家提倡“厚养薄葬”，以一种节约资源，文明礼祭的改革方式向传统观念宣战，不少地方采取了移风易俗式的火葬、花葬、树葬、草坪葬以及壁式葬、群葬等一系列绿色环保、生态安葬方式，国外甚至还出现了烟花葬、太空葬、唱片葬、钻石葬等非常新鲜的殡葬模式，逐渐改变着人们传统祭祀的理念。

按当地乡俗，老人必须在正午十二点前入土。奇怪的是，天空再也没下一滴雨，只有清幽、肃穆的气氛向四处弥散。

南方雨季，雨说来就来。我担心再下雨，只得敦促地仙、八仙们赶紧把娘安葬下去，却顾不上对娘最后的留恋。正当大家把灵柩推进墓穴的刹那间，天空陡然润下了几滴雨丝，转眼就没了，把我吓坏了。

可就在灵柩盖完土的时候，顷刻间一场狂风暴雨再一次以大洗礼的方式倾盆而下。

我看着那些仍在为娘坟墓填土、挑砖的人一个个迎风斗雨的样子，再次领悟到亲情与乡情的可贵。

暴雨足足持续了二个多小时，直到午饭后才停歇下来。雨中的八仙们个个淋透了，饿着肚子不说，有的打着赤脚，光着膀子，满身泥污，有的汗水与雨水粘在一起，全身浸湿，但谁都没有退缩，也没有抱怨，这种浓浓的乡情无法用语言表达。

吃过午饭，抓住雨停的空隙，赶紧为娘立墓碑，我们一直弄到傍晚时分。奇怪的是这中间也没下一滴雨，太阳只是打了个照面转瞬即逝，像是在观望、窥探什么。

墓碑顺利地立好了，我们把那些被大雨浸泡过的花圈全部放在娘坟头上，正当我们快放完最后一通焰火，乘着暮色还没有回到堂哥家的时候，只听后面有人大声叫喊起来：着火啦着火啦！

大家回头一望，娘的坟头果然燃起熊熊大火，火光照亮了整座坟山，我走近坟前，发现所有的花圈噼里啪啦烧得精光。

我很纳闷，大家也百思不得其解：花圈刚才都好好的，而且都很湿，就算火星子从高空恰好掉到花圈上也不至于点着呀，那些湿透的花圈就是用打火机去点火都不一定能烧着，怎么一下子全烧没呢？再说那么晚坟山上没有一个人，也没打雷闪电呀。

关于这个奇异现象，所有的亲友都觉太不可思议了，一时成为全村纷纷热议的奇闻趣事——

五

俗话说：信则有，不信则无。

我不敢妄加评论世上有神有鬼之说，但我觉得在人的潜意识里，必然存在一些无法自圆其说的灵界事情。我脑子里有时真的会产生“宁可信其有，不可信其无”的片面执念，有时被搅得七上八下，也固存一种神奇的诱惑。

按照风俗，老人安葬后，随即要把老人的灵屋和灵位安放好，以求达到灵魂的超度。

我住在城里不方便，这事只得拜托堂哥帮我们完成，娘的灵屋安放在堂哥家的正堂上，每天都要端饭放在其灵位前，以寄托子孙后代仍像生前一样对老人心怀供养之情。

堂哥当时也一口答应，遗憾的是堂哥次日就出去做工了，把给灵屋送饭的事撂一边。

第二天早上我一赶到堂哥家，见大门紧闭，就把他从工地上喊了回来，责怪他不该食言，堂哥理亏不敢做声。翌日，堂哥不知为啥莫名其妙地腰酸腿痛起来，走起路来一瘸一拐。

我觉得有些奇怪，就跟堂哥开玩笑说：你说话不算数，肯定惹我娘生气了。堂哥不好意思，憨憨地笑了。

第三天，也就是5月10日，是娘“关三”的日子，“关三”是我们当地最主要祭日之一，奇巧的是这天正好是母亲节，这让我有些惊讶！

母亲节虽然不是中国的法定节日，但它是世人为歌颂母亲、纪念母亲、尊重母亲而设的国际性盛大节日，这一天，天下儿女们纷纷手持康乃馨为母亲祈福或为母亲寄托哀思，弘扬一种爱母、孝母之风。

娘，在生的时候，我很少与其一起过母亲节，有时淡忘，有时离娘很远，有时连一个电话都没有打过，而娘从没抱怨，娘说：过不过节都一样，想不想娘就看你的了。说得我的脸和心火辣辣的烧。

娘“关三”祭日与母亲节一起过，我觉得这既是巧合也是一种天意，藉此了却了我人生的一大缺憾。

记得小时候的我，在村里老人“关三”的日子，总喜欢与小伙伴们斗胆去坟山上争抢祭祀人家做的“关三饼”和“米团子”吃。大人们常说：吃了“关三饼”，鬼就不会抓人，死人会保佑我们。于是，我们那些不懂事的孩子们天天等“关三饼”去抢着吃，换言之：希望村里多死人，好经常有饼吃。为此我们的荒唐与无知没少挨大人的训斥。

不管这事是真是假，那时候家里穷没啥吃的，别说是饼，只要有吃就很开心。

原来，人在饥饿时，会忘却一切恐惧和忌讳。

娘“关三”的日子，我们照常到街上买了很多饼，我希望小时候的场景能够重现，可是，娘的坟头没有见到一个小孩过来哄抢所谓的“关三饼”，让我有些失望。

是时过境迁？是现在的小孩对这种食物不屑一顾，或压根不喜欢现在的味道？还是我们已经“OUT”了？我不得而知。

鄱阳湖一带有“关七”的习俗，从头七到七七，每个七日必须上坟祭祀，做完七七四十九天，整个丧事才算收官。

考虑到堂哥一个人在家的特殊性，“道士”（方言，超度亡人的佛家弟子）建议我为娘做“二七”，因为娘命里正好“犯二七”，选择这一天超度非常好。我不懂这些繁文缛节，只得点头应允。

这天上午，我们按照祭祀的各种仪规，在屋内做着非常繁琐、冗长的法事。做到一半的时候，天空突变，雨滴滴溚溚下个没停。我当时很担心雨一直下，因为我们最后要去娘的坟头焚烧那些大大小小纸扎的祭品，一旦淋湿就烧不着了，也不吉利。

超度

道士先生看到雨一直到下午都没有停歇的迹象，叫我们做好遮风挡雨的准备。我一边按其既定的程序走，一边在默默祈祷老天关照，哪怕雨停半个小时也行。

下午三点左右，鞭炮一响，就在我背着娘的灵屋正欲出门的时候，总觉得有人在拍打我肩膀，催我赶紧走，这时老天果真开了天眼，雨点嘎然而止。于是，大家朝坟山一路小跑，等把所有的祭品焚烧完毕，一场持续两个多小时的风暴雨伴随着闪电雷鸣倾泻而来。

回到堂哥屋子里，大家都在惊叹这神奇的一幕，老天就是偏偏空了那不到半小时的间隙，让我们如愿完成了整个祭祀过程。

我想：这种无论巧合还是灵异的天象，让整个祭祀活动如此圆满完成，既是我们的福分，更是娘一生修来的福报啊！

六

娘不信佛，后来也不信主，她既不是什么高人，更非神灵，娘一生中既无创下任何丰功伟绩，也没做一件惊天动地的大事，她只是一位普通得不能再普通的乡下女人。

我不敢奢望或夸耀娘在生之时功德圆满，死后将得道升天，我只祈愿辛辛苦苦一辈子的娘，去天国后不再受苦受累受气。

前不久，一群艺术家围坐一起唇枪舌战地探讨关于佛与母亲的话题，正当大家争论不休的时候，其中一位老师说了这么一个故事：

很久以前，一个小伙子为求佛，放弃了与之相依为命的母亲，远走他乡，跋涉千山万水，历经千辛万苦，而一直没有找到他心中真正的佛。有一天，他来到一座庙宇，拜见一位得道高僧。小伙子见了方丈却一跪不起，苦苦哀求大师给自己指点一条见佛的道路。方丈见小伙子如此痴迷，长叹了一口气，对他说："你从哪里来，还回哪里去吧。当你在回家的路上走到深夜，你敲门投宿的时候，如果有一个人打着赤脚给你开门，那个人就是你要寻找的佛啊。"

小伙子欣喜若狂，心想：自己多年的心愿终于有了实现的希望。他告别大师，踏上了回家找佛的路。

他一路上省吃俭用，颠簸流离，走了好几个月都没有遇上方丈所说的那个人，即使遇见开门的人不是被其怀疑就会遭其辱骂，有几次差点被狗咬伤。

他一次次满怀希望敲门，却一次次失望地发现，那些给他开门的人没有一个是赤脚的。眼看冬天来临，就快要到自己的家了，那个赤脚的佛依然没有踪影。一个风雨交加的后半夜，他终于筋疲力尽地走到自己家门口时，他甚至沮丧得连门都没力气去敲了。

他觉得自己是个大傻瓜，世界上哪里有什么佛啊！他又累又饿又气，最终无奈地敲响了家门。

“谁呀?”那是他最熟悉的母亲苍老的声音。他心头一酸：“娘，是我，我回来了。”不一会儿，母亲慌忙开了家门，哽咽着说：“儿啊，你可回来了!”母亲一边颤抖地说着，一边激动地把他扶进屋里。昏暗的油灯下，憔悴的母亲流着泪，用长满老茧的双手在他的脸上、身上到处抚摸，泪光中透出母亲那惊喜而满足的笑容。

小伙子一低头，蓦地看到母亲竟赤脚站在冰冷的地上！他突然想起了高僧的话，“扑通”一声，跪倒在母亲的脚下，泪如泉涌：“娘——”这一刻，他顿时大彻大悟：娘才是自己要寻找的佛啊！

故事讲完后，谁都没有做声，沉默得如屋外的夜空，空气也顿时凝固——

我想：我娘无论站立还是躺下，就是一尊佛，一尊儿女们心中的活佛！

弥弥梵音中，我忽然感知到“一心向善，天人合一；因果轮回，涅槃重生”这句佛教经典语对我的开示。

我也不敢轻言冥冥之中上苍的安排，也许，我袒露心迹，如实地说出这些真实存在，可能谁都难以置信，甚至会遭到别人的质疑与攻击。但我问心无愧。

至少我在娘与世人面前，做了一件不打妄语、不违人心的实事。

大千世界，无奇不有。人，也一样，一生也许会遇见很多不解的事情，或荒唐或神奇，或蹊跷或怪诞。唯有用心去慢慢解读，若干年后终能领悟其中的奥妙。

娘的后事徐徐落幕，但想必留给后人尤其是我的，乃不倦的醒悟与反思、无尽的回味和后想……

后 人

古人不朽
是因历史长河覆没不了她斑斑印迹
前人不倒
是缘于后人擎起了她八面来风的旗帜
她们遗下的种子
在同样的土地上生根开花
却结出了良莠不齐的果实
后人或后人的后人都在争相分享自己的成果
苦辣酸涩的味道
却往往令她们咂舌不已

古人和前人很自责
而后人却面无愧色
一心想把自己蜕变成前人或古人
抑或大有超越之势
而忽略自己有些松动的根节
摇摇欲坠中甚而搭上了身家性命
最后化作一粒尘埃
飘散于人们淡忘的记忆里

于是乎
很多后人的手都一味指向前人和古人
须不知自己的劣根性何在
于是乎
后人与前人对簿公堂
后人与后人相互迁怒

一场场空前绝后的诡秘游戏
在后人的堂前幕后集聚上演
令世人眼花缭乱瞠目结舌

后人变前人轻而易举
变成有碑的前人也在转瞬之间
但后人要为后来的人树起一块金字碑
把光彩与含金量都镌刻进去
让世世代代的后人去诵读
是何等的难啊

后人
请别踩在别人的肩膀上
要知道
脚下的路是心的唯一归宿
也是踩出来的
形可变
性不可移
人可变
但心安毋躁啊

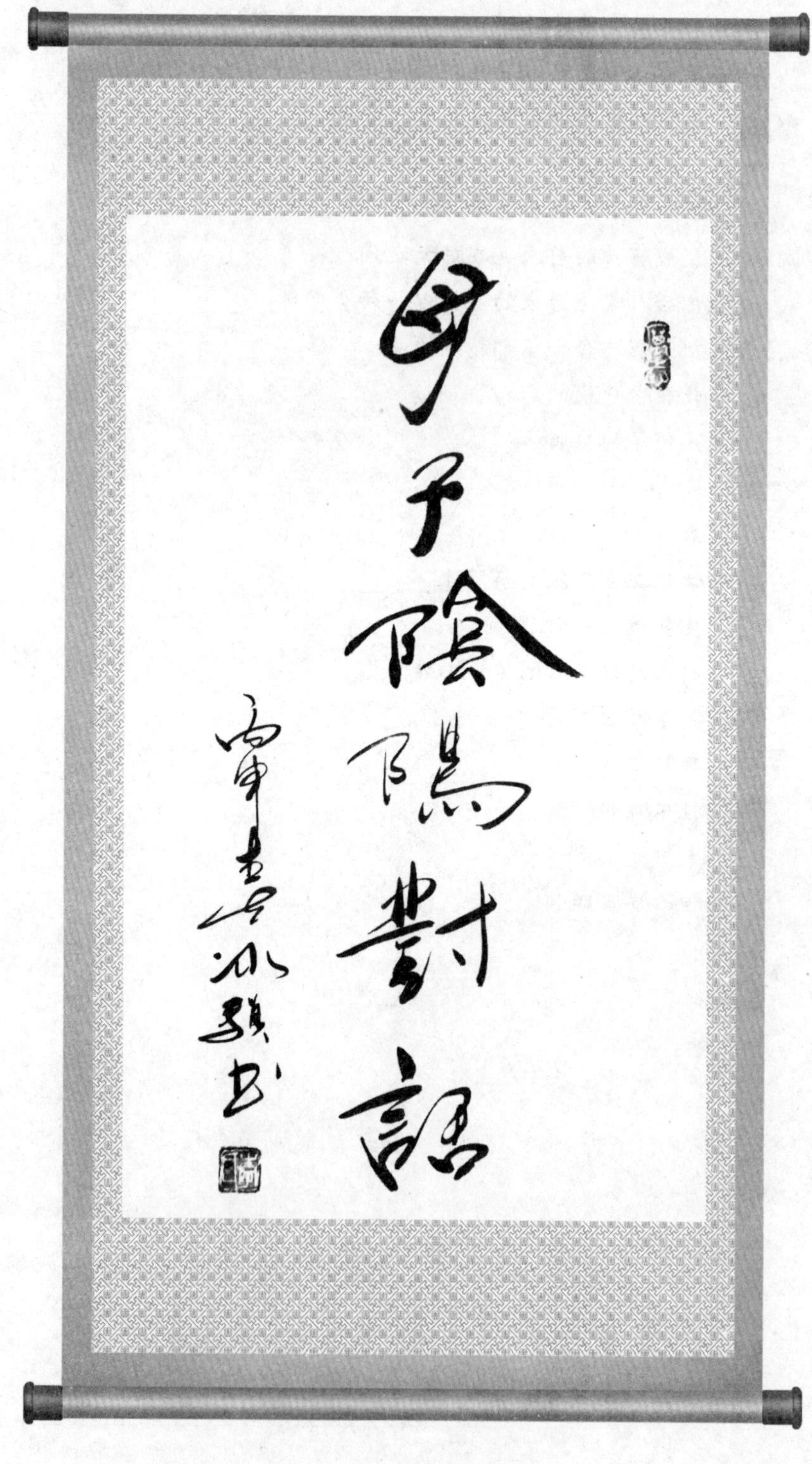
母子陰陽對話

母子阴阳对话

大千婆娑，茫茫寰宇，阴阳八卦，众生万象，使空灵的世界扑朔迷离，充满神秘色彩。

我小时候最喜欢听大人讲鬼怪的故事，听得着迷，到了晚上就直打哆嗦，蒙被而睡，娘知道我胆小，就故意陪在我身边，等我睡着了才悄悄离开。

娘刚走的那段日子，我睡觉的时候觉得很不踏实，夜梦颠倒，常常梦见娘，梦见帮娘提篮挑水、梦见与娘促膝谈心，还梦见与娘吵架等，梦里常常笑醒，也会嚎啕大哭，有时吓得我常常拉灯而睡。我觉得自己都年过半百，不免可笑，梦见亲娘，何惧之有？

我心里一直在寻求与娘的默默对话，希望能从中得到一种解脱。

那晚，冥冥之中，远离凡尘的娘影影绰绰，与我拂面相见，仿佛聆听到了她来自天堂的声音——

娘告诉我，在生的时候她很多话没有对我说完，或不好说、不愿说、不敢说，抑或没有让其畅所欲言，欲藉此好好跟我谈谈。

子夜时分，月色朦胧，星河璀璨，凉风拂袖。我与娘正襟危坐，听其侃侃而谈：

阴阳相隔十万八千里，其实相隔一张纸。你是娘身上掉下的肉，一步步看着你长大成人，不管你读了多少书，走了多少路，也无论你当过多大官，赚过多少钱……娘走了，我们母子缘分已尽，但母子情分还在。就算你才高八斗、学富五车，在娘面前，你永远是我的孩子，你几斤几两，你是龙是虫，为娘看得清清楚楚、明明白白——

啊？我一下被娘说懵了，抖索着。

娘说：我们阴阳相隔，心却一脉相通。你一言一行、一呼一吸，还在娘的眼里和心底。母子是上天的安排，我们前生有缘，今生有爱，后世必定还会有遇有见、有思有念，你说对啵？

我下意识地点着头。

娘接着说：

我肚子里没有一滴墨水，但娘知道的东西并不比你少哇，即使你穿的鞋比我好看、衣服比我名牌、用的东西比我昂贵，但娘走的路比你长、经历的风雨比你多。娘煎熬了一辈子，吃了那么多的苦，但娘从没觉得苦，苦惯了也习惯了。不像有些人遇到苦就叫苦连天，遇到麻烦就心烦意燥，遇到挫折就轻而易举被挫败，遇到小人就恨之入骨……

苦恼是什么？苦恼来自于心障，仇恨来自于邪念，没有怨怒哪有可苦之言？没有先忍哪会有后让？没有第一步的放下还有下一步的放开吗——

娘说话一套套的，好像在含沙射影。

我的脸倏地胀得通红：娘，您是在说我吗？

娘笑着回答：

我并没有点你，人有自知之明就好。人，就怕痴迷不悟，明明知道错的，还要把葱当蒜，还要自作聪明。其实，愚弄别人就是在作弄自己，世上没有愚蠢的人，把别人当傻瓜的时候，自己往往就傻到了家。当然，每个人身上都有不少缺点和毛病，娘也一样，你也如此，也许谁都不是故意去犯的，但我们往往忽略了自己身上的问题，而是一个劲地找别人的茬，挑别人的刺，甚至鸡蛋里面挑骨头，那是相当的自私，怎么行啊——

我听得很认真，我没有想到娘居然懂这么多。莫非娘在阴间冥府得到了超度？

娘说：

人都不是天生就懂什么，娘也不是神仙，而是日积月累慢慢悟出些道理来。活在世上，看看样嘛。娘生前不多说你，是怕你闹情绪，怕你有压力，怕影响你的工作，现在娘走了，也不怕得罪你。

娘不说你，我看世上没有人会说你，因为你老听不进别人的意见，有时一副自以为是，洋洋得意的样子，须不知天外有天，山外有山。你的火爆脾气就像捆在身上的火药桶，有时一点就爆，不仅会伤害到别人，也会把自己炸得稀巴烂，也像挂进肉里的瘤子，难以割掉。你总以为“老子天下第一”，须不知自己几吊钱。

如果今天脾气不改，明天命运也会改写你，性格如果依然暴躁，明天你就会被人暴踢。

儿是儿，娘就是娘，儿有些事娘能坐视不管吗？哪怕是块陈年朽木、是尊庙里的菩萨，它也应该有它的位置啊？现在有些年轻人往往借着忙碌、节奏快、压力大、有代沟甚至计划赶不上变化等各种理由漠视老人的存在，抵触老人的情绪，发泄对老人的不满，甚至孤立、嫌弃、抛弃家中的老人，那大逆不道啊！

你要知道，百善孝为先，父母如天地，不尊不孝不爱父母的人，难道会去爱别人？忤逆之子必遭天谴的啊！

我忽然想起《母亲讨要“房钱”》的戏剧，寓意非常深刻。那个母亲面对三个不孝之子，向其索要曾经怀他们在肚子里的九个月“房钱”而将其一一告向法庭，以揭露儿子不赡养娘、不尊重母亲的恶劣行径，一度在社会产生强烈反响。

娘的“点穴”，我感觉有种刮骨的痛，我请求娘的宽宥！

娘有些激动，声色俱厉：

虽然我们母子之间还没到那地步，我也不需要你的道歉，但娘希望看到你真心改变。我在你身边的时候，你口口声声说娘啰嗦嫌娘唠叨，其实你六根没有清净。清净是一种境界，是一种涵养，是一种无欲无私的修行。你想想，当你老了的时候，你会是一种什么样的状态呢？

你要记住：心存挂碍，了无清净！

人老了，虽然话会多一些，思路乱一些，反应慢一些，这是再也正常不过的事，因为觉得时间很仓促，很短暂，总想把话说够、说透、说明白，你们年轻人不能拿唠叨啰嗦作为老人的代名词，不能把人老了当着一种累赘或瘤子总想从身上割弃，更不能借扣“老人老不中用”帽子的名义来嫌弃老人啊。

每个人最终都会走到这一步，人活到老，是个宝，也是儿女的福分啊！当然，你没有吝啬过娘，也没有打骂过娘，你不让娘多说话，从你的角度也许是让娘少操一份心，但在娘看来，就像用胶布封堵我的嘴，用绳子捆绑我的手脚，你那种看上去和善却不友善的态度，比打我骂我还要难受。

人嘛，长大了赚钱了，觉得自己有本事了，总会淡忘自己的过去，总以为这好日子是他今生该得的回报，而忽略了曾经生他养他却苦累一辈子的娘的存在。

你以为给了娘吃穿住就万事大吉了？就高枕无忧了？就了不起吗？你想想，你给了娘多少精神的空间呢？你知道娘想什么吗？需求什么吗？将心比心，年轻人有年轻人的想法，老人也有老人的做法啊。乌鸦反哺、羔羊跪乳的故事，我想你懂的——

我默默地低头反思：心即神，神即心，无愧于心，即无愧于神，无愧于父母，无愧于天地。这么多年，与父母的交流的确很少，尤其是我娘，她平时很多善意的劝世良言都被我的清高、傲慢与自私拒之门外，我非常自责！

接着，娘给我讲起了一个修行的故事——

从前有个云游求佛的苦行僧，晚上走到了一个荒僻村落，当他走进一条巷道的时候，看见不远处一个瞎子提着一盏昏黄的灯笼慢慢而来，他觉得很奇怪，一个瞎子根本没有白天黑夜之分，他看不见高山流水也看不到柳绿桃红，甚至连灯光是什么样子他都不知道，挑一盏灯笼难道不是多余的吗？瞎子的行为有点让苦行僧觉得可笑。

正当他暗暗发笑的时候，瞎子已打着灯光走到了他的跟前，苦行僧好奇地问：敢问施主真的是什么都看不见吗？瞎子回答说：是的，我打从走进这个世界就双目失明。他接着问：既然你什么都看不见，为什么还要打一盏灯笼呢？瞎子平静地回答：我听说黑夜里没有光照的话，整个世界的人都和我一样都是瞎子，所以我就这样做了。

苦行僧越发好奇，问：原来你是为别人照亮前行的路啊？瞎子马上回答：不，为我自己。瞎子接着又反问起来：你云游那么多地方，是不是因为黑夜里行走被人撞过呢？他说：是的，刚才就被几个村民撞了。瞎子得意地说：我可从来没有，虽然我是一个瞎子，什么也看不见，但我挑了这盏灯笼，既为别人照亮了路，也让别人看到了我自己而不会被人撞啊，这难道不是为我自己吗？苦行僧听后，长叹一声：我天涯海角去求佛，原来佛就在我身边啊！

我似乎悟出娘讲这个故事的真正用意，我面带愧色，连声回答：娘，我再也不说老人唠叨了，娘有话尽管说啊，我好想听！

娘觉得我有所触动，微微点了点头，接着继续解剖我：

既然你开悟了娘就多说几句吧。你呀从小到大纯粹就是一个很贪玩的人，你小时候我没少说，长大了我却不敢多说，现在嘛我离开你了不得不还要提醒你。

贪玩是一种任性，是一种怪癖。这年头，有钱的也玩没钱的也照样玩，大款富婆在玩，耕田种地的甚至讨饭的也在玩，男女老少好像都在一个劲地玩，连小孩都玩些乱七八糟连大人都看不懂的东西。从课桌、酒桌、牌桌到K厅、歌厅、舞厅，从赌球、赌拳、赌马到抽奖、基金、股票，从手机、网吧到车呀房呀，从动手动脚到动刀动枪等，整个社会好像沉浸在一个玩的时代。

很多人玩疯了、玩腻了、玩跌了、玩进去了甚至玩死了，你可千万别打着“玩玩而已”的幌子再去玩啊，要知道玩跟贪念一步之遥，跟黄赌毒一步之遥，玩跟陷阱牢房地狱也是一步之遥，人玩着玩着就会玩物丧志，玩着玩着就会你玩我我玩你，就会慢慢地玩火自焚。你懂吗？

有时间就多散散步、看看书、听听歌、种种花、养养草多好啊。

娘说得我无地自容。娘的劝诫让我醍醐灌顶。

娘觉得我有所沉思，语调渐渐平和起来：

都说这年头赚钱难啊，钱这东西，说神也神说鬼也鬼，是你的跑也跑不掉，不是你的追也追不上，不管怎么样，赚钱就得吃苦。老话说得好：投机取巧活几天，辛苦赚钱万万年。用汗血换来不仅是钱，更是心安，你也要懂得守护，懂得节省啊，学会积攒、储蓄，小河有水大河满嘛。

娘从来没有乱花一分钱，我知道你赚钱也不容易，娘舍不得用啊！钱是用在刀刃上的，磨刀不误砍柴时，带伞不怕风雨急。做什么事都要做到有备无患嘛。别学有的人今朝有酒今朝醉，今日无酒就把瓶摔碎，别老说“钱是王八蛋，没了再去赚”的风凉话。娘有时看到你大手大脚花钱就很心痛，我的后事娘叮嘱过你不要乱花钱，你偏不听，别以为娘躺下了什么都不知道，虽然你表面是为我大把大把舍得花钱，好像为我尽最后的孝道，其实你也是为你自己，为你的面子、你的虚伪、你的炫耀和张扬，是不是啊？那样铺张浪费多不该啊！

当然，钱是一把双刃剑，钱是身外之物，人心没有足时。人不要把钱看得太重，否则就会陷进去。常言说得好，家有房屋千万间，睡觉只需三尺宽，家有良田万万顷，一日也只能吃三餐啊。财富可以决定人的地位，但不能决定人的品位，钱可以改变人的命运，但不能改变人的智慧，这些大道理我想你比我懂啊！不是你的千万别强求别贪婪，如今陷阱很多也很深，你在皇城根下更清楚不过，那里的水更深更浑，你更要加倍小心。这方面你是有深刻教训的，要吃一堑长一智啊！不做钱奴，才是最有骨气和价值的人——

我低垂着头，如霜打的茄子。娘简直了如指掌。

娘越说劲头越足：

我知道你是一个死要面子活受罪的人，人都有一张脸一块皮，但不能把它看得太重，看重了心就会发虚，人就会变得虚伪、虚荣起来，人，没有里子，再有面子也不值三文钱啊。

我在住院和安放的日子里，你惦记着你那些朋友哥们没来看我一眼，送我一程，表面是对我没有那份心意，其实你觉得人家没来给你长脸、撑面子而如刺卡喉，很不爽快，是不是？

娘一身布衣，我们并非官宦之家，你也不是从前的你，时过境迁，物换星移，人都在变的嘛。再说这年头你有你的苦衷，人家有人家的难处，人心隔肚皮，两心不相知。学会宽容与包容，是最好的放下。即使别人瞧不起我们，我们也要瞧得起自己，我们把它看得更清、更淡、更透一些，有什么纠结的呢？心放下了，面子就放下了，人生不如意十有八九，人走茶凉，平淡也平常。佛祖不是也说过吗：处处清凉水，时时般若花啊——

我觉得娘现在的学问远在我之上，难道是天堂修炼的结果？娘冷语冰人却推心置腹的话，就像在拨开缠绕在我心底的迷雾，让我豁然开朗。

看着娘意犹未尽的样子，我继续向娘讨教：姆妈，我如何才能做到更好一些呢？

娘随之娓娓道来，越说越精彩，俨然一位哲人：

纠结于是是非非，纠来纠去都是一场愁绪；人，哀怨于成败得失，活来活去都是一场落寞。人要往前看，路要往前行。正如你能够走出从前罩在头上的迷雾一样，而且没有娘先前想象得那样从囚笼里放出来后会变成一只凶猛的老虎，去抱怨憎恨人、去伺机报复人，而选择了从头来过，这点既让娘意外也值得娘欣慰。

你看看，现在有些人，为什么活得浮躁、没意思，纠结、不自在呢？不是笑里藏刀就是勾心斗角，不是拉帮结派就是一棍子排挤打压，不是阴奉阳违就是溜须拍马，不是华山论剑就是少林比武，不是吃喝玩乐就是无所事事、嫖赌逍遥，还搞起拼爹拼车拼房拼儿孙满堂，秀腰秀腿秀爱秀墓穴山庄来……等等，人世间表面看似风平浪静，繁花似锦，其实也浊流涌动甚至暗藏杀机啊，自古至今为什么说江湖险恶、人心难测量呢？当然，要坚信世上还是好人多啊。

娘知道你下台受了些委屈，但抓你关你判你也没有错啊。莫伸手，伸手一定被捉嘛，无论你是为谁伸的手，你犯下了错就必须为错承担责任，男人最可贵的是：担当嘛！金无足赤人无完人，人世间，哪有不吃亏上当、不走弯路的呢？

再说，你瞧瞧，现在廉政风暴势如破竹，假如你还在位的话，说不定你也摊上大事呢。你现在不做官，搞起心爱的艺术，不也过得悠闲如云、自在如风吗？

我听得有些着迷，我为娘曲径通幽般的点化而心旷神明。

我忽然想起一个哲理故事。很早的时候，宰相陪国王狩猎，国王大意之中被花豹咬掉半截指头，他因断指差点被原始部落“蛮人”送去煮锅祭祀满月女神最终幸免一死。而宰相因一句“一切都是上天最好的安排”激怒国王被其关进监狱也同样逃过一劫。古人云：塞翁失马焉知非福，失之东隅收之桑榆。我回想自己的经历，觉得其中奥妙无穷。

娘抬了抬头，看看天色尚早，用手指了指我，继续轻轻地说：我想给你说说善与恶。再给你讲个故事吧——

佛陀在世的时候，有个尼姑，她曾经是个有钱人的老婆，她腰缠万贯，却没有生育，后来她老公为传宗接代，不得不娶了个小妾，不久小妾就给她老公生了个男孩，非常可爱，而她见了后非常嫉妒，就偷偷把那男孩杀了。小妾怀疑是她干的，为隐瞒自己的罪行，她就在小妾面前发毒誓：如果我杀了你儿子，我老公就会被毒蛇咬死，我父母就会被火烧死，我呢也不得好死。

果然有一天，她陪着老公回一趟娘家，走到半路休息的时候，突然从草丛里蹿出一条毒蛇来，把她老公咬死了，她吓得跌跌撞撞一路跑回家，一到家，家里已经烧成一片灰烬，父母也被烧死了，她越想越不服气也绝望了，干脆跳到河里自尽了。后来，她投胎了，又做了别人的老婆。

一次，第二个老公醉醺醺回家，看到她没有给他及时开门大怒起来，不仅把她暴打了一顿，而且把她儿子丢进锅里煮了，还要让她吃，她受不了就一口气跑到了波罗奈国，又嫁给了一个丧妻的人做老婆，新婚不到三天，她屋后山上的石头被大雨冲刷后滚落了下来，把她第三任老公给砸死了，按照当地风俗，她要陪葬活埋，可就在她埋下不久，一群盗墓贼把她挖了出来，她因此而得救了。

后来她悟出了其中的奥妙，决定削发为尼，在佛陀面前忏悔自己的罪孽，不断帮别人做些积德行善的事情，而最后修成比丘尼的正果。

娘给我讲完了这个故事，长长地嘘了口气，望着我说：

我想你应该明白“前世种恶因，今生食恶果”的道理。人的一生，都难以逃脱两样东西，一是因果，二是无常。

人，或多或少做过善事也干过坏事，只是隐隐不知而天晓。老话说得好：人在做，天在看嘛。娘觉得你善事、好事还做得远远不够，还要坚持做下去，多放生，多施舍，多做公益，多行正义，多帮帮需要帮助的人，我们前生和祖辈犯下的业障不仅会慢慢抵扣掉，你和你的子孙获得的福报就会越来越大，就像在银行存钱一样，存得越多福报就越厚，诸恶莫作，众善奉行，送人玫瑰，手留余香啊——

娘这席话不由得让我想起《易经》里“善不积不足以成名，恶不积不足以灭身”的道理来。

娘曾经学过圣经，怎么连佛经也懂？对我而言，简直是香薰经洗一般，我自惭形秽。

娘指着我的鼻子，想趁热打铁，又说起亲情来：

人世间，什么情都可以舍去，但唯独亲情不能弃。你在这方面也做得也不完美。你试想一下，如果没有亲情你怎么读书求学的？如果没有亲情，你是如何跌倒爬起的？再说，没有亲情，我的后事能办得那样顺利吗？没有亲情，那些乡情、友情、爱情都是一纸空谈、一腔空调啊。

小家过日子过得好不算好，大家过得好才是真正的好。人，不能孤生独死，一个人永远也撑不起天啊。有亲情就像几根绳子拧在一块、几把筷子捆在一起才有坚不可摧的力量。上尊下爱，中间不坏，身边呵护常在，你才会感到浓浓的情与爱！

特别是对身边的亲人，不要居高临下，不要盛气凌人，要亲近平和，要常来常往，要记好不记恨，要宽容善待，你看看，十个手指有长短，打断筋骨还连着皮啊！

我听着娘的话，反思着自己：这些年，远隔千里，离多聚少，只顾自己在外闯荡，淡漠了些许亲戚，我感觉有些歉疚！

我一直跪着，循着娘发聋振聩般的声音望去，心有些发颤。

娘点了点头，继续她滔滔不绝的“话匣子”：

常言道：害人之心不可有，防人之心不可无。你从小到大就喜欢交朋结友，方方正正、歪瓜裂枣的都喜欢交往，吃吃喝喝、夸夸其谈的狐朋狗友也一大帮，到头来却栽在朋友手上。其实，别去怨恨别人，而是你自己大意、自作聪明惹的祸！也说明你交友不慎、眼力低下啊！交友先交心，做事先做人嘛！娘希望你今后多近君子，常离小人，交朋友不要拼数量，要讲质量，人生得一知己足矣。

我忽然想起来那个倒在朋友圈里和朋友饭局上的“老逼”，楚汉虽去，鸿门犹在啊。人，如果得意忘形，哪里都是风口浪尖，处处都是暗涌泥潭啊。

娘的情绪渐渐转而柔和起来：

当然，在家靠父母，出门靠朋友，朋友还是要交的嘛。人，多个朋友多条路，除了交真正的朋友外，最重要的还是出入平安，你曾经也有过几次车祸的经历哦。

常言道：手握方向盘，脚踏鬼门关。你出门在外的这些年，娘每天都在为你祈祷，你以为我虔诚信基督是为我自己吗？我死不放弃那份信仰，也是为你、为这个家啊。当看到你每次平安回家，娘的心才踏实，压在我心里的那块石头总算落了地，你知道我有多么高兴啊！现在人多车多，马路杀手也多，车祸猛于虎。想想人间很多因车祸引起的悲剧以及由此而残缺的家庭，看看身边不少因车祸变成无辜的冤魂，我就难受啊！

一个人、一个家庭或一辈子就这样在车轮的碾压下伤残不堪、家破人亡，遭受灭顶之灾，是多么惨痛的教训啊！你有感而发，写出了不少交通安全励志警世的公益歌曲，说明你有社会责任心，这是一种大爱、大善与大德！尽管暂时还没有遇到欣赏你帮助你的人，但娘先给你点个赞！有付出总会有回报，只是时间未到，你千万别泄气啊！

人，一生中只要坚持去做好一件对社会长期有益的事情，就足够了，也功德无量！

娘给我的打气，激活着我有些懈怠的细胞。

娘，顿了顿，表情显得有些严肃，说道：我最后想说说健康问题，首先怪娘的遗传基因不好，我从小就是一个病秧子，病魔折磨了我整整一辈子，可阎王爷为什么让我活到耄耋之年呢？个中缘由归根结底只有四个字：清淡、节度。人，做什么事，吃什么东西，都要“淡化”，也要讲究“度”，月盈则亏水满则溢的道理我想你应该明白。你从前对我很多的“质疑”该找到答案了吧。

而你，偏偏有点与我逆向而行，喜欢打着释放的幌子，以“我还年轻”为赌注，有些“放纵”自己，不善待自己。虽然我们生活方式各不一样，但要知道，经常抽烟、喝酒、打牌、熬夜等最伤身体。

没有好身体，再多的钱也是一堆纸，再大的官也是一坨屎，再风光的明星也是白活一辈子。用你们流行的网络语说就是：没有健康，一辈子都在白忙，没有好身体，神马也是浮云啊。

再说，人间的水质、空气、环境甚至吃的穿的住的用的都令人担忧，天堂地狱的土质也不得纯净呀。很多人为了一己之利，灭绝良心和人性，不顾后代子孙，但害人终害己、恶人有恶报啊！

每每看到医院里人满为患的火爆场面，看到火葬场烟囱上空浓烟滚滚，看到从人间而来的那些气若游丝的红尘过客，看看阴曹地府住着的很多英年早逝的短命才郎……结局往往是：人在天堂，钱却在银行，老婆爬上别人的床；要么钱被掏空，人散曲终，全家都在喝西北风。这多悲哀啊！

金山银山，不如拿自己的健康身体做靠山。

我知道你这些年在外面跌打滚爬很不容易，历经孤苦，排遣压力，抵御风险，比起你曾经当干部的日子还要劳力伤神。这些年，你的头发日日见白，掉落得没剩几根，皱纹也日日见添，眼袋也越来越明显，身体的确不如从前，娘看在眼里疼在心里啊！现在“悬崖勒马”还可以“亡羊补牢”啊。

人活得健康，才活出喜洋洋！

娘的话一针见血，真没有想到娘阴阳穿越得如此无懈可击。

娘歇了口气，轻柔中夹杂着缠绵：

其实呀，你也没有娘说得那么一无是处，人无千日好，花无百日红嘛，我们母子有过隔阂分歧、有过针尖对麦芒，也有过风吹不倒雷打不动的母子情分，在娘的心目中，你仍然是娘的好儿子，是个还不错的男人，娘这辈子还得感激你呀！

雁过留声，人过留名嘛。娘只是希望你不断改进，取长补短，内外兼修，力求做得更完美、更出色些，为祖宗争个光、为家族争口气、为自己争把力！

接着娘数落着自己的不足：

哎，娘也没有你想象得那么完好无缺、崇高伟大，娘也有很多很多的瑕疵，娘很自私，爱面子，也很要强甚至固执、霸道等，娘就像鄱阳湖里的一滴水，也像湖洲上的一棵野草，既渺小也卑微，但娘空空荡荡来，实实在在活，无怨无悔地走，这就是我一个普通农妇的生存法则，我想你也要跟娘一样，简简单单，藏一颗平常心，做一个普通人吧！

但，无论如何，打铁自要身板硬，人心清正才无邪啊。做人堂堂正正，出门不慌不忙，过日子清清淡淡，睡觉安安稳稳，比什么都好！

娘说一千道一万，都说不完我心里的话。有句老话：娘疼儿，路样长，儿疼娘，线样长；娘想儿，长江长，儿想娘呢扁担长。你慢慢去体味吧。

娘走了，你儿子也做完了，但还要做到尽丈夫、父亲和一个男人的责任啊。娘不多说了，到时候你又要嫌娘在阴曹地府里都啰嗦，其实，我说来说去，就是想表达一个字：爱！这个字，包罗万象、无所不在啊，你慢慢去开悟吧！

最后，娘想用《圣经》曾经学到的一段话送给你：

爱是恒久忍耐，又有恩慈；爱是不嫉妒，爱是不自夸，不张狂，不作害

羞的事，不求自己的益处，不轻易发怒，不计算人的恶，不喜欢不义，只喜欢真理；凡事包容，凡事相信，凡事盼望，凡事忍耐；爱是永不止息……

娘说完这些语重深长的话后，微微一笑，化作一缕青烟，飘然而去——

听着娘一番真情告白，一串箴言教诲，我茅塞顿开，仿佛余音绕梁，我的心窗豁然敞亮了许多，我仿佛读懂了母爱那片无垠的内心世界。

十月胎恩重，三生报答轻啊！

我如梦方醒，披衣下床，我热泪盈眶，屈膝跪地，对着娘远去的方向千呼万唤，深情地叩拜我最亲、最真，也最恒久的娘恩！

老娘啊，请一路走好！

娘，走了，不仅留下一座碑

（本章纯属虚构）

别让烦恼来敲门

人与人际会于红尘
云水随缘
心与心相约于萍踪
浮沉禅定
生活没有太多的假如
生活只是无常
人生只有因果
它欺骗了你
那你肯定首先背叛了它
人生也没有太多的定律
当你看破一切的时候
说明你也早已被其看透
一路上也没有最美的风景
当路行至最窄的时候
记得留一寸给别人走
世间也没有最深的情义
当滋味渐浓时
记得减三分让人品
好比
树上无同一片叶子
海里没有同一滴水

兰生幽谷
并非想把清芬远隔于世
月挂中天
也不是将幽明凌空高悬

藏拙的时候
并非一时的糊涂
低调的时候
也不是垂下的卑贱
当浮躁撞墙的时候
还不如恬淡转身
当睁开一只眼的时候
闭上的那只并不比它小
当我们的一只脚
踏不出万里山河的时候
就请收敛我们的另一只鞋
否则
请不要在坟前哭泣
脏了自己轮回的路

试想
如果我们心里没有贪嗔痴慢的缠枝
岂有缕缕不绝的三千烦恼丝吗
别让烦恼来敲门
因为
快乐　就住在隔壁

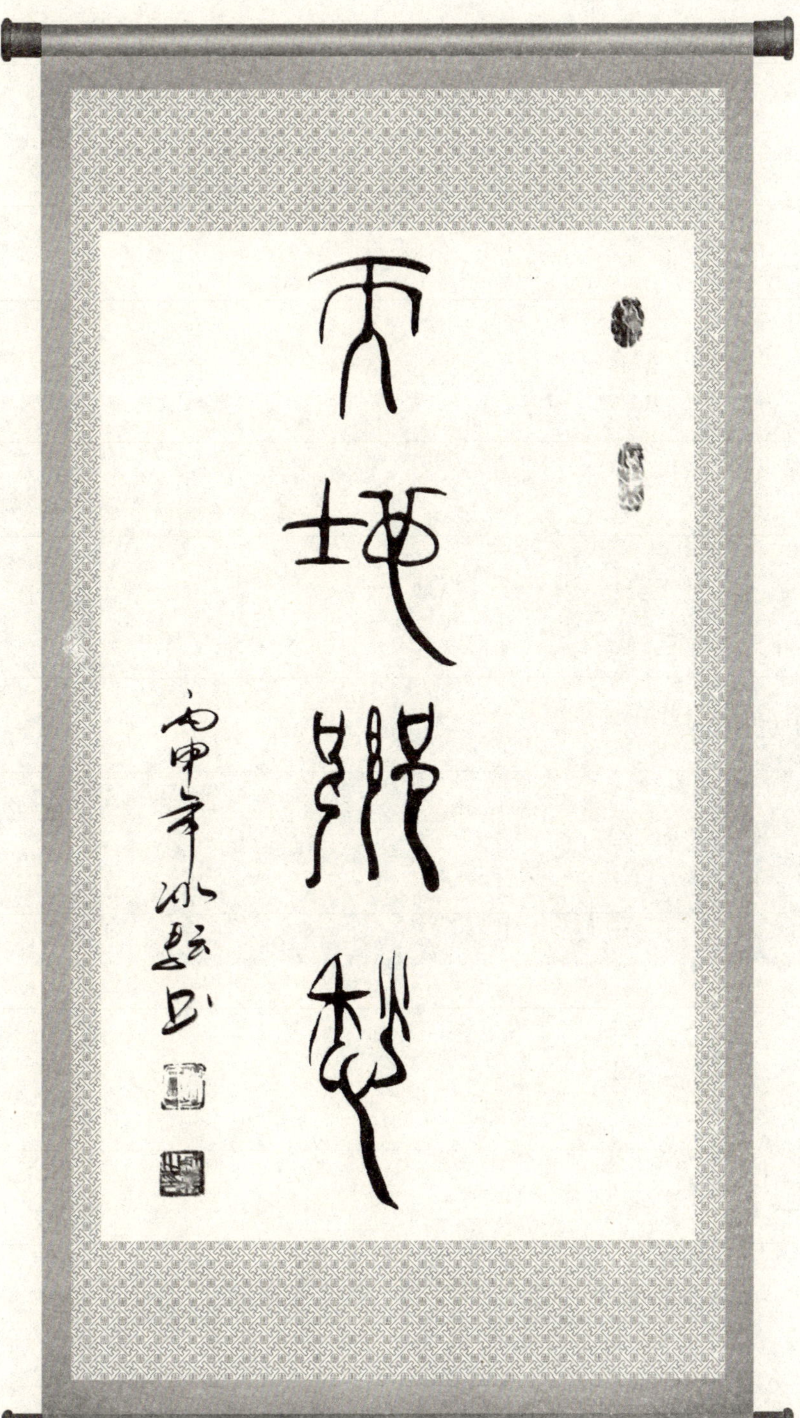

天地乡愁

一

一粒草籽，历经一番洗礼，踉踉跄跄站立一息尚存的坚韧，从娘的指尖轻轻滑落，浸润着鄱湖的万卷之风、万丈之水过后，觅寻着鸿雁南飞的轨迹，一路往北，逆向而驰。

故乡，在我眼里，似乎繁华落幕，铅华散尽，怆然发出的刺眼的光，驱使着我那折绞痛和不堪，甚至我想挪动一下的勇气都已消失殆尽，惟有那断壁残垣般的章阙词行是我唯一能触摸到的活着的灵魂。

乡愁幽幽　我心悠悠

只想，为一次远方的穿越，或维艰、或背离，不顾身后的挽留。

娘拴在窗台的眼睛，被月光打成了水一样的漂浮物，定格于时间与空间凝结的梦里，走不出黎明的呜啼。

栀子花开，莲荷也开；海棠花开，梅花也开。却开不出娘的笑靥与味道。

娘的味道是我寄出的一枚相片、一记电话、一身尘土的味道。

这粒草籽，没有宣言与誓言，泊在陌生城市的一隅，正以裂开、裂变或裂谷的方式，微微地张开着它吮吸着城市里的异味的嘴。

与之一起呼吸、一起咀嚼、一起品味，甚至一起嬗迭、一起舞蹈、一起沐浴城市的风沙雾霾 。

陌生里，幸好有我熟稔的那叠诗行，有我梦呓中的娘。

淡漠中，有我痴缠的那株红色高粱，有我迷恋的金色稻浪，以及异乡狭缝里容身的那堵静谧的小院石墙。

二

喧嚣着各种噪音的闹市，翻卷着尾气的空气，弹奏着迷离的心弦，拥堵的街道，堵住了眼的方向，也把心的距离分割在水泥森林的东南西北。

即使窒息在尾气的边沿，也找不到反对跻身这个城市的理由。

因为，这里潮水般涌入的都是异乡临时的背包客，谁都在为成为这座都市的主人而烦恼着。

我悄悄种下的那粒草籽，与小院里的喇叭花、太阳花和槐树、银杏一起，期待一个又一个春天，期待一场又一场细雨。

期待有一天，像那帘幽梦一样夜里绽放。

试问：不一样的土地，能种出一样的果实吗?

我默默地厮守于都市边缘的农舍，静静地观黑色的歙砚研磨出淡淡的浓情，翰墨蘸开出无尽的苍茫，看画笔在薄薄的宣纸上挥洒写意之原创，纤指在狂热的内心世界里拿捏岁月之短长。

皎洁如水、万籁俱寂的晚上，我每每伫立在城市的村口，倾听着那根琴丝拔弄断肠似的幽扬，也倾听着娘那三寸肝肠枯裂似的声响。

那内心深处发出多少次无声的碰撞，任母子缕缕青丝悄悄凝成霜。

我把心交给发黄的稿纸，让它爬满怅惘，也交给那台乌黑的电脑，让鼠标敲打出清幽而煽情的文字，任窗外异乡的风雨漫漫化解以往一路的躁狂。

现实与梦想只隔一道墙，推开那扇窗，或许，就是阳光。

南腔北调的对语，搅乱着我的心绪，覆盖着我的乡音，也搁浅着许多无所顾忌的设防。

我枕着娘的那份幽然的感伤，在迷彩的世界里，与自己纵情分享。

三

远方，那袅袅炊烟，已随暮霭一起漫漫消融，娘柴灶味的饭香渐渐褪去，稻花飘飞的日子也日渐疏远，晓风残月、寒蝉孤鹜的影子早已挂进儿时的梦里。

轰鸣的“后八轮”肆无忌惮地碾碎着马路，也碾压着从前两旁的香樟与梧桐，家乡的路虽然宽敞了些许，但争田夺地的胸膛却狭隘到不认亲情与友情的地步。

环湖边界毗邻的村庄，水域随着市场行情的水涨船高，兵戈相见的怒吼伴随湖水的声响一阵压过一阵。

楼盘一座比一座大，楼房一家比一家高，机动车、电动车、摩托车每天都在乡道上提速疾驶，但心与心的距离却渐行渐远。

那些争先恐后打着外商招牌的企业，有的吐露出尔反尔的那寸舌头，有的披着低碳、环保的外衣，肆意排放的污水随良心一道，泄漏于本该纯净的地下水系，如暗流涌动，汩汩地一并流进了餐桌、食道、血管，也流进了岁月的死亡线上。

娘和那些孤守的老人、留守的孩童屏住呼吸在专情渴盼着过年的时刻，一壶水酒化开一江春水、一段柳笛鸣响一截哀愁，那一叠叠沾着汗渍的发黄的钞票却永远也塞不进相思相守的心坎。

而那些腰包有点鼓就沉湎于餐桌牌桌、K 厅迪厅、网吧酒吧甚至关起门来云绕雾罩一番的小年轻们，早把大人的艰辛过往和嘱托抛之脑后，疯狂地作贱着自己青春时光。

山杜鹃把姹紫嫣红开在了孤零零的山上，却开不进孤寂寂的南垛北墙。

匡庐叠叠飞瀑，溅进了源头最远方的河流，却渗不进最远方亟待滋润的土地。

秋去冬来，鄱湖岸边，虽说杨柳成荫，芳草萋萋——

但荒沙浅滩草洲却搁浅着无数的桅杆和帆，渔舟不再唱晚，渔家不再篝火，渔民的休渔期更加遥遥无期。

渔家妹子啊，你是否还在那艘搁浅的木船上放牧你久违的心事呢？

身网与心网一起都晾晒成一个个空洞，捕获不了从前的惬意，身陷在断流的河床里，那干瘪的喉咙已发不出一丝的呐喊。

鱼死了，死在污浊的河流里，死在干枯的草滩上，死在那些魑魅魍魉的手心里。

尽管，藜蒿炒腊肉的飘香于舌尖、餐桌撩拨起迷人的氤氲，但，人们似乎把身边母亲湖的焦灼忘得一干二净。

尽管如此，钉螺、毛蚴等并没有停止把本该清澈的水系搅成一滩疫水，肆虐的血吸虫也没有放弃潜藏在人们不易觉察的地方吸干其最后的一滴血。

逝者如斯，《送瘟神》如此高亢，却难以唤醒人们在赖以生存的环境下瑟瑟发抖的颤音。

须不知，还有多少我可爱又可悲的父老乡亲仍在老而不死、死而不灭的瘟神的蚕噬中极度痛苦挣扎地度过余生的呢？

尽管如此，野鸭、大雁、天鹅每年那个时候还是从无垠的旷野、天南地北的方向相拥而来，紧紧地围着仅存的一湾湖水叽叽喳喳地或在哭泣、或在祭奠、或在祈祷。

或许，想带走南方冬季里最美丽的忧伤。

芦絮，飘飞着冬雪的那幕苍冷，也席卷着落雁的那串哀鸣。

偷猎者们连哭丧的精灵都丝毫不曾放过，枪声零星地回荡在静穆的夜空，惊飞着鸟群，惊悚着斜风淫雨，也惊恐着湖区的希冀与未来。

异乡的草籽，惊魂不定！难以愈合出血的伤口。

娘，也惊悸于鄱湖一隅，呆呆地凝望着草籽落脚的那片天空——

四

有情殇的地方或是家乡，有梦乡的地方或在异乡。

我堆积些许苍老而忧悒的文字，改变不了家乡一方伊人的扑朔迷情。茶海稻浪的那剪馨香，却一直萦绕在我的发前。

我喜欢那一朝一夕的无尽的缠绕，一如釉里最美的青花。

我用我呼吸的痛，沉淀着我的半世浮华……

那朵朵青莲、那爿爿桃红，那株枯藤昏鸦的老杉树，还有那老父屋角里的镰锄和娘窗台上吊挂的菜篮，她们遗下的那簇簇眸光，种下的那爿爿新绿，依旧牵绊着我最真实而深切的归依。

风吹乌篷，雨润桑田，青瓦白墙的素颜，烙下了清音乡韵一片，夏连白荷，冬映雪莲，山山水水掠过我头顶上的日月云天。

异乡的冷眼、漠视、嫉妒还有娇宠的排外，如一道道黑墙，横亘在世俗的沼泽地，眷写着我回乡的归期。

飞机、高铁还有稠密的网络通讯等发达得令人发指，它有情地拉近了人与人、家与家的距离，却无情切断了许多心与心的路。

书笺、邮票甚至笔墨已不再是寄托乡思的工具，人们沉浸在虚拟网络的世界和些许迷乱的微信圈里难以自拔，被其绑架、被其俘虏，而把故乡的字眼与情愫慢慢抹去。

江水三千里，家书十五行，也变得非常的淼茫无岸。

随着一代代人的老去离逝，年轻的一代仿佛拾掇不到“春风又绿江南岸，明月何时照我还”的思乡情怀，忙于疲惫地穿越在冗繁、密封的时空隧道里，难以找到故园驿道的出口。

人们似乎也在努力忘却曾经寒灯不眠的日子，忘却那身处异乡遗下的斑斑伤痕与泪痕，却没有淡忘功名利禄、灯红酒绿、尔虞我诈，没有淡忘面子的虚伪、恩怨情仇，没有淡忘身后各种眼睛的猜疑与偷窥所带来的纠缠与负累。

彼此，或许都活在浮躁与势利的风镐下，把自己本来无瑕的心去一节节撕烂、劈碎，甚至把自己年轻如花的生命，像鸽子一样不是放飞而永远地活于异域他乡的青冢里。

草籽，剥落于娘的腋下，匍匐于万千尘埃，脱逃于丛林莽原，只盼心若止水，俨然禅度于无为与无我之间。

人，究竟何时何地，方能筑起心之戒场，扬起梦之彩幡，托举爱之钵盂，炼就无上功德之舍利呢？

我仿佛闻着故园那席残留余温的茶香，那是不是娘心母爱溢出的乡味，仍在化解我的焦渴与愁怨？

五

人，空空而来，亦空空而归，一如我生死相依、苦乐相伴的娘，一切的一切都将归之天穹，归于尘土，归宿虚无……送他乡一轮清风明月，送娘一路走好的祈祷，送自己一盏觉世心灯吧。

这些年，风雨中尝尽迷茫，岁月中领悟世事无常。

生命的构成，除了伤心还有欢愉，除了凋零，还有收成。

故乡月儿是那么透亮，家中妻儿已卸掉淡妆。她们心之坦荡，或许成为游子历经沧海、涅槃重生的力量！

我披戴星光常常思念那个生我养我的村庄，村庄里那间小茅舍和那幢老瓦房，还有那鄱湖边上迎风斗雨的渔家姑娘。只惋叹父亲和娘都离我，去了邈远的天堂。

闯荡的路，我仍用心丈量，不怕阴霾潜伏在阳光身旁，无论快乐或许受一点点伤，我还要像燕鸥一样衔着那枚即便没有开花结果的草籽蕴藏于那片永不褪色的红土地之腹山来水往。

生我养我打我骂我，娘，永远是我亲娘。

亲我爱我离我远我，家乡，终究是我的家乡啊！

淡淡的乡愁夹着丝丝的甘甜，写不完字里行间，叙不尽万语千言，也吟不完古今变迁，我愿卧在故乡那满是草莽的季风里一生一世缠绵。

一生相守，勿忘最亲的脸庞；一路相伴，勿忘最爱的家乡！

嗟乎！倦飞的草籽，期待着每个来年的花期，叹天地悠悠，娘心幽幽；乡愁幽幽，我心悠悠……

我娘我心

娘生我身
娘容我心
娘心如水
我心似石

娘在
身在心在
娘不在
情在魂在

母子连心
日月同明
娘心我心
心心相行……

跋

娘常说……

张富英

写母亲的诗文，恐怕是大家读到的机率最多的文字。或许是听多了娘亲的唠叨，或许天下娘的心是一样的，读多了，便有千篇一律的感觉。最初接触这部书稿，也有这种隐忧。

作为本书的策划之一，理应说几句。之所以在书将要送厂开印前才落笔，确有一定缘故。冰耘先生或许也不解为何请我作跋，我虽没拒绝，每次提及，性情爽朗的我答应的都不是很爽快。我的娘亲在我出生七个月大时就离世了，对这个话题打记事起就不敢触碰，不知从何入手、从何收笔，也不知从何开解，更怕把控不住自己。好在《我娘我心》经过数次编、校、审后，心平静了，心也入境了，才有种不可名状的久违的不吐不快的感觉。

随我一起听听冰耘老娘曾说过的心里话，以解胸中的心结吧。

娘说："在哪长大，就在哪里死心塌地活命"；娘想：今天受的苦，总会垒起明天的路 。

为得一家饱，宁舍一根草，这是娘童养媳命运的宿命，就像鄱阳湖隆冬飘摇飞舞的芦花，是李家的善待，成为了"幸运的一抹"。娘很长心，虽年幼时命如纸薄、贱如枯草，坚韧地存活了下来。娘精明着呢，擅走"穷众路线"，千锤百炼为勤奋好强、雷厉风行，李家独树一帜的女人，挑起了全家生活的重担。都是鄱阳湖，都是祖屋，养育了娘，历练了娘，所谓善变无常的鄱阳湖，离奇诡异的祖屋，都是无辜的，人性使然。无法逃遁的娘，依偎在人们谈笑中风剥雨蚀的祖屋一角，默默地啜泣，坚守……正是这样一位平凡而伟大的母亲，陪伴呵护冰耘，抚育其长大。顽童时代，娘的良苦用心蕴含着多少慈爱与智慧。汗水浇灌的红土地，染成丰收的金黄，一如《鄱阳湖恋歌》，是娘，在艰难的岁月里，用无声唱响醉美的最动人的旋律。

娘常叮嘱："崽大不由娘，酸甜苦辣自个尝"；娘又寄托："无论是草是宝，只要你吃出娘炒的家乡味就好”。

娘还惋叹：低头的稻子，昂头的稗子。娘的眼睛“毒”的很，有先知先觉的本领，一如鄱阳湖浩瀚之水，润泽心田。娘阅人无数，参透人心，堪如仙人指路。“畜生畜生，不杀不生”这是娘原创的民间俚语。“民以食为天，食以汤为先”娘煲的炖罐汤最有味道。

长大后的作者，在外的点点滴滴，在家的娘都一清二楚。“亲望亲好，邻靠邻帮”的愿景；“前半夜想自己，后半夜也要想想别人啊”的将心比心；“节骨眼上，你帮我扶，白菜也当肉啊！”的教诲；“尺有所短，寸有所长”的包容；“见好就收”的警戒等等，都引领着作者，在摸爬滚打中，自省自悟自觉，自强自信自立起来，是娘让鄱湖一叶孤舟的他，几度沉浮、破釜沉舟之后，“打过了车头换了轴”，吃得苦中苦，做上了“人上人”。

冰耘父亲逝去后，娘也慢慢变老了，略显执拗、且很要强，但更多的是为儿女着想、祈福，甚至牺牲自己的信仰！

娘，家中的守护神，也是守望着的智者！

娘常说：“甘蔗没有两头甜”；“后人不学古，后生会离谱”。

小时候，看到别人扭成一团的时候，娘就会从围观的人堆里一把拉着他走开。在官场的明争暗斗，娘即使知道，也无力无法拉开他挣扎的手脚了！冰耘常感叹：娘也不是万能的呀，娘也救不了我！

后来，他终于明白，最终不是娘救不了，而是没好好听娘的话呀！

不要死要面子，不要得罪太多的人，做事要沉得住气。娘不是早就说过吗？

人生最低谷时，善待他给其纸笔的狱警、点拨他启迪他于迷茫中的法师，这都是娘修来的福呀！娘开导说：“别人不给你茶喝，家里有的是茶喝，娘给你倒啊！”“忍得一时之气，解得百日之忧”“遇事让一让”等都是娘的铿锵感召。一个个虚伪、冷漠甚至狰狞的面孔，都被他原谅了，甚至不得不“感恩”于他们。

被挖空的感觉，不是每个人都切身体会得到。人走茶会凉，母爱永远是热的！

娘絮叨：“你们千万不要把我当鄱阳湖的蓬蒿，草老了烧成灰还可以沤泥”；“金山、银山，不如拿自己的健康做靠山”

娘虽没文化，但有智慧，还很幽默，十分风趣。

“别逗我这没有文化的人哦”令人忍俊不禁。

娘把亲情、乡情看得那么重，而把生死看得如此轻淡！所幸，作者在娘生前有过悔过补过的机会，好在对娘尽了不少孝心。无论生前逝后，娘都知道他的一呼一吸，生前点化，逝后帮衬。于是有了最为感人的“母子阴阳对话”。娘的“点穴”，如娓娓道来，字字玑珠句句卓见啊！娘的话，一句顶万句，句句千金重啊！

说到最后，已然分不清哪句是娘的，哪句是儿学娘说的了。莫嫌娘絮叨，祸福眼前漂；常记娘叮咛，吉祥乐淘淘啊。

讲孝道，似乎老生常谈。时下总书记号召弘扬传统文化，意在警示国人在经济发展的今天，物质生活日益丰富了，精神生活也要跟上，老祖宗文化更要代代传承，否则与行尸走肉无异，人亦如无根之草。在物质丰裕的年代重建人与人之间相互依赖的内生关系，都学做好人、善人、孝道之人，尤为重要。

作者不是为写娘而写娘，其紧密结合自己的人生经历，用平实的手法、犀利的眼光、独到的见解透视和剖析人与人、人与社会之间各种错综复杂的矛盾关系，把传统与现代、时尚与未来、高低与长短以及得失与成败、对错与美丑、善恶与因果等披露得淋漓尽致，不同凡响，极具个性色彩，也非常难得。

作者说：感恩，是对自己良心最彻底的交待！

的确，不懂感恩，就不懂人生。人，最大的福报，就来自于感恩。

写娘如同写自己，听娘说等于教化自己。

《我娘我心》直指人心，直指人性，直指灵魂深处，贴近生活、贴近时代、贴近你我；《我娘我心》应时而作，应运而生，顺势面世，在如今人心浮躁、道德缺失、情义淡漠甚至信仰、精神危机重重的当下，不可多得，堪值一读！

掩卷沉思，我捂上几度湿润的眼眶在想，若果娘亲在，或有亲娘陪着自己一路前行，那多么幸福啊！可叹于我，只是一种自我安慰罢了。

《我娘我心》，读一次是一次洗礼，读一遍乃一遍重生。

劝君且读且思、且行且惜！

写于北京常青斋

（作者系国际华文作家网总裁、《作家报》总编辑）